平川祐弘決定版著作集◎第7巻

米国大統領への手紙

市丸利之助中将の生涯

高村光太郎と西洋

平川祐弘

勉誠出版

目次

米国大統領への手紙――市丸利之助中将の生涯――

高村光太郎と西洋

米国大統領への手紙——市丸利之助中将の生涯——

高村光太郎と西洋

凡例

一、本著作集は平川祐弘の全著作から、著者本人が精選し、構成したものである。
一、本文校訂にあたっては原則として底本通りとしたが、年代については明確化し、明かな誤記、誤植は訂正した。
一、数字表記等は各底本の通りとし、巻全体での統一は行っていない。
一、各巻末に著者自身による書き下ろしの解説ないしは回想を付した。
一、各巻末には本著作集のために書き下ろした諸家の新たな解説を付すか、当時の書評や雑誌・新聞記事等を転載した。

底本

本著作集の『米国大統領への手紙――市丸利之助中将の生涯――』の底本は肥前佐賀文庫001『米国大統領への手紙――市丸利之助伝――』出門堂、二〇〇六年刊であり、『「大和魂」という言葉』と『高村光太郎と西洋』の底本は『米国大統領への手紙』新潮社、一九九六年刊の第二部・第三部である。

第一部　米国大統領への手紙

――市丸利之助中将の生涯――

第一章　米国大統領への二つの手紙

硫黄島記念碑

アメリカの首府ワシントンから西に向け、ポトマック川を渡るとすぐそこに国立アーリントン墓地がある。そこは日本でいえば九段の靖国神社に相当する戦死者を祀った神聖な墓地で、六万の英霊が葬られている。故ケネディー大統領も第二次世界大戦中、ソロモン水域で戦い、彼が艇長として指揮した水雷艇は日本の駆逐艦に沈められた。そんな勇士であり、ダラス市における銃弾による最期は、ドゴール将軍が弔したごとく、軍人の戦死に比すべきものがあったから、やはりアーリントン墓地に葬られている。

その太平洋戦争が真に終結したのは一九七五年、昭和天皇が訪米して御挨拶され、アーリントン墓地で戦死者の墓に花輪を捧げられた時だ、ともいわれている。米国国民と日本国民との和解もその時に成り立ったのである。

ところでそのアーリントン墓地にあるもっとも有名な記念碑は「硫黄島モニュメント」とも「硫黄島メモリアル」とも呼ばれる記念像で、アメリカ海兵隊が一九四五年二月、初めて日本固有の領土である硫黄島に敵前上陸し、その摺鉢山《すりばちやま》の山頂に星条旗を押し立てた場面を再現した巨大彫刻である。それはＡＰの特派員ジョー・ローゼンソールが撮影した写真に基づく彫刻で、いかにも勝利の躍動感に溢れている。先頭の海兵隊員が金属製の旗竿《パイプ》を地面に四十五度の角度で突っこんでいる。その旗竿を次に来る兵士が肩で支え、その背後の兵士らが両手を上へあげて竿を垂直に立てようとしている。

このローゼンソールの写真の図柄は、第二次世界大戦中の戦争写真のもっとも有名なものといわれたほどだから、日本人でも知っている人は多いだろう。アメリカ人ならまず見おぼえがあるに相違ない。ワシントンで絵はがきを買えば、リンカーン記念像やワシントン記念塔、国会、ホワイトハウスと並んでこの硫黄島記念碑が必ず写っている。

だが一九七七年秋から一年間ワシントンに勤めて、私は硫黄島記念碑だけは見に行かなかった。家内も子供もほかの名所は丹念にまわったが、あの記念碑だけは見に行かなかった。それはなにもわが家に限らず、アメリカの首都に駐在する日本の外交官や新聞記者や学者学生や商社員の多くにも共通したことであるらしい。あのころワシントンでつきあった日本人に電話してみたら誰一人訪ねていなかった。第二次世界大戦で米軍は圧倒的な物量を誇った。その米軍はそれでも硫黄島では一大苦戦を強いられ、上陸第一日だけで二千三百十二人の死傷者を出したという。だがはやくも第五日目には同島でいちばん高い摺鉢山を占領した。六名の海兵隊員が山頂に押し立てた星条旗はアメリカ兵の勇気のシンボルである。アメリカの子供たちは硫黄島記念碑を誇らしげに見あげるが、日本人にはそれは出来ない。

それは第一義的には、日本が太平洋戦争の敗者であるからだが、問題を微妙に複雑化しているのは、第二義的には、戦争そのものについて見聞きしたくないという集団的思考回避に私たち日本人がおちいっているからだろう。アメリカ兵の勇気ということは肯定的に説くことが出来ても、また日系アメリカ兵の勇気ということを肯定的に説くことも出来ても、日本兵の勇気ということは話題にしてはいけないなにかのようになっている。ましてや日本側に加わって戦ったアメリカ生れの二世のことは否定的に語るか、黙するかしか出来ないようになっている。これもまた敗戦国の日本を半世紀近く支配した知的空間の中で忘れられたことであり、忘れさせられたことでもあるだろう。

ワシントンに勤務した一日本人がこんなエピソードを伝えてくれた。アメリカの小学生の修学旅行のバスが社会科の授業でワシントンの名所めぐりをした。Iwo Jima Memorial の下に来て先生が説明するのだが、二人そっぽを向いている子供がいる。それは日本人駐在員の子供で担任のアメリカ人の先生ははっとした。そうしたらその子たちは日本の敗北が口惜しくてよそ見をしていたのではなくて、硫黄島が日本領だったということも知らなかったという。

戦争の歴史を知らない子供がいるのは平和な日本のあかしかもしれない。

日本にいても硫黄島の名前も知らない小学生はいくらでもいるだろう。

軍人の話などどうでもいいという人もいわゆる戦後民主主義世代の人には多いだろう。

私は昭和前期の日本は国家に政治決定の強力な中心がなく、日本は軍部によって引きまわされた、まことにみっともない国家であったと考える。その軍国日本が惹き起したり、引き摺りこまれたりした戦争は、内外の人々に塗炭の苦しみを与えた。日本は敗れ、戦争の責任をいまなお一方的に問われ続けている。

しかしそれでも私は小声でこんなことを言いたい。愚かな負け戦さだったからとはいえ、過ぐる大戦を戦った米兵や英国兵や中国兵やソ連兵はみな勇士であり、日本兵は愚かでたれもかれも悪人であるかのような口調で日本兵を貶《おと》しめることはやはり間違いである、と。そんな口調で日本人を貶しめ続けてよいことか。硫黄島の戦闘についても、義務を守って精根を込めて戦い、命をおとした人たちの霊を慰めるためにも、アメリカ兵の武勇を讃える記念碑とともに、日本軍将兵のためにもなにか記念し祈願するものがあってよいのではないだろうか、と。

私はかつてワシントンで一年間ウッドロー・ウィルソン・センターに勤めた時、朝な夕な「硫黄島モニュメント、右折」という道路標識を見て過ぎた。その記念碑こそは見に行かなかったが、そんなことを反射的に漠然と考えていた。そうした折、硫黄島で戦った日本海軍の指揮官がルーズベルト大統領へ宛てた英文の手紙を残して死んだことをアメリカ側の戦史でたまたま知った。そしてその手紙の中にウィルソン大統領への鋭い批判の言辞が含まれていることも知った。ウッドロー・ウィルソンは私が勤める研究所に冠せられた名前で、研究所はアメリカでは平和の使徒として著名な同大統領を記念して創設された組織である。一九八五年、ウィルソン・センターへ再び招かれ「黄禍論——過去と現在」について講演した際、私はその日本側のウィルソン批判にもふれた。

第一次世界大戦の戦後処理のために開かれたパリ会議の際、日本の牧野伸顕代表はウィルソンが主唱した国際連盟の規約中に「人種平等」の語を入れようとした。日本案に賛成はフランス、イタリアを含む十一国、反対はイギリス、アメリカなど五国。会議はそれまで多数決で運営されてきたが、議長のウィルソンはこの件に関しては「これは重要案件であるから全会一致でなければ認められない」と言い出して、日本案を斥けた。ウィルソンはアメリカ人の間では世界平和を夢みた偉大な理想主義者と目されている。だがそのウィルソンにもアングロ・サクソンの共通利益を優先したこんな面もあったのだ。そして牧野の「人種平等」の提案が葬り去られたことが、当時のアメリカ西海岸における日本移民排斥とあいまって、日本の世論に反英米感情を植えつけ、それも太平洋戦争の心理的な遠因の一つとなった。——私はそんな趣旨も講演の中で述べた。

そんなこともあったから、いつか太平洋戦争史との関連でこのT. Ichimaruとアメリカ側に記されている海軍少将について調べてみようと思ったのである。その姓名が市丸利之助ということはじきにわかった。そして調べるうちにますますその人柄に惹かれた。

去年（一九九三年）ワシントンへ寄った時、今度は「硫黄島記念碑」を見に行った。第二次世界大戦直後、一九四五年から十年かけて彫りあげられたというリアリズム彫刻は巨大で立派、意外にも芸術的にも秀れたモニュメントである。私はそのまわりをまわって六人の米国海兵隊員を一人一人じっくり見あげた。そして見あげるうちに私はその地で死んだ市丸利之助のために、私も私なりにささやかながら紙碑《しひ》のごときものを記そうと思ったのである。

ここで硫黄島について説明する。

この島は小笠原諸島の南に位置するが、昭和二十年当時も半世紀後の今日も、行政的には東京都に属する。もっとも戦前と違っていまは住民はおらず、自衛隊員のみが駐屯している。日本人はあのころの書き方に従えば「いわうたう」と呼んだ。アメリカ人は以前から Iwo Jima と呼びならわしている。今後も永久にその名で呼び続けるにちがいない。

この伊豆大島の四分の一ほどの面積の小島にアメリカ軍は海兵隊と陸軍部隊約六万一千名を投入し、一九四五年二月十九日午前八時半、上陸作戦を開始した。島にたてこもった日本陸海軍将兵は軍属も含めて約二万一千、地中に構築された防禦陣地によって抵抗し、アメリカ軍に戦死者五千五百六十三名、負傷者一万七千三百四十三名の損害を与えた。日本側は千余名の負傷者、捕虜、投降者などの生存者を除いて、戦死した。

太平洋戦争で米軍にも夥しい死者は出た。ただし、夥しいといってもその総数はその同じ期間中にアメリカ本土で自動車事故で死亡した者の数には及んでいない。地上戦を主とした朝鮮戦争やベトナム戦争に比べて、太平洋戦争のアメリカ軍の人的損害は相対的には少なかったといっていい。

日本側の勝ちっぷりは緒戦の間こそ目をみはらせるものがあったが、一九四二年八月、米軍がガダルカナルで反攻に転じて以後、日本軍は次第に一方的に押しまくられた。ただ物質的に劣勢の日本軍が島から島への負け戦さの中で、硫黄島の戦いだけは、結局島を占領されたとはいえ、アメリカ側に与えた人的損害の大きさが強烈な印象を残したのである。硫黄島は太平洋戦争を通じて米軍の死傷率のもっとも高い、血に塗れた戦場となった。アーリントン墓地の脇に米軍最精鋭の海兵隊《マリーン》の記念碑を建てるに際し、硫黄島の摺鉢山の頂上に星条旗を押し立てる海兵隊員の像が選ばれたのは、そうした愛国の血潮を流した激戦の思い出がアメリカ人に灼きついていればこそである。

だがこれから記す話は、直接その戦闘にまつわる戦記ではない。硫黄島で戦って、最後にルーズベルト大統領へ宛てた日英両文の手紙を遺して死んだ日本海軍航空隊の一司令官の小伝である。私は軍縮のために努力して海軍を追われた山梨勝之進大将や堀悌吉中将の事蹟を書いた場合と違って、最後まで戦った市丸利之助少将の小伝を書くことにためらいがあった。それを書くことに踏み切ったのは、日本の高校生が習う英語教科書にアメリカ少年のレーガン大統領へ宛てた次のような「平和の手紙」が載るようになったからである。アメリカ少年の手紙が読まれるなら、市丸少将の手紙もまた読まれなければならない。歴史を知る、とはその双方を知ることだろう。その両者を読むことによって戦争と平和という楯の両面も見え、太平洋戦争を含む日米関係の過去がより公平に視野に浮びあがってくるだろう。次の手紙の書き手のマイケル・ジャコビー少年は、硫黄島で栗林忠道中将以下の日本陸軍部隊や市丸利之助少将以下の日本海軍部隊と戦った一米国海兵隊員アール・スロールソンの孫である。まずジャコビー少年の「平和の手紙」を読もう。

平和の手紙

桐原書店から出ている『*SPECTRUM ENGLISH COURSE II*』という英語教科書にはこんな手紙が載っている。日本の教室でジャコビー少年と同い年——執筆時のマイケル・ジャコビーは十六歳だった——の高校二年の生徒が読んでいる平易な英文だが、訳すとこうなる。

大統領閣下

私の生涯に深い刻印をのこした個人的体験を大統領にも知っていただきたくペンをとりました。

私の祖父は硫黄島の戦さの悲惨と恐怖をよく語り、私も海兵隊員だった祖父の写真を見、書物も読みました。それが一九八五年二月、にわかに現実の事と化しました。祖父がその戦場に私を連れて行ってくれたのです。アメリカの軍用輸送機が私たちを東京から南の小島へ運んでくれました。日米の「平和式典」

が行なわれる場所へ行くまで誰も口をききませんでした。大きな記念碑の一方の側に日本人関係者が坐っており、もう一方の側にアメリカ人関係者が坐りました。日英両語で式は取り行なわれ、僧侶が焼香をすませると牧師が説教をし、軍楽隊が両国国歌を吹奏しました。米国側の一将軍が大統領がこの式典のために寄せられたメッセージの代読もいたしました。

しかし、あの時あの場で次になにが起ったかを大統領御自身に見ていただきたかったと思います。日本軍兵士の未亡人や娘とアメリカ軍兵士の妻や子供たちが、たがいに近寄ったかと思うと抱きしめあい、身につけていたスカーフや宝石などに思いのたけを託して交換しはじめたのです。男たちも近づいて、最初はためらいがちに握手しましたが、やがて抱き合うや声をはなって泣き出しました。なかにはかつての敵にこの戦場で拾った思い出の品を返す者もおりました。

ふと気がつくと、誰かが私の頭に帽子をのせてくれました。かつての日本軍人です。笑顔をみせて自己紹介し、その日本軍の作業帽を私にくれると言いました。私の祖父も近づいて話しはじめました。大人二人は若い私がこの場でこの体験をわかちあっていることを喜んでいる風でした。二人がなにを話していたのかわかりませんでした。私はその場であまりにも感動してしまったからです。

いろいろな思いが頭の中をかけめぐりました。四十年前、いまは老人のこの二人は摺鉢山の山頂でたがいに殺し合おうとしていた。倶《とも》に天を戴《いただ》かずと誓ったその敵兵同士がいまたがいに抱きあっている。四十年前、この場所は砲丸や銃弾が飛び交い、死と憎しみとに満ち満ちていた。それが僅か四十年の間にどうしてこのように変り得たのか。

私には余人には知り得ぬなにかがわかったような気がしました。昨日の敵が今日の友となり得ることを、祖父や祖父と手を握りしめている旧日本軍兵士によって、全世界の人々に示してもらいたい、とさえ思いました。この二人のアメリカ人と日本人は各国の人々に平和の大使として共に語りかけることが出来ると感じたのです。お互いに腕を組んで戦争の悲惨と恐怖を語り、かつては互いに殺し合おうとした間柄だったということを。

私はもちろん祖国を愛し、一旦緩急あれば銃を取って戦うつもりです。だがしかし自分の孫が将来その人を抱きしめると知っていたら、その人を敵として殺すことを躊躇するでしょう。

その日私は集った人々の顔を憶えようとたくさんの写真を撮りました。アメリカの一新聞はそんな私のことを「日本製のビデオ・カメラで感動する祖父の姿を撮りまくる一アメリカ少年」という見出しで記事にしました。新聞記者はそんな図に皮肉な事態を認めようとしたに相違ありません。だがその記者は肝腎な点を見落しています。私が記録したのは私自身がその場で覚えた感動だったからです。島で私は最年少でしたからほかの誰よりもこの事を長く記憶に留めることができる。そんな身としてその日の感激をけっして忘れまいと決心したのです。

その日硫黄島で習ったことを出来るだけ多くの人とわかち合うのが私は義務だと感じています。ですから大統領閣下、誰よりもまずあなたからと思い、ペンをとった次第です。

この手紙に記された「日米四十年目の抱擁」は一九八五年二月十九日におこった。上坂冬子氏の『硫黄島いまだ玉砕せず』（文藝春秋）によると、硫黄島の海軍警備隊司令であった和智恒蔵大佐は昭和十九年十月突然内地帰還を命ぜられた。和智の部下将兵は五ヵ月後硫黄島でほとんど全員が玉砕したが、司令であった和智ひとりが運命を共にすることが出来なかった。生き残った和智は敗戦後は仏教僧侶となり、亡くなった日米戦士の霊を弔ったのみか、硫黄島協会の会長として両国の関係者に長年にわたって働きかけ、ついに右のような「名誉の再会」の式典に漕ぎつけたのだという。

マイケル・ジャコビー少年の文章はその年の暮、国際ロータリークラブが全世界の若者を対象に行なった

「平和への手紙」コンテストに応募した四万五千点の作品の中から最終的に選び出された手紙である。いい手紙だ、と私は思った。いい英語教科書だ、と感じた。かくいう私は日米が太平洋で死闘を続けていたころ中学一年生として英語を習ったもので、形容詞の最上級や現在完了は、

Isoroku Yamamoto is the greatest admiral that the world has ever seen.

という文章で憶えた。「山本五十六大将ハ世界ガカツテ見タコトノアル最モ偉大ナ提督デアル」。だが英語教科書の「デアル」という現在形にもかかわらず、私がこの文型を習った時は山本提督はもう戦死していた。やがて私たちが英語を習う教室の上をアメリカのB29爆撃機が飛ぶようになった。それを「空飛ぶ超要塞」super flying fortressと呼ぶのだ、ということを中学生向けの英語雑誌で覚えた。戦時下でも、薄くなったとはいえ、『英語青年』などの雑誌はまだ細々と出ていたのである。あのころの英語教科書に比べると、桐原書店の教科書は戦後平和主義の日本を感じさせる。

しかしマイケル・ジャコビー少年の米国大統領宛ての英文の手紙を読むうちに、私はもう一通の、日本人によって書かれた米国大統領宛ての手紙のことを思わずにはいられなかった。それはマイケル少年がレーガン大統領に宛てて書くよりも四十年前、玉砕を前にして、同じく硫黄島の地において海軍航空部隊指揮官市丸利之助少将によって書かれた手紙である。

市丸少将は和智大佐が昭和十九年十月十六日硫黄島を去った後、その地の海軍部隊の将兵を指揮した人だった。そして昭和二十年三月戦死した人だった。マイケル・ジャコビー少年やアメリカ側の硫黄島作戦関係者が戦後四十年、「名誉の再会」をした時、日本側の遺族の中には市丸少将（戦死後中将）の遺族もふくまれていた。名誉といい道義というものは、一方の立場に立って過去を裁断することではない。双方の立場

に立って相手をそのありしがままの姿で眺め直す思いやりこそが昨日の敵を今日の友とするのである。

次に掲げる市丸少将の手紙は、戦後育ちの日本人の多数にはあるいは違和感を与えるかもしれない。読者はなにとぞその違和感を後まで心に留めておいていただきたい。私は市丸利之助の軍人としての生涯を語った後、結びの章で市丸の『ルーズベルトニ与フル書』の内容をあらためて吟味し、その是非を論ずるつもりである。以下の日本語本文は市丸が八枚の海軍用箋に筆でしたためたものである。なおふりがなは、この遺書についても多くの歌についても、私が付したものである。

ルーズベルトニ与フル書

日本海軍市丸海軍少将書ヲ「フランクリン　ルーズベルト」君ニ致ス。我今我ガ戦ヒヲ終ルニ当リ一言貴下ニ告グル所アラントス

日本ガ「ペルリー」提督ノ下田入港ヲ機トシ広ク世界ト国交ヲ結ブニ至リシヨリ約百年此ノ間日本ハ国《こく》歩《ほ》艱難《かんなん》ヲ極メ自ラ慾セザルニ拘ラズ、日清、日露、第一次欧州大戦、満洲事変、支那事変ヲ経テ不幸貴国ト干戈《かんくわ》ヲ交フルニ至レリ。之ヲ以テ日本ヲ目スルニ或ハ好戦国民ヲ以テシ或ハ黄禍ヲ以テ讒誣《ざんぶ》シ或ハ以テ軍閥ノ専断トナス。思ハザルノ甚キモノト言ハザルベカラズ

貴下ハ真珠湾ノ不意打ヲ以テ対日戦争唯一宣伝資料トナスト雖モ日本ヲシテ其ノ自滅ヨリ免ルヽタメ此ノ挙ニ出ヅル外ナキ窮境ニ迄追ヒ詰メタル諸種ノ情勢ハ貴下ノ最モヨク熟知シアル所ト思考ス

畏《かしこ》クモ日本天皇ハ皇祖皇宗建国ノ大詔ニ明ナル如ク養正《やうせい》（正義）重暉《ちやうき》（明智）積慶《せきけい》（仁慈）ヲ三綱《さんかう》トスル八紘一宇《はつくわういちう》ノ文字ニヨリ表現セラルヽ皇謨《くわうぼ》ニ基キ地球上ノアラユル人類ハ其ノ分ニ従ヒ其ノ郷土ニ於テソノ生ヲ享有セシメ以テ恒久的世界平和ノ確立ヲ唯一念願トセラルヽニ外ナラズ、之《これ》曽《かつ》テハ

四方《よも》の海皆はらからと思ふ世に
など波風の立ちさわぐらむ

ナル明治天皇ノ御製《ぎよせい》（日露戦争中御製）ハ貴下ノ叔父「テオドル・ルーズベルト」閣下ノ感嘆ヲ惹キタル所ニシテ貴下モ亦熟知ノ事実ナルベシ。

我等日本人ハ各階級アリ各種ノ職業ニ従事スト雖モ畢竟其ノ職業ヲ通ジコノ皇謨即チ天業《てんげふ》ヲ翼賛セントスルニ外ナラズ　我等軍人亦干戈ヲ以テ天業恢弘《くわいこう》ヲ奉承スルニ外ナラズ

我等今物量ヲ恃《たの》メル貴下空軍ノ爆撃及艦砲射撃ノ下外形的ニハ退嬰《たいえい》ノ已《や》ムナキニ至レルモ精神的ニハ弥《いよいよ》豊富ニシテ心地益《ますます》明朗ヲ覚エ歓喜ヲ禁ズル能ハザルモノアリ。之天業翼賛ノ信念ニ燃ユル日本臣民ノ共通ノ心理ナルモ貴下及「チャーチル」君等ノ理解ニ苦ム所ナラン。今茲《ここ》ニ卿等《けいら》ノ精神的貧弱ヲ憐《あはれ》ミ以下一言以テ少《すこし》ク誨《をし》ユル所アラントス。

卿等ノナス所ヲ以テ見レバ白人殊ニ「アングロ・サクソン」ヲ以テ世界ノ利益ヲ壟断《ろうだん》セントシ有色人種ヲ以テ其ノ野望ノ前ニ奴隷化セントスルニ外ナラズ。之ガ為奸策《かんさく》ヲ以テ有色人種ヲ瞞着《まんちやく》シ、所謂《いはゆる》悪意ノ善政ヲ以テ彼等ヲ喪心無力化セシメントス。近世ニ至リ日本ガ卿等ノ野望ニ抗シ有色人種殊に東洋民族ヲシテ卿等ノ束縛ヨリ解放セント試ミルヤ卿等ハ毫《がう》モ日本ノ真意ヲ理解セント努ムルコトナク只管《ひたすら》卿等ノ為ノ有害ナル存在トナシ曾テノ友邦ヲ目スルニ仇敵野蛮人ヲ以テシ公々然トシテ日本人種ノ絶滅ヲ呼号スルニ至ル。之豈《これあに》神意ニ叶フモノナランヤ

大東亜戦争ニ依リ所謂大東亜共栄圏ノ成ルヤ所在各民族ハ我ガ善政ヲ謳歌シ卿等ガ今之ヲ破壊スルコトナクンバ全世界ニ亘ル恒久的平和ノ招来決シテ遠キニ非ズ

卿等ハ既ニ充分ナル繁栄ニモ満足スルコトナク数百年来ノ卿等ノ搾取ヨリ免レントスル是等憐ムベキ人類ノ希望ノ芽ヲ何ガ故ニ嫩葉《わかば》ニ於テ摘ミ取ラントスルヤ。只東洋ノ物ヲ東洋ニ帰スニ過ギザルニ非ズヤ。卿等何スレゾ斯クノ如ク貧慾ニシテ且ツ狭量ナル。

大東亜共栄圏ノ存在ハ毫モ卿等ノ存在ヲ脅威セズ却ツテ世界平和ノ一翼トシテ世界人類ノ安寧幸福ヲ保障スルモノニシテ日本天皇ノ真意全ク此ノ外ニ出ヅルナキヲ理解スルノ雅量アランコトヲ希望シテ止マザルモノナリ。

飜《ひるがへ》ツテ欧州ノ事情ヲ観察スルモ又相互無理解ニ基ク人類闘争ノ如何ニ悲惨ナルカヲ痛嘆セザルヲ得ズ。今「ヒットラー」総統ノ行動ノ是非ヲ云為《うんぬ》スルヲ慎ムモ彼ノ第二次欧州大戦開戦ノ原因ガ第一大戦終結ニ際シソノ開戦ノ責任ノ一切ヲ敗戦国独逸ニ帰シソノ正当ナル存在ヲ極度ニ圧迫セントシタル卿等先輩ノ処置ニ対スル反撥ニ外ナラザリシヲ観過セザルヲ要ス。

卿等ノ善戦ニヨリ克《よ》ク「ヒットラー」総統ヲ仆《たふ》スヲ得ルトスルモ如何ニシテ「スターリン」ヲ首領トスル「ソビエットロシヤ」ト協調セントスルヤ。凡ソ世界ヲ以テ強者ノ独専トナサントセバ永久ニ闘争ヲ繰リ返シ遂ニ世界人類ニ安寧幸福ノ日ナカラン。

卿等今世界制覇ノ野望一応将《まさ》ニ成ラントス。卿等ノ得意思フベシ。然レドモ君ガ先輩「ウイルソン」大統領ハ其ノ得意ノ絶頂ニ於テ失脚セリ。願《ねがは》クバ本職言外ノ意ヲ汲ンデ其ノ轍《てつ》ヲ踏ム勿《なか》レ。

市丸海軍少将

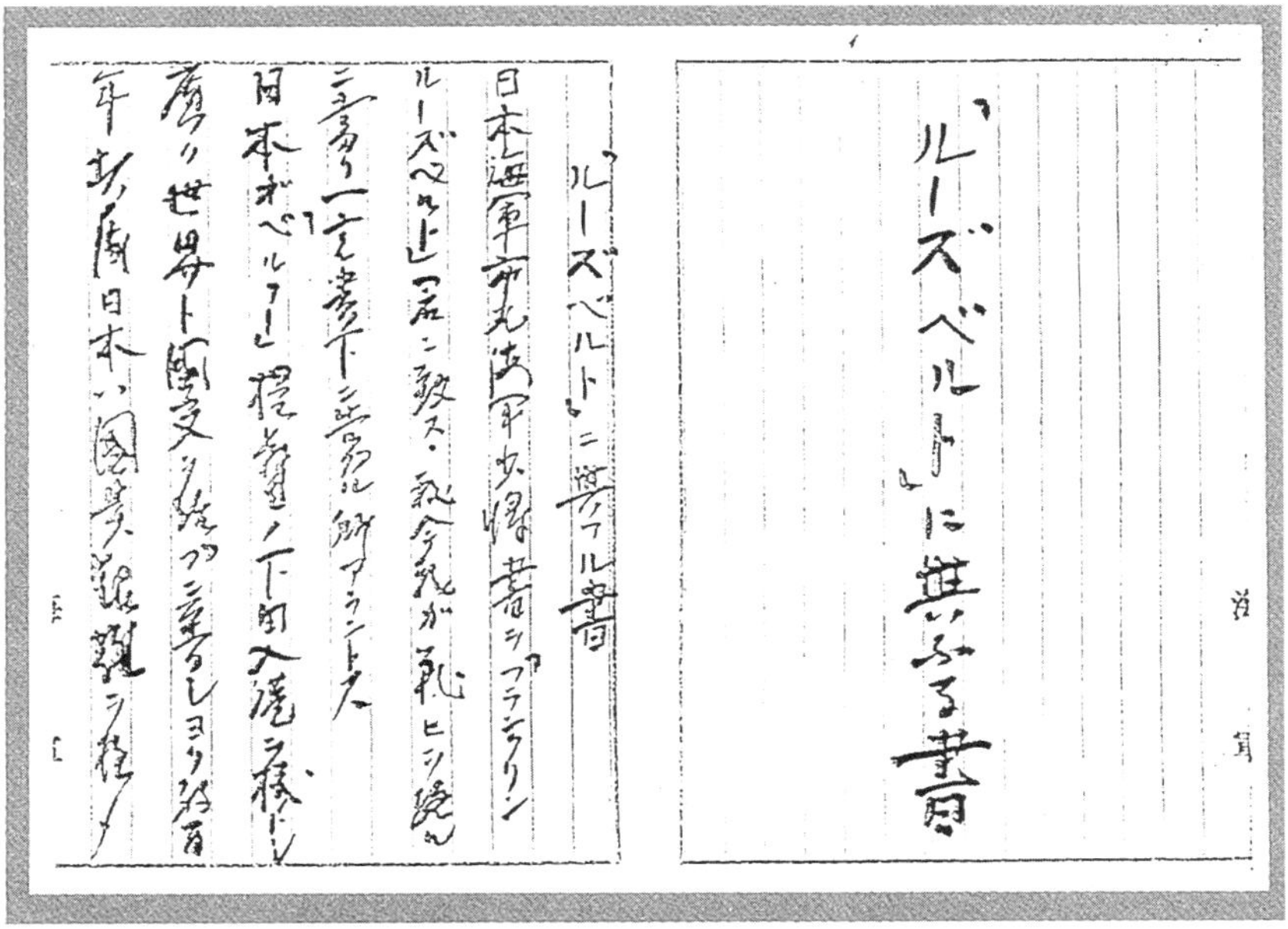

「ルーズベルト」に与ふる書

「ルーズベルト」ニ与フル書
日本海軍市丸海軍少将書ヲ「フランクリン
ルーズベルト」君ニ致ス。我今我ガ戦ヒヲ終ルニ
当リ一言貴下ニ告グル所アラントス
日本ガ「ペルリー」提督ノ下田入港ヲ機トシ
広ク世界ト国交ヲ結ブニ至リシヨリ茲ニ百
年 此ノ間日本ハ国歩艱難ヲ極メ

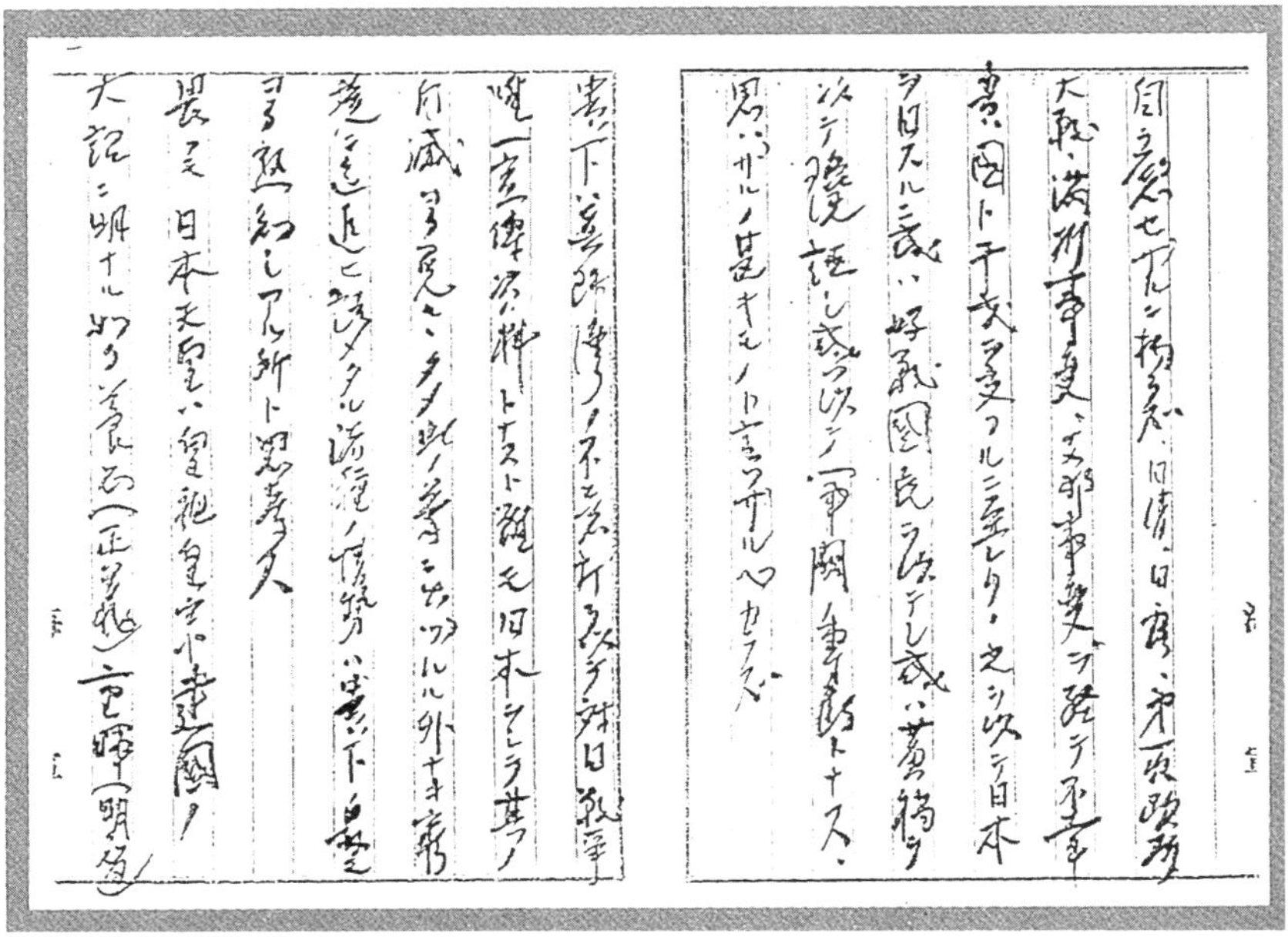

自ラ欲セザルニ拘ラズ日清、日露、第一次欧州
大戦、満州事変、支那事変ヲ経テ不幸
貴国ト干戈ヲ交フルニ至レリ。之ヲ以テ日本
ヲ目スルニ或ハ好戦国民ヲ以テシ或ハ黄禍ヲ
以テ讒誣シ或ハ以テ軍閥ノ専断トナス。
思ハザルノ甚キモノト言ハザルベカラズ

貴下ハ真珠湾ノ不意打ヲ以テ対日戦争
唯一宣伝資料トナスト雖モ日本ヲシテ其ノ
自滅ヨリ免ルル為此ノ挙ニ出ヅル外ナキ程
窮地ニ迄追ヒ詰メタル諸種ノ情勢ハ貴下ノ最モ
ヨク熟知シアル所ト思考ス
畏クモ日本天皇ハ皇祖皇宗建国ノ
大詔ニ明ナル如ク養正（正義）重暉（明智）

「ルーズベルト」に与ふる書

積慶（仁慈）ヲ三綱トスル八紘一宇ノ文字ニヨリ表現セラルル皇謨ニ基キ地球上ノアラユル人類ハ其ノ分ニ従ヒ其ノ郷土ニ於テ其ノ生ヲ享有セシメ以テ恒久的世界平和ノ確立ヲ唯一念願トセラルルニ外ナラズ、之曾テハ

四方の海皆はらからと思ふ世に
など波風の立ちさわぐらむ

ナル明治天皇ノ御製（日露戦争中御製）ハ卿ノ叔父テオドル・ルーズベルト閣下ノ感嘆ヲ惹キタル所ニシテ卿モ亦熟知ノ事実ナルベシ

我等日本人ハ各階級アリ各種ノ職業ニ従事スト雖モ畢竟其ノ職業ヲ通ジコノ皇謨即チ天業ヲ翼賛セントスルニ外ナラズ

我等軍人亦干戈ヲ以テ天業恢弘ヲ奉承スルニ外ナラズ

我等今物量ヲ恃メル貴下空軍ノ爆撃及艦砲射撃ノ下外形的ニハ退嬰ノ已ムナキニ至レルモ精神的ニハ弥豊富ニシテ心地益明朗ヲ覚エ歓喜ヲ禁ズル能ハザルモノアリ

之天業翼賛ノ信念ニ燃ユル日本臣民ノ共通ノ心理ナルモ卿及チャーチル君等ノ理解ニ苦ム所ナラン、今茲ニ卿等ノ精神的貧弱ヲ憐ミ以下一言以テ少ク誨ユル所アラントス

卿等ノナス所ヲ以テ見レバ白人殊ニアングロ・サクソンヲ以テ世界ノ利益ヲ壟断セントシ有色人種ヲ以テ其ノ野望ノ前ニ奴隷化セントスルニ外ナラズ、之ガ為奸策ヲ以テ有色人種ヲ瞞着シ所謂悪意ノ善政ヲ以テ彼等ヲシテ喪心無力化セシメントス、近世ニ至リ日本ガ卿等ノ野望ニ抗シ有色人種殊ニ東洋民族ヲシテ卿等ノ束縛ヨリ解放セント試ミルヤ卿等ハ毫モ日本ノ真意ヲ理解セント努ムルコトナク只管卿等ノ為ノ有害ナル存在トナシ曾テノ友邦ヲ目スルニ仇敵野蛮人ヲ以テシ公然トシテ日本人種ノ絶滅ヲ呼号スルニ至ル、之豈神意ニ叶フモノナランヤ

大東亜戦争ニ依リ所謂大東亜共栄圏ノ成ルヤ所在各民族ハ我ガ善政ヲ謳歌シ

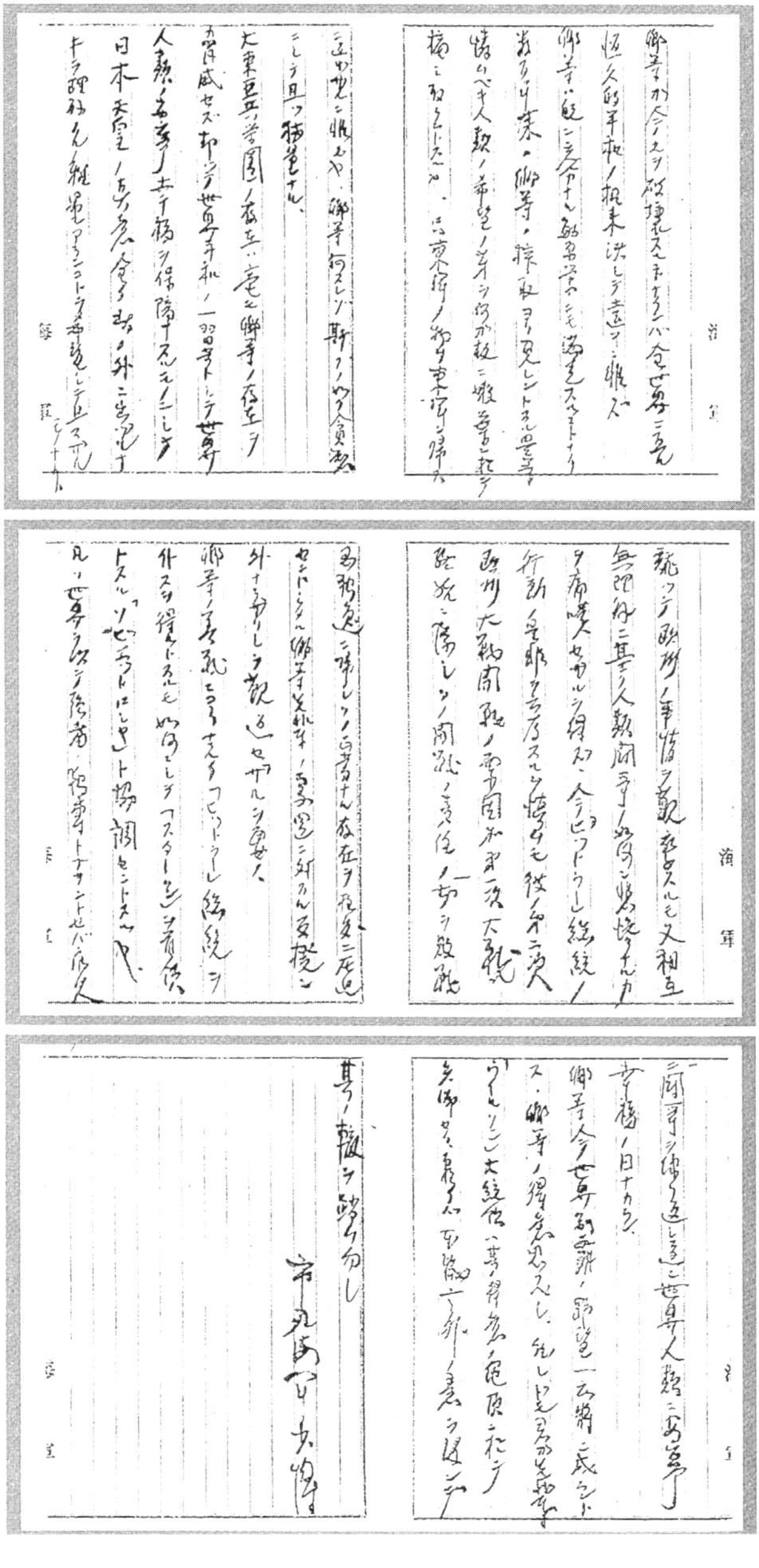

参謀の腹に巻かれていた手紙

この市丸少将の手紙の内容については、読む人の国籍や年齢や歴史観や政治的信条によって、意見がさまざまに分かれることであろう。しかし死に臨んでこのような一言を遺したことに、なみなみならぬ志が感じられはしないだろうか。それも日本語の文章のみか英訳文まで添えていたのである。

私自身は『高村光太郎と西洋』について論じた時、光太郎の「栗林大将に献ず」という昭和二十年四月七日、『朝日新聞』に掲げられた詩を説明する際、栗林忠道が最高指揮官であった硫黄島の戦闘について米国側の聴衆にも説明できるようにと英文で書かれた硫黄島戦記を読み、そこに引かれている市丸少将の英文に心打たれた。これは尋常の軍人ではない、と感じたのが第一印象であった。死に臨んでルーズベルト大統領に自分の真意を伝えたい、という市丸利之助の態度に私は打たれた。たとい市丸少将の主張する日本の正義を首肯《しゅこう》しない読者であろうとも、一九四五年、硫黄島で勇戦奮闘した日本の一軍人が第二次世界大戦をいかなるものとして把握していたか、それを証するものとしてこの手紙の価値は認められるであろう。

だが市丸のルーズベルト大統領宛ての手紙の内容を吟味し、その是非を論ずるに先立ち、その手紙がどのようにして発見され、今日に伝わったかをまず記しておきたい。

昭和二十年三月十六日、栗林最高指揮官は三月十七日の夜十二時を期して総攻撃を行なう旨、最後の電報を東京の大本営に向けて打った。それは言い換えると、硫黄島における四週間に及ぶ組織的抵抗の終焉である。市丸司令官は十七日、海軍司令部の壕の守備は赤田参謀に委ねることとし、自分たちは陸軍司令部の壕に合流することとした。その移動に先立ち市丸少将は地下二十メートルの海軍司令部壕内に歩行可能の生存者およそ六十名を集め最後の訓示をした。市丸は部下将兵があらゆる苦難に耐えて善戦奮闘したことを謝し、七生報国、百年後の日本民族のために殉ずることを切望しながらも、決して死を急いではならず、いかに生きて敵を倒すかが肝要であるかをなお説いた。そして『ルーズベルトニ与フル書』を読みあげた。

その場に居合わせた将兵で唯一の生還者は後に重傷を負い米軍に収容された松本巌上等兵曹だが、松本は戦後帰国するや記憶していた概要を報じた（『小笠原兵団の最後』六四頁）。また『ルーズベルトニ与フル書』は村上治重通信参謀ほかが腹に巻いて出撃した、とも報じた。すなわち三月十七日夜十一時、市丸司令官以下は数名の部付とともに陸海軍合同斬込みに加わるべく陸軍司令部に集った。ところが栗林最高指揮官は最後の突撃を延期した。「攻撃はあくまで敵に出血を強要するのが目的だ。玉砕ではない。いま敵は包囲体制にあり、我々は照明弾で発見される可能性が大きい。なお暫く様子を見たい」

一同はこうして待機した。十九日には陸軍第一四五連隊の壕に移ってひそんだ。部下たちはこの期に及んでなお作戦を練る栗林中将の気力に感銘した。中将は経験、能力、判断のすべてにおいて抜きんでていた。日本の大本営はその間の事情がわからず、三月二十一日正午の発表で硫黄島が敵手に落ちたことを認めた。アメリカ海兵師団の掃蕩作戦は鈍化し、二十四日夜は照明弾もまばらとなった。照明弾打ち揚げを担当した駆逐艦も任務期限が満了し引揚げたのである。二十四日、市丸司令官と間瀬、岡崎両参謀は衛生隊の壕に移った。三月二十五日夜、敵の警戒が多少弛んだことを確認すると、栗林中将は最後の出撃を覚悟した。村上治重参謀もその斬込みに加わった。こうして二十六日早朝、陸海軍の残存兵力四百はアメリカ軍に気づかれずに壕の外へ出たのである。この日本軍将兵はひそかに南下し、第二飛行場の西にテントを張っていたアメリカ軍後方部隊を奇襲した。第七戦闘機隊整備隊がもっとも損害が多く、死者四十四名、負傷者八十八名を出した。しかし海兵隊が応援に駆けつけ戦闘が終ると、アメリカ海兵工兵大隊の前面には日本兵の死体百九十六体が倒れていた。約四十本の軍刀が拾い集められ、将校が多数この攻撃に参加したことが確認された。その遺体の一つから『ルーズベルトニ与フル書』の日英両文が発見されたのである。その事実は一九四五年四月四日、従軍記者エメット・クロージャー（Emmet Crozier）によっていちはやく打電された。市丸の英文の手紙を米国向けに発送すると、記事の末尾にその発見の経緯をクロージャー記者は次のようにつけ加えた。

市丸少将はこの手紙を訳させると日文英文各一通ずつを一海軍士官に渡した。その士官は三月二十五日から二十六日にかけての夜の間の最後の「万歳突撃」で第二飛行場の縁まで来て戦死した。手紙は二十六日朝見つかった。

市丸の幕僚の四名の参謀中、赤田参謀は三月二十一日夜十一時、自分に委されていた海軍司令部の壕内から三十度の急斜面を登って敵の機関銃目がけて突進した。その最後の突撃の時、赤田は褌《ふんどし》一本と軍刀一本であった。赤田はその自分の突撃の間に壕の他の口からほかの部下を外へ脱出させようと計ったのである。市丸司令官自身と間瀬、岡崎の両参謀は離れた壕で孤立していたためか栗林中将の三月二十六日早朝の最後の斬込みに加わることが出来なかった。三人は三月二十七日夜十一時、衛生隊の壕から外へ出たところを機関銃に撃たれて戦死した。篠原桂市一等兵曹が三人が倒れている現場を目撃したといわれるが詳細はわからない。生き残って壕内にひそんでいた篠原兵曹自身が四月二十日に一四五連隊通信隊西入口で負傷し、自決して果てたからである。

以上のような硫黄島の戦闘の最後から推して、『ルーズベルトニ与フル書』の日英両文はともに村上治重通信参謀が腹に巻いて出撃した、と私は推定する。ただし米国海兵隊『硫黄島作戦史』*The Iwo Jima Operation* prepared by Capt. Clifford はこの手紙の発見について、三月二十六日午前五時十五分から行なわれた日本軍最後の反撃の後、硫黄島北部の洞穴 cave の中から見つかった、としている。時日についてはクロージャー記者打電の第二飛行場近くにまで迫った日本軍最後の総突撃の後、と一致する。ただ北部の洞穴の cave は日本軍流にいえば壕であるから、発見場所については一致しておらず、日本海軍司令部内に市丸が残しておいた別の二通がそのまま揃って米軍の手に渡った、という可能性も皆無ではない。しかし後年、編まれた戦史よりも硫黄島の現場にいたクロージャー記者が送った次の電文の方がやはり信憑性は高いのではあるまいか。

The rear admiral had the letter translated. He gave a copy both in Japanese and in English (as above) to a naval officer who went out to die at the edge of Chidori (No.2 airfield) in the last banzai attack during the night of March 25 and 26. It was found next morning.

（この文中にある千鳥飛行場は元山飛行場の誤りであろう。島の南にある千鳥飛行場が「第一」で、最後の総攻撃で日本軍がその縁まで迫ったのが元山飛行場「第二」の方だったからである。）

クロージャー記者の電報はしかし米国海軍当局によって一旦差し留められた。検閲が解除され『ニューヨーク・ヘラルド・トリビューン』紙以下各紙に報ぜられたのは一九四五年七月十一日であった。同紙には Letter of a Japanese Admiral, About to Die, to U.S. President という見出しがつけられた。「死に臨んだ日本の一提督の米国大統領宛ての手紙」である。同日付の『デンヴァー・ポスト』は市丸少将の手紙を転載した。ただしクロージャー記者の手紙の発見の経緯を含むコメントは省略されていた。Roosevelt Was Lectured in Nip Admiral's Letter「ルーズベルト、日本《ニップ》提督の書簡中で叱責さる」という見出しには勝者の側のゆとりのあるユーモアも漂うが、新聞編集者が市丸少将の手紙になにものかを感じたことをほのかに示しているとはいえよう。もちろん敗戦の将が大統領閣下に向ってなにを小生意気なことを言う、という感じは強かったであろう。

しかしこのように米国各紙に報道されたから、戦後アメリカ人で硫黄島の戦いについて著書を出そうとする人は市丸の手紙を話題とした。とくにジョン・トーランドが『昇る太陽――日本帝国滅亡史』J. Toland

: *The Rising Sun —— The Decline and Fall of the Japanese Empire* 執筆のため来日し、硫黄島関係者と次々と面談するようになってから話が伝わった。市丸の遺書が日英両文ともアナポリス海軍兵学校記念館の地下倉庫に保存されているということは日本側海上自衛隊戦史室の人にも知られるようになった。一九七〇年に出版されたトーランドの右著書は一躍ベストセラーとなったが、本文中に市丸少将の手紙に言及したばかりかその英語全文を付録に掲載した。この手紙は市丸個人の私信に近い性格のものと思うが、そのこともあって、また遺言は文章にしたためるという伝統に即したこともあって、市丸司令官は昭和二十年三月 Note to Roosevelt を無電でアメリカ軍側に向けて発信することは考えなかった。あるいはそれだからこそ、こうして文章としてきちんと後世に伝わることを得たのであろう。他方、日本側でも生還した松本巌の証言もあって、昭和二十年三月十七日の市丸司令官の最後の訓示と『ルーズベルトニ与フル書』の朗読のことなどが遺族の間で次第に知られるようになった。

一九七五年一月二十三日、在米日本国大使館に一等書記官として通産省から出向していた村上健一はワシントンから遠からぬアナポリスに赴き、米国海軍兵学校記念館で市丸少将の『ルーズベルトニ与フル書』の日英両文を親しく見ることを得、そのゼロクス・コピーを入手することができた。村上健一は硫黄島で『ルーズベルトニ与フル書』を腹に巻いて最後の斬込みに突進し戦死した村上治重大尉の長男である。その時、遺児村上健一の頭の中にもいろいろな思いがかけめぐったことであろう。若い村上一等書記官に海軍封筒から日英両文の市丸の手紙を取り出して鄭重に示してくれたアナポリス海軍兵学校の関係者は、かつては父たちと殺し合いを演じたアメリカ海軍の士官たちである。また市丸少将が書いた『ルーズベルトニ与フル書』を読んだ時、村上健一はそれこそ余人には知り得ぬ感動を覚えたにちがいない。父の村上治重は、三十年前、『ルーズベルトニ与フル書』の朗読を聞き、日本の正義を信じ、この手紙を腹に巻き、突進して死んだ。そして敵軍の前面で倒れたことにより、自分の遺体から市丸少将の手紙をアメリカ軍の手に渡す通信参謀としての最後の使命を果たしたのである。

私はこの日米両語の遺書が米国海軍兵学校記念館にきちんと保存されていることを有難いことに思う。では私たちはその遺書に一体なにを読みとればよいのだろうか。このような『ルーズベルトニ与フル書』をしたためて死んだ海軍軍人はどのような閲歴を経た人だったのだろうか。

第二章　予科練の父

挫折した飛行将校

日清戦争の際、黄海海戦で敗れ、威海衛《いかいえい》に逃げこんだ北洋艦隊の司令長官丁汝昌に降伏を勧告した日本海軍の司令長官伊東祐亨の手紙は、英文で認められていたが、敵提督の勇戦を讃えた情理兼ねそなえた一文として知られている。また日露戦争の際、旅順港封鎖に向った広瀬武夫少佐は、閉塞船の舷側に大きなロシヤ語の垂幕をつけさせたといわれる。広瀬は第一回の閉塞船から戻った後、上官八代六郎に向い「何卒単身旅順に赴き主将に説き人道の為め無用の流血を避け全海軍を日本人の手に委せんことを勧告したし」と諮《はか》ったというから、和平勧告のメッセージでもあったろう。しかし広瀬のロシヤ語の文章の内容は今日伝わっていない。

敵軍の将に宛てた手紙としてはそんな先例が思い出されるが、しかし日本軍優勢の中の伊東祐亨や広瀬武夫の場合と、日本軍敗勢の中の市丸利之助の場合とでは事情がまるきり違う。玉砕を前にしてルーズベルト大統領に宛てて一書を認めた市丸利之助とは一体いかなる海軍軍人か。

市丸利之助（一八九一―一九四五）は「イチマル　リノスケ」と読む（米国側がT. Ichimaruと書くのは米軍の語学将校に訊問された日本側捕虜が誤って名前をトシノスケと読んだためであろう）。市丸利之助は日本の予科練の育ての親である。昭和初年、日本海軍の花形パイロットを養成した市丸がしまいには飛行機を持たぬ航空戦隊司令官として死んだ運命にアイロニーを感じる人は多いだろう。だがそんな追いつめられた状況下で、武器すらもなくなった時、筆でもってなお自己の立場を主張した市丸利之助に私は類《たぐい》稀なにものかを感じるのである。私はその人の手がかりがなにかつかめぬものかと思って生れ故郷の唐津へ行ってみた。市民会館でさりげなくたずねてみたが、窓口の若い人は誰も知らなかった。わずかに唐津神社の年配の宮司さんは「戦争中はそれは有名な郷土の偉人でございましたがねえ」と言われた。

市丸利之助は明治二十四年九月二十日、佐賀県東松浦郡久里村（現在の唐津市柏崎）に生れた。松浦佐用《さよ》姫《ひめ》の伝説で知られる鏡山の頂上から見おろすと、虹の松原が弧を描いてひろがり、その向うは玄界灘である。松浦川が唐津城の横を流れて海に注いでいる。利之助はそのころはまだ橋のかかっていなかった松浦川を舟で渡っては唐津中学校へ通った。後の唐津東高等学校である。船頭代りに自分で舟を漕ぐこともあった。

明治四十三年、唐津中学を第十回生として卒業した利之助は海軍兵学校に進学した。そして兵学校卒業直後、ヨーロッパで起った第一次世界大戦は武器としての飛行機の可能性をさし示した。彼はパイロットとしての道を選んだ。その種の選択は軍国主義などとおよそ無縁な選択で、昨今の若者の中に毛利衛さんや向井千秋さんに憧れて宇宙飛行士を志す者がいるのと大差ない。御長女市丸晴子さんのお手紙によると、市丸利之助は大正八年フランスからペラン中尉が水上飛行機の教官として来日した際、第一期専修員として操縦・射撃の訓練に参加した由で、その記念碑は浜名湖畔にあるという。

大正十五年五月五日、三十四歳の市丸少佐は霞ヶ浦航空隊で飛行訓練中、飛行機の操縦索が切断し墜落した。右大腿骨骨折、頭蓋骨折、右股関節脱臼、顔面骨複雑骨折という瀕死の重傷である。一命こそとりとめたものの、築地の海軍病院を初めとして数年間にわたり三度の大手術を受けた。艦上機班操縦者教育主任だった市丸は、自分はもはや現役に留まることは出来ないのではないか、という不安な思いに囚われた。長い療養の後、退院したが、歩行もままならない。自宅で赤ちゃんだった長男のお守りをしていて、その子がよちよち歩き出すと、もう追いつくことも出来なかった。しまいに腰骨を金属の蝶番《ちょうつがい》で支え、杖をついて辛うじて歩けるようにはなったが、負傷による後遺症は残った。自分は職場に復帰できるのか。公務による負傷とはいえお情けで海軍に残ることはいさぎよくない。市丸は悩んだ。市丸は生涯杖をつき、ややびっこをひいて歩いた。検閲のときもびっこをひきながら一巡した。その姿を東京高師出身の上野重郎海軍中尉が戯画化してスケッチしたのが、上野の遺作集に残されている。そんな市丸だったが、後年こんな歌を詠んでいる。

大腿《だいたい》の骨頭《こっとう》を撫《な》み右足の肉の衰へ見れば悲しも

市丸利之助の写真は硫黄島の戦史関係の書物に出ているが、眉間に皺が寄り、硫黄島の最高指揮官の栗林忠道陸軍中将の眉目秀麗と対をなしている。部下だった松本上等兵曹は「少将は一種独特のマスクの持主であった。人を射すくめる様な爛々と輝く眼と口数の少い人で、戦傷の片足を桜の杖に托して歩かれた後姿が今も眼前によみがえってくる」と回顧している。戦傷は誤りで墜落事故の時の外傷で片脚をひき、かつ両眉の間が不自然に歪んでいたのである。

一旦は回復に向うかに思われたが、昭和二年九月、右大腿骨頭がまた悪化し、十二月赤坂見附の前田病院で再手術を受けた。この長期の療養中、悩むことの多かった市丸は、あるいは哲学書も読み、あるいは禅の師家の門も叩き、妻にすすめられて日蓮の教えも考えた。田中智学の国柱会にもはいった。市丸が正信に入るまでを語った記事が国柱会の機関誌『立正教壇』の昭和三年十月と十一月に出た第一巻第五号と第六号とに載っている。

肉体的にも精神的にも呻吟することの多かった市丸は療養中、漢詩や短歌や俳句、書や墨絵、また宝生流の謡いまで学んだ。この強制された長期休暇の中で市丸が自らを棄てず、この種の修養に励んだことが、市丸利之助という深みのある人格を形成するのに寄与したのだと思う。

同期の軍人たちはすでに上に進んでいた。市丸は回復の目処《めど》がついた時、これからは民間人としての道を進もうと思い、辞表を懐にして海軍省人事局へ出頭した。同じような事故に遭い、自分よりもさらに重傷を負った同僚の中にはすでに海軍を去った人もいた。後年たまたまその人に会った時の歌が『冬柏《とうはく》』に載っている。

松葉杖つく我友と東京に会ふ同じ年傷つきし友
修繕に義足はやりつその後頻も再手術せり友はかく云ふ

第一首「松葉杖つく我友と」は「松葉杖つく我、友と」でなく「松葉杖つく我友《わがとも》と」と読む。市丸はこの歌を詠んだ昭和十六年、自分は海軍に留ることが出来てよかったと心中で感じたのではあるまいか。辞職を覚悟していた市丸に対し、海軍は思いもかけぬ新しいポストを用意してくれていた。藤田尚徳少将（海軍省人事局長、大正十五年十二月一日‐昭和三年十二月十日‐五年十二月一日）、あるいは小林宗之大佐（人事局第一課長、昭和二年十二月一日‐四年十一月三十日）らが市丸の人柄を見込んでの特別の配慮と思われるが、昭和四年、市丸少佐は海軍予科練習生の設立委員長に任命された。そして昭和五年には引き続き予科練の初代部長として一期生の教育から始めて彼等が卒業した後までの五年間を追浜《おっぱま》で暮すこととなった。それは市丸利之助が教育者として返り咲いた時期であり、市丸にとっても妻のスエ子にとっても忘れることのできぬ印象深い五年間となるのであった。

予科練の育ての親

日本海軍では山本五十六らがいちはやく航空機の重要性に着目していたことは知られている。昭和五年、横須賀海軍航空隊内に少年航空兵の教育機関として予科練習部が発足し、市丸少佐がその初代予科練部長に任命された。部長とは校長であり、実質上の最高責任者だから、市丸利之助こそ日本の予科練の育ての親だといっていい。

この海軍飛行予科練習生というのは小学校高等科卒業生を対象に三年の課程で飛行搭乗員の養成を行なう志願兵兵種であった。市丸が手塩にかけて教育に当った昭和五年入学の第一期生は七十九名、六年入学の第二期生は百二十八名、七年入学の第三期生は百五十七名であった。第一期の最年少者は大正四年生れ満十四歳、最年長者は大正二年生れ満十六歳だったという。

市丸は「積極的能動的ナル航空兵ノ性格ノ養成」を重んじ、

> 航空兵ヲシテ克《よ》ク是等ノ性格ヲ涵養《かんやう》セシムルタメニハ常ニ其ノ人格ヲ認メテ責任ヲ負ハシムルニ在リト思考致シ候。

と述べている（倉町秋次著『豫科練外史I』、教育図書研究会、昭和六十二年刊）。江田島の海軍兵学校で自分が受けたような、生徒に対する尊敬と自敬の環境が、少年航空兵の養成にも必要だと考えたのである。市丸部長やそれを補佐した浮田信家分隊長の細かな配慮など真に驚くべきものがあるが、一期生が昭和五年六月一日に入隊した直後、浮田大尉は全国津々浦々に散在する少年たちの両親に宛てて懇切丁寧な挨拶状を送って理解を求めている。

> 既に六月も中旬となり暑さも次第に加はつて参りましたが皆様御変り御座いませんか、御伺ひ申上げます。偖《さ》て今般〇〇殿には航空兵を志願され、八十人中一人といふむつかしい試験に目出度く合格されて少

年航空兵として採用され、予科練習部に御入隊されたことを深く御よろこび申上げます。斯《か》くなつたことは合格者各自の努力にもよることと存じますが、また父兄に於てなされたる御尽力もうかがはれて、ただただ敬服の外ありません。

そして体格検査の経緯や「三日の午後は皆軍服に着替へ、四日から授業を始めて居ります。六日には海軍部内の諸星が集られ盛大な入隊式が行はれ、続いて予科練習部新築落成の竣工式があり」いよいよ落ちつくこととなった旨を報じ、分隊長として自己紹介をし、少年航空兵の採用の意味を説明した。

御承知の通り刻下挙国一致、財政緊縮を実行し、また世界を挙げて海軍の軍備縮小に努めてゐる真只中にかうした新規拡張の而《しか》も世界にも例のない新計画が実現されたといふことは、日本の現状が航空方面に大いに嘱望《しよくばう》するためでありまして、御同慶の至りに存ずる次第であります。

世界にも例のない新計画というのは日本の予科練制度が世界でも初めて行なわれた少年航空兵養成の試みだったからである。軍備を制限された水上艦艇に代って航空兵力を充実したい。緊縮財政の下では兵学校出身の士官とちがって人件費が安くすむ少年航空兵の数をふやす以外に手はない。第二次大戦中、零戦《ゼロせん》を駆って最後まで活躍した操練出身の坂井三郎は、『零戦の真実』（講談社）で、米国はパイロットをみな士官扱いしたのに日本はなぜそうしなかったのか、という批判を率直に記しているが、昭和初年の日本としては予科練習部は財政的見地からする苦心の試みであった。「御同慶」といえるかどうかは別として、当時の貧しい日本にはそれ以上は望めなかった組織であろう。

分隊長の手紙に戻ると、浮田は教育主任の市丸利之助以下を紹介し、予科練では最初の三年間は飛行機には乗せず、専ら中等程度の学力の養成を行ない、その後ではじめて一人前の飛行機乗りに仕上げられることを説明する。

入隊すれば直ぐにも飛行機乗になれるとでも思つて居られた方があつたなら一寸期待に外れたことになりますが、一番高い木の根は一番深いのであります。充分飛行機にも乗れ、戦闘に処して立派に働けるためには、餘程しつかりした根が必要なのでありまして、その辺も充分御承知の程御願申します。

戦前の日本海軍が志願兵の家庭に向けてこのような意を尽した広報活動をしていたのかと思うと、その開けた姿勢に感心せずにはいられない。

「多数の教官と分隊士、教班長とそれに皆様御家庭と相携へて密接な関係を保つことによつて、立派な航空兵を作ることが出来るだらうとそれを楽しみに致して居ります」

「家庭と隊員の交渉頻繁のもの程素直に順調におつとめが出来る様に見て来て居ります」

「面会は大いにおすすめいたします。隊では課業時間外（お忙しい時なら課業中でも）は、面会は差支へないことになつて居ります。御出の折は是非小生も御目にかかつて御意見など伺ひたいと思ひます」

そして分隊長は私宅の住所や「普段は夜は隊に居ない時は在宅して居ます。土曜日曜は大概居ます」とまで書き添えている。

終りに〇〇君は現在大いに元気に日を送つてゐますから御安心下さい。

一寸御挨拶迄

六月十日

海軍大尉　浮田信家

○○殿

こんな行き届いた手紙を受取った家庭は、それが印刷物であったにせよ、感激したに相違ない。このような薫陶《くんとう》を受けた生徒たちが市丸部長や浮田分隊長を慕ったのは当然であった。

一体公私を問わず教育機関は設立された当初の数年間はおおむね潑溂として内容充実したものとなる。市丸部長時代の予科練のごときは、尺度のとりようによっては、世界の教育史上でも稀なほどの人材の育成に成功した例といえるのではあるまいか。そのことがとりもなおさず予科練出身者の栄光と悲惨とにつながるのではあるが。

教育者としての面影

倉町秋次が著した『豫科練外史』には当時の生徒たちの貴重な作文がいくつも拾われていて、教育者としての市丸利之助の面影が浮ぶ。

教場にあつては、熱そのもののやうな口調で吾等を諭され、夜戦に、雪中行軍に、何時も吾等と行動を共にされ、細かく気をとめて御指導下さつた。また、荒崎幕営の時、不自由な御身体をも顧みず、競泳に参加して、吾等に意気をお示し下さつたことは忘れられない。（大西幸雄）

この荒崎幕営というのは毎年夏休み、上級生は帰郷する。だが六月入学の一年生はまだ休暇なしで残っている。その一年生が三浦半島の先端に近い荒崎海岸で合宿したのである。学校からまずランチで横須賀に向い、そこから大楠山を越えて三浦半島を徒歩で横断する。そこで一年生同士で広い長浜で思いきり遊泳した。昭和初年の小学校にはプールはなかったし、山国育ちの少年の中には入隊まで海を見たことすらない者もいた。その少年たちが二週間のテント生活の後に有志は競泳や遠泳に参加する。

荒崎の幕営では、我らは部長の大きな傷痕を見て息を飲んだ。しかし市丸部長は遠泳に、飛込みに範を示し、力づけて下さつた。（森田薫）

泳ぎの飲み込みの悪い私たち少数の者に、市丸部長、浮田分隊長までが一々親切に教へて下さつたお蔭で、どうやら泳ぐことができるやうになつた。その時の有難さと嬉しさは、筆舌に尽すこともできない。私たちの疲れた時には拍手して力づけて下さつたり、その深い御心遣ひは生涯忘れることはできない。そして全く思ひもかけず長浜、荒崎間の遠泳を皆と一緒に泳ぎきることもできたのである。（太田晴造）

荒崎は風光に恵まれた土地である。少年たちは「あゝ何といふ絶景だらう」と次々と感激の声をあげた。炊事当番は総員起床より十五分前に起きる。

暫くすると起床ラッパが海岸沿ひの山並みに谺《こだま》して響き渡る。総員起床、幕当番は側幕を上げる。すばやく床をあげて顔を洗ひに出ると、朝露にぬれて生々として草や木が、まづ私たちの精神を朗らかなものにしてくれる。赤く照り映える東天、淡く裾を引く富士の麗姿、眼に入るものすべてに黎明特有の活気が漲つてゐる。（浦田豊四）

そして夕方。

赤い入日を背に厳然と立つ富士。何といふ荘厳。黙つて見てゐるうちに、富士が歩き出して自分に近づいて来て厳《おごそ》かに語りかけてゐるやうな気がする。時のたつにつれて、次第に空の赤さは薄れ、富士の輪郭も淡くなつて行く。（綾部吉次郎）

この荒崎のテント生活で市丸部長は少年たちに、

「富士の如く快適雄大であれ」

と説いた。市丸は初代部長としてこの種の幕営生活を立案実施したばかりか、参加した少年たちに感想を書かせた。倉町氏によれば予科練第二期生の荒崎の思い出は、ザラ紙で二寸ほどの厚さに綴じられ、「幕営雑感」と墨書した表紙がつけられてあった。その表紙裏には、当時はまだ艦隊勤務を想定してのことであろうが、末の方にこんなことも記されてあった。

「節水ニ就テ注意ヲ喚起スルコト」

東郷元帥

市丸部長が少年航空兵に施した教育にはこんな工夫もあった。毎年、六月入学の新入生が一ヵ月の基礎教育を了え、帽子をとった生徒たちの額に日焼けの痕がくっきりとつく頃、生徒たちは東京行軍をする。行軍といっても横須賀から首都まで歩くわけではない。東京駅で下車すると、隊伍を整えて、宮城を拝し、バスを連ねて靖国神社、明治神宮、さらには泉岳寺などへまわるのである。車の少なかった昭和初年のことだから、銀座その他の目抜き通りを行進することもあった。いまでいえば中学三年生が修学旅行に出るのと変りないが、あのころの日本ではそんな旅行の機会にめぐまれる子供は少なかったから、東京を初めて見て驚いた者もいた。

「目のあたり見る広い道路を挟んで、七階八階の高屋が長城のやうに建ち並び、まるで夢のやうだ」（泉山裕）

昭和七年七月十九日の東京行軍の際、靖国神社から明治神宮に行く途中、八台の貸切バスは麹町で停った。分隊長や分隊士の乗っていたバスでは予告があったが、予告のなかった車の者もいた。植込みの多い屋敷町を歩くと、御影石の門柱に「東郷平八郎」と書かれている邸にはいる。玄関前に整列する。

「閣下が出て来られたら挙手注目の敬礼をなせ」

と市丸部長が命令口調でいう。それから市丸はベルを押して案内を乞うた。取り次ぎに出た中年の女性に来意を告げる。

「私の目にはその人も何か偉い人のやうに見えた。この家に住んでゐる人は総て偉い人のやうに思はれた」（野田卓夫）

幼いころから耳にし、絵に見てきた東郷元帥がいま現実に現れるのかと思うと予科練第三期生百五十七名は皆緊張して玄関先から目を離さず起立して待っている。やがて玄関の無塗りの粗末なガラス張りの戸が中から静かに開き、軽い草履の静かな音がして「生ける国宝東郷元帥は我等の前に現れたのである」（栗原瀞）。生徒たちは一瞬、例えば神木の多い荘厳な社前に額づいた時のような気持となった。質素な木綿絣《もめんがすり》に袴をつけた元帥は皆の礼に軽く頭を下げた。目近に立った老元帥は、顔は写真で見た顔だったが動作に力はなく、足もとはよろよろしていた。市丸部長が東京行軍の次第を報じ、先日まで病床にあった元帥にお見舞いの言葉を述べると、東郷は市丸の報告を一句一句領くように聞き、聞き了えると、

「本日はわざわざ東郷をお訪ねくだされて有難う」

と言い、低く、重い、ゆったりした口調で語り出した。東郷は「何事も平素の鍛錬が大切である」と諭した。陣内保はこう書いている。

「初めて拝聴する閣下の御声を一言一句も聞き洩さじと聞き入つた。三十年前に、わが郷里対馬沖で発せられた御命令もこの御声であつたであらう。一句一句力を入れて訓示される眼は、当時の海戦を思ひ出されたかの如く輝いて見えた」

東郷平八郎が二年後世を去った時、その国葬の際、かつて麹町の私宅を見舞った三期生から十八名が選抜され、儀仗隊員として霊柩の前後に近侍した。その昭和九年六月五日、空には指揮官大西司令の搭乗する飛行艇を先頭に二十一機の編隊が弔礼飛行を行なった。編隊が葬列の流れに向けてゆるやかに高度を下げた時、品川沖に碇泊していた戦艦伊勢が十九発の弔礼砲を打ち出した。

空戦他年報効ヲ期ス

市丸部長は昭和七年、日本海軍の最年少の兵士たちを八十四歳の東郷平八郎に会わせることでもって、ほかの誰よりも永く日本海軍の栄光を将来に伝えようとした。近くに立った予科練の生徒の中には東郷元帥の唇が微かに震え、声がかすれがちなことに気づいてそのことを率直に作文に記した者もいた。だが一代の名将と少年兵との出会いは、東郷にとっても慰めであったろうが、それ以上に予科練生徒の胸中に忘れがたい思い出を残したに相違ない。そのような老将との出会いの場を設定したところにも市丸利之助の教育者としての並々ならぬ才覚が感じられる。察するに唐津出身の市丸は東郷元帥の副官をつとめた小笠原長生――小笠原家は唐津の大名であった――と懇意であったから、その伝《つて》でこの訪問も実現したのであろう。

市丸部長の予科練における教育は、太平洋戦争勃発後の教育とは違って、少数精鋭の養成を目的とし、海軍兵学校の教育に似ていた。毎朝五時十五分（冬期六時十五分）市丸部長は号令台に立って生徒たちの挙手

の礼を受ける。厳かな答礼。短い訓示。そして最後に、

「本日の課業につけ」

と凛とした声でいう。

ある朝は起床直後の練習生総員に運動場集合を命じ、

「しばし太陽を拝んだがよろしい」

と言った。清新な海の空気を呼吸しつつ朝日が昇るのを凝視する。そこで部長は明治天皇の御製《ぎょせい》を朗唱する。

さしのぼる朝日のごとくさはやかにもたまほしきは心なりけり

朗唱二回、御製は心に深く印象される。生徒たちはおのずとなにか会得《えとく》するところがある。練習生が規則にそむいた時、一同を集めて黙然と見おろし、

「朝日に向ったらよかろう」

と一言いって、練習生とともにしばし朝日を凝視したこともあった。

市丸は生徒たちに、

第一に人間たるの資格を失ふ勿れ。

第二に帝国海軍軍人たる資格を自覚せよ。

第三に各自の実力を涵養すべし。

と訓示した。人間たることが軍人たることより先に示されているところに市丸利之助の面目がある。それ

は昭和二十年三月、『ルーズベルトニ与フル書』にいたるまで一貫した姿勢なのである。以下に市丸部長の教育者としての面影を伝える生徒たちの言葉を拾わせていただく。

人の人たるべき道を行へと修身の時間に受けた講話は常に我等の心を打ち、我等は斯くあらんものと心に誓ひその実行に努めた。市丸部長は我等を部下としてこの上なく愛された。我等もまた部長の話を承る時は、誰として一言を発する者もなく、咳をも出さず、真に静粛の中に一言も洩らさじと傾聴した。時には瞑想の中に、時には広々とした海に向つて、部長の言葉は我が心に蘇り、勇気づけてくれるのである。（森田薫）

寒中稽古の際も、市丸は不自由な身体であることを意に介さず、自ら竹刀《しない》を取って生徒に対した。西村生徒が満身の力をこめて体当りしたが、部長は頑として動かなかった。ただ体の不自由な市丸はそれに負けまいとしてか、長軀を常にそり返らせて歩く風があった。市丸中佐の講話にはこんな話もまじった。

「進路はお前達で開くのだ」

「進級が少し遅いとか早いとかいふやうなことに拘泥しないで、一生懸命にやれ。お前達の努力による成績如何によつて進級は早くも遅くもなるのだ」

中浜盛人生徒はまだ進級の遅速が気になるにしてはあまりに若い生徒だった。市丸は事故で出世の遅れた自分に対する自戒の言葉としてそんな訓示も垂れていたに相違ないのである。しかし少年たちも市丸中佐は体が不自由であるからこそ実施部隊から退いて教育に専念しているのだ、と思っていた。

倉町秋次は昭和八年、東京高等師範学校を卒業すると、新調の背広に着替えて追浜の予科練に新参の教師として着任したが、教育者としての市丸を回顧してこう評している。

予科練創設に先立つ五年前に飛行機事故の怪我のために市丸さんは郷里唐津に帰って静養した。この時、生きることの意義、生と死の問題と真剣に対決した。氏の教育理念はそこから出発している。氏は一介の武弁ではなかった。練習生に海軍精神の権化《ごんげ》を求める前に、その狙いは遠く人としての全人教育を目指していた。絵画や書道の教師を外部から呼んだり、小鳥や兎などを飼育させたり、草花を栽培させたりして情操陶冶《とうや》の面にも心を配った。

そしてこう結論する。市丸利之助は自分が闘病中の読書や考察を整理することで練習生たちに精神生活の目標を差し示した。それは道徳倫理の空転ではなかった。自らの体験が生かされていたからこそ練習生たちも自発的に実践できる内容の裏付けがあったのだ。倉町はこう回顧する。

思うに、知識や技術を伝達し得る人は多いが、人間の魂を培うことのできる人は稀である。市丸部長はこの数少ない天稟《てんぴん》の資質《ししつ》の所有者であった。

生徒たちは市丸中佐はそのままずっと予科練の父として部長の職に留るものと思っていた。それだけに昭和八年十一月、佐世保航空隊の副長として転任することが発令された時、一同は別れを惜しんだ。

市丸部長の口調はむしろ訥弁《とつべん》であるとはいへ、どことなく侵すべからざる威厳を以て一言一句吾等の心

を刺すものがあつた。その教へは、脳裏に固着して忘れることはできない。(佐藤利美)

こうした一連の文章は市丸が九州に去った後、当時の三期生が書いたものだが、秋雨の中、不自由な足どりで去って行った市丸前部長を見送る生徒たちの真情が感じられる。

「海軍さん」

かつて「大空の勇士」として早期訓練を受けた予科練生がどれほどの国民的期待をになっていたか、敗戦後の日本に育った人には想像できないであろう。昭和五年、第一期生七十九名の募集に際し、志願者が六千名集った、というのである。予科練生の一人上田政雄は正月休暇に北海道へ帰った際の体験をこんな歌にして残している。

わしが子も水兵なりと年老いし見知らぬ人が菓子をすすむる

「海軍さん」は昭和初年の日本では広く国民から愛されていた。昭和九年の末の冬休み石川県の郷里に帰った小藤久輝の歌に、

帰り来て「海軍さん」と子供らにもてはやさるるも嬉しかりけり

六月に入学した一年生は夏は海浜で合宿するため故郷へは帰れない。十二月三十日に初めて十日間の休暇で帰郷する。

わが心早や故郷に帰りしに今日に限りて遅き汽車かな

あのころの日本の汽車はまだ本当に遅かった。それだから松村重治が横須賀から福岡県の田舎へ帰るのは二日がかりだったのである。佐賀出身の富原辰一は歌う。

指折りて子供のごとく待ちたりと父は語れり今年の正月
人は皆日課のことなど尋ぬるに母のみは問ふ寒くはなきかと

このように父母をうたう予科練生の歌に接すると、浮田分隊長がいう生徒の家庭環境の意味があらためて思い返されるのである。元旦、少年兵有吉恒男は山口県の田舎の鎮守の社の前で柏手を打つ。

御社《みやしろ》に夜はほのぼのと明け初めて深山《みやま》に響く拝殿の鈴

予科練生は小学校六年を卒業後中学へは進まず小学校高等科でなお二年の課程を了え、それで予科練にはいった少年たちである。その生徒たちが横須賀追浜での七ヵ月の生活の後にこんな歌を残したのは、市丸部長その人が歌心のある武人だったからである。薩摩守忠度《ただのり》の伝統はまだ生きていた。読者の中には彼等の歌を稚拙と笑う人もいるだろう。しかし過ぐる大戦を戦った各国の航空兵の中でこれだけの詩心をそなえた人がいた国はおそらく日本だけだったのではあるまいか。歌としての良し悪しよりも、この種の文武両道の教育を施したということ自体を私は良しとしたいのである。

航空事故

予科練では第二学年生は毎夏富士山へ登るのが年中行事となった。市丸は各生徒に山頂付近から手ごろな石ころを一つずつ持返らせるようにした。当時はそうした記念を持返ることはまだ禁止されていなかったのである。市丸はそれを予科練の裏山の一角に積んで、そこに小さな祠《ほこら》を建てた。三年間の基礎教育の間は飛行機に乗ることはないから危険は別にない。しかしそれから先のことを考えると、仮に戦争が起らないとしても、飛行機乗りの将来は危ない。やはり神だのみの気持が湧いたのであろう。一期生は昭和七年十月には実施部隊に配属され、訓練飛行にはいったが、昭和八年九月二十七日に最初の殉職者を出した。そしてそれからの一年間のうちに更に五名を事故によって失った。一期生の八パーセントに近い数である。生徒たちが自主的に祀《まつ》り始めた社は昭和九年十一月十日、神官を招いて正式に祭儀を行ない、隊内の神社として朝な夕な生徒たちの詣でるところとなった。

佐世保航空隊副長に転じていた市丸は、この数多い事故死が予科練に与える動揺を懸念してのことだろう、次のような「航空事故ニ対スル考察」を昭和九年七月の予科練生同窓会誌『雄飛会誌』第二輯に寄せている。大正十五年飛行機事故に遭遇し、その後遺を背負って生きてきた市丸は一期生の相次ぐ事故死の報を聞いて言わずにいられなかった。市丸は宮崎、佐藤、吉田（武）、坂田、植野、渡部の六名が殉職したそれぞれの日時、それぞれの状況を述べ、このような意見を述べた。

私ハ航空事故（但シ茲ニ問題トスルハ操縦者ノ過失ニ基キ墜落殉職シタルモノト推定シ得ル場合ニ限ル）ニ対シテハ一ツノ考察ヲ持ツテ居ル。ソレヲ要言スルト「墜落ハ操縦技倆ノ巧拙ヨリモ寧《むし》ロ其ノ人ノ性格ニ関係スル所ガ多イ」ト云フコトニナル。学生練習生トシテ基本飛行教程ニ於テハ墜死スルモノハ甚ダ稀デアルガ卒業後一ヶ年以内ニ殉職スルモノ甚ダ多ク其ノ率ハ最大デアル。

　是レ練習飛行教程中ハ教育ノ指導ハ周到ニシテ習者常ニ慎重ノ態度ヲ失ハズ且ツ任務ノ状況ガ簡単ナル為デアラウ。然ルニ卒業後実施部隊ニ配員サル、ニ至レバ、仮令《たとひ》延長教育中ト雖モ指導ハ勢ヒ練習教程中程周到ナル能ハズ、本人達ハ相当ニ天狗ニナツテ居リ且ツ任務ハ複雑トナル。是等ノ原因ガ錯綜シテ事故ガ発生スルト私ハ観察シテ居ル。

　常ニ慎重ノ態度ヲ失ハズ、或ハ仮令操縦ガ天性下手デアツテモ敬虔ニシテ自覚シテ居ル人ハ滅多ニ墜落死亡ニ至ル迄ノ過失ヲ犯スコトナク、斯《か》クテ永年ノ経験ヲ積ム間ニ如何ナル任務ニモ堪エ得ル立派ナ搭乗員ニナリ得ルモノデアル。

市丸はそのように一般的考察を述べ、事故の一々の事例に即して分析する。

　宮崎君殉職ノ報ヲ聞クヤ、平素君ノ人トナリヲ知ツテ居ル私ハ是ハ決シテ本人ノ粗忽ニ基ク殉職デハアルマイト確信シテ居ツタ。果《はた》セル哉《かな》同隊ヨリノ調査報告ニヨレバ「爆撃運動中、右方向舵操縦索取付ピン脱落ノ為操縦困難トナリ云々」トアル様ニ機体的故障ニ基ク不可抗力的ノモノデ搭乗者ノ為ニ真ニ惜ミテモ餘リアルコトデアル。

昭和九年二月二十一日、朝鮮黄海道で帰還飛行中、僚機とともに山腹に衝突した坂田の場合は、

　大イニ同情スベキモノデアルガ、茲ニ平素私ガ主張スル様《やう》ニ航空機搭乗員タルモノハ常ニ積極的能動的ニシテ機動性ニ富マネバナラヌト云フコト、状況ニ依ツテハ独断専行ガ必要デアルト云フコトニ対スル諸

君ノ注意ヲ喚起セントスルモノデアル。

市丸がこのように注意するのは、下士官や兵の搭乗員は多くの場合、上官の「伴《とも》セ伴セ」の合図に引張りまわされるのに慣らされている。それでややもすれば自主的判断に欠けるからである。上官の飛行機が誤って山腹に衝突した時、それに随伴してしまったのは、故人を非難するわけではないが、判断、決心、処置に機敏さが欠けていたからではないか、とした。

植野君ハ大村空隊勤務中、昭和九年三月六日一二四〇、八九式艦攻デ艦隊トノ聯合演習ニ従事中、発動機故障ノタメ宮崎県細島燈台ノ四四度一〇浬ノ海上ニ不時着シ、機体ト共ニ沈没（他ノ同乗者は無事）シタモノデアル。

植野君ノ場合ハ良好ナル不時着ヲナシタルモ機体ノ沈下意外ニ急ニシテ、同乗者モ一旦水ニ没入シ辛ウジテ落下傘ト機体トノ縁ヲ切リテ浮ビ上リタリトノコトナレバ、操縦席ニアリタル植野君ハ、彼ノ俊敏ヲ以テスルモ「バンド」ヲ解キ、落下傘ト機体トノ縁ヲ断ツ等ノ操作ヲナシ終ラヌ間ニ（或ハ何カ不具合ノ点アリテ）水漬《みづ》ク屍トナリタルモノト想像セラレ、実ニ悲壮ノ極ミデアル。

しかし海上任務に出たのは初めてであり、不時着水後の処置を講ずる上で至らぬ点があったのではないか、とした。そのように注意した後、市丸は死生観を披瀝《ひれき》して結言とした。

航空事故ニ限ルコトデハナイケレドモ、人ハアル程度迄運命ノ神ノ支配ヲ免レルコトハ出来ナイ。不可抗力ニ近シト認メラル、事故ニヨリ殉職シタ者ハ運命ト諦ムル外ハアルマイ。

人間ト云フモノハ、此ノ世ニ生レ出ヅルト云フコトガ自己ノ意志デナイ様ニ、死ヌト云フコトモ自己ノ意志以外ノ運命ニ左右セラル、コトヲ何トモスルコトヲ得ナイモノデアル。人ハ克ク此ノ運命ヲ諦観シテ而モ飽ク迄消極的ニ陥ルコトナク「ナゲヤリ」ニナルコトナク自己ノ職責ニ勇往邁進スル信念ガ必要デアル。

市丸はそう説いて、航空機搭乗員はたとい身分は一兵であり、一下士官であっても、その職責は時として一艦の艦長にも値することを考え、

常ニ昂然タル気概ヲ把持シテ因循《いんじゅん》姑息《こそく》ニ陥ルコトナク、物事ニ臨ムヤ飽ク迄積極的自主的ニシテ常ニ大局的判断ニ立ツテ充分ニ「ヤツテノケル」ト云フ覚悟ガ必要デアル。

そして「充分にヤツテノケ得ル程度」は各自の力量によって相違があることを例示し、最後に日本海軍の搭乗員中の花形となるべき予科練出身者に対して学問的知識の修養、兵術的識見の養成を求めてこう結んだ。

諸君ハ小生ノ微衷《びちゅう》ノ存スル所ヲ理解シテ奮励一番当局ノ期待ニ酬インコトヲ切望シテ止マヌ次第デアル。

第三章　軍人歌人

空司令の日常

市丸は昭和十一年十月一日、佐世保航空隊の副長から鎮海空司令に転じた。朝鮮半島南端の地方色を留める市丸中佐の歌にこんな作がある。市丸は横須賀でも、後年の鈴鹿《すずか》でも、兵隊に運動と娯楽をかねてよく兎狩をさせた。支機《ちげ》は朝鮮人労働者が背にする担荷具だというが、ユーモアなしとしない情景だろう。

　兎追ふつはものどもの鬨《とき》の声《こゑ》兎にあらぬ支機《ちげ》の群出づ

半島の風光は次のように把えられる。鵲《かささぎ》は朝鮮に多い鳥である。

　韓国の航空隊の窓さきの山峡《やまかひ》の草青く雉子《きじ》鳴く
　目にあまる枯枝くはへ打《うち》つれて無電の塔にかへる鵲

元山航空隊へ出張した時だろう、

　春雨にぬれて林檎の花白く北朝鮮に匂ふ朝かな

だが市丸は当時もなお事故の後遺症に悩まされた日々を思い出していた。「ある病臥」と題されたこんな歌も残っている。

病蹶り起《た》たん起たずば遅れなん命の限り益良夫《ますらを》われは

ラジオで浄瑠璃を聞いて、亡くなった母を憶う冬の夜もあった。鎮海勤務中に市丸は大佐に進級した。翌昭和十二年七月七日にいわゆる支那事変が起った。

蘆溝橋に事ありと聞きわが隊も勢揃ひして只命《ただめい》を待つ

その年の八月十四日、第一回渡洋爆撃は台風を避け台湾から行なわれた。それは予科練出身者がはじめて戦争に参加した日であり、同時にまたはじめて戦死者を出した日でもあった。台北から爆撃に向った鹿屋《かのや》航空隊の十八機の九六式陸上攻撃機は九機が杭州飛行場を、九機が広徳飛行場を襲撃し、二機を失った。戦死したのは予科練三期の森田清照航空兵曹である。同期の川崎昇三航空兵曹が操縦した一機は生還したが、この日の戦闘詳報によると、

……地上砲火及ビ戦闘機十数機ニヨル弾痕大小実ニ七〇ニシテ、発動機一及ビ電信機使用不能トナリタルニモ拘ラズ乗員ニ被害ナク、シカモ敵機二機ヲ撃墜シ、夜間単独基地帰投ニ成功セルハ、乗員ノ勇猛沈着称讃ニ値スルト共ニ、本機種戦闘ノ絶大ナルヲ思ハシム。

今日の読者は、こうした個々の戦闘における勇猛沈着のことは話題とせず、いわゆる支那事変の是非そのものをまず問題とする人が多いであろう。「若き荒鷲、殊勲を語る弾痕七十、あつぱれ少年航空兵、廿一歳の川崎航空兵曹」といった褒め方には違和感を覚えるに相違ない。しかし右に引いたのは昭和十二年八月十七日の日本のさる大新聞の見出しなのである。大串三等航空兵曹を機長とするこの双発の陸上攻撃機はその後東京原宿の海軍館の入口に展示され、私などまだ小学校に上ったばかりであったが、赤く矢印で示された弾痕の数々を眺めたものであった。もっともその内地はおよそ戦争とは縁遠く、のんびりと平和であったが。

市丸は昭和十二年十一月横浜空司令となった。飛行艇の仕事に関係した様子だが、飛行艇が実戦とはまだ関係していなかった時期で、市丸家にまつわる回想（戦後『月刊予科練』に掲載されたもの）もいたって他愛ない。当時初めて衛兵当直に立った兵士が、質素な町家のおかみさん風の婦人が市丸大佐夫人とわからず「面会人は何分隊ですか」と問いつめた、といったエピソードも伝えられている。

市丸は昭和十四年四月一日父島空司令となる。海軍兵学校以来の友人で、大正五年初期航空学生の一人として横須賀海軍航空隊に入隊した酒巻宗孝の妹の岩野喜久代は新詩社同人だったが、その夏小笠原へ吟行《ぎんこう》に出た。その芝園丸に市丸の家族もたまたま乗りあわせ、喜久代は司令官舎に泊めてもらった。市丸はその前後、小笠原諸島の父島から約二百五十キロ離れた硫黄島へも飛んだが、当時は砂糖、コカ、レモン草、パイナップル、マンゴ、パパイアなどが栽培されていた。地熱を利用してレモン草の香料を取る工場もあった。この平和な島にはおよそ千五百人ほどの住人が暮していた。

武漢の空

その市丸は昭和十四年十一月六日、第一三空司令として中国大陸に急遽出陣する。市丸大佐の率いる海軍航空部隊は日本がすでに占領していた武漢の飛行場を基地とした。
岩野喜久代が小笠原旅行の歌の載った『冬柏《とうはく》』を送ったことが縁となって、そのころから市丸は柏邨《はくそん》の号で『冬柏』に歌を寄せるようになった。出身地が唐津の柏崎であったし、歌誌もたまたま柏の字を含んでいた。ちなみに『冬柏』は與謝野鉄幹晶子夫妻が新詩社の最後の拠点とした歌誌である。市丸家には平野萬里が添削した歌稿が残されている。市丸は「行ヒテ餘力アラバ則チ以テ文ヲ学ベ」という『論語』の訓に従った人といえよう。市丸大佐の歌は日露戦争当時の森林太郎少将の『うた日記』のような高い文芸的価値はないかもしれない。しかしそのすなおな詠草は、昭和の一軍人の字義通りの歌日記として、記録性以上の何かを有している。はじめに九六式陸上攻撃機の窓から詠んだと思われる幾首かを拾ってみたい。

初秋《はつあき》のパノラマとなる三鎮の田畑蓮池《はすいけ》民家クリイク

これは昭和十五年九月三日、広安をさして離陸発進した際、眼下に見おろした風景である。「三鎮」とあるのは揚子江をはさんだ武昌、漢口、漢陽の三市の総称で、鎮は都市の意味である。なんだか平和な旅客機の窓から下を見おろしたパノラマのようだが、日本海軍航空隊は爆撃に出動したのだ。

金泥といふは当らず揚子江ただ溷濁の幅広き水

金泥は「きんでい」とも読めるが市丸は「こんでい」と読ませて後の溷濁（こんだく）と頭韻を踏んだのだろう。揚子江を膠《にかわ》でといた金粉《きんぷん》のようだ、という人もいたがそれは事実に反する、実際は濁った幅広い水面だ、というのである。市丸はまがりなりに漢詩も作ったほどの人だから漢籍には詳しく、敵地の空を飛びながら中国の歴史を偲ぶゆとりも持っていた。「屈原《くつげん》を思ふ」はその一首である。汨羅《べきら》は湖南省を流れ湘江に注いでいる。

汨水《べきすい》は水涸れたれどなほ澄みて古事を偲ぶにふさはしきかな

澄んだ水は屈原の清らかな心事を思わせるというのである。武人の緊張した、それでいて落着いた精神状態は次の歌に暗示される。

中秋をわれうべなひて夜駆《よか》けする武漢の空に月冴え渡る
勤娘子《チンニャンツ》空のやうにも一面に咲く江畔にたむろする秋

勤娘子《チンニャンツ》とは朝顔で、市丸は中国語の出来る兵に命じて土地の人にその呼び名も漢字名も質したのだろう。江畔とは揚子江畔で第一三航空隊はそこに駐屯していたのである。

江畔の軍《いくさ》の場《にわ》の湯上りに見ればきらめく満天の星

飛行機乗りの習性だろうか、市丸の歌には広角レンズのように面を広くとらえる特性がある。重慶側には漢名を陣内徳と書くシェンノート将軍以下がやがて **Flying Tigers** という義勇軍として加わるが、当時の日本は勝ち戦さで、ゆっくり風呂につかる暇もゆとりもあった。

十月三日には第三回成都爆撃に行く。これは長距離飛行をせねばならず、敵戦闘機の迎撃や対空砲火も覚悟せねばならない。

秋の朝成都に向ふ若者に授けし任務難《かた》くもあるかな

武漢の空は靄《もや》が立ちこめていたが、すでに四川省を目ざして先に飛んだ偵察機からは無電が指揮官機にはいる。

久久に快報を受く蜀《しょく》の空近づくにつれ天候よしと
中空の靄を縫ひ行く編隊の機位も正しく力漲る

上空は快晴である。

三峡の峰にかかれる日和雲《ひよりぐも》つよく輝き秋澄みわたる
天心は紺青《こんじやう》に澄み中空は緑に褪《あ》せてその下は雲

三峡《さんきょう》は湖北・四川両省の境にある揚子江上流の三つのはざまである。市丸はこの三峡や剣閣の名を李白などから知っていたのだろう。剣閣は長安から蜀に入る道の要害として著名だが、

三峡も剣閣の険も数ならずわが編隊は空よりぞ行く
中空にただよふ雲の隙間より蜀の山見ゆ蜀の家見ゆ

戦ひの場《には》とは見えず蜀の秋雲と山との絵巻物これ

機内の温度は零下十度以下となる。編隊は成都上空にさしかかる。

お守りをいただき拝む兵もあり持場を固め爆撃に移る

予期に反し今度は敵の戦闘機は舞いあがって来なかった。

地上掃射わが戦闘機花を撒き成都の空を美しくする

散華

「いやですねえ、花を撒くといっても機関銃の白煙のことでしょう。美しくする、といっても人も死んでるのだから」

教室で「遠征成都」の歌を私がとりあげた時、授業が終ってそう言ったのは中国大陸からの女子留学生だった。私は日本が重慶や成都へ長距離爆撃したと同じように四、五年後はアメリカが東京や大阪へ長距離爆撃したのだ、その数年で市丸の立場も日本人の立場も逆転したのだ、と述べた。しかし日本海軍航空隊に何層倍するB29爆撃機の大空襲を受けた時も、私たちは本土の空を一瞬美しくする米国の空の超要塞という「白金製」の飛行機に見とれたものですよ、とも言った。矢内原忠雄は昭和十八年一月という時期に、満洲事変や支那事変を起した策士たちのことを、

「これらの策士たち謀略家たちはこの世において名誉を受けておりますが、彼らの霊魂は地獄に落ちている」

と言いきる反戦主義者で、そのために東京大学を追われもしたのだが、それでも昭和十九年の暮、『神曲』講義の最終回の近くで、東京の空を飛んで行ったアメリカのB29爆撃機の五機編隊を見た時の印象をこう述べた。

「その中の最後の一機に日本の戦闘機が群れて行ってこれを攻撃しているのを見たのですが、非常に美しい。あれが空襲でなかったならば非常に美しい。B29爆撃機が金色に輝いて光り、周囲に日本の戦闘機の姿が小さいものですから、光の薄い形の小さなのが上へ下へと飛んでいる。ダンテの天国篇の或る場面を連想せしめるに足りたのです」

矢内原忠雄も率直にそんな感想を述べたのだから、飛行機雲が流れるのを見て機上の市丸が、

生絹《きぎぬ》とも綿《わた》ともつかぬ雲流れ機影とともに虹走しるかな

と詠んだのはすなおに口をついて出た印象だったに相違ない。

昭和十五年、当時は日本側が制空権を握っていたとはいえ、四川省奥地への長距離爆撃は片道が千キロ、早朝に漢口を発進して夕方に帰投するという出撃で、非常な緊張を強いられた。昭和十四年十一月三日には市丸の前任者奥田喜久司大佐は成都の太平寺飛行場で被弾、自爆していた。市丸は当時の直属上官から「銃後の人の供養」として託された奥田未亡人が心をこめて作った慰霊のための五色の蓮華の花弁を撒いた。次の「散華《さんげ》」は字義通りの意味で、機銃掃射の意味でも戦死の意味でもない。

わが友はここに自爆す太平寺俯《ふ》し拝みつつ散華するかな

その昭和十五年十月四日、市丸第一三空司令は漢口に帰着して次のような報告を受けた。

　この日友隊の戦闘機隊同じく長駆成都進撃、地上掃射及敵飛行場に著陸偉勲を樹《た》つ。其の帰還報告の時夕陽春《うすづ》き特に美観なり。その内我が育てし少年航空兵ありたれば、

大陸の入日照り映ゆ汝《な》が樹《た》てしけふの勲《いさを》と光り何《いつ》れぞ
著陸し敵胆奪ひ束の間にその名をあげし日本男児

右二首などその巧拙よりも、こうした歌を詠むことで部下を激励する市丸に私は惹かれるのである。小西良吉が戦後「中攻」の戦いの座談会で語ったところによると、市丸司令は「当時、一番機にはあまり乗らずに、たいてい二小隊二番機とか三小隊三番機というカモ小隊カモ番機を選んで乗っていたようでした。なかなかできないことです」。九機編隊の後尾右翼や後尾左翼の爆撃機は敵戦闘機にもっとも狙われやすい、くみしやすい相手なのだ。その市丸司令は重慶爆撃で市街の真ん中に残っている大きな建物に向け八百キロ爆弾を落して近くに当てた東政明を激しく叱りつけた、「あれはアメリカ大使館だ。なぜやったんだ」

飛行機の事故は、空中戦や対空砲火によるものとは限らない。十月七日、第四十一回目の重慶爆撃の際は離陸時に部下の一機が爆発炎上する。司令は一瞬出撃の中止を考えないわけではなかった。

　止みなんか友の屍《かばね》を拾はんかいな吾れ行かん任務は重し
　捲《ま》く煙り漲《みなぎ》る焰ほ掠《かす》めつつ離陸し了る益良雄《ますらを》の伴《とも》

市丸も何度出撃したことだろう。一度は蘭州爆撃に出動して危い目にも遭った。こうして前線にいること

一年、昭和十五年十月末に転勤命令を受ける。十月三十一日、漢口を発ち上海を経、千葉県木更津飛行場に向うに際し、市丸司令は過去一年の戦闘を振り返って目をつむった。

西の空われ伏し拝み黙禱す陣歿将士五十の霊に

『摂待』

帰国して横須賀線の車窓から葉鶏頭《はげいとう》を見て、市丸はある感慨に襲われた。それは平和な時代に海外勤務から帰京した時とはおのずと違う「帰り来て」であった。

目も醒むる雁来紅《がんらいこう》を帰り来て品川に見つ断崖の上

その鮮やかな色彩りはまた命の赤さでもあった。横浜市磯子区磯子町間坂一六七〇番地には妻のスエ子はじめ四人の子が待っていた。一年間留守した間に内地には物資が乏しくなって、店頭には土産にするにもまそうな菓子はなにもない。ただ汽車や電車に人の群がる様に大陸では見かけない日本人のエネルギーのようななにかが感じられる。子供を連れて遊園地へ行ったら、軍事熱が高まって飛行機の大模型が出来ているのには、かえって苦笑させられた。

司令の辛い務めの一つは戦死した部下の遺族を弔問することである。市丸は漢口から手荷物に戦死者の写真帖をおさめて来た。

弔問の花束を抱き幾度《いくたび》か車乗り換へ君の家訪ふ

香煙の漂ふ一間《ひとま》我れを見て椅子に小窓に戯るる遺児
その肩を敲《たた》き自爆を命じたる友の写真に揺らぐ香煙

まだうら若い未亡人から夫が出征した日のことを聞かされる。

さり気なく児等《こら》引き連れて駅に立ち君見送りし夫人なりけり

市丸利之助は大正末年に結婚し一男三女があった。父の出征中は留守家族がよくお詣りに行ったという磯子の日枝神社に、市丸も子供たちを連れてお詣りに行った。

この日頃父の武運を祈りたる子等引き連れて朝詣でする

すると出征兵士の親や妻が身内の者の無事を祈って次々とお詣りに来る。市丸は負傷した部下、病を得た部下、死んだ部下のことを思わずにはいられない。

人はこれ由来空飛ぶ器にあらず樹《た》つる勲《いさを》に身をば損ふ
神経を或は破り耳聾しはた胸を病むあたらますらを
逞しき飛行姿に香煙の揺《ゆら》げる秋の日の悲しけれ

市丸は二週間足らずの休暇の一日、久しぶりに『摂待』をうたった。謡いは大正十五年、墜落重傷を負った時、その長い予後に精神修養のつもりで習ったもので、後にカビエン基地などでうたっていたこともあり、通信兵が電文を持って司令の居室に近づいたものの、電文をいつ渡してよいか、その間合いのとり方に困ったこともあるという。ここで話題の『摂待』の曲は佐藤継信・忠信の母が、山伏姿で陸奥へ追われて下る義経主従をその館で接待する。その時に弁慶が継信の最期を語るという筋の謡曲だが、敗者とその遺族の境遇が語られているだけに哀れ深い。謡いながら市丸は思わず落涙した。三女の美恵子は当時まだ小学校にも上っていなかったから、父の様にすっかり驚いてしまった。

　摂待を謡ひて父の泣くを見て少女驚き菓子もえ食べず
　豈《あに》一人判官のみか子を死なし父奪はれし繰言《くりごと》に泣く
　戦陣に遂に落さぬわが涙家に帰りて落す不覚さ

　市丸は前に『小袖曾我』を謡って人の情に打たれ落涙したことがあった。前線から戻り、今日『摂待』を謡うと、もののふの情にあらためて心打たれたのである。だが『摂待』はけっして過去の話ではない。皇紀二千六百年の祝典に沸く日本で誰もそんなことを思いもしなかったが、四年半後に市丸が戦死し、ついで日本が降伏すると、予科練の生き残りの部下たちこそいつまでも遺族に親切にしてくれたが、世間一般は旧軍人の遺族を冷たい目で見るようになった。淋しいことだが、かつての日の軍人はみな悪者であるかのように遺児が小学校の教室で言われたりしたこともあったのである。

　昭和十五年十一月十五日付で鈴鹿空司令となった市丸大佐は秋晴の伊勢湾で編隊の一機が曳く標的に向けて射撃訓練を繰返した。司令は自分でも引金を引いてみた。

機関銃射てば狙ひし的散りて心弾みぬ若人のごと

年末には市丸はまた正月休暇で横浜磯子の家族のもとへ戻って来た。

満潮《みちしほ》の巻波崩《く》ゆる音聞こゆ冬季休暇の寝醒《ねざめ》の磯に
我が伏屋《ふせや》何もなけれど面白し東京湾を一眸《いちばう》に見て

昭和十五年の磯子はいまと違って臨海地帯に火力発電所やら石油精製所やらの姿は見えなかった。浜辺に立って市丸は、かつて予科練の生徒たちを諭した時と同じように、明治天皇の御製を奉唱した。そして生徒たちに命じたように自分も朝日を拝んだ。

朝靄の包めるままに日輪《にちりん》の海を登るを正眼《まさめ》に拝む

大佐はだが大晦日にもならぬうちに夫人に言いつけて正月の祝いを済ませた。市丸も子供たちも笑ったが、鈴鹿航空隊へ早目に帰らねばならなかったからである。

正月は家に居らねば三ケ日暮にすませて雑煮を祝ふ

昭和十六年の元旦当日、市丸家では夫人もふだん着のままで子供たちと食堂のテーブルを台にしてピンポンに打ち興じていた。そこに思いもかけず海軍の一将官夫人がお年賀に現れたので留守家族は大いに狼狽し

昭和十六年夏の市丸家

た。他方、鈴鹿への帰途、大佐は列車の中でこんな歌を詠んだ。

スキイより帰れる男女雪やけの顔をのせつつ眠れる車窓

青年が目をさますと、海軍大佐がにこやかに近づいて「こんな歌を詠んだから、雑誌に採用されたら記念に送ってあげる」と言った。はじめ住所を聞かれた時は、この非常時にスキーなどに打興じて、と叱責されるのを覚悟しただけに事の意外に驚いた。そして昭和十六年三月俵隆治とその若い妻は『冬柏』第十二巻第三号を送られるに及んで、歌の嗜みのある行きずりの軍人に対しあらためて親しみをおぼえた。その号にはこんな歌も載っていた。

在所嶽鈴鹿峠に雪を刷き整へられぬ伊勢の初春

鈴鹿では雨の日も、雪の日も、晴れの日も訓練は続く。市丸空司令は号令台上から飛行場を見渡して、那須の篠原で霰に打たれる実朝を思い出した。

霽《は》るるをも待たで離陸を企てし飛行機隊の引くしぶきかな

鈴空の司令時代の市丸について当時従兵長だった本田次郎はこう回顧する。「眼光炯々、容貌魁偉、一見近寄り難い威厳を備えておられたが、いざお仕えしてみるとまことに穏やかな方で、部下に接することあたかも慈父の愛児を見るが如くであった」

市丸は巡検終了後は従兵を絶対呼ばない。靴下、下帯等、私物は全部自分で洗う。公私の区別は厳しく、若い士官は「ガソリン一滴は血の一滴」といわれた時代になにかと口実を設けて私用に自動車を乗りまわしたが、司令は私用には絶対使わない。家族のもとに帰省する時はいつも白子駅まで歩いた。戻る時は磯子の自宅を早朝に出ても関西本線の白子駅着は夜半になる。そこから六、七キロの道を不自由な足を引きずり一時間以上かけて帰宅する。日米開戦の前の夏、白子海岸の貸別荘に市丸一家が避暑に来たことがあった。夫人と長男と三人の令嬢たちで、その時撮った写真だけが一家の唯一の集合写真として残された。綺麗なお嬢さんたちを見て本田従兵長は従兵たちと「鳶が鷹の子を生んだな」などと軽口を叩きながら別荘周辺の清掃をした。垣根ごしに市丸がうたう謡曲が聞えることもあった。陽明学の書籍なども多く、本田は従兵長退任の際「致良知」と書かれた色紙を頂いたが、度重なる転戦のうちにその風格のある揮毫も紛失してしまった。

海鵬《かいほう》再征

日本海軍のハワイ真珠湾攻撃の報を市丸は鈴鹿航空隊で聞いた。本田次郎は新潟県村上市小国町で晩年を送っているが、八十歳を過ぎた平成十二年四月にも五十八年前の昭和十六年十二月八日午前八時、市丸が行なった訓示の言葉ははっきりと覚えていた。「(日本は) 現有海軍兵力の一七〇%を消耗しなければ、今次の戦争は完遂出来ない」

だがその市丸も、対米英への宣戦布告の報に接し雲のはれた思いがしたことは、当時の歌からも察せられる。

四百餘州機上に佩《は》きし太刀執ればさながらに湧く矢猛雄心《やたけをごころ》

四百餘州とはかつて中国戦線で市丸司令が爆撃機内に刀を提げて出撃したことをさしている。と同時に市丸が子供の時に歌った小学唱歌「四百餘洲を挙《こぞ》る十万餘騎の敵　国難ここに見る」の『元冦』の歌が大人の心によみがえったのである。唐津のような玄界灘に面した港に日清戦争の前夜に生れ、対馬海峡でバルチック艦隊が撃破されたのが中学二年生の時の市丸であってみれば、祖国を守るために戦うことは自明の正義であった。しかしその市丸がいわゆる支那事変に違和感を抱いていたこと、重慶政府がいつまでも抗日戦を続けるのはその背後に武器を供給し続ける米英がいるからだと思っていたこと、それだけに日本は米英と戦うことで真の敵と渡りあうにいたったと感じたこと、は次の歌からも明らかであろう。

五年間我が日本に立ち籠めし雲を払ひし大詔《たいせう》を読む
新しき修理固成《つくりかため》の時は来ぬ有色の民に所得しめて

当時の日本人の大半が素朴に確信したように、市丸にとっても大東亜戦争とは字義通り、アジアをアジア人のために回復する「天業恢弘《てんげふくわいこう》」の戦いだったのである。市丸は「生ける験《しるし》あり」を実感していた。

人としてこの大御代《おほみよ》に我れ生《うま》れましして戈《ほこ》取るますらをにして

そして各地で次々と武功を樹てる予科練出身者の写真帖を繰った。

アルバムを繰ればうれしや戦へる顔其多く神さびて見ゆ

それはいかにも凛とした美しい顔立ちであった。市丸はいよいよ部下の訓練にいそしんだ。昭和五年六月、市丸が初代部長として横須賀航空隊の一隅の追浜に設立した予科練はそれだけではもう足らなくなっていた。予科練は昭和十四年には追浜から土浦へ移ったが、土浦だけでは十分ではない。その後は三重、鹿児島など全国十九ヵ所に開設された。ラジオや大新聞は帝国海軍の赫々たる大戦果を報道し、やがて「七つボタンの予科練」の歌を流し始めた（しかしその大量速成教育では、もはや初期の追浜時代に匹敵するような、優秀な技能集団を生み出すことは出来なかった。第二次世界大戦末期には、日常生活で自動車運転を心得ているアメリカの若者たちの方がせいぜい自転車の運転の心得しかなかった日本の少年たちよりも、ずっと早く秀れたパイロットになり得たからである。それというのも当時の日本は飛行訓練をしようにも肝腎のガソリンが不足していたからである）。

昭和十七年五月、海軍少将に進級した市丸は第二一航空戦隊司令官としてその夏、南方第一線に立つことになった。市丸は伊勢神宮に参拝する。

命《めい》至る勇みかしこみ大神を拝したるのちみいくさに立つ

「海鵬再征」と題されたその年秋の『冬柏』を読むと、市丸司令官は香港、シンガポール、サイゴン、マニラ、南洋諸島を経て任地カビエン（Kavieng）に向ったものと察せられる。はじめは旅客機で、途中から東南アジアに駐屯していた飛行隊を引き連れて、アメリカ軍のガダルカナル反攻によって始まった戦局の新展開に対処すべく、赤道直下のビスマルク諸島に向ったのである。

雲の峰雲の海など様々に浮ぶ馬来《マレー》の高空《かうくう》を征《ゆ》く
見廻せば雲より海に雨脚の幕を張りたり南支那海
スコオルの幕を出づれば中天の日光時に雲間よりさす
さす日脚それも束の間編隊は更に衝き入る次のスコオル
幾千浬吾れ転進の道にしてコレヒドオルを脚下《あしもと》に見る
快晴の旨受信して一笑す目指す千浬の離れ島より

市丸は戦前にも飛行艇でこの南洋の委任統治領を飛んだことがあった。南方への空路を拓くためだが、ただし当時は外国を刺戟することをおもんぱかり人目を避けて飛んだのであった。
戦時中だから『冬柏』にも伏字がある。というか市丸司令官が自分で固有名詞は伏せたのだろう。

わが為に子がととのへし爪切に爪を切りつつ〇〇〇島見る
爪切りて心に浮ぶ怠りをひそかに叱り南溟《なんめい》を征く
十餘り緑の亀の環に並び引ける華麗の波の尾を見る

そして人麿の「東の野にかぎろひの」に想を借りたこんな歌も、

日西に傾きつれば編隊の機影ひがしに海原に引く

こうして赤道を越え、ニュー・アイルランド島カビエンに着任した。熱帯の太陽の下、編隊を組んで飛んだのだが、大空の涼気が身にしみた。

　下に見る噴火のあとのその儘に港と成れる南溟の島

ニュー・アイルランド島といってもいまは知る人は少ないであろう。ラバウルのあるのがニュー・ブリテン島で、その北に東西に弧をなす島がニュー・アイルランド島である。日本海軍陸戦隊は昭和十七年一月十八日トラック島から発進、二十三日にはカビエンに上陸、これを占領していた。市丸司令官が赴任した直後の第二一航空戦隊は、戦闘機四十八機、陸上偵察機四機から成る新編成の第二五三航空隊（司令小林淑人中佐）と、戦闘機三十六機、陸上攻撃機三十六機から成る鹿屋の第七五一航空隊（司令小田原俊彦大佐）の二つの航空隊から成っていた。この第二一航空戦隊は、第二五航空戦隊が部隊再建のため内地へ帰った間、第二六航空戦隊とともに、基地航空部隊として南東方面と呼ばれたソロモン諸島を中心とする作戦に従事した。

零戦は戦後は日本でも零戦《ゼロせん》と呼ばれるが、当時の海軍では零式《れいしき》戦闘機と呼んでいた。八九式艦攻とか九六式陸攻とかの数字は皇紀の年号の下二桁を取って読んだので、零戦《れいせん》は紀元二六〇〇年（昭和十五年）に開発された日本海軍の主力戦闘機である。市丸はそれを「霊戦《れいせん》」と漢字を改めた。旅順を包囲した乃木希典将軍が二〇三高地を「爾霊山《にれいさん》」と呼び直して、その山で死んだ我が子をふくむ無数の霊の鎮魂を漢詩に託した気持とどこか似ている。

　「霊戦」と其の名轟く飛行機の指揮執る君は黒く逞し

明治二十四年生れの市丸はこの椰子茂る島で昭和十七年九月二十日、満五十一歳の誕生日を迎えた。この日は空の記念日でもある。

　戦の庭に迎ふる誕生日記念にせんと顎髭を立つ

カビエンから出撃する爆撃機も、そこから二百二十キロ離れたラバウルから出撃する護衛戦闘機も、ソロモン諸島へ攻撃に出る。ラバウルからガダルカナルまでは東京から屋久島までの距離である。それだけの距離を飛んで空中戦をしてまた洋上を飛んで戻って来るのだ。「全機帰還」と見張りから報告があっても、機上戦死を遂げた搭乗員を乗せて帰って来る機もある。

　勇ましき機上戦死ぞ然《しか》れどもぬかづけば只涙溢るる
　一抹の蚊遣線香《かやりせんかう》香に擬し君に手向《たむ》くるみんなみの島

司令官の搭乗する飛行機が敵機に襲われたこともある。

　赤色の曳光弾を後ろより射たれて気附く吾れの不覚を

司令官とても一人の警戒要員として背後の観察を怠るべきではなかったのだ。

　見かへれば敵は六機のアメリカン弱敵と見てまとひつくかな

操縦手兒玉の躱避《たいひ》美事なり急旋回に敵やり過ごす
優速を利して敵機は前に出で流し込む打つ右に左に
左手に発止《はっし》と打ち込む敵弾に我が佩刀《はいとう》の切先《きっさき》砕く

市丸が乗っていたのは一式陸攻だったのだろうか。敵六機はノースアメリカンB25だったらしい。市丸は初め「敵は六機のボオイング」と書いた。「アメリカン」では読者が機種のこととは思わずに「アメリカ人」と誤解すると考えたからであろう。しかし戦地に届いた『冬柏』にそれを消してやはり正確を期して「アメリカン」と書き改めている。市丸は望遠鏡で追尾する双発の敵機を認めたこともある。エンジンが胴体にせまり翼より垂下《さが》っている。ノースアメリカンB25爆撃機である。こちらも機銃で応戦するから敵もたやすくは近づけない。敵弾の多くはやがてこちらまで届かず後落《こうらく》するようになる。そして、

既にして敵機次々退きて機上やうやく笑もかへる

カビエン基地

市丸は部下思いの人である。カビエンでも部下があいついで戦死する。「黒く逞し」と歌った戦闘機隊の隊長も未帰還の人となった。

零戦を指揮して君が陣頭に立ちし面影我れ忘れめや
せめてもの心なぐさに失せし機の捜査報告出でて吾が聞く

死んだと思っていた部下が生還した時の言うにいわれぬ喜び。

椰子蟹《やしがに》を喰《くら》ひて命を繋ぎたる人とも見えず逞しき君

予科練の一期生で昭和九年、訓練飛行中に殉職した植野三郎の夢をニュー・アイルランド島で見た。

十餘年前に死したる飛行兵生きてありきといふ夢をみぬ
夢に見し兵の冥福祈りつつ今朝の念願一つはたしぬ
夢に見んわが養ひし飛行兵少なからぬが亡《う》せにける今

念願というのは何なのだろう、故人に夢で会うということなのだろうか。そして市丸は自分が三十四歳、事故に遭い後遺に悩まされたことをまた思い出す。

吾れむかし松葉杖つき子を守り子に躓《つ》きかねつ傷つきし頃

大正十五年の五月五日は長男鳳一郎の初節句だった。その祝いに誰々を招待していた、という四日までの記憶は立派に浮ぶけれども、五日当日の事件発生の午前十一時を中心として前後六時間ずつの記憶は全然回復しない。当日の夕刻なんだか変だと気がついて、側にいる人に聞いて「飛行機で地上に落ちて、これ位で済んだんですから上等ですよ」と言われて初めて落ちたのかと気がついた。それは海軍航空隊にはいって十年目のことであった。――自分の過失かという惧れを抱いたが、調査の結果は操縦索の切断でまず不可抗力と認められ、わずかに自らを慰めた。体験搭乗を希望して親にも内緒で同乗した東大工学部学生、小谷秀三は幸い軽傷ですんだ。東大病院から先に退院した小谷は市丸を築地海軍病院に見舞いに来てくれた。妻のスエ子が「小谷さん。あなたは練習機に乗られたから、運悪く落っこちました。実用機なら大丈夫ですよ。この次は実用機に乗せてもらいなさいよ」と気丈に言うのを聞いた時は、市丸は微笑せずにはいられなかった。そんな昔の事がこの南太平洋の前線基地にいても思い出されるのである。

戦いの合間に島の生活も色彩り豊かに描写される。

仕事場に原住民ぞつどひ来る赤き腰巻青き腰巻
いと赤き槿《むくげ》の花を住民の男このみて挿頭《かざ》す風俗

市丸の歌は原色が美しい。平和時ならゴーガンの絵にでもなるような図だったろう。市丸司令官が島の人の生活にも留意していたことは次の第一印象の歌が印刷された時、それを訂正したことからもうかがわれる。

椰子管理といへば急な用もなし無為を楽器に散ずる彼等

『冬柏』が送られて来た時市丸は鉛筆でこう直した。

椰子管理の職をいくさに奪はれて無為を楽器に散ずる彼等

空襲のない朝は静かである。時には風雨が襲うこともある。

南海の島の道芝降る露にしとどに濡れて冷きを踏む
雨となり風も騒げば獅子舞の頸《くび》の如くに揺るる島の樹

祖国からは飛行艇が連絡便を届けてくれる。

逸早《いちはや》く吾が『冬柏』の四月号著《つ》きぬ實《みのる》の飛行艇にて

この歌は昭和十八年七月号には「海鵬尖守」として載っているから、内地との連絡は相当緊密に取れていたことがわかる。實《みのる》は飛行艇の操縦士関根實である。かつて中国戦線で市丸司令はこの一等飛行兵曹と隣り合わせで着席し、長距離爆撃に出撃した。関根は偵察席でテーブルに航空図をひろげて機位を確認し、無線連絡を担当した。機銃で敵機に応戦することも、爆撃照準することもあった。もっとも、緊張するのは重慶上空のみである。片路四時間あまり市丸司令はメモをとっていた。機上の気やすさで見せてもらうと、それは和歌であり時に漢詩であった。その関根もいつの間にか三十一文字を並べるようになった。六十首ほどたまったところで、分隊士の山縣中尉に頼んで市丸司令に添削《てんさく》方をお願いすると、山縣中尉から「司令は添削は内地の専門家に頼まれた」とのことだった。その話には後でまたふれるが、右の歌は数年前そんな間柄であった関根實の飛行艇で今度は南方前線に歌誌が届いたことをひとしお喜んでいるのである。そして先の兒玉といい、この関根實といい、名前をあげることで司令官は部下に謝意を表しているのである。横浜からは花束も送られて来た。

百合白しグラジオラスは猩猩緋《しやうじやうひ》海空千里なほ匂ふかな

そして女学生や小学生の娘や妻や友人から手紙が届く。

三人の娘三種の封筒を用ひておこす日本の便り
妻の子の又友よりの文つきぬ何《いつ》れを先きによまばとぞ思ふ

そのころの市丸は妻の若き日の姿を夢に見、それを歌によみ、その三首を『冬柏』に送った。それは帝国海軍軍人が、雷跡や爆撃を目撃する日々の間にしたためた愛の歌であり、愛の遺書である。

化粧《けはひ》して娘盛りのわが妻が人込《ひとごみ》をゆく夢も見るかな
吾れ友と語らひ居るを若き妻笑み輝きてそれとなく過ぐ
わが妻はわかき燃ゆる目かがやけるよそほひをして夢に見えこし

南溟の空

市丸司令官については、空中戦の指導についてカビエン基地で間違った訓示をしたのではないか、というパイロットたちの意見もある。市丸にとって空中戦とは零戦とＦ４Ｆの宙返りで円を描く巴戦が中心であった。ところがアメリカ側は、一対一の空中戦では不利と見て、その種の格闘戦を避けて、敵一機に対し二機以上でかかるという戦法を組織的に採用し始めたのである。日本側の零戦隊もアメリカのＦ４Ｆ戦闘機隊が、組織的な編隊空戦で巻き返しに出てきたことについて、次第に気づき始めた。相手が「単機だな」と思って攻撃を仕掛けると、突然、後上方から別のＦ４Ｆが襲いかかってくるのだ。昭和十七年十月、鹿屋航空隊の飛行隊長伊藤俊隆大尉は勢ぞろいした零戦隊のパイロットたちに次のような主旨の訓示をした、と阿部健市二飛曹は回想している。柳田邦男『零戦燃ゆ　飛翔編』四七二頁から引用する。

「お前たち搭乗員は、いまや国の宝である。命を大切にしなくてはならない。そこで、空戦に際しては、次の事柄を心掛けてほしい。

それは、深追いはするな、ということである。敵機は一撃すると急降下してそのまま避退してしまう。一対一の単機空戦の場合を除いて、逃げる敵機を深追いしてはならん。逃げる一機にだけ気を取られていると、別の敵機に上方から撃《や》られる。敵の編隊戦法に巻きこまれることは、きわめて危険である。数で優るとき以外は、くれぐれも注意せよ」

それは実際に空中戦を体験した伊藤飛行隊長の意見だった。ところがその訓示を横で聞いていた市丸司令官は、単機空戦の時代から編隊空戦の時代に移行しつつある、という認識が乏しかった。それで伊藤大尉の訓示に心中おだやかならず、自ら訓示のやり直しをした、というのである。間接的な伝聞であるから表現の正確は保証できないが、市丸少将は物凄い勢いで「いまの訓示は間違いだ」と言った。

「戦闘機隊の使命は、一機でも多くの敵機を撃墜することにある。日本海軍は、仇敵必墜を第一義にしておる。敵を発見したら、どこまでも追いかけて撃墜しろ。指揮官のいまの言葉は取消しだ」

「見敵必滅」は日本海軍の標語で、市丸はその精神主義的訓示を行なったというのである。だがパイロットたちは、実際の体験を踏まえて、一番機、二番機、三番機の間で、共同攻撃、支援攻撃の態勢を守ることを周知徹底してから出撃するようにした、とのことである。

市丸がカビエンを中心に指揮した一年弱は、昭和十七年夏から十八年春にかけてだが、それは開戦当初は優勢だった日本海軍航空隊が次第に劣勢におちいる期間でもあった。

市丸はカビエンの司令官の居室に門標をかけた。

楷書して海濱亭と札立てぬ島の歩道の椰子葺《やしぶき》の小屋

しかし敵機の来襲は絶えない。デング熱に罹った司令官はそのたびに寝台ごと防空壕に入れられる。腕時計を巻くひまもなく壕に待避したこともある。

昼となく夜となく敵機おし寄せてわが熱病をいらだたすかな
地響きの音の次第に近づけば室に残せし時計を憶ふ
一劃《いつくわく》を占めて寝《ゐ》ぬるに我が足の長きに過ぐる壕の内かな
服を著け靴を穿きさて頭にはタオルを巻きて我が寝たる壕
鏡割れ戸割れ引出し飛び出《い》だし爆撃後のわが室あはれ
敵去りて夜の沈黙の帰る時月の木影に蛍火《ほたるび》流る
椰子林坊主林に変じたる爆撃の跡すさまじきかな
爆撃の跡にはあれど草の穂を小鳥のつつく南《みんなみ》の島
草の穂に小鳥とまれば草撓《たは》むたはむ草の穂鳥取りて喰《は》む

この最後の歌などその微妙な揺れに武人市丸の細やかな感受性が偲ばれる。

昭和十八年は四月に山本五十六連合艦隊司令長官がカビエン基地を訪れた。その日は雷が打ちふるえて鳴り、雷神までがかしづくがごとくであった。

大将軍来る日は空に鳴る神もいつき侍《さぶら》ひ島うち震ふ

だが四月十八日、山本長官機はソロモン諸島上空で撃墜されてしまう。

かへり来ぬ空の愛子《あいし》を惜しみたる大将軍もまた帰り来《こ》ず

この前線基地でもさまざまな出会いがあり別れがあった。市丸は予科練部長の最後の年の昭和八年、学校を出たての倉町秋次を漢文の教師として採用した。その倉町は予科練の同窓会誌『雄飛』を携えてこの前線まで慰問に来た。その中には航法に関する計算の仕方なども書かれていて実戦に役立つものもあったのである。倉町がカビエンにいた間にも、予科練四期生の上野六十男は指揮官機の操縦員として出撃した。市丸司令官とともに倉町は飛行場で帽子を振って見送ったが、上野は帰って来なかった。彼は第一次ブーゲンビル島沖空戦で戦死した。

君悼《いた》む吾が心情を知るごとし雨に打たれてうなだれし旗

その「佳美苑」基地で柏邨司令官から色紙を頂戴した兵士には佐賀県多久出身の荒谷次郎もいた。

音たてゝ椰子にタリサにスコオルの降れば涼しさ肌に沁み入る

予科練出身の旧部下とはあるいはカビエンで、あるいはマリヤナ諸島の基地でしばしば再会する。

大陸を襲ひし頃は紅顔の部下なりけるがいたく老いたる
そのかみの一等兵と朝まだき昔を語る飛行場かな

遠藤幸男は予科練一期である。早く父を失い母一人に育てられたためか、市丸を父のように慕ってくれた。市丸は一夜遠藤と語りあった。「われ問はざれど」遠藤は戦死した仲間のことを語った。

誰はいつ誰はいづこと討死《うちじに》の話するかな古武者の君
君生きて中尉に進み空を征《ゆ》く得難き国つ宝とはなる

この老練の遠藤は昭和十九年十一月から翌年一月にかけて厚木基地から夜間双発戦闘機月光で発進し、B29爆撃機の後下方の死角から迫り、あらかじめその角度に射角を設定してあった機関砲でもって計十四機を撃墜破したと伝えられる人である。右の歌は二首ともここに掲げた初出の方が良い気がする。「生き残り中尉に進み」と市丸は加筆訂正したこともあったが、昭和二十年死んで遠藤中佐となった。その時、米沢の母親のカタカナの手紙が新聞などに紹介されたことを私は子供心に記憶している。

昭和十八年夏の日本は次第に守勢に立たされた。『冬柏』昭和十八年九月号の歌が、それまでのカビエン時代の「海鵬尖守」といういかにも南方一線の尖兵を思わせる題から変って「海鵬三征」となったのは、基地そのものがマリアナ諸島へ転じたからではあるまいか。そこには新しい飛行機が次々と飛来する。

「陸攻」のずらりと並ぶ飛行基地見つつ露台に立てば楽しき

「陸攻」とは昭和十二年八月の渡洋爆撃や重慶爆撃などの際に用いられた九六式陸上攻撃機もさすが、ここでは一式陸上攻撃機をさすのだろう。いずれも本庄季郎の設計にかかわる。終戦までに九六式陸攻は一〇三二機、一式陸攻は二四一六機生産された。この一式陸攻生産数は双発機としては日本最大である。だがこの程度の量産では、相手がイギリス一国ならともかく、アメリカには敵するべくもない。半世紀前のアメリカには当時の日本にはまだなかった自動車産業がすでに存在していた。それをひとたび航空機産業に転換すれば「持てる国」アメリカの物量は「持たざる国」日本をたちまち圧倒したのである。

それでも新鋭機が飛来した時は市丸司令官は嬉しかった。次の歌は試乗した時の印象である。

酸素マスク掛くればをかし浮き浮きと鼻唄なども浮き出づるかな
煖房ありまた酸素あり高高度空の機内の思はざる春

昭和十八年九月一日、市丸少将は帰国命令を受ける。

幾万里西に南に鵬翼を駆りつつ軍《いくさ》してかへるかな
南溟の空より急に帰り来て打ち見る富士ぞ尊かりける
わが国の富士の高嶺の浮ぶ見ゆ伊豆七島の続く彼方に

九月二十日、市丸少将は宮中に参内する。

昭和十八年頃

切先の折れし軍刀我が佩《は》きてわれ参内《さんだい》すわが誕生日

市丸は中国戦線でも搭乗機のガソリン・タンクを射ち抜かれ、辛うじて生還したことがあった。佐賀でその時のことを語って、「郷党を挙げて祈願をしてくださったお陰で無事に帰還できました」という趣旨を述べた。人間、死生の境をくぐり抜けると信心も湧く。市丸は前に橘周太中佐の軍刀をしたしく手にとって見たことがあった。日露戦争で首山堡を夜襲し、勇往邁進壮烈な死をとげた橘は軍神とうたわれた人である。それは兼光の名刀だったが柄が敵弾に砕けていた。市丸は軍刀をいつも機上に持ちこんだ。それは命を託す護符でもあった。その忠廣作の刀は、先の歌にもあったように、ニューギニアの上空で敵弾を受け切先が飛んだのである。市丸は宮中に参内する光栄をその刀とともにわかちあった。だが市丸の身に寄り添うこの刀にはなおさまざまな運命が待ち受けていた。

富士讃歌

雲表《うんぺう》に富士の高嶺の黯《くろ》ずみて浮ぶに逢へり帰り来りて

昭和十八年九月初め、内地勤務を命ぜられて日本に帰って来た時、市丸がまだ思いも及ばなかったことは、その十四ヶ月後にはこの雲表にぬきんでる富士山を目標に、いま市丸が飛んで帰って来たと同じサイパン―横浜のコースをたどって、米国の四発爆撃機の大編隊が日本本土空襲に北上して来る、という事態であった。だが今回の第一三連空司令官兼鈴鹿空司令という一年弱の内地勤務の間に戦局はいちじるしく悪化して行く。市丸利之助の詠草にも明るい歌はもはや多くない。いま市丸が昭和十九年八月、最後の任地硫黄島へ赴くまでの一年の心境を『冬柏』に毎月のように寄せた歌から探ってみよう。
昭和十八年は七月二十五日にムッソリーニがローマで逮捕され、九月八日にイタリアが降伏した年である。

夢をかしムツソリイニと同牢し患《うれ》ひを共にする夢を見つ

「をかし」といっているが、国際情勢が枢軸側に不利になりつつあることへの危惧《きぐ》がこんな夢と化したのだろう。
不安の種はもっと身近にもあった。市丸たちが育てた予科練兵は緒戦で真に輝しい戦果をあげ、戦争がもはや大艦巨砲の時代でなく飛行機が中心の時代であることを明らかにしてくれた。昭和八年、当時海軍航空技術本部技術部長だった山本五十六少将の提唱で「遠洋進出哨戒・攻撃」で陸上攻撃機が開発され、航空母艦を中心とする機動部隊作戦も次々と実施されたのだが、航空機の重要性をいちはやく認識し、作戦を指導した山本五十六大将その人がブーゲンビル島の上空で戦死してしまった。帰国した市丸は多磨墓地に死後元帥に列せられた山本の墓前に額づいた。

前線に我れ元帥を迎へし日けふの墓参を豈思《あに》はめや
松青くカンナの赤き多磨墓地に鉛の如きわが心ども
わが心次第に激《げき》しとどまらずあいかなれば君仆《たふ》れたる

戦局の悪化は米日両国の生産力の差に由来する以上、たとい山本五十六連合艦隊司令長官が生きていたとしても、この劣勢は喰い止めることは出来なかったはずである。それなのに市丸のこの感情の激しさは、航空決戦の主導権が次第にアメリカ側に奪われつつあった当時の事態への焦りに似たなにかだったのではあるまいか。

昭和十九年二月十七日、米機動部隊はトラック島を襲撃した。同六月十五日、アメリカ軍は一気に北上してマリアナ諸島のサイパン島に上陸した。サイパンから一般市民をまだ内地へ疎開させぬうちに米軍の上陸が行なわれたのは、やはり日本側が虚を衝かれたのだろう。市丸はカビエン基地にいた一年前、業務連絡でサイパンやテニアンやグアムへ赤道を越えて飛んだことがあった。当時はまだ第一線でなかったこの後方の島々は平和であった。テニアンでは南洋興発テニアンクラブの別棟を宿舎としたが、そこで戦後肥後日日新聞の社長となる加藤暁夢や阿部興資と句会を開いたことも、杖をついて吟行に参加したこともある。

ひとときの命を咲くや美人草

とはその「海鵬三征」の頃の句であろうか。もはや餘命いくばくもないという予感が影を落している佳句である。美人草とは雛罌粟《ひなげし》の別名である。

当時テニアンのカッチ山の洞窟には杉浦佐助が住んでいた。愛知県の宮大工であった杉浦はいちはやく南洋諸島に渡り、昭和四年土方久功《ひじかたひさかつ》がパラオへ渡るやその通訳となり彫刻の弟子となった。十年間四歳年下の土方と行動を共にした佐助は、昭和十四年土方の後押しで銀座三昧堂で「幻怪」な彫刻を展示して反響を呼んだ。高村光太郎は「あの南洋の土地からでなければとても生れないと思はれる原始人の審美と幻想とに満ちた、恐るべき芸術的巨弾」と激賞し、佐助に南幽の号まで授けた。テニアンで島の女と結婚し、日本軍玉砕のあと米軍捕虜となりキャンプで事故死した佐助の後年の作品はだが「ヤマタノオロチ」一つを除いて伝わっていない。その一つは加藤暁夢に紹介されて佐助に会った市丸が、自分の形見として佐助の作品を慇懃に所望し、暁夢に頼んで唐津の留守宅に送らせたからであった。市丸は「ヤマタノオロチ」の完成を見ずに、移動してしまったが、マリアナ諸島の思い出をこんな歌にしている。

スパニヤとメリケンの血と分けたればチヤムロの少女眉目《みめ》よきもあり

聞けば少女の父も兄もグアムの米軍に属していたためか捕虜として日本へ連行されたという。だがマリアンもドルチイもメリケン風の踊りをおどったばかりか、踊り了えると花輪を市丸少将の頸にかけてくれた。それから十二ヵ月後、マリアナ諸島は戦乱にまきこまれてしまったのである。ガラパンとはサイパン島の町だが、市丸は原住民チャムロ族の身の上も気づかった。

ガラパンの護りも遂に危きかわが見し少女いかがあるべき

サイパン島、テニアン島、グアム島が次々と米軍に占領されて行く。日本の連合艦隊の一部は出動したが、昭和十九年六月十九日、マリアナ沖で敗れた。米国海軍航空隊の方がいまや質量ともに日本海軍航空隊を上まわる実力を備えるにいたったのである。

戦局はにわかに深刻化し、東條内閣は倒れた。サイパン島以下のマリアナ諸島が敵手に渡ったことは、日本本土がまもなく米国の長距離爆撃機の攻撃範囲内にはいることを意味する。すでに中国の成都からB29爆撃機は北九州めざして飛来していた。日本国民はつい数年前までは日本の陸の荒鷲や海の荒鷲によって重慶や成都が爆撃される様を他人事のように思い、映画館でニュースの中で爆弾が空を泳ぐように落ちて行くのを痛みも覚えずに眺めていたが、いまやそれに何層倍する大空襲が着々と準備されつつあった。一九四四年、アメリカのB29四発爆撃機は量産体制に入り、年末には月産一三五機に達した。その昭和十九年夏はわが国の航空機生産がピークに達した時期だが、その最高頂の時点においてさえ、日本側の生産機数は米国側の四分の一にも及ばなかった。

操縦士の質もいちじるしく低下した。開戦当初は日本の戦闘機一機は敵五機に相当すると言われたが、もはやそうした楽天的な見方を口にする軍関係者はいなくなった。内地では訓練をしようにもガソリンが不足していたのである。牧野原にいても、一時兼務する鈴鹿航空隊にいても、市丸は日米航空戦の推移を、戦闘という面においても生産という面においても考えていた。教育という面や訓練という面においても考えていた。すでに昭和十七年秋、カビエン基地にいた時、市丸司令官は日米の優劣について、とくに両者の物質的装備の優劣について、暗い予感に襲われたことがあった。

わが心曇りぬ業《わざ》かもののぐか何《いづ》れの国ぞ立ちやまさると

しかしこの海軍の司令官も、当時の日本人の多くがそうであったように、そのように比較的に日本を眺めることと自体を拒否してしまったのかもしれない。というか、自分の任務はあくまで与えられた武器で闘う軍務であって、戦争の継続とか中止とかいう政治の問題は内閣や軍上層部が決めることと思っていたであろう。国際政治のことは念頭にあったが、市丸は非政治的な軍人であった。

ところで『冬柏』誌上で気づかれるのは、昭和十八年秋から十九年にかけ、わが国の敗色が濃厚になるにつれて市丸に富士にまつわる歌が増えた、ということである。徳川時代の日本では北斎や広重が平和な日々に画筆で富士を描いた。昭和の日本でも横山大観など多くの画家が描いた。だが戦時下の日本でも、あるいは爆撃機の窓から、あるいは飛行場の号令台から、朝夕富士を眺めては繰返しうたっていた軍人もいたのである。

木更津の海越しに見し朝日さす富士の麗容我忘れめや

これは昭和十五年、中国戦線から生還して木更津基地から浦賀水道越しに見た時の作である。昭和十八年、南方戦線から帰還した市丸少将は第一三連空司令官として大井川西岸の、現在の静岡空港にほど近い、牧野原基地にいた。大井川が駿河湾に注ぐ川口から御前崎にいたる辺りが相良《さがら》だが、その海岸から仰ぎ見た景色は戦前も戦後五十年の今も変らない。

群峰の箱根天城を従へて富士南面す海の彼方に
讃美して富士大王と吾呼ばん相良の濱に富士を仰ぎて
頂上は残照するにいちはやく富士の裾野へ寄する夕靄

この三首は飛行場建設が行なわれていた昭和十五年末頃の作である。牧野原基地で見る富士は南方で死線をくぐってきた市丸の目にはことのほか美しく見えた。

司令部の椅子を斜に構ふればゐながらにして富士見ゆる窓
大井川橋を隔てていさぎよき富士の姿を仰ぐ秋かな
隊内の社《やしろ》に詣で朝な朝な富士を仰げば我が心澄む
東海の小春日和の柔かく夢より淡く富士霞みたり
遠江《とほたふみ》牧野が原の高台に朝日かがやき富士見ゆる秋

秋進み西風《にし》寒けれど今朝も亦《また》眺望台に来て富士を見る

一連の富士讃歌は戦局の推移とは別天地のような穏やかな澄んだ心境である。そこには軍国時代の絵や歌にありがちな気負うたところが見られない。連作は昭和十八年十一月十五日に牧野原に着任した晩秋に始って昭和十九年の春へと続く。次の歌など飛行機が雲を抜けて上空へ出た時、富士もまた雲表に出たのが見えたかのようなダイナミックな動きが感じられる。

垂れこめし雲中腹《ちゆうふく》に凝結し忽《たちま》ち白く抜け出づる富士

富士への愛着は飛行機乗りのこの軍人歌人が、地上からのみか空中からも富士を眺める、その印象の多様さにもよるのだろう。市丸の富士百景はおおむね平和で、これが戦時下の日本かといぶかしく思われるほどである。

夕靄の伊豆を包みて海原も富士も縹《はなだ》に冬の日暮れぬ
紺青《こんじやう》の駿河の海に聳えたる紫匂ふ冬晴れの富士

縹《はなだ》は薄い青ないしは薄い紺である。昭和十九年の春が来た。

野も山も包み了りて春霞包みあませる富士の白雪

だがこのような手弱女振《たおやめぶ》りは益良雄振《ますらおぶ》りと表裏をなしている。市丸は生と死の境を生きる人であればこそひとしお深い感慨で富士を詠んだ。死を覚悟した者は永遠を求める。市丸は富士に国士の永遠を見る。その祖国の悠久を信じようとしたからこそ、朝な夕な霊峰を仰いで、わが命を託するような思いで富士を詠んでいたのではあるまいか。

昭和十九年、敵がサイパン島に上陸した初夏、市丸少将は三度第一線に立つ内命を受けた。戦時下の日本ではまれなことだが、市丸は横浜グランド・ホテルに岩野喜久代など『冬柏』の同人を招いた。岩野は昭和十五年六月、市丸司令の漢詩と和歌と関根實航空兵曹の和歌六十首とを『空中艦隊』の名で小冊子に合本として世に出してくれた人である。岩野は関根が空中戦をうたった、

映画見る心地こそすれ敵の機のクロオズアツプ我れに迫り来

を新時代の新境地の歌だと好意的に評した。その岩野はその四年後の夏もまだ日本の勝利を信じていたにちがいない。市丸の四人の子供たちは思いもかけぬ宴会に無邪気にはしゃいでいた。ただ夫人のスエ子だけは夫が何故この宴に人を招いたかを知っていた。以心伝心で武人の妻にその覚悟は伝わっていた。市丸は自分が一昔前親しく教えた追浜の予科練の一期二期三期四期という日本海軍の至宝のパイロットたちの過半がすでに戦死したことを知っていた。上司として市丸は自分がまだ生きていることがなにか負目であるかのように感じられる時さえあった。

大陸に太平洋に勇ましき部下を死なせつ我れいまだあり

昭和二十年八月十五日までに予科練一期生は七十九名中五十六名が戦死し二十三名が生き残る。この七割強という戦死率は戦争末期の海軍兵学校出身者の戦死率にほぼ匹敵する。やがて第二七航空戦隊司令官に任ずる旨の命令が出た。その時、市丸はあらたまって「正述心緒」と題して次の三首の歌を詠んだ。

わが国土護らざらめや富士秀で桜花咲く天皇《すめらぎ》の国
わが命霞ヶ浦に蘭州にニウギニヤにも落さで来しが
天皇《すめらぎ》の国護るべくわが命遂に捨つべき時となりけり

こうして思いのはしを述べると市丸少将は牧野原基地で引継ぎをすませ、伊勢の皇大神宮に詣でた。

三征の命をかしこみ神風の伊勢に詣でて出で立つわれは
この度はかへらじと思ひ神路山内外の宮居をがむかしこさ

昭和十九年八月上旬、市丸は木更津基地から飛行機で硫黄島へ向った。

夏雲の褥《しとね》ゆたかに紫の色もめでたき富士のいただき
既にして富士ははるかに遠ざかり機は一文字南の島

この歌を最後に市丸利之助が富士を歌うことはない。市丸にはふたたび富士を見る機会が訪れなかったからである。

第四章　硫黄島

栗林陸軍中将と市丸海軍少将

昭和十九年六月、アメリカがラバウルやトラックを飛び越して機動部隊を北上させ、マリアナ諸島を一挙に奪った時、

「次は硫黄島だな」

という思いが東京の大本営の参謀たちの間に走った。それはサイパン、テニアン、グアムのマリアナ諸島を占領した後は、アメリカ軍が直接日本本土進攻を志向するにせよ、南方との交通遮断を狙って沖縄など東シナ海方面へ進出を試みるにせよ、硫黄島を制圧することはいかにも有り得ることだったからである。

硫黄島は東京から一二五〇キロ南に位置し、さらに同じ距離だけ飛ぶとマリアナ諸島に達する。島の長さは南北八・三キロ、幅は東西四・五キロ、広さは東京都の品川区ほどの面積である。そんな小島だが、東京とマリアナ諸島の中間点にある唯一の平坦な島であった。そこにある三つの飛行場の戦略的重要性は高かったのである。

米軍からすれば、硫黄島を占領すれば、マリアナ諸島の基地から発進するB29長距離爆撃機が日本を空爆中に被弾・故障した場合でも帰途不時着できる。またたとい途中で海上に不時着水したとしても、その飛行機を硫黄島から救助に行ける。さらに硫黄島から戦闘機に補助タンクを付ければ日本本土を空襲するB29爆撃機を掩護できる。そのほか日本本土進攻の際の重要な一基地となり得ることも考慮されていた。

それに対し日本側は、この島が敵手に落ちれば硫黄島を基地として米軍のＢ24爆撃機とＰ38戦闘機、Ｐ51戦闘機の戦爆連合でもって本土空襲に飛来するものと予想していた。それは日本側はＢ24は量産が行なわれているが、航続距離が六千キロを越すＢ29の量産は遅れている、と推定していたためである（昭和二十年二月十八日付『朝日新聞』解説）。

日本陸軍は栗林忠道中将を第一〇九師団長に任命し、同時に小笠原地区集団司令官にあてることとした。相模湾の南に大島から始まる伊豆諸島が点々と八丈島に至り、その先に小笠原諸島があって、そのさらに南に硫黄島があるのである。

栗林中将は騎兵科の出身、かつて陸軍省馬政課長時代、『愛馬進軍歌』の歌詞を広く国民から募り、それを軍国歌謡として全国に流行させた人である。

国を出てから幾月ぞ
共に死ぬ気でこの馬と
攻めて進んだ山や河
取つた手綱《たづな》に血が通ふ

日支事変の初期の大陸で輸送力として必需の軍馬に対する国民的関心をこうして高めるのに成功したというから、栗林は並みの軍人ではない。しかも「取つた手綱に血が通ふ」は、歌詞の選定に当った栗林自身が添削加筆した一行だった。

陸軍大学校を二番で卒業した栗林はまた日本陸軍有数の米国通でもあった。すでに昭和三年三月から昭和五年七月まで騎兵大尉から少佐の時代に第一回のアメリカ勤務をしているが、栗林の「お父さんより太郎君へ」という小学生の長男に宛てた絵入りの手紙は何十通もあり、太郎はそれを揃えて一冊の本にしているという。それにはこんな図が描かれていた。米軍の将校と馬に乗って演習に行くところ、将校家族のダンスパーティに招待され美人たちからサアサアと積極的にダンスを求められて閉口しているところ、栗林は自動車を買って自らアメリカ大陸を縦横に走ったが、大高原を走っているところ、吹雪の中で立往生しているところ、テキサスの風景、ハーヴァード大学の中庭での昼寝、博物館の時計、友人がアパートを訪れ「栗林君には部屋が良すぎるよ」とからかっている図、六十人のお客を一流ホテルに招待しているところ、アメリカの子供たちになつかれ閉口している様まで面白く絵に描いてある。それらは片仮名を主とし、それにわずかの漢字を入れ、小学生の太郎にも読めるよう気を配り、必ずスケッチが添えられた絵手紙であった。——太郎は硫黄島から大学生の自分に向って「御身の手紙は表だけへ一行置きに書いてゐるが、紙の節約上よくないことです」などと細かな注意をよこした父を煙たく思ったこともないわけではない。だが父の死後その絵手紙を読み返すと、日本人として外国人に笑われない立派な紳士となるよう努力した父だと太郎は思わずにはいられない。（この栗林忠道の絵手紙はその後吉田津由子編で小学館文庫本に収められたが、栗林その人についての適切な解説がなく淋しいことに思った。二〇〇五年に出た梯《かけはし》久美子『散るぞ悲しき』（新潮社）には栗林指揮官が硫黄島から家族に宛てた手紙が多数引用されている。ただしこれはさかしらな解説が時々ついていて誤解を招く。むしろ栗林中将の手紙だけの方が良かったのではないか、と思わせる一冊である。）

栗林忠道は背はすらりと高く、肉はひきしまって、見るからに端正で聡明な将軍であった。第二次大戦を通じて、最高指揮官の個性が戦闘に強烈な影響を与えた例は日本側には必ずしも多くはないが、硫黄島の戦いは栗林中将あっての戦いといえるほどで、その作戦は日本敗れたりといえども戦史に名を留めるものとなった。

米軍がサイパン島に上陸する一週間前の昭和十九年六月八日、栗林中将は空路硫黄島に着任した。小笠原

栗林忠道

諸島でなく南の硫黄島を司令部に選び、最高指揮官が指揮下部隊に先行したのは、アメリカ軍の攻撃目標は硫黄島以外にはないという戦略上の判断と、指揮官は戦場の焦点に在るべしという信念に基づいていた。

「ここは皇土防衛の第一線である。ここで俺は死ぬ」

栗林は自分が親しかった騎兵隊の先輩の小畑英良中将や斎藤義次中将がグアム島やサイパン島でどのように戦ったか、その報告電報を注意深く検討した。そして自分が硫黄島に赴任した時は、その健在をまだ信じていた日本の連合艦隊が実はすでに敗れ、海軍や空軍の援護はもはや期待できないとじきに知ると、従来型の水際撃退作戦の計画を捨て、敵軍の上陸を一旦許した後、地下の陣地にたてこもって地上のアメリカ軍に出血を強いる、という作戦に切り換えた。そのために兵に命じもっぱら穴を掘らせたのである。比較的にいえば地下壕の掘りやすい地質であるとはいえ、硫黄島の自然条件ははなはだ悪かった。着任一月後の昭和十九年七月七日、中将は満五十三歳の誕生日を迎えたが、その日夫人に送った手紙に、

「皆々変りない事と思ひます。私も丈夫でゐますが、此の世乍ら地獄の様な生活を送つてゐます」

と書いている。栗林中将の私信は、もし一兵卒が家族に書き送ったなら必ずや検閲にひっかかったに相違ない率直な感想が混じっているのが特色である。「この世ながら地獄」というのは硫黄ガスが噴き出すからで、島は地熱が高く、地下十メートルを目標に地下壕を掘ると内部温度が摂氏四十九度に達する。しかし水が湧かないからこそ壕も掘れたのである。硫黄ガスのためか雀も生息していない。湧水はなく天水が頼りだから、一人が使える水の量が極端に乏しい。栗林司令官は飯椀に使う洗面器に少し入れて顔を洗い——と

いっても目を洗うだけで、その同じ水で副官も洗い、残りは丁寧に取っておいて便所の手洗水にした。そんな毎日だったから、中将は視察の途中、部隊長の一人がかすかにたたえた水に手拭いをひたし、捧げるようにそっと顔をぬぐった時、色をなして叱った。上級将校の優遇を認めないこの司令官は兵たちの信望を集めた。

こうして半年かかって地下二十メートルの戦闘指揮所、住居用坑道陣地一二・九キロ、交通路三・二キロ、貯蔵庫一キロ、陣地一キロ、そして南の摺鉢山には蜘蛛の巣状に約六キロの地下陣地がはりめぐらされた。栗林中将は住民を三次にわたって本土に引揚げさせた。

市丸海軍少将は栗林中将より二月遅れて昭和十九年八月、島の飛行場に降り立った。着任の日にもいち早く敵機が来襲したが、それは日本機が軽くあしらってくれた。しかし市丸は、硫黄島に自分の乗るべき飛行機もないまま取残された海軍の搭乗員たちから、最近の深刻な事情を聴かされた。

硫黄島はサイパン上陸が行なわれた六月十五日から繰返し爆撃を受けた。六月二十四日の早朝には硫黄島上空で彼我あわせておよそ百五十機による大空中戦も繰りひろげられた。その際は撃墜王と後に呼ばれた坂井三郎少尉もグラマン戦闘機十五機に囲まれ苦戦を強いられ、九死に一生を得て硫黄島の飛行場に着陸した。七月四日には敵機動部隊に体当りする覚悟で出撃したが、発見できず引返した。その後硫黄島の飛行部隊は空襲と艦砲射撃で一旦は全滅する。坂井は飛行場に弾着がはじまった時、地雷と砲弾の充満した陸軍の穴蔵へ避難してもかえって危いと判断し、外で敵艦隊の砲撃のお手並を拝見した。大きな砲弾が頭の直上を水平に通ると、空気が一瞬真空状態になって、かぶっていた飛行帽が吸いあげられた。弾着の爆発音やシュシューという砲弾の飛行音が先に聞え、暫くしてから敵艦隊の方からドドドドと発射音が聞えてきた。しかし飛行機を失ったこれらの搭乗員たちの多くは、搭乗員の不足に悩む内地から来た迎えの飛行機で、祖国の土を踏んでまた戦うことができたのである。

市丸が第二七航空戦隊司令官として硫黄島に着任した時、劣勢の日本側の実動機数は零式戦闘機十一機、艦上攻撃機二機、夜間戦闘機二機であったと伝えられる。それでも市丸司令官の歌は強気であった。

寄せ来るを待ち構ふれば敵は外《そ》れ隣りの島を襲ふ甲斐なさ

アメリカ機は小笠原諸島の父島を爆撃して帰って行った。

小学唱歌

沖縄戦の最終段階でもそうだが、日本の陸海軍はしばしばいがみあった。それは陸軍で食糧が欠乏すると海軍は物資が豊富なように見え、激しい集団的嫉妬の情が湧いたのである。硫黄島では小さな島に陸軍部隊の数がにわかに増員されたから、食事の量はいちじるしく削られた。海軍はまだしも物資を揃えていた。それでも、

一本の燐寸《マッチ》尊く食卓の四人の煙草いざともに点く

栗林中将の夫人宛ての手紙や市丸少将の歌稿は、敵の空襲の間を縫って往来する連絡機に託されて、昭和二十年二月四日の便まで続いた。島の生活を市丸はこう元気づけて歌った。

益良雄《ますらを》の軍歌の声の流れ来る海の真中にたそがるる島
誰が鳴らす千鳥の曲かこの夕《ゆふべ》南の島のくら闇にする
まめやかに仕ふる兵のあればこそ島の日日《にちにち》楽しかりけり

常夏《とこなつ》の島静かなり相思樹《さうしじゆ》の下の暗きにすだく虫の音
相思樹の下一面に拡がれるコカの緑の常夏の島
年月の丹精こめしコカの木を島に残して去るは憂《う》からん

この最後の歌は島の住民が二百トンほどの舟で内地を指して引揚げた時の作だろう。
敵の攻撃は絶え間なく繰返された。サイパン島陥落以後、昭和二十年一月までの七ヵ月間にアメリカの機動部隊の来襲は十二回、延一二六九機。マリアナ諸島からする基地空軍の来襲は六十九回、延一四七九機。水上艦艇による砲撃は八回、延六十四隻に及んだ。

砲撃にまた爆撃にわが島の地物の形日に改まる
工人もまた闘魂に振ひ立ち復旧成りて住むに家あり
かばかりはかねての覚悟かばかりの敵の為業《しわざ》に只微笑せん

しかしその間、一方的に爆撃されていたばかりではなかった。当時、硫黄島の北の小笠原諸島近くで日本軍に撃墜され、同乗者は死んだが自分は落下傘で脱出し友軍に救出された十九歳のアメリカ軍兵士もいた。そのジョージ・ブッシュ（父）は後に第四十一代米国大統領となる人である。

一撃に敵は蹌踉《よろめき》逃れ去り落下傘にて降るはヤンキイ
敵機呑みあはれ南の海面に燃ゆるガソリン五時間つづく

この撃墜されたコンソリデーテッドB24四発爆撃機が空高くまで黒煙をあげる写真は日本の新聞紙上にも大きく掲載されたものである。マリアナ諸島から本土へ飛来するB29四発爆撃機の数が次第に増した。その一機がサイパン―東京往復に消費するガソリンで一台のトラックなら二年間走り続けることが出来ると航空研究所の糸川英夫氏は東京のラジオで解説した。

昭和二十年にはいると硫黄島の海軍航空隊の飛行機は二機を除いてことごとく破壊された。陸軍の一幕僚が市丸第二七航空戦隊司令官に言った、

「司令官、飛行機もないこの硫黄島で、パイロットの草分けが陸戦指揮するのは、国家のためにもったいないことだと思いますが」

だが市丸は静かに首を横に振って答えた、

「一機も飛行機がなくなったからこそ私の存在の意義があるのです。飛行機がなくとも市丸は戦う。死なばもろともという気持を将兵はわかってくれるでしょう」

市丸司令官は不平をなにひとつ言わない人だった。司令官は兵の苦労を慮《おもんぱか》った。

　　洞《ほら》に臥す兵は地熱に凝《さ》えられてとかく熟睡《うまゐ》のとりえぬ恨み

摂氏四十五度から五十度の地下壕ではよく眠れるはずはない。市丸は海軍部隊を陸戦に備えて訓練した。司令官は硫黄島もサイパンと同じ運命を早晩免れないと覚悟を決めていた。とかく陸軍と張り合う傾向にあった海軍が、硫黄島では対立しなかったのは、栗林中将と市丸少将という陸海の司令官の人柄によるところが多い。

市丸は陸海軍の合同会議でも発言することは少なかった。それでも陸戦に不慣れの海軍部隊を陸軍の五つ

の地区隊に分属させ、地区隊長に活用させるが良い、という陸軍本位の提案がなされた時は、「海軍には独特の習慣があり、死なばもろともという諺もある。一ヵ所にまとめて戦争させてください」と言った。その声には腸《はらわた》をしぼる底力がこもっていて、日ごろの人徳とあいまって一同に感銘を与えた。栗林最高指揮官も「結構です」とその場で了承した。

昭和二十年二月号の『冬柏』は柏邨こと市丸利之助の歌が載った最後の号である。市丸の歌稿は二月四日に硫黄島を出た連絡機にもなお託されたにちがいないのだが、『冬柏』そのものが二月号限りで、三月九日夜の東京大空襲以後は出なくなってしまったのである。

その『冬柏』の最後の号には硫黄島の水事情がこう歌われている。

島にして待たるるは何船と雨慾を申さば知る人の文
スコオルは命の水ぞ雲を待つ島の心を餘人は知らじ
スコオルをあつめたくはへ水槽の満満たるを見ればたのしき
雨降らす雲吹き寄せよ風の神兵に戦《いくさ》の塵洗はせん

陣中の市丸少将について報じてくれる生還者は少ない。堀江芳孝陸軍少佐は参謀として父島と硫黄島を往来し、父島で生きて終戦を迎えた人だから『小笠原兵団の最後』や『闘魂硫黄島』の著者となった。いま一人の語部《かたりべ》は硫黄島の海軍司令部ただ一人の生存者海軍上等兵曹松本巌である。暗号主任下士官の松本から見た市丸が「一種独特のマスクの持主であった」ことはすでに述べた。下士官であってみれば司令官の顔をそういうよりほか論ずることは出来なかったであろう。市丸の写真としては昭和二十年一月に撮影されたものが『小笠原兵団の最後』に再録されている。

その松本も「まめやかに仕ふる兵」の一人だったのであろう。松本はこんな思い出も伝えている。市丸は唐津の東はずれ浜崎諏訪神社近くで生れた。五月の春祭りにはあんこを蒸した白米で包んだけえらんという菓子が出た。硫黄島の海軍司令部で二人きりになった時、市丸司令官が「唐津のけえらん、食わねばけえらん」という歌を松本に向って歌った。これは二人がともに佐賀出身という気楽さも手伝ってのことだろう。二人だけの時には市丸は佐賀弁を使ったこともあった。「唐津のけえらん」の歌を聞くや松本上等兵曹は「神埼《かんざき》そーめん、小城《おぎ》ようかん、佐賀の仏さんにあげまっしょ」と故郷の神埼郡の歌でお返しをした。硫黄島で日本兵は餓えていた。司令官と下士官はこんな郷土名物の歌をうたって、餓えを笑いにまぎらしていたのである。その松本が『小笠原兵団の最後』に寄せた市丸司令官にまつわる次のエピソードは、かつて予科練の生徒から父のように慕われた人の面影をこんな面からも伝えている。

暗号員の中にはまだ紅顔の美少年ともいえる少年兵も多数いた。夕刻ひまな時、彼等はよく蠟燭岩と呼ばれた岩の下に集った。硫黄島には雀はいなかったが、目白や鶯が遠くで鳴いていた。市丸の歌にも、

砲煙の巷を去らず朝にけに兵に囀る島のうぐひす

とある。俳句をたしなむ松本に市丸司令官は短歌の手ほどきをしてくれたこともあった。その夕べ少年兵たちの歌っている美しい声が聞える。松本上等兵曹は少年兵たちに遠慮するつもりで岩の反対側に廻ろうとしたら、市丸少将が黙想に耽るかのように眼を閉じて腰をかけている。びっくりして挙手の礼をし、立去ろうとすると少将が、

「シーッ」

と口に指を当てて、

「ここへ来い」

と手真似をした。松本も腰を掛けると、少年兵の中で斎藤上等水兵、南一等水兵、坪井上等水兵の歌声が流れて来る。

夕空はれてあきかぜふき
つきかげ落ちて鈴虫なく

ほかの少年兵たちがこれに鼻声で合わせている。見ると市丸司令官の閉じた眼から涙が一筋頬を伝って流れた。松本は事の意外に驚くとともに自分も眼頭が熱くなるのを感じた。『故郷の空』は小学唱歌として広く愛唱された歌である。

おもへば遠し故郷のそら
ああわが父母《ちちはは》いかにおはす

市丸司令官はこの少年兵たちを待ち受けている運命を思い、心動かされたのであろう。また松本上等兵曹は鬼神かと思われた司令官が涙したことに誘われて、ついむせんだのであろう。『故郷の空』は日本人に親しまれたために、歌った少年兵も聞く市丸や松本もそうとは知らなかったであろうが、本来は敵国（スコットランド）の民謡である。硫黄島で死んでいったそうした若い兵士たちの合唱を一度でもよいから米英軍の将兵にも聞かせたかったという気がする。

そのような部下に対する父性愛を秘めた市丸司令官であったが、しかし戦闘指揮となると一変して厳たる態度を取った。栗林中将は来着部隊を迎えるごとに、「実戦本位、敬礼の厳正、時間の厳正、速達即行、油断大敵」の五項目の要望項目を示達して、各隊ごとに地下壕掘りを命じたが、市丸も同じであった。一度その場繕いの報告をしたといって一中佐に謹慎命令を出したこともあった。

　　此《こ》の度《たび》は許し遣《つか》はす再びはさし置き難し心して去れ

これは時期的には硫黄島着任以前の作だが、市丸が部下の過誤に対してとった処置の原則を示したものといえるだろう。

硫黄島で歌を遺した人には付録で紹介される折口春洋のほかに学徒兵もいた。蜂谷博史は東京大学文学部出身の兵士だが、『きけわだつみのこえ』に昭和十九年十二月付の次の歌が録されている。

　　硫黄島雨にけぶりて静かなり昨日の砲爆夢にあるらし
　　爆音を壕中にして歌つくるあはれ吾が春今つきんとす

南海の淋しさに堪えて生きた蜂谷兵長は十二月二十四日、アメリカ軍の爆撃で死亡した。蜂谷の次の歌にも死の予感は漂っている。

　　人いきれいやまし来る壕中に淋しく生きる人ありあはれ
　　南海の淋しさに堪え我は生く人いきれする壕下にありて
　　硫黄島いや深みゆく雲にらみ帰らむ一機待ちて日は暮る

昭和二十年二月十四日、木更津基地を未明に発進した海軍の索敵機が未帰還となった。撃墜された公算が大であり、敵機動部隊の接近が予想された。正午、硫黄島を発進した陸軍の偵察機がサイパン西方八十マイルに約百十隻の機動部隊を発見した。続いて午後四時、木更津基地発進の別の一機が硫黄島にせまる水上艦艇部隊を認めた。

二月十五日午前十時、哨戒機から、

「敵ノ大機動部隊ウルシー北方海上ヲ西北進中」

という電報が硫黄島海軍司令部にはいった。暗号主任下士官松本巌がすぐ電報を先任参謀間瀬中佐に届けた。赤田防備参謀は興奮にふるえる手で電話機をとり、陸軍の中根作戦参謀を呼び出す。

「敵が、敵がやって来ました」

「赤田君、あわ食うな。いますぐ行きます」

中根はかたわらの高石参謀長に電話の要旨を伝えると、すぐ海軍司令部に駆けつけた。そこではすでに市丸少将を中心に一同が情況を検討している。中根は敵は沖縄攻撃に出動した機動部隊ではないかと考えた。そこへ松本上等兵曹が追加の電報を持って来る。

「敵ハ輸送船団ヲ伴フ」

これは大攻撃であり、上陸作戦を意図しているものである。硫黄島はにわかにあわただしくなった。栗林総指揮官は敵の上陸に備える甲配備を命じた。島は終日、水を各陣地に運ぶトラックや牛車の列が往き交い、手榴弾、対戦車用爆雷、火焔瓶が新たに補給され、地上も地下も騒然とした。甲配備の発令と同時に食事の量もにわかにふえ、日本軍将兵は久しぶりに腹いっぱい飯を食べた。午後一時三十分には哨戒機から、

「敵ノ大船団硫黄島ニ向フ」

という電報がはいった。もはや間違いはなかった。

二月十六日、旧式戦艦七隻、重巡洋艦四隻、駆逐艦十五隻の上陸支援部隊がこの小さな島を包囲した。包囲は約二時間で完成した。南方八十マイルに位置する十一隻の護衛空母から艦載機が飛来して爆撃を開始した。悪天候のために空襲が中断されると、艦砲射撃がそれに代った。それは三日間続いた。日本側に残されていた最後の零式戦闘機二機が六十キロ爆弾を抱いて離陸したが、摺鉢山をまわったところで対空砲火を浴び、海中に墜落した。こうして市丸は航空機をまったく持たぬ素手の航空戦隊司令官となった。敵艦隊の背後からは数万の海兵隊を乗せた大船団が近づいて来た。

栗林忠道の妻への手紙

島の将兵〇〇は皆覚悟を決め、浮ついた笑一つありません。悲愴決死其のものです。私も勿論さうですが、矢張り人間の弱点か、あきらめ切れない点もあります……　殊に又、妻の御前にはまだ餘りよい目をさせず、苦労許りさせ、これから先きと云ふ処で此の運命になつたので、返すぐ〲残念に思ひます。

私は今はもう生きて居る一日一日が楽しみで、今日あつて明日ない命である事を覚悟してゐますが、せめてお前達だけでも末長く幸福に暮らさせたい念願で一杯です……　私の一身に付てはもう一切気にかけることなく……

空襲は相変らず毎日あります。このごろでは夜間一機か二機、昼間二十機内外の空襲が欠かさずあります。その度ごとにこちらの飛行場や陣地がいためつけられるので、あちらこちら見渡す限り草木がなくなり、土地がすつかり掘りくりかへされて惨憺たる光景を呈するに至りました。内地の人では想像もできない有様です。敵はわが陣地をシラミツブシに爆破してしまふ考へらしいです。空から見える元あつた人家などは勿論、もう皆潰されて荒涼たるものになつてゐます。これがもし東京などだつたらどんな光景（もちろん凄惨な焼野原で死骸もゴロゴロしてゐる）だらうなどと想像し、何としても東京だけは爆撃させたくないものだと思ふ次第です。

以上のやうに爆撃があるほか敵は偵察にも来るので、その時もやはり空襲警報ですから、日に幾回となく空襲警報がかかり、去る十日などは四回も防空壕内に飛込んだ始末です。防空壕に入ればまづ安全ですが、それでも生埋めになるものもあり、防空壕ごと体全部微塵になつて飛び散つてしまふものもあります。前にも申しましたが私共はいつ空襲があつてもいいやうに全くの着のみ着のままで、夜はそのままゴロ寝です。どんな暗闇でもすぐ避難できるやうにして……　いつそ防空壕内で寝起きすればいいわけですが、それは体に非常に悪いから今のところできるだけ壕外で生活することにしてゐるのです。

敵が上陸してくる事になれば、愈々アツツやサイパン同様激しい戦闘が起り、晩かれ早かれ生死何れかに運命はきまるのである。かうして手紙が書けるのも後何遍あるか。……ほんとに色々と長い間厄介になりました。厚く礼を申します。

これは硫黄島最高指揮官栗林忠道中将が「戦地にて良人より」として妻よしゐへ宛てた昭和十九年七月、八月、九月の手紙である。サイパン島、テニアン島、グアム島の日本軍が次々と玉砕した時期だから、死の覚悟が示されている。と同時にその文章には妻へのいたわりと人間的な感情が溢れている。

……私も米国のためこんなところで一生涯の幕を閉ぢるのは残念ですが、一刻も長くここを守り、東京が少しでも長く空襲を受けないやうに祈つてゐます。

硫黄島の日本軍がなぜあのように勇戦奮闘したかについて半世紀後の日本人の間に理解に苦しむ者がいたとしたら、それは恩知らずというべきではあるまいか。兵士たちも栗林将軍が昭和十九年九月十二日付の手紙に記されたと同じような、内地への空襲を少しでも先に延ばしたい、という護国の気持をわかちもっていたからこそ、硫黄島で戦い、そしてそこで死ぬことに意義を見出していたのである。

市丸俊子への最後の手紙

市丸家が横浜磯子に住んでいたころ、ビールはもう配給制になっていた。鈴鹿から休暇で戻った市丸司令はこんな休暇の一日を過したこともあった。

一本のビイルの内の一杯を妻にも分ち家居《いへゐ》するかな
父母の椅子の繞《まは》りに子等つどひ海に面して涼《りやう》とる月夜

敗戦後、市丸の遺族はこんな歌に示された利之助の良き夫、良き父としての思い出を心のよすがとして耐えがたきを耐え、戦後の日々を生き抜いたのであろう。尾崎才治は予科練三期だが戦地で右腕を失った。

一腕を失ひ得たるもののある面魂を吾れ君に見る

尾崎は市丸の歌に励まされ、左手でなんでもやり、立派な字も書き、戦後を生きた。尾崎は予科練の同窓会に「雄飛会の母」といって市丸未亡人も招いてくれたという。

硫黄島から市丸は市丸家でただ一人静岡県大宮国民学校初六女ノ一組へ疎開した次女俊子宛てに手紙を送っている。その俊子のことは『冬柏』昭和十九年九月号にも出ていた。

疎開する子ゆゑにことに父我れの首途《かどで》の写真与へつるかな（次女俊子へ）

封筒に硫黄島とは書けないから裏には千葉県木更津基地気附ウ二七―ワ二六八市丸利之助とある。表には軍事郵便と検閲済のスタンプが捺してある。そこに村上と印が捺してあるのは村上治重通信参謀が海軍航空隊の検閲責任者だったからだろう。その文中の「大元気」の「大」の字は眼底に刻まれて俊子を終生励ます一字となった。

俊子へ
お手紙とお端書有難う、
富士山を見乍ら勉強をしたり、ドングリ拾ひをすることは日本中の疎開児童中でも仕合せの人と思はねばなりません、
お父さんは大元気ですから安心しなさい、
元気で此の冬を越しなさい

戦地にて
父

十一月十五日

疎開先の次女への返事にも富士山の姿は永遠に美しく浮ぶのであった。
その前後、能代市の佐伯輝子は前線で戦う海軍軍人の夫君から市丸司令官の色紙が届けられた。

かねて君心得たればばかばかりの敵の猛撃も只ほほ笑めとこそ

と書かれていたかに記憶する。それというのは空襲で佐伯家も色紙も焼失してしまったからである。夫君はマニラで戦死した。原歌と少し違うかもしれないが、佐伯夫人はあれから五十餘年、あの戦況の下で、妻のもとに色紙を送ってきた夫の心が年が経つにつれわかったような気がした。そしてこのような和歌を詠む素晴らしい上官の下で、しばらくでも一緒にできた幸せを思い、夫は莞爾として戦死できたのではないかと少しばかり心の安まる思いがするのであった。歌は未亡人の心の中に温かく生き続け息づいているのである。

その後にも、硫黄島基地で内地へ帰還直前に市丸から歌をもらった人がいま一人いる。古賀は戦後遺族にその最後の色紙を形見に届けてくれた。いまその色紙は鹿屋の海上自衛隊航空基地資料館に収められているが、歌は飛行場付近の光景で、タコとは小笠原諸島の特産の蛸の木をさしている。幹の下部から多数の気根が斜めに生えていて、その形状が蛸に似ているからそう呼ばれた。

わが島の緑を奪ふ敵憎しタコも榕樹も丸焼となる

於U基地　十二月十日　市丸司令

古賀大尉殿

「敵憎し」とあるが、その歌には憎悪よりも自己客観視のユーモアがそことなく感じられる。「タコも榕樹も丸焼」の風景を見わたして、市丸司令官と古賀大尉は微笑を浮べて別れた。それが今生の別れとなった。

このタコの木についてはこんな思い出もあった。硫黄島にいた陸海軍の幕僚で兵隊の信望を集めたのは陸軍の中根中佐と海軍の赤田少佐で、少年兵がタコの実を使って羊羹を作る時、赤田は薪を運ぶやら、タコの実をつぶすやら手助けをした。そして出来上った時は自分がコックになって羊羹を皿に盛って司令部の皆に配るという面白い、融和の中心人物であった。陸軍側との作戦会議でも赤田少佐は人をよく笑わせた。お蔭で会議は順風を受けて走る帆舟のように進んだ。剣道五段の中根陸軍中佐と柔道二段の赤田海軍少佐は日常ともにユーモアに富み、危急に際しては即決勇断、二人の仲ははた目にも羨ましいほどであった。米軍上陸後は激戦中、戦傷者が地下壕内に運びこまれると、赤田参謀は陸兵たると海兵たるとを問わず、「御苦労、しっかり頑張って」と言い、自分の口で負傷兵の傷口から蛆虫を吸い出してやった、という。赤田邦義は戦死した時二十八歳であった。

市丸美恵子のラジオ放送

市丸一家は一男三女である。利之助が霞ヶ浦で墜落重傷を負った大正十五年五月五日が長男が初節句を迎えた日であったことは前に述べた。戦争末期その長男は千葉医大の寄宿舎にいた。そのため横浜市磯子区磯子町間坂の留守宅にはスエ子夫人と女学校に通う長女晴子、当時の小学校がそう呼ばれていた浜国民学校へ通う四年生の三女の美恵子の三人だけで暮していた。

昭和十七年来ラジオでは「前線へ送る夕べ」の番組が組まれたが、昭和十九年秋、美恵子にその放送に出るようにという話があった。海軍省が東京近辺に住む硫黄島派遣将兵の留守家族に「硫黄島将兵慰安の夕べ」の企画に出るよう手配したらしい。市丸は公私の別の厳しい人で手紙などには自分の行先は書かなかったが、それでも家族は父の勤務先が硫黄島であることはうすうす知っていた。

放送に出れば父はわたしの声を聴いてくれる、そう思って美恵子は便箋三枚に綴り方を書いた。「前線の兵隊さん、御苦労さま」という作文を読むことになっていたからだ。

「戦地の人が心配するようなことは書かないように。任地を知らされていないお父さんのことにもふれないように」

と母たちから注意を受けた。兵隊さんへの励ましの言葉、学校では友だちと仲良くしていること、食物は配給制だがお米の御飯が食べられることなどをまとめ、近所に住んでいた国民学校の担任の先生に見てもらった。先生は、

「たくさんの軍艦を浮べ、飛行機を飛ばし、数知れぬ爆弾の雨を打込む、あの憎い憎いアメリカ兵をいま目《ま》のあたりにひきつけて、勇しく戦っておられる硫黄島の皆さま、本当に御苦労様でございます」

と書き足してくれた。この文は何十年経っても美恵子はおぼえていた。

母と姉を聴き手に自宅で朗読の練習を重ねた美恵子は氷雨の降るころ、赤い傘をさし、母に連れられて東京内幸町《うちさいわいちょう》にあった放送局へいくつか電車を乗換えて行った。スタジオは三方が防音用の壁に囲まれ、機械の並んだ調整室との境は大きなガラスで仕切られた二坪ほどのなにもない部屋だった。机の上に置かれたマイクロフォンの前で美恵子は合図の豆電球がつくのを待った。赤い光がポッとともった。思ったよりすらすらと最初の言葉が口をついて出た。

読み了えて調整室を見ると、ガラス越しに母の笑顔が見えた。緊張がとけて四年生の美恵子はにわかに疲れをおぼえた。帰りの電車の中で母も美恵子も遠い南の孤島にいる父のことを考えていた。

その日、日本放送協会に出頭して「奮戦の勇士への激励の電波」を吹込むことを辞退した人がいた。前硫黄島警備隊司令和智恒蔵である。和智海軍中佐は昭和十九年三月、硫黄島に赴任したが同年十月十五日、突

然転任命令を受け翌日内地へ帰還した。サイパン島玉砕を機に硫黄島警備の所轄が木更津に根拠地を置く第三航空艦隊の所轄に変り、八月に市丸利之助少将と井上左馬二大佐がそれぞれ海軍航空部隊指揮官と海軍部隊指揮官として着任したため、井上が和智の職を引継いだ形となったからである。しかし和智は自分が硫黄島で六期上の井上と確執《かくしつ》を起したことがこの転任の原因でもあろうかと思い不快感を抱いていた。島の小学校を取壊しその不要の木材を和智が陸軍に支給して地下壕の補強にあてさせていたのを井上が咎めるような口調で、「陸軍ばかりでなく、海軍にも支給せよ」と言ったので、和智が「貴様ももっと朗らかに陸軍とつきあって勉強でもする気になったらどうだ」と言い返したのである。それもあって東京で新しい任命を待っている閑な身であったが、和智はこう言った。

「いまから自分が硫黄島に飛んでいって共に戦えというならともかく、犬の遠吠えのごとく、かつての部下に向って『しっかりやれ』と叫ぶことが何の役に立つというのであろうか。海軍の都合とはいえ、部下や戦友を現地に置いて帰国した元指揮官が、内地に身をおいてラジオで呼びかけるなどということが、どうして激励になるというのであろうか」

和智は自分の気持が許さない、といって固辞したのである。依頼した方としては硫黄島へ向けて放送する「内地の便り」に『硫黄島陸海軍の歌』を放送しようと考えていた。それは和智が硫黄島警備隊司令であった時期に自分で作詞し、作曲の心得のある応召兵岩河内正幸に依頼して作曲させ、硫黄島の守備隊に歌わせていた歌であった。

洋中浮ぶ硫黄島、
これぞ不動の大空母、
乗組み護るつはものは、

一致団結陸海軍。

敵船団や舟艇群、
来り侵さん時あらば、
断固波間に迎へ撃ち、
一歩も許さじ上陸を。

和智は硫黄島から譜面を東京の海軍軍楽隊に届けた。軍楽隊が吹きこんだレコード（当時は「音盤」と呼ばれた）はそれで大本営海軍報道部にも保存されている。昭和十九年末、海軍報道部としてはその作詞者ということもあって、内地に帰還した和智大佐に連絡したのにちがいないが、前硫黄島警備隊司令は右のような理由で出演を断わったのである。和智大佐の言い分はもっともと思われた。

この米軍上陸以前からすでに準備されていた日本放送協会の激励放送は、硫黄島に米軍が上陸を開始するや急遽昭和二十年二月二十二日午後四時から一時間番組で放送されることとなった。この「激励の電波」のことは「けふ『硫黄島陸海軍の歌』放送」という題であのころのわずか二面しかなかった『朝日新聞』の当日の第二面中央に大きく掲載されている。しかし実際は夜になってから放送された。それは硫黄島での昼間の激しい戦闘も夜には多少は小康状態になることが大本営でわかったからだろう。この放送がその夜、硫黄島向けには流されても国内放送では流されなかったのは、そうして生じた急な放送時間の予定変更のためだったのではあるまいか。（私がそのような細かな点にふれるのは、軍の指揮官の留守家庭にはいやがらせがあり得たから国内放送では流さなかった、という小高歌子氏らの推測（日本児童文学者協会『語りつぐ戦争体験5』、草土文化、一九七九年）があるからである。そんな解釈は戦後の傾向的な平和主義者のさかしらというべきであろう。いやがらせがあるくらいなら、市丸利之助が硫黄島の海軍航空部隊指揮官であることを大本営が公表することがあるはずはないではないか。それにいやがらせもなにも、二月二十二日の段階では硫黄島の陸海軍指揮官名はまだ公表されていなかったのである。（なお公表は三月一日十六時の大本営発表。この時、磯子区磯子町間坂一六七〇の市丸家の住所も新聞にきちんと発表されている。）

この二月二十二日夜の放送は緒方竹虎情報局総裁がまず敵軍を迎え討つ硫黄島の将兵へ挨拶した。続いて用意された録音盤から東京都大和国民学校児童の感謝の辞が流れた。ついで陸海軍軍楽隊の合同演奏による『硫黄島陸海軍の歌』の旋律が響いた。女子挺身隊員らの決意と感謝の言葉も述べられた。市丸美恵子の放送もその時行なわれたのだと思う。

放送は硫黄島に届いた。

翌二月二十三日、栗林中将はいまだに最高指揮官としての自分の名前を明示しなかったが、知る人にはいかにも栗林と思わせる簡潔な文章で緒方総裁宛てに打電して来たからである。

昨二十二日夜閣下ヨリ特別放送ニヨリ御激励ノ辞ヲ受ケ将兵一同感謝ニ堪ヘズ。本島ノ将兵ハ今ヤ驕敵ヲ邀《むか》ヘ血戦中ナルモ閣下ノ御激励ニヨリイヨ〳〵感奮興起、決死敢闘、誓ツテ御懇請ニ報インコトヲ期ス。コヽニ謹ミテ御礼申上グ

二月二十三日　　硫黄島最高指揮官

この思いもかけぬ返電に接し東京放送局も感動に包まれた。放送局は二月二十五日から毎夜のように硫黄島向けの短い特別番組「内地の便り」を組み、七時四十五分から激励の言葉や歌などを流した。その中には

現地一兵卒の作詞になる『硫黄島防備の歌』もはいっていた。

硫黄島でこのラジオ放送を実際耳にすることの出来た将兵は多くない。聞けば懐しさもこみあげてくるが、違和感を覚えた者もいたに相違ない。なにが「前線へ送る夕べ」か、というのが毎夜肉迫攻撃を強要されている将兵たちの緊迫した心理でもあったろう。

市丸美恵子はアメリカ軍が硫黄島に上陸して以来、母や姉と一緒にラジオ放送はとくに注意して聞いていた。「前線へ送る夕べ」はハイケンスのセレナードで始まった。二月二十八日夜は「硫黄島勇士に送る夕べ」として特別番組が編成された。西尾寿造陸軍大将が東京都長官として挨拶し、宮川静枝の朗詠、木村友衛の浪花節「一関夜話」、井上園子のピアノ独奏、それに日本交響楽団の演奏があった。美恵子はその夜こそ自分の作文も放送されるものと思っていたので、自分の声を聞くことができず、一体自分の放送はどうなったのか、と思った。そして硫黄島の父は自分の放送を聞いてくれただろうか、と気になった。三月二日には新聞に硫黄島海軍航空隊指揮官として父の写真も載った。戦局が日々悪化して行くことは戦場が硫黄島の北部へ移行することからも察せられた。

三月二十一日大本営はついにこう発表した。

硫黄島の我部隊は敵上陸以来約一箇月に亘り敢闘を継続し殊に三月十三日頃以降北部落及東山附近の複廓陣地に拠り凄絶なる奮戦を続行中なりしが戦局遂に最後の関頭に直面し「十七日夜半を期し最高指揮官を陣頭に皇国の必勝と安泰とを祈念しつゝ全員壮烈なる総攻撃を敢行す」との打電あり、爾後通信絶ゆ。

そして栗林最高指揮官の最後の無電が翌二十二日の新聞には、次のように掲載された。なお栗林の原文は「陸海空ヨリノ攻撃ニ対シ宛然徒手空拳ヲ以テ」の句があったが大本営発表に際し削除された。

戦局遂ニ最後ノ関頭ニ直面セリ。……敵来攻以来想像ニ餘ル物量的優勢ヲ以テ陸海空ヨリスル敵ノ攻撃ニ対シ克《よ》ク健闘ヲ続ケタルハ小職ノ聊《いささ》カ自ラ悦ビトスル所ニシテ部下将兵ノ勇戦ハ真ニ鬼神ヲモ哭カシムルモノアリ。

然レドモ執拗ナル敵ノ猛攻ニ将兵相次イデ斃《たふ》レ為ニ御期待ニ反シ、コノ要地ヲ敵手ニ委ヌルノヤムナキニ至レルハ誠ニ恐懼ニ堪ヘズ、幾重ニモ御詫申上グ。

特ニ本島ヲ奪還セザル限リ皇土永遠ニ安カラザルヲ思ヒ、タトヒ魂魄トナルモ誓ツテ皇軍ノ捲土重来ノ魁《さきがけ》タランコトヲ期ス。今ヤ弾丸尽キ水涸レ戦ヒ残レル者全員イヨ〳〵最後ノ敢闘ヲ行ハントスルニ方《あた》リ熟々《つらつら》皇恩ノ忝《かたじけな》サヲ思ヒ粉骨砕身亦《また》悔ユル所ニアラズ。

茲《ここ》ニ将兵一同ト共ニ謹ンデ聖寿ノ万歳ヲ奉唱シツツ永《とこし》ヘニ御別レ申上グ。

そして次の三首の辞世を添えた。

国の為重きつとめを果し得で矢弾《やだま》尽き果て散るぞ口惜し
仇《あだ》討たで野辺には朽ちじわれは又七度生れて矛《ほこ》を執《と》らむぞ
醜草《しこくさ》の島に蔓《はびこ》るその時の皇国の行手一途に思ふ

栗林の原文には「玉斧ヲ乞フ」とあり、それに応じての添削というべきだろうか、戦闘精神の見地からの改変というべきだろうか、第一首の結びの原歌の「散るぞ悲しき」は「散るぞ口惜し」に大本営発表の際、改められた。

『朝日新聞』は「硫黄島遂に敵手へ」と見出しをつけた。東京の大本営は三月十八日朝、父島にいた堀江少佐に、栗林中将に大将昇進を伝達せよ、と打電してきた。しかし硫黄島との連絡は取れなかった。硫黄島には大本営と直接連絡できる高性能の無電機が陸軍に一機、海軍に一機、そのほか普通の無電機あわせて計五十三機があったが、三月十七日夜半の最後の突撃を前に自分の手で破壊したか、破壊されたものと思われた。あるいは無電機は残っていようとも、通信兵は死んだものと思われた。十九日も二十日も二十一日も二十二日も硫黄島からの電信ははいらなかった。それが三月二十三日、父島の通信所に流れるように電報がはいって来た。それは敵はスピーカーで降伏を勧告しているが我が将兵はこの小策を一笑に付している、この五日間飲まず食わず兵団長以下敢闘中である、という趣旨であった。硫黄島はまだ生きている。父島の日本軍将校は涙を流しながらこの電文を読んだ。正午過ぎ電信はふたたび沈黙した。そして日没近くに無線機が再度カチカチと音を立てた。

「父島ノ皆サン、サヨウナラ」

生文《なまぶん》の電報がはいった。そうして通信は途絶えた。

前線へ届いた声

死後中将に昇進した市丸利之助の葬儀が行なわれた時、遺族は美恵子の放送は硫黄島向けには行なわれた、ということを聞かされた。十歳の美恵子は硫黄島の父は私の放送を聞いてくれただろうか、多分聞いてくれただろうとは思いながらも、もしかしたら、という不安も心の奥に秘めていた。

敗戦後は「前線へ送る夕べ」で放送したなどということは口外すべきことではなくなってしまった。運命は市丸家に辛く当った。長男が敗戦後、栄養不足の寄宿生活での無理が祟ったのだろう、千葉医大を卒業する一ヵ月前に二十二歳で病没してしまったのである。かねて覚悟していた父利之助の戦死よりもそれははるかに深いショックであった。昭和二十年にはおかっぱの国民学校四年生だった美恵子は、昭和五十一年、硫黄島墓参団の一人として父の最期の地を訪れた。その種の慰霊の旅を組織してくれるのは硫黄島協会の会長の和智恒蔵である。いまの硫黄島には島民はいない。自衛隊の基地があるだけである。美恵子は隊員の一人に東京のラジオ放送ははいるかとたずねた。

「駄目ですね。雑音や混信で……　テレビも望みなしです」

いまでもそうなら三十年前のラジオの綴り方は父には聞えなかったろう、わたしの夢は終った、と思った。そしてそのことを文章にして硫黄島協会の会報八号に載せた。

すると思いもかけず「あなたの放送を聞いた」という手紙が市丸美恵子のもとに届いた。美恵子はそれが自分を喜ばせるための作り話ではないか、とさえ思った。聞いたのは海軍司令部の暗号主任下士官松本巌であった。司令部の電信の篠原一等兵曹と木村一等兵曹が地上で破壊された零式戦闘機からはずした無電装置を組み換えてラジオを作ったのだという。そして壕の中で通信部員は内地からの放送を聞いた。木村一等兵曹に呼ばれて松本上等兵曹がレシーバーを片方の耳にあてると、

「兵隊さん、ほんとうに御苦労様でございます」

と少女の声がした。

「司令官のお嬢さんではないか」

というので松本は通りがかった村上通信参謀にその旨を告げ、参謀に続いて作戦室にはいった。市丸司令官は机の側で椅子に坐っていた。

「司令官、いまから十分前、ラジオで『硫黄島の将兵に送る夕べ』があり、司令官のお嬢さんが綴り方を読まれました」

市丸司令官は「そうか」とにっこりした。それが松本上等兵曹が見た司令官の笑顔の最後であった。

美恵子のもとには硫黄島のいま一人の生存者である飛川義明海軍兵曹長からも手紙が届いた。飛川は井上左馬二海軍大佐が率いる南方諸島航空隊に属していた。砲弾の飛び交う中を匍《は》って本部の地下壕にたどりついた直後、その放送は雑音の中から聞えた。地下壕はかなり広く、奥の医務室では負傷兵たちが横になっていた。アナウンサーが「次は横浜市浜国民学校四年生市丸美恵子さんです」と紹介した時、飛川は「市丸司令官のお嬢さんかなあ」と思ったという。

二月二十二日の特別放送が硫黄島で聞えたことは確実なのである。アメリカ軍はその東京放送に現地日本軍に対する暗号指令が含まれているのではないかと警戒した。

私はこの市丸美恵子さんの思い出にひときわ心動かされる。かくいう私は昭和十七年二月十五日、シンガポールが陥落するや日本の少国民を代表して日本陸軍への感謝の放送をした。二月十八日大東亜戦争戦捷第一次祝賀国民大会の当日、やはり国民学校四年生だった私の声はラジオに流された。しかし当時の日本軍は破竹の勢いだった。私は父親が軍人であったわけでもない。玉砕が迫っていたわけでもない。そんな平川家は戦後は平和な日本で気楽に生活した。実を言えば戦後長い間は日本の首都の小学生の代表として放送したことなど記憶の奥にかすんでいた。それが戦後三十年、母が亡くなり遺品を整理した時、私の小学校の入学通知や通信簿とともに日本放送協会で放送している私の写真が出て来たのである。母は我が子がシンガポール陥落を祝して放送したことを誇りに思っていたのだ。そしてその日本人として誇らかに思ったことはきわめて自然ですなおな気持だったのだ。――私はそんな運命の違いを思いつつ、硫黄島に向けてラジオ放送をしてそれから一ヵ月、父の死を覚悟して日々ラジオの戦況報道に聞きいった軍人一家の心中を思わずにはいられなかったのである。

ハワイ出身の三上弘文兵曹

ここで話題をふたたび内地から戦地へ戻させていただく。話題はやはり通信で、関係者はここでも和智大佐である。

硫黄島向けの激励放送を断わった和智恒蔵は明治三十三年（一九〇〇年）生れ、日本海軍の情報畑で働いた異色の人であった。海軍から東京外国語学校へ委託学生として派遣されスペイン語を学んだが、英語も流暢だった。上海事変後の一九三四年には上海の特務機関に勤務した。日米開戦の際はメキシコ駐在の日本公使館付海軍武官補佐官として情報収集に従事していた。そこの無線室で外電を傍受しながら米国大西洋艦隊の動静などを探ったが、一九四一年十二月七日日曜日には、ハワイのアメリカ機雷部隊指揮官W・R・ファーロング少将が「パールハーバー上空に機体見ゆ。練習に非ず」と打電したのを直接このメキシコの傍受装置によってキャッチしたという。和智は外国人とのつきあい方が日本人ばなれして巧妙だった。敗戦後メキシコ勤務当時のスパイ活動についてアメリカ占領軍から訊問を受けた時、

「その朝は開戦を知らず、闘牛場に出かけて観覧中にラジオのニュースではじめて知った」

と一九四一年十二月七日の模様を脚色して答えた様がワシントン国立公文書館のファイルにいまでも記録保管されている由である。

その和智大佐が日本の敗戦直後から硫黄島に残してきた自分の部下たちのことをいかに気にかけていたかについては佐伯彰一氏の証言がある。（『正論』、一九九三年五月号）。東大英文科出身の佐伯海軍中尉は昭和二十年九月、桜島の特攻隊基地をアメリカ軍に引渡す際、日本側の実務指揮者の和智大佐から連絡将校として通訳を命ぜられた。和智は「おまえさんのキャリアは何だ」と佐伯氏が大学英文科出身であることをまず確かめ、米軍側とのやりとりを氏に通訳させた後で「おまえはあそこのところを間違えた」などと指摘した。その和智は硫黄島で亡くなった日本将兵の慰霊についてマッカーサー司令部に嘆願書を出したい、ついては佐伯中尉に英文で書いてもらいたい、と依頼した。佐伯氏は自分が書けばまたこの「何だか軍人らしからぬ

人」から英文についてあれこれ文句がつくだろうと書きしぶっていると、和智がある日、
「おまえが書かないから、俺が書いた。見てくれ」
と英文を佐伯氏に示した。その英文はいかにも達意な言いまわしで、「自分が置いてきた部下たちが硫黄島で死んだ。その遺骨を放置することは良心が許さない。自分は彼らのもとへ行って遺骨をテイク・ケアするモラル・オブリゲーションがある……」云々と書いてある。若い佐伯中尉はその英文の巧みさに舌をまいた。そしてやはり東大英文科出身のいま一人の連絡将校にも見せた。それは上手なはずで、和智大佐がアメリカ人将校に頼んで書いてもらったのであった。笑ってそんな手の内を明かした和智はいかにも練達な情報収集の武官であった。和智は外国人や語学堪能な人々を上手に使いこなす術を心得ていたのである。

その和智は日米開戦の翌昭和十七年夏、アメリカから交換船で帰国した。そして創設された東京海軍無線通信隊大和田傍受所の所長に任命された。この埼玉県朝霞の大和田通信隊の目的やそこでの訓練は敵信捕捉という電信傍受作業であった。特信班の任務は、敵の信号をしらみつぶしにキャッチして、その流れを分析するコミュニケーション・アナリシスの充実におかれていた。発信者、捕信者、通報先といった米軍のコールサインはほとんど捕捉されており、それをもとに一定期間後の敵の作戦の方向、規模、性格を予測することも不可能ではなくなっていた。現に日本側は昭和二十年二月五日、米軍の中部太平洋方面での航空機呼出し符号が全面改変されたことに気づき、「二月下旬、小笠原群島方面来攻ノ算大ナリ」との敵情判断を下し、日本の海軍軍令部は二月十二日に「十五日ゴロ南方諸島」に敵来襲の可能性あり、と警告した。ちなみにアメリカ軍の沖縄来襲についても鹿屋通信隊が情報収集の主体となり、米軍進攻の時期をこの場合もまたほぼ的確に予知していた。

ところで第二次大戦中、アメリカ側が日系二世部隊を使用したことはよく知られている。しかし日本側でも活用したのである。在日二世を通信関係で働かせようという着想そのものもあるいは機略に富む和智所長

から出たアイデアなのかもしれなかった。

これから話題となる三上弘文の場合、両親は日本からハワイへ移民した人であった。三上自身はハワイで生れ、小学校はホノルルで了えた。しかし中学校は途中から父の出身地であった広島へ一旦帰国して通った。その間両親はずっとハワイに住んでおり、本人も中学卒業後ハワイへ帰りたかったのだろうが、戦争が勃発してしまったのである。そして帰ることも出来なくなり、日本に留っている間に「或る組織」――と三上は後に松本巌に言った――から呼び出しを受け、日本人として日本海軍に籍を置くこととなったのだが、その「或る組織」こそ海軍中佐和智恒蔵を所長とする東京海軍無線通信隊大和田傍受所なのであった。ちなみに吉田満著『祖国と敵国の間』に描かれたカリフォルニア生れの日系二世の太田孝一も同じような境遇下で日本海軍に召集され、同じく大和田通信隊で英語の特殊技能を生かすために暗号士としての速成教育を叩きこまれた一人である。太田は第二艦隊司令部通信士として戦艦大和に乗組み、二十四歳で戦死する。特信班の二世たちの中にはそのように第一線部隊に配属され、平文で送られる緊急電話電信を傍受してアメリカ側の作戦意図を割り出すことを命ぜられた者もいた。中には平文の偽信を送ってアメリカ側を混乱させることに成功する者も出た。敵方同士の通話の間に、彼等の愛用しそうな隠語をあやつりながら「攻撃中止、命令アルマデ避退セヨ」とか「砲撃目標ヲ〇〇度ニ変更」といった指令をアメリカ訛りで挿むのである。

そんな要員を養成する大和田通信隊の所長だった和智は英語のよく出来る三上弘文に目をかけたのに相違ない。昭和十九年三月、硫黄島警備隊司令を拝命するや、和智はこの三上を含め三人の二世兵士をも硫黄島に連れて行くこととした。

ハワイ育ちの三上弘文兵曹が日本海軍の中でいじめられ苦しんだことは間違いないだろう。三上はアメリカ生れのミカミとして、満二十歳になった時、アメリカ国籍を選ぶことも出来た青年なのである。自分は一体なにものなのか。自分はどこに行くのか。自分はなんのために戦い、なんのために死ぬのか。だが硫黄島警備隊司令が三上の特殊技能を理解し利用してくれる和智であった間は働き甲斐もあった。しかし戦局が悪化し、しかも和智司令が突然の転勤で内地へ去った時、三上は非常な不安に包まれたことであろう。まず両親が敵国ハワイに住んでいるということをまわりの者が知っている。その三上は日本語よりも英語が達者で、日本語は時々間違える。そんなむしろアメリカ人であるような日本人でありながら、司令部付の通信下士官として日本海軍の暗号機密も熟知している。硫黄島の日本海軍司令部の中にはこの三上兵曹がもしアメリカ軍に投降するとか、生きたまま捕虜になったら一大事だ、と考えていた者も必ずやいたに相違ない。アメリカ軍が二月十九日に上陸して以来、三上兵曹はアメリカ軍同士の無電会話を傍受しそれがたいへん役に立った、と松本巌は証言している。が、それと同時に戦闘が激化してくるに従い三上兵曹にはたいへん悩みがあり、周囲も三上兵曹を直接アメリカ軍と対峙する戦闘場面に立たせないよう注意していた、とも述べている。その三上兵曹の難しい立場のことはしかし前の和智司令だけでなく、市丸司令官もまたよく承知していたのであった。

A Note to Roosevelt

アメリカ側の一記者は硫黄島の戦闘を次のように総括している。

日本軍が硫黄島の防禦で功を奏したのは次の措置ゆえであった。すなわち彼らは硫黄島の地下深くに洞窟陣地をはなはだたくみに構築したので、彼らはアメリカ軍の優勢な火力をほとんど無力化し得たのである。わが軍は一日間に、一〇五ミリ砲と一五五ミリ砲を二五、〇〇〇発も発射した。そして硫黄島に対しておよそ四万トンの強力爆薬を投入した。ところがわがアメリカ軍のものすごい砲爆弾の弾幕がとりのぞかれて、いよいよ歩兵部隊が前進するや、日本軍はふたたびその守備位置にもどってわが軍を目がけてその機関銃と迫撃砲をさかんに発射してくるありさまであった。……わが軍は優勢な兵力にもかかわらず、その進撃があまりに遅く、しかもその犠牲があまりに大きいことを認めざるを得なかった。……要するに日本軍は、彼らにとって有利な条件の下でアメリカ軍を闘わせたのである。……わが軍は日本軍に対して米軍が蒙った死傷者とほぼ同数の死傷者を出させることができた。ただし日本軍の死傷者というのはほとんど全部が戦死者ばかりであったが。

日本側がどんな勲章を授けたか知らないが、最高の勲章は硫黄島の日本軍守備隊最高指揮官栗林忠道中将に授けられてしかるべきものであったろう。しかし栗林の遺体はついに発見されなかった。栗林中将は太平洋戦争中、身の毛もよだつ最も地獄に近い、堅固な防御陣地を築き、五、五一七名のアメリカ兵を殺戮し、一三、六九七名のアメリカ兵を傷つけたのである。

「日本軍は地面の利用をよく心得ているよ」と、硫黄島攻略戦の総指揮官たるターナー海軍中将は述べた。

これはロバート・シャーロッドの『硫黄島』の一節である。栗林忠道はアメリカ軍によって敵将として憎悪されるより稀代の智将として感嘆されたことが、この硫黄島上陸作戦に参加したベテラン記者の文章からも察せられる。シャーロッドはアッツ島、タラワ島、サイパン、硫黄島、沖縄の各上陸作戦に従軍した記者である。サイパン、テニアン、グアム島では米軍の勝利はほとんど一方的であった。日本軍の戦死者数は米軍の戦死者の十倍、死傷者の合計でも日本側の損害は米軍側の損害の二倍であった。それが硫黄島では日本軍の戦死者数こそ米軍の戦死者数の四倍に上ったが、死傷者の合計では日本側の損害よりも米軍側の数の方が上まわったからである。

市丸もこの栗林中将の戦闘指導に必ずや敬意を表していたにちがいない。「硫黄島ノ戦闘ノ特色ハ敵軍ハ地上ニ在リ、我軍ハ地下ニ在リ」という硫黄島の日本海軍司令部が東京の大本営に送った報告は、栗林戦術を評価する言葉だろう。ちなみに硫黄島戦闘の最終段階で打電されたこの報告の電案文は陸軍師団司令部の中根参謀が海軍司令部に持参したものであったという。その電案文をそのまま打電したということはとりもなおさず市丸が栗林戦術をそのまま肯定した、ということだろう。

指揮すべき飛行機のない市丸第二七航空戦隊司令官は、戦闘そのものに関する任務は少なくなったにちがいない。それはアメリカ軍の上陸前はもとより上陸後もそうだったろう。市丸はそれだけに日々の任務とは別のこともいろいろ考えていたのではあるまいか。『冬柏』昭和二十年二月号に載った市丸の最後の歌の一つにこんな作がある。

朝夕の十有餘日ますらをの道を陣地に巡り説くかな

市丸の下には六千名近い海軍の将兵がいた。敵軍の上陸を前に市丸司令官は海軍の兵士や軍属がきちんと壕を掘ったか地下の陣地を巡視した。その際、各部隊の将兵に向って市丸が説いたのはもはや軍事上の教訓や戦術上の注意ではなかった。市丸が昭和二十年初頭という敵上陸必至の局面で司令官として意を用いたことは、いかにして将兵の融和を保ち、いかにして将兵をして生死の関頭を越えさせるか、ということであった。益荒男の道とは、この戦闘で死ぬことの意味を自他ともに納得させることにあったのだと思う。それで市丸は日本が大東亜戦争を戦うことの意味をあらためて自問自答した。日本の正義とは何かについて考えた。玉砕をひそかに覚悟した市丸司令官は、そうした日本の大義を考え、それを述べ、それに殉ずる心構えを説いていたにちがいない。それは日ごろからよく考えぬいた主張であったから、市丸の頭の中ではすでにおのずと文章になっていた。二月十六日、アメリカ空軍の爆撃と艦砲射撃が始まり、三日間それに反撃も出来ず硫黄島の地下二十メートルの壕内で敵の上陸をじっと待っていた時、市丸はその主張をルーズベルト大統領に一書を致すという形で書き出した。

アメリカ軍が硫黄島の東南の海岸に上陸してから一週間過ぎた一夜、北地区の海軍司令部の地下壕で松本巌上等兵曹と三上弘文二等兵曹は村上通信参謀の指示で壕内奥深いところにある市丸司令官の室に出頭した。壕内は気温が摂氏四十五度から五十度、硫黄噴気が充満している。司令官は蠟燭の淡い明りの下で筆で文章を書いていた。首に部厚いタオルを巻いていたのは流れ出る汗をとめるためだろう。松本はその文書を楷書で二通浄書するよう命ぜられた。三上は、間瀬参謀、岡崎参謀に助言して英文に訳すようにと命ぜられた。「助言して英文に訳すように」とは海軍内の序列を重んじてそう言ったまでで、実際は三上がひとりで英文に訳したのである。そして日本語の意味について三上は司令官や参謀に質《ただ》した。その日本語原文が冒頭に掲げた『ルーズベルトニ与フル書』である。

市丸司令官と三上兵曹との関係は次のようであったと私は想像する。市丸は第二七航空戦隊司令部の地下壕にいる八十名近くの将兵は顔も名もよくわかっていた。三上弘文が日本人二世として苦しい立場にいることも承知していた。三上はかつてハワイにいたころ白人たちに差別された不快な体験があるから、アングロ・サクソン系の白人が我が物顔に振舞うことに対して、一面ではそれは当り前だと思うとともに、他面では不公平だという反撥心を抱いていた。両親はハワイに住み、仕事もうまく行き、アメリカ市民権を獲得したいと願っていたが、日本生れということで帰化はかなわなかった。そうした人種による偏見や差別に対する憤懣は少年のころの三上にもあった。しかし三上は頭がいい子であったからハワイの小学校で成績は優秀だった。両親の恥しいほど下手な英語に比べると、三上の英語は抜群の出来映えで、普通のアメリカ人の少年よりも作文の成績はずっと上だった。当然アメリカ人の子供らしく振舞った。父親はそんな風にすっかりアメリカ化して育った弘文に日本人らしさが薄れることをおそれて、中学生の時自分の生れ故郷の広島へ息子を送った。日本人としての教育も授けようと思ったのである。だがその親心が裏目に出た。弘文が中学を卒業する前に日米戦争が勃発してしまったのである。弘文は日本海軍のハワイ真珠湾奇襲に驚いた。周囲の日本人はアメリカ太平洋艦隊の潰滅に躍りあがって喜んだが、弘文はハワイにいる両親のことが心配でたまらない。ハワイに戻る機会を失した弘文はアメリカ人に戻ることもできなくなってしまった。弘文は生れながらの二重国籍者であったが、日本で徴兵令の網にかかって一方的に日本人とされてしまったのである。そのころの弘文は自分のホノルル時代のクラスメートがアメリカ軍に徴兵されていたことを聞き知っていた。そのアメリカ軍兵士となった級友の中には白人の友だちだけでなく自分と親しかった日系二世も混じっていた。

そんな背景で育った三上であってみれば、日本海軍の一員だと言われても違和感が生ずるのは避けられない。日本では毛色の違う者はとかくいじめられる。育ちの違いが言葉や振舞いの上であらわれると三上は怒鳴られ、殴られた。「お前には大和魂はないのか」

市丸司令官は、そんな立場の三上兵曹にもよくわかるように、ふだんから日本側の正義を理路整然と説いてくれた。司令官から米大統領への手紙を英語に訳すよう言いつかった時には、与えられた使命に興奮を禁じ得なかった。司令官は自分にこの仕事を授けてくれるために『ルーズベルトニ与フル書』を書いたのだ、という気さえした。アメリカ軍はそのころまでに摺鉢山を含む硫黄島の南半分は制圧していた。北地区の地下二十メートルの壕の中で蠟燭の光をたよりに三上兵曹は市丸司令官の手紙を英語に移していった。博文館の『辭苑』を参照し、研究社の『新和英大辭典』を引いたが意味不明の日本語もあった。参謀たちに聞いてもわからない。三上はもっぱら直接市丸司令官にその意を問うた。市丸が逆に三上の意見を徴することもあった。三上がその職業柄、アメリカ軍の放送内容に通じ、アメリカ側の「正義」の主張を解説することが出来たからである。

三上はそうした市丸の信頼に応えるべく、この司令官の遺書ともいうべき手紙を英語に訳していった。そして三上には市丸の言い分に共感する節が多々あったのだと思う。三上は彼の生涯の力を傾けてこの手紙を訳した。生涯の力を傾け尽したといっても過言ではない。三上はその直後の三月十八日、六〇キロ発電所壕入口で戦死してしまうからである。

市丸少将の『ルーズベルトニ与フル書』がアメリカ側で話題となった理由はさまざまあるが、その大事な一つにこの英語訳文にはある心熱がこめられていたことがあげられる。もとより誤りも数々あるが、この英語文章の力に引かれて私も市丸に注目し始めたのである。三上弘文兵曹が英訳した文章も全文掲げたい。

A Note to Roosevelt

Rear Admiral R. Ichimaru of the Japanese Navy sends this note to Roosevelt. I have one word to give you upon the termination of this battle.

Approximately a century has elapsed since Nippon, after Commodore Perry's entry to Shimoda, became widely affiliated with the countries of the world. During this period of intercourse Nippon has met with many national crises as well as the undesired Sino-Japanese War, Russo-Japanese War, the World War, the Manchurian Incident, and the China Incident. Nippon is now, unfortunately, in a state of open conflict with your country. Judging Nippon from just this side of the screen you may slander our nation as a yellow peril, or a blood thirsty nation or maybe a protoplasm of military clique.

Though you may use the surprise attack on Pearl Harbour as your primary material for propaganda, I believe you, of all persons, know best that you left Nippon no other method in order to save herself from self-destruction.

His Imperial Highness, as clearly shown in the "Rescript of the Founder of the Empire" "Yosei" (Justice), "Chōki" (Sagacity) and "Sekkei" (Benevolence), contained in the above three fold doctrine, rules in the realization of

"Hakko-ichiu" (the universe under His Sacred Rule) in His Gracious mind.

The realization of which means the habitation of their respective fatherlands under their own customs and traditions, thus insuring the everlasting peace of the world.

Emperor Meiji's "The four seas of the world that are united in brotherhood will know no high waves nor wind" (composed during the Russo-Japanese War) won the appraisal of your uncle, Theodore Roosevelt as you yourself know.

We, the Nippon-jin, though may follow all lines of trade, it is through our each walk of life that we support the Imperial doctrine. We, the soldiers of the Imperial Fighting Force take up arms to further the above stated "doctrine".

Though we, at the time, are externally taken by your air raids and shelling backed by your material superiority, spiritually we are burning with delight and enjoying the peace of mind.

This peacefulness of mind, the common universal stigma of the Nippon-jin, burning with fervour in the upholding of the Imperial Doctrine may be impossible for you and Churchill to understand. I hereupon pitying your spiritual feebleness pen a word or two.

Judging from your actions, white races especially you Anglo-Saxons at the sacrifice of the coloured races are monopolizing the fruits of the world.

In order to attain this end, countless machinations were used to cajole the yellow races, and to finally deprive them of any strength. Nippon in retaliation to your imperialism tried to free the oriental nations from your punitive bonds, only to be faced by your dogged opposition. You now consider your once friendly Nippon an harmful existence to your luscious plan, a bunch of barbarians that must be exterminated. The completion of this Greater East Asia War will bring about the birth of the East Asia Co-Prosperity Area, this in turn will in the near future result in the everlasting peace of the world, if, of course, is not hampered upon by your unending imperialism.

Why is it that you, an already flourishing nation, nip in bud the movement for the freedom of the suppressed nations of the East. It is no other than to return to the East that which belongs to the East.

It is beyond our contemplation when we try to understand your stinted narrowness. The existence of the East Asia Co-Prosperity sphere does not in anyway encroach upon your safety as a nation, on the contrary, will sit as a pillar of world peace ensuring the happiness of the world. His Imperial Majesty's true aim is no other than the attainment of this everlasting peace.

Studying the condition of the never ending racial struggle resulting from mutual misunderstanding of the European countries, it is not difficult to feel the need of the everlasting universal peace.

Present Hitler's crusade of "His Fatherland" is brought about by no other than the stupidity of holding only Germany, the loser of the World War, solely responsible for the 1914-1918 calamity and the deprivation of Germany's re-establishment.

It is beyond my imagination of how you can slander Hitler's program and at the same time cooperate with Stalin's "Soviet Russia" which has as its principle aim the "socializaition" of the World at large.

If only the brute force decides the ruler of the world, fighting will everlastingly be repeated, and never will the world know peace nor happiness.

Upon the attainment of your barbaric world monopoly never forget to retain in your mind the failure of your predecessor President Wilson at his heights.

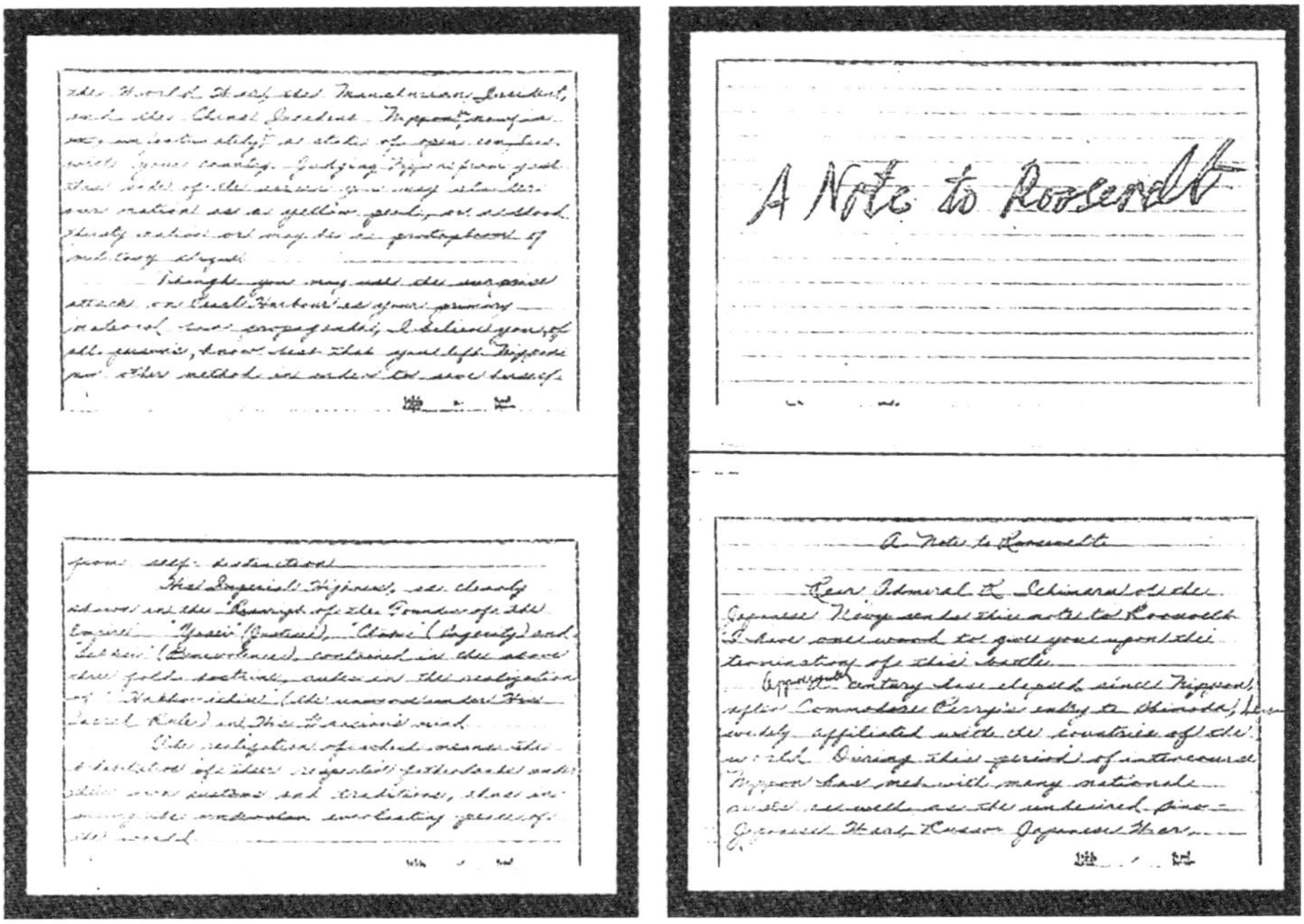

A Note to Roosevelt

平和の海と戦いの海

一九四五年四月四日、クロージャー記者が硫黄島から米本土向け無電で市丸少将の手紙を打電した時、この従軍記者は英文全文を伝えたが、合間合間に記者のコメントを混じえた。それはてんから市丸少将を小馬鹿にしたものだった。お前こそパール・ハーバー不意打ちという近代史上最大の背信行為《トレチャリー》を画策した日本海軍の首脳陣の一人じゃないか。そのパール・ハーバーを奇襲しておいていまさら何を言うか、というのがこのアメリカ軍従軍記者の言い分である。「八紘一宇」の説明についてはmumbo-jumbo（ちんぷんかんぷん）と片付けて、どうせ日本天皇による慈悲深い世界支配の主張だろう、と皮肉った。そして死ぬ数時間前になってもまだ日本のインチキ外交のこんな決り文句を鸚鵡みたいに繰り返すことしか出来ないのか、と罵倒した。

いまでもアメリカには話題が原子爆弾に及ぶと、日本が先にパール・ハーバーを奇襲したから悪いんだ、広島や長崎に原子爆弾を落されたのは自業自得だ、と言いつのる人が多い。クロージャー記者のコメントもそれと大同小異という気がする。夥しい米軍の死傷者を硫黄島で目撃したクロージャー記者は、市丸少将の手紙を冷静な気持で読むことは出来なかった。だが同じ手紙でも死闘を繰返した直後と、三ヵ月後、四半世紀後、半世紀後ではアメリカ人一般読者に与える印象もよほど異なるようである。それは日本人についても同じだろう。私は一九七〇年に出たトーランドの『昇る太陽』に引かれた市丸の英文の手紙を読み、武士道の名残りを感じた。

市丸は冷静である。

市丸はこの期に及んでアメリカやアメリカ大統領を罵倒するような真似はしない。

市丸はあくまでアメリカ人の理性に訴えようとする。死を前にして書いたこの手紙には心のゆとりが感じられる。「日本海軍市丸海軍少将書ヲフランクリン　ルーズベルト君ニ致ス。我今我ガ戦ヒヲ終ルニ当リ一言貴下ニ告グル所アラントス」。この「君」をつけて敵国大統領に儀礼ある態度で話しかけるところがよい。（この「君」は同輩に対する敬語であり、日本の国会内で議長以下が議員を「君」づけで呼ぶのと同じである）。市丸の「君」をつけた日本語原文の方が三上兵曹の「君」をとってしまった英訳文よりジャコビー少年の“Dear Mr. President”という呼びかけに近いような気がする。その呼びかけの直後に、自分の手紙が米軍に発見される時点を想定して「今我ガ戦ヒヲ終ルニ当リ」と書いている率直さにも私はある種の驚きをおぼえる。市丸は最後の最後まで生き抜いて戦おうとする姿勢を崩さなかった司令官だが、米軍側の従軍記者はこの一節から受けた印象だろうが、市丸はこの手紙を書き了えるや自決した、と報じた。

市丸はこの一文で日米関係を歴史的に展望して「不幸貴国ト干戈ヲ交フルニ至レリ」と総括しているが、それはこの日本の海軍軍人のあくまで国際間の平和を良しとする基本的態度を表明している。三上兵曹はアメリカ側の日本非難の宣伝文句をよく心得ていたからだろうか、市丸の原文「之ヲ以テ日本ヲ目スルニ或ハ好戦国民ヲ以テシ或ハ黄禍ヲ以テ讒誣《ざんぶ》シ或ハ以テ軍閥ノ専断トナス。思ハザルノ甚キモノト言ハザルベカラズ」を「日本ヲヒトヘニコノ面ヨリ判断センカ、貴下ハ或ハ我国ヲ黄禍ト讒誣シ或ハ血ニ餓エタル国民、サラニハ軍閥ノ原形質ト中傷スルコトモアラン」という風に訳した。a blood-thirsty nation とか a protoplasm of military clique といった強烈な表現は、日本国内で英語教育を受けた人にはこの場合思いもつかぬ訳語だろう。ハワイで育った三上は、アメリカ側の日本非難の決り文句も承知していたが、しかしアメリカにおける白人支配に反感を抱いていたから、この世界には「白禍」はあるが「黄禍」はない、少なくとも「黄禍」は「白禍」ほどは大きくない、と思っていたに相違ない。また広島の親類たちとつきあった限りでは日本人が「血ニ餓エタル国民」とは思われなかった。しかし日本に「軍閥ノ専断」がなかった、とまでは三上は思わなかったにちがいない。三上は市丸の原文にある「思ハザルノ甚キモノト言ハザルベカラズ」を略して訳さなかった。

フランクリン・ルーズベルト大統領は一九四五年四月十二日に死去した。四月四日に硫黄島から打電したクロージャー記者の電報が、もしアメリカ海軍当局の検閲にひっかからずに四月四日か五日のアメリカの新聞に載ったなら、ルーズベルトも市丸の手紙に必ずや目を通したにちがいないが、その時ルーズベルトがふんと鼻を鳴らしたであろう条りは次の一節だろう。

　貴下ハ真珠湾ノ不意打ヲ以テ対日戦争唯一宣伝資料トナスト雖モ日本ヲシテ其ノ自滅ヨリ免ルヽタメ此ノ挙ニ出ヅル外ナキ窮境ニ迄追ヒ詰メタル諸種ノ情勢ハ貴下ノ最モヨク熟知シアル所ト思考ス

この一節を読んで私は驚いた。市丸がルーズベルトの政治指導の実態を意外に正確に理解していたからである。一連の和歌を読む限り市丸が国際政治に留意していた人という印象は浮ばない。そもそも市丸は海軍部内でもエリート・コースを進んだ人ではない。飛行士官となって十年目、墜落重傷してからというもの、海軍大学への進学や在外勤務の望みは失せた。ところがそんな米国通ではあり得るはずのない市丸が、一九四一年秋におけるルーズベルトの高等政策が、東條内閣を外交的に窮地に追いつめ、日本軍に先に手を出させ、それを機に燃えあがるであろう米国内の反日世論を背景にアメリカを第二次世界大戦に参戦させることにあったのを、見通しているのである。

もっともルーズベルトはそうした点をジャップに指摘されたとしても悪びれなかっただろう。ルーズベルトにとって軍国主義日本とはいつかは徹底的に叩きのめさねばならぬ国だったからである。実際、一九四一年十一月二十六日、ハル国務長官が日本側に渡したハル・ノートは日本をして自存のためにも米国攻撃の「挙ニ出ヅル外ナキ窮境ニ迄追ヒ詰メタ」ものだった。ハル・ノートは日本に満洲国と汪兆銘政府の否認、中国や仏印からの即時全面的無条件撤兵、三国同盟の廃棄を要求していた。ハル国務長官の要求は世界の外交史上でも稀に見る挑発的なものであった。

だがそんな高圧的な要求を突きつけた米国首脳にも言い分はあった。過去数年来の日本は自国の軍部の下《げ》克上《こくじょう》や膨張主義や冒険主義を抑えることができない。日本政府は軍部を統御できない。しかもそんな軍部に対して日本の大新聞は批判するどころかなんと感謝の意を表している。そんな日本をこのまま放置するわけにはいかない。アメリカ世論に火を点けるためにもルーズベルトは機会を待っていた。日本にまず手を出させることこそが必要なのだ、と。

ここに歴史の正義不正義を測る上でのタイム・スパンの問題が浮上する。日の単位で測るなら、ハワイを奇襲攻撃した日本に非がある。月の単位で測るなら、ハル・ノートは明らかに不当な挑発である。だが年の単位で測るなら、軍国日本の行動がすべて正しかったとはよもや言えまい。しかし世紀の単位で測るなら、白人優位の世界秩序に対する日本を指導者とする「反帝国主義的帝国主義」の戦争ははたしてただ一方的に断罪されるべきものなのか。

日本の正義を信じる市丸は、日本側の東亜新秩序の理念である「八紘一宇」を説明しようとした。「皇祖皇宗建国ノ大詔ニ明ナル如ク」とある「養正」「重暉」「積慶」の語は、市丸が『日本書紀』巻三にある「蒙《くら》くして正《ただしきみち》を養ひて、此の西の偏《ほとり》を治《しら》す。皇祖皇考《みおや》、乃神乃聖《かみひじり》にして、慶《よろこび》を積《つ》み暉《ひかり》を重ねて、多《さは》に年所《とし》を歴《へ》たり」（原漢文）の神武天皇の言葉を引いたものである。括弧の中に（正義）（明智）（仁慈）と説明を加えたのは市丸が訳者のために慮《おもんばか》ってのことだろう。三上も原語をYosei, Choki, Sekkeiと直接ローマ字でまず写した上で括弧内に英訳を添えた。私自身は前にも述べたように市丸の遺書は初め英訳文を通して読んだ者だが、この三つのローマ字に相当する原の漢語が何であるか当初は解《げ》しかねた。

あの頃のアメリカ人は「八紘一宇」などという標語は日本の世界制覇のための標語だと単純にきめつけていたに相違ない。いや今でもそう思い込んでいるアメリカの日本学者は沢山いる。彼らは戦後半世紀が経った後になっても戦時中に流布された反日プロパガンダのプリズムを通してしか日本を理解できないでいる。戦時中の反日宣伝の刷込みはそれほど強烈でその後も再生産され続けているのである。だが三上兵曹は八紘一宇の理想の実現とは「地球ノアラユル人類ハ其ノ固有ノ伝統習慣ニ従ヒ其ノ郷土ニ於テソノ生ヲ営ムコト」そして「以テ恒久的世界平和ヲ確立サセルコト」にあると訳した。

口喧しい軍官僚なら、たとい将官であろうと日本の一地域の司令官が交戦中に敵国大統領に手紙を書くとは何事か、しかも平和を云々するとは何事か、と咎め立てをすることも出来ないわけではない。だが誰もそんな咎め立てをしようと思わないのは、市丸が目前に迫った死を覚悟して書いているからである。市丸はかつて予科練の生徒に軍人たるより先に「人の人たるべき道を行へ」と説いた。そんな市丸利之助だったからこそ、この期《ご》においてもこの日本海軍軍人はあくまで「恒久的世界平和」の理想を唱え、日露戦争中に明治天皇が詠まれた御製を引くことで日本側の主張の真実を裏付けようとしたのである。

四方の海皆はらからと思ふ世に
など波風の立ちさわぐらむ

和歌の英訳はたとい平時に時間をかけたとしても難しい。三上の訳には明治天皇の平和を乱されたことを嘆く声音は必ずしも伝わっていないが、その歌を引いてこの「御製ハ貴下ノ叔父テオドル・ルーズベルト閣下ノ感嘆ヲ惹キタル所ニシテ貴下モ亦熟知ノ事実ナルベシ」とフランクリン・ルーズベルトに訴えるあたりは、この種の手紙の書き方としては見事ではあるまいか。ちなみに昭和十六年九月六日、和戦を決する御前会議の席上で、戦争へと傾く軍部や政府の主張を押しとどめ、昭和天皇がいま一たびの反省を列席者に強く求められた時、天皇が読みあげられた明治天皇の御製こそがこの歌であった。

フランクリン・ルーズベルトという政治家が妻の親戚筋のシオドア・ルーズベルトの感化もあってかねがねどのような日本観を抱いていたか、という問題はいまなお研究に値する論点である。市丸はシオドア・ルーズベルトを「テオドル・ルーズベルト閣下」と閣下の語を添えて話題としたが（そしてそれは惜しいことに英訳では略されてしまったが）、多くの日本人と同様、米国第二十六代大統領をその日露戦争の講和斡旋の故に親日家としてナイーヴにも誤解していたのではあるまいか。彼はフィリピン領有を積極的に主張し――アメリカは日本が米国のフィリピン統治を黙認することと引換えに日本による朝鮮合併を黙認した――「白人の重荷」をになうと宣言した。そんな典型的な帝国主義者であったシオドア・ルーズベルトにせよ、その親戚で米国第三十二代大統領となったフランクリン・ルーズベルトにせよ、国際関係における冷徹な力の信奉者であって、太平洋をはさんで擡頭しつつあった米日という両国がいつかはテリトリーを争う獣と獣のように戦う可能性があることを腹の中では考えていた政治家だったに相違ない。

市丸は、フランクリン・ルーズベルトと大英帝国を植民地帝国の現状のままに維持しようと欲するウィンストン・チャーチルに対し、白色人種による有色人種の支配の非を説き、その支配からの解放戦争としての「大東亜戦争」の意義を強調した。私は市丸が次のような主張を述べた時、それを宣伝のために書いたとは思わない。市丸は心から確信していたに相違ない。

卿等《けいら》ノナス所ヲ以テ見レバ白人殊ニ「アングロ・サクソン」ヲ以テ世界ノ利益ヲ壟断《ろうだん》セントシ……之ガ為奸策ヲ以テ有色人種ヲ瞞着《まんちゃく》シ、所謂《いはゆる》悪意ノ善政ヲ以テ彼等ヲ喪心無力化セシメントス。

市丸が生れた時、ハワイは半開とはいえまだ独立国だった。フィリピンはまだスペイン領だった。それらが米国領と化したのはアメリカが帝国主義国家としてアジアに向けて太平洋を渡って膨張してきたからである。

近世ニ至リ日本ガ卿等ノ野望ニ抗シ有色人種殊ニ東洋民族ヲシテ卿等ノ束縛ヨリ解放セント試ミルヤ卿等ハ毫《がう》モ日本ノ真意ヲ理解セント努ムルコトナク只管《ひたすら》卿等ノ為ノ有害ナル存在トナシ曾テノ友邦ヲ目スルニ仇敵野蛮人ヲ以テシ……

市丸がここで日本を「曾テノ友邦」your once friendly Nippon と呼んでいることにも注目したい。市丸にとって国際関係の常態とは平和的であり友好的であることなのだ。

三上兵曹が、市丸の言葉で修辞に流れて激している条《くだ》りを英訳では省略していることにも留意したい。「有色人種ヲ以テ其ノ野望ノ前ニ奴隷化セントスルニ外ナラズ」「之豈神意ニ叶フモノナランヤ」「大東亜戦争ニ依リ所謂大東亜共栄圏ノ成ルヤ所在各民族ハ我ガ善政ヲ謳歌シ」などが省略されている。三上は英米はアジアの植民地支配においてはかつてアメリカが黒人を奴隷として支配したようには奴隷化していないことは承知していたからであろうか。またフィリピンなどで原住民が必ずしも日本軍の「善政ヲ謳歌シ」ていないことも、この通信兵曹は知っていたからであろうか。「神意」などという言葉を迂闊に訳してキリスト教徒の反感を招いてもまずいと思ったに相違ない。だが次の市丸の主張を英語に訳す時、三上の英文にもおのずと力はこもった。

卿等ハ既ニ充分ナル繁栄ニモ満足スルコトナク数百年来ノ卿等ノ搾取ヨリ免レントスル是等憐ムベキ人類ノ希望ノ芽ヲ何ガ故ニ嫩葉《わかば》ニ於テ摘ミ取ラントスルヤ。只東洋ノ物ヲ東洋ニ帰スニ過ギザルニ非ズヤ。

市丸の措辞には高雅な響きがある。二十世紀の前半、「アジア人のためのアジア」Asia for Asiatics というスローガンが英米人によって極度に嫌われた、という歴史的事実を私たちは忘れるべきではないだろう。市丸は「アジア人のためのアジア」としての大東亜共栄圏の何処が悪いのか、と思っていただろう。日本天皇の真意が「此ノ外ニ出ヅルナキヲ理解スルノ雅量アランコトヲ希望シテ止マザルモノナリ」と市丸は述べた。だがこの最後の言いまわしを三上は英訳することが出来なかった。（なお「大東亜共栄圏ノ存在ハ……世界平和ノ一翼トシテ」の条りの英訳文はアメリカ側の諸文献には The existence of the East Asia Co-Prosperity sphere……will act as a pillar of world peace ensuring the happiness of the world として翻刻されているが、三上の字体から判読すると act は sit ではないかと思われる。）

さらに注目すべきは市丸のヒットラー観とスターリン観であろう。第二次世界大戦後、日本とイタリアが国際社会で悪玉の烙印を押されたについては、ユダヤ人絶滅を計ったナチス・ドイツの同盟国であったために、そのドイツとの類推でもって悪者にされ誤解された、という面が強い。西洋人一般の日本理解は昔も今もけっして深くはない。それで日本を「極東のドイツ」というアナロジーで理解しようとする傾向が戦中戦後に強かった。だがしかし日本は、交戦国の常として残虐行為を犯したとはいえ、ユダヤ人絶滅のような組織的残虐行為を国策として企らんだ国ではなかった。なるほど日本はそのドイツの同盟国であったが、しかし戦争中の日本人はドイツがユダヤ人を強制収容所に送りこんで絶滅を計っていることなどは知らされていなかった。戦時中の日本人の多くにとってドイツとは依然としてカントやゲーテやベートーヴェンの国であった。ところが市丸はヒットラーのドイツについてその暗黒面もあるいは聞き知っていたのではあるまいか。しかしたとい知っていたにせよ、ドイツは同盟国である。それだから「今ヒットラー総統ノ行動ノ是非ヲ云為スルヲ慎ムモ」という表現が日本語原文には出たかにも思われるのである。もっとも三上は英訳文ではその条りは略してしまったが。

しかしその次にドイツとの関連で市丸少将が述べた言葉は、日本国の敗戦を見越した上での発言として読むと意味深い。

翻《ひるがへ》ツテ欧州ノ事情ヲ観察スルモ又相互無理解ニ基ク人類闘争ノ如何ニ悲惨ナルカヲ痛嘆セザルヲ得ズ。

三上は英文でここに「恒久的ナ世界平和ノ必要ヲ感ズルハ難事ニ非ズ」とつけ足した。市丸は敗戦国の処遇について言う。

彼ノ第二次欧州大戦開戦ノ原因ガ第一次大戦終結ニ際シソノ開戦ノ責任ノ一切ヲ敗戦国独逸ニ帰シソノ正当ナル存在ヲ極度ニ圧迫セントシタル卿等先輩ノ処置ニ対スル反撥ニ外ナラザリシヲ観過セザルヲ要ス。

この市丸の指摘は正鵠《せいこく》を射ている。ドイツにナチズムの登場を許した最大の原因は苛酷なヴェルサイユ条約に対するドイツ国民の反撥であったからだ。一九三三年、ナチス党は普通選挙で第一党となり政権を取ったのだ、という史実を看過してはならない。一九四五年、連合国の当事者の間には敗戦国に対し、その国民の中から将来復讐心が湧くようなヴェルサイユ条約式の講和を二度と押しつけてはならないという自戒の念はすでに萌《きざ》していただろう。そうした要路の人々の目に一九四五年七月十一日、米国各新聞にいっせいに掲げられたこの市丸の手紙はどのように映じたことか。

市丸はまた米国がヒットラーを一面では誹謗しながら他面ではスターリンと協力することの矛盾をついた。米英は「敵の敵は味方」という論理でソ連と協調したまでであって、人民民主主義国の側に特に正義があったわけではない。戦後にやがて生じた「鉄のカーテン」をはさむ苛烈な対立は市丸の指摘の正当性を証するものだろう。第二次世界大戦をデモクラシー対ファシズムの戦争とする見方は、マルクシズム史観の強い国や党ではなお行なわれるかもしれないが、イギリスなどの歴史家はそうした戦時中のスローガンから生れた第二次世界大戦観から次第に脱却するにちがいない。いや、すでに脱却したに相違ない。

市丸は一九四五年二月末の時点で米英軍に対し「卿等ノ善戦」といい、第二次大戦における米英の勝利をほぼ既定事実として認めている。「卿等今世界制覇ノ野望一応将ニ成ラントス。卿等ノ得意思フベシ」。だが相手の優位を率直に認めた市丸発言を、日本海軍部内の教育で米国を軽侮するよう叩きこまれたに相違ない三上は、あるいは略し、あるいは余計な形容詞を補足して、文の品格を下げてしまった。“Upon the attainment of your *barbaric* world monopoly.”それでも最後に、第一次世界大戦に勝利し、国際連盟という平和維持機構の規約を成立させることに成功しながら、肝腎の米国上院で連盟規約を含むヴェルサイユ条約の批准を拒否されたウィルソン大統領の先例を持ち出すあたり、市丸の筆鋒は鋭い。ウィルソンは失意のうちに世を去った人であったからだ。"Roosevelt Was Lectured in Nip Admiral's Letter"「ルーズベルト、日本《ニップ》提督の書簡中で叱責さる」という揶揄めいた見出しが『デンヴァー・ポスト』についたのも、市丸がこうした歴史的先例を喚び出すことで手紙を結んでいたからだろう。もちろん「ニップ」も「ジャップ」と同様の蔑称であり、Lectured という語も、本来お叱言《こごと》をいう資格のない人物がこともあろうに大統領閣下様を叱責した、という冷やかしではあろう。しかしそれでも市丸の言わんとしたところは、完全とはいえないにせよ、三上の英訳文で伝わったというべきだろう。硫黄島に従軍したクロージャー記者はおそらくそうしたウィルソンにまつわる自国の史実にすらもうとい平均的アメリカ人の一人だったのではあるまいか。(ちなみにクロージャー記者が『ニューヨーク・ヘラルド・トリビューン』紙の記事につけた彼自身の感情的なコメントは『デンヴァー・ポスト』など地方紙へ転載された時にはすべて削られた)。思うに市丸は大正時代、ウィルソンの国際連盟にひそかに期待の夢を寄せていた日本人の一人だったのではあるまいか。ルーズベルト大統領宛ての市丸の手紙の結びには、ヴェルサイユ条約の愚を繰返すな、日米関係の戦後処理を誤るな、という市丸の平和の夢が託されていたように思える。

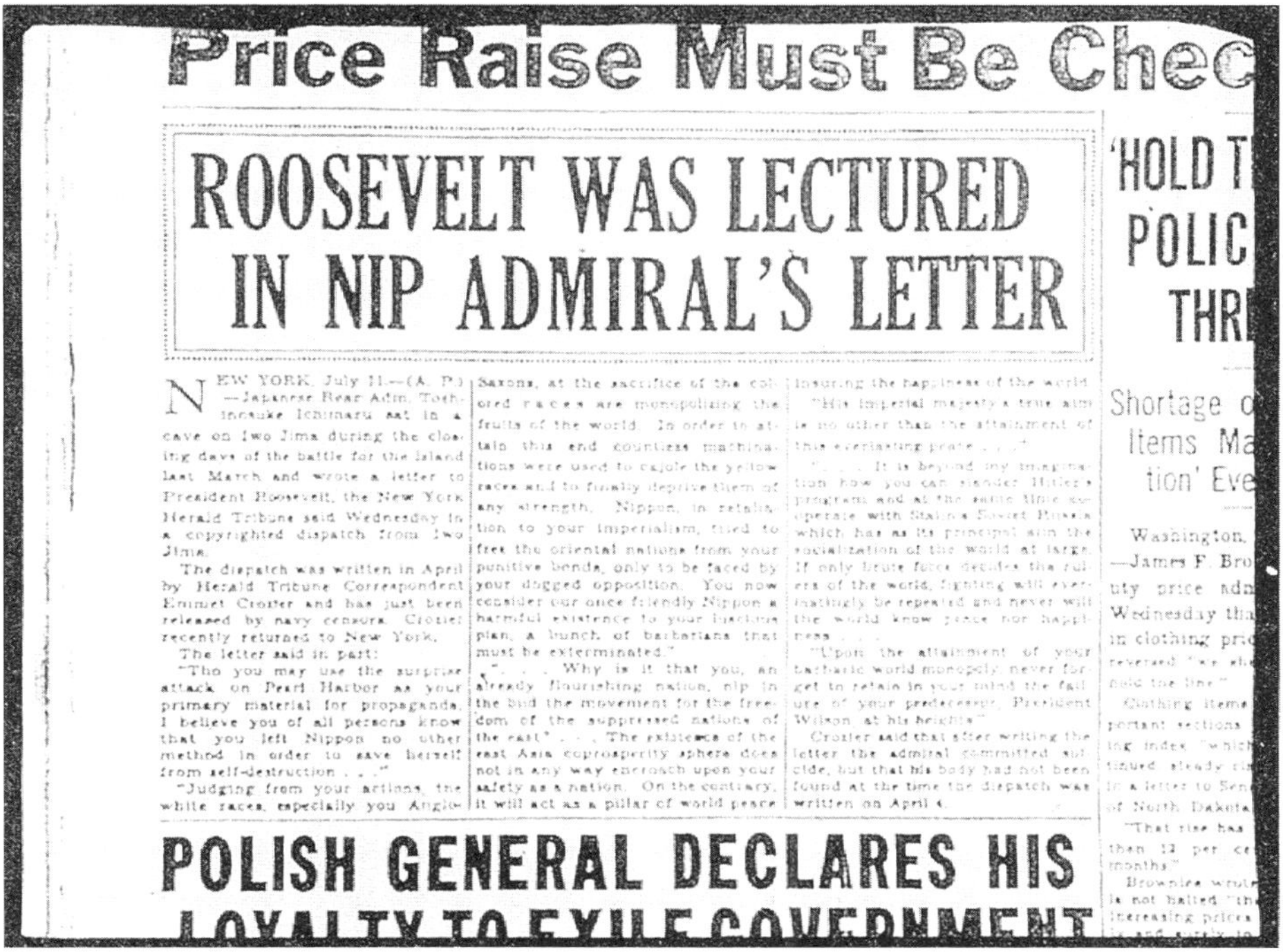

Price Raise Must Be Chec

ROOSEVELT WAS LECTURED IN NIP ADMIRAL'S LETTER

NEW YORK, July 11.—(A. P.) —Japanese Rear Adm. Toshinosuke Ichimaru sat in a cave on Iwo Jima during the closing days of the battle for the island last March and wrote a letter to President Roosevelt, the New York Herald Tribune said Wednesday in a copyrighted dispatch from Iwo Jima.

The dispatch was written in April by Herald Tribune Correspondent Emmet Crozier and has just been released by navy censors. Crozier recently returned to New York.

The letter said in part:

"Tho you may use the surprise attack on Pearl Harbor as your primary material for propaganda, I believe you of all persons know that you left Nippon no other method in order to save herself from self-destruction . . ."

"Judging from your actions, the white races, especially you Anglo-Saxons, at the sacrifice of the colored races are monopolizing the fruits of the world. In order to attain this end countless machinations were used to cajole the yellow races and to finally deprive them of any strength. Nippon, in retaliation to your imperialism, tried to free the oriental nations from your punitive bonds, only to be faced by your dogged opposition. You now consider our once friendly Nippon a harmful existence to your luscious plan, a bunch of barbarians that must be exterminated."

". . . Why is it that you, an already flourishing nation, nip in the bud the movement for the freedom of the suppressed nations of the east" . . . The existence of the east Asia coprosperity sphere does not in any way encroach upon your safety as a nation. On the contrary, it will act as a pillar of world peace insuring the happiness of the world.

"His imperial majesty's true aim is no other than the attainment of this everlasting peace . . ."

". . . It is beyond my imagination how you can slander Hitler's program and at the same time cooperate with Stalin's Soviet Russia which has as its principal aim the socialization of the world at large. If only brute force decides the rulers of the world, fighting will everlastingly be repeated and never will the world know peace nor happiness . . .

"Upon the attainment of your barbaric world monopoly never forget to retain in your mind the failure of your predecessor, President Wilson, at his heights."

Crozier said that after writing the letter the admiral committed suicide, but that his body had not been found at the time the dispatch was written on April 4.

POLISH GENERAL DECLARES HIS LOYALTY TO EXILE GOVERNMENT

『デンヴァー・ポスト』1945年7月11日の記事

第五章　名誉の再会

大東亜戦争と太平洋戦争

私は市丸利之助の遺書の中で理のある条りはなるべく拾ってそれを説こうとした。私はいわば弁護人的な心情でこの小伝を綴ったのである。読者の中にはそれとは別の見方で日本の過去に臨む人も多いであろう。しかし私は米国占領軍を解放軍として迎え、それと協力した日本左翼の軍国主義日本批判にはなにかまやかしがあるような気がしてならない。第二次世界大戦をデモクラシーを体現する米英中ソとファシズムを体現する独日伊との正邪の戦さであったとする定型的な分類は、デモクラシーの一語の中に民主主義と人民民主主義という本来氷炭相容れぬ二つを一括してつっこんだ奇妙で安直な分類であった。

秘密投票による選挙が行なわれず、複数の政党や複数の候補者が存在せず、言論や出版の自由が認められない一党専制の国と米国が手を結んだのは、市丸の言い分ではないが、「如何ニシテスターリンヲ首領トスルソビエツトロシヤト協調セントスルヤ」と皮肉も言いたくなる同盟であった。

だがそれでも両者の間に実際に蜜月時代はあったのである。そしてそれは占領初期の日本ではアメリカ軍と日本のマルクシズム左翼とが軍国主義日本の批判において協調するという形をとって現れた。その種の歴史観は、部分的には正しい故に、たといソ連邦が崩壊し、マルクス主義が破産しようとも、今後も内外でなお生き続けるであろう。その種の歴史観は過去の日本帝国を断罪するが故に、日本に対して怨念や嫉妬の情を抱く国々では受け入れられやすい。それらの国の人々は二十世紀前半の日本の歴史に対しあくまで検察官的な態度をもって臨むであろう。

もっとも読者はさまざまであるから――それが複数の言論の自由が保障された今日の日本の餘慶でもあるのだが――平川の弁護論は不十分だ、という向きも必ずやいるに相違ない。日本が戦った第二次世界大戦を大東亜戦争という歴史が匂う言葉で呼ばずに太平洋戦争というアメリカ側の言葉を私が用いたことに不満を覚える向きもいるかもしれない。しかし敗れた戦さである。私たちはグアム島をもはや大宮島とは呼ばない。シンガポールを昭南とは呼ばない。日本以外の土地で the Greater East Asia War という語が通用しない以上、そう言い張ってみたところで所詮、井の中の蛙ではあるまいか。この前の戦争について太平洋戦争というよりも大東亜戦争という呼び名の方がよく似合う点もありはしたが、私はその部分を拡大して全体を掩うようなことはしたくない。

もちろん太平洋戦争という呼称も中国本土で日本軍と戦った国民党軍にとっても八路軍にとっても不適当なことは明らかだ。中国人にとってそれは抗日戦争であった。そして誰がなんと言い張ろうと、中国人の多数にとってその戦争は大東亜戦争などではなかった。私たちはその事実をゆめ忘れてはならない。日本は「東洋永遠の平和」などの美辞をつらねて、いわゆる支那事変の泥沼にはまりこんだ。その戦争の大義名分が中国上空で戦った市丸自身にとってすらも不鮮明だったことは、日米開戦直後に詠まれた次の歌によっても察せられる。


わりきれぬ心を抱き戦ひき支那大陸の空を飛びつつ

国家がひとたび戦争を決定すればそれは絶対の命令となる。将校も兵もそれに従わなければならない。市丸利之助のような軍人に「わりきれぬ心を抱」かせたような、中国大陸への軍事介入を、早期の段階で解決できなかった昭和日本をみっともない国家であった、と私が考える所以である。

イメージの戦い

我々の父祖や夫、兄弟が戦って死んだからといって、その戦争をただただ義戦として肯定してはならない。勇戦奮闘したからといって、硫黄島の戦闘を美化してはならない。戦記物には執筆者や旧軍人の願望的思考が混じりこむ。その一つにこんな日本側の伝説がある。

昭和二十年二月二十三日午前十時過ぎ、アメリカ海兵隊は上陸後第五日目、硫黄島南端の同島最高（標高一六九メートル）の摺鉢山を占領し、星条旗を押し立てた。「しかしながら摺鉢山には我一部の部隊が残留し依然として敢闘中で二十四日には同山山頂になほ日章旗が翩翻《へんぽん》として飜つてゐるのが望見される」（『朝日新聞』、昭和二十年二月二十七日）。

この「摺鉢山、再び日章旗飜る」という伝説は日本軍の英雄的な反撃を証するものとして当時も報道されたし、その後も日本側の戦記などに記載されている。だが米軍側には日本軍が摺鉢山山頂を再奪取したという報告は一切ない。

二月二十三日午前十時二十分、シュライヤー中尉の率いる中隊は日本軍と射撃を交えつつ山頂にたどり着いた。中尉と部下四人がころがっていた送水用鉄パイプに星条旗を結びつけて山頂に押し立てた。彼等は殊勲の一番乗りだった。その旗を立てた光景はローリー軍曹によって写真にも撮影された。

だが今日アーリントン墓地に建っている硫黄島記念碑はその写真に基づいたものではない。またその一番乗りの兵士たちの姿を再現したものでもない。最初の星条旗が山頂に翻った時、ＡＰのローゼンソール記者はまだ山麓にいた。彼はその四時間後、山頂に行き、見ばえのよい大きな星条旗と長いパイプを持って来させ、その旗を六人の海兵隊員に新たに押し立てさせ、その光景を撮影したのである。その際、摺鉢山山頂に当初ひるがえった星条旗が一旦は降ろされた。その様を硫黄島の中央、玉名山から望遠鏡で認めた橋田信一兵曹が、日本軍が再び山頂を奪取したからだと解釈し、その報告を打電した。それが東京でさらに脚色され「再び日章旗飜る」となってしまったのが真相のようである。

ローゼンソール特派員撮影の写真はグアム経由で電送され、二月二十五日日曜の『ニューヨーク・タイムズ』はじめ多くの新聞の第一面を飾った。それは苦難を克服し、ついに日本固有の領土を占領した、米国最強の海兵隊の勝利を象徴的に示していた。それは第二次世界大戦中でもっとも有名な写真となった。星条旗を押し立てた六名は勇士であった。その海兵隊員のうち三人はその後、硫黄島北部の戦闘で戦死して果てている。

しかし実際に日本軍と手榴弾を投げあって、必死の思いで摺鉢山の山頂を制圧し、小さな星条旗を最初に掲げた兵士たちは、自分たちの手柄を横取りにした写真家ローゼンソールのやらせに不満だったにちがいない。

それかあらぬかアーリントン墓地へ行き、ローゼンソールの写真を忠実に拡大再現した彫刻家ウェルドンの巨大記念碑を眺めた時、その「硫黄島モニュメント」に真実でないなにかが感じられてならなかった。というか太平洋戦争そのものについても、史実よりイメージによる戦いが、戦後五十年なお続いている、という印象を受けた。私たち日本人はその戦後の戦いにおいても、外国に伝えるべき自己イメージをきちんと持たず、ましてやそれを外へ伝えることはしないできた。内にあっては日本悪玉論とそれに対する反動としての善玉論が不毛な集会を別々に開いてきた。その悪玉論の中には戦時中に敵国で作られたものの安直な借用も混じっていた。

戦時下に自国の正義を唱え、敵国の不義を難じるのはプロパガンダの常道である。すでに第一次世界大戦の際、Rape of Belgium というドイツ兵非難の大合唱が連合国によって発せられた。昭和十二年、南京を占領した日本軍に対しても、非難さるべき火種は日本側にあったにせよ、大声のプロパガンダは米英側から発せられた。日本側も大東亜戦争勃発前から米英非難を繰り返し、開戦後は鬼畜米英と罵った。もっとも『読

硫黄島モニュメント／撮影：谷川永洋（石井顕勇「硫黄島探訪」http://www.iwojima.jp/）

売新聞』が「⿰犭米⿰犭英」という新語を使った時は戦時下の日本人読者といえどもさすがに顰蹙《ひんしゅく》したが。

それでは、宣伝戦は戦時中、双方共にやったからおあいこかというと決してそうではない。敗戦後の日本では戦時中に唱えられた日本の正義なるものはことごとく欺瞞であったとする再教育が徹底して行なわれた。アメリカは満洲国政府について実体は日本の軍や官僚が内面指導を行なった傀儡《かいらい》だと非難したが、そのアメリカ占領軍が占領下の日本政府や新聞ラジオに対して行なったこともまた高度の内面指導であった。敗戦国では「真相はこうだ」として歴史は塗り変えられた。それに対して戦勝国では戦時中に唱えられた連合国側の正義と枢軸国側の不義とが再吟味されることもなく、戦後もそのままかり通った。もっとも市ヶ谷の極東国際軍事法廷で、アメリカ側の原爆投下の是非は一切問うことなく、日本側の非だけがあげつらわれた時、日本側の大新聞やＮＨＫはキーナン首席検事以下の日本断罪の論調に同調したけれども——

そしてそれは一九五一年五月、帰米したマッカーサー元帥の上院における証言「日本人は全ての東洋人と同様に勝者には追従《ついしょう》し敗者を極端に侮蔑《ぶべつ》する傾向を有している」をよく裏付けてはいると思うけれども――、心ある日本人はその裁判で示された米英中ソなどの「東京裁判史観」に必ずしも全面的には承服しなかった。それだからこそ第二次世界大戦終結から五十年、戦時中のプロパガンダや原爆投下の正義をいまだに信じているらしい米国の在郷軍人会の発言や示威行動に日本人の多くは戸惑いを覚えるのである。

だが「東京裁判史観」に示されたメイド・イン・アメリカの価値観に同意しないからといって、昭和初年の日本軍部主導の政策がすべて正しかった、などというつもりは私には毛頭ない。近ごろの日本には満洲事変以後の日本のさまざまの行動を正当化しようとする説も見かけるが、あれは敗戦直後に行なわれた全面的な日本悪玉論の裏返しのようなものだろう。日本善玉論は一部日本人のナルシシズムに訴えることはあっても、国際世論にはかえって悪影響を及ぼすだけだろう。なんでもかでも日本のしたことを正当化して弁護しようとする人を見かけると、戦時中部下の日本兵のしたことをなんでもかでもかばった将軍を思い出さずにはいられない。そうした将軍は残虐行為や婦女暴行を働いた兵隊も厳罰に処さなかった。そんな内に甘い日本軍だったからこそ、外の大陸では民衆の心をつかめなかったのだろう。日本の歴史を論ずる際も、日本を可愛がるあまり、過去の汚点に目をつぶってはならない。

それでは市丸の歴史判断についてはどうか。外国との関係について日本は「自ラ慾セザルニ拘ラズ」敵対関係に追いこまれた、と責任をすべて外国側にのみかぶせてよいことか。日本人には鎖国していた徳川時代の壺中《こちゅう》の春を懐しむ気持がある。その鎖国の夢を破ったペリーに対する怨みが日本人の心理に底流するが、しかしその日本自身は朝鮮や清国に対しては逆に鎖国の夢を破った国であった。そのことを思えば、市丸に代表される日本人の歴史認識にはやはり一面的なところがあったのではなかろうか。

第二次世界大戦を戦った日本側の将兵の多くが大東亜解放のためという大義を信じていたのは事実だろう。

また昭和十八年十一月、東京で開かれた大東亜会議に集ったアジア六ヵ国の代表が、日本の傀儡だけでなく出色の人物が揃っていた、というのも深田祐介氏が『黎明の世紀』（文春文庫）で指摘する通りだろう。しかし地球上のあらゆる人類をその分に従い、その郷土においてその生を享有せしめるのが日本の目的であったというのなら、日本は大東亜会議において西洋の植民地の解放を唱えるだけでなく、当時は日本の植民地であった朝鮮の将来への展望もはっきりと闡明《せんめい》するべきであったろう。しかし昭和十八年当時の日本政府は当面の戦争遂行に追われ、戦後というか敗戦後の世界への展望がなく、そうした国家百年の大計を押しすすめるだけの政治力を欠いていた。というか敗戦とか戦後の世界への見通しや予測は、東條英機という器量の小さな首相にとっては、思考の対象とすらもならぬタブーだったのではあるまいか。それに対して昭和二十年三月の市丸の米国大統領宛ての手紙では、敗色が濃厚になった時期だからとはいえ、日本の将来のことを念頭に浮べて、ヴェルサイユ条約の轍《てつ》を踏むなかれと述べている。市丸少将はその点ではやはり例外的な日本の軍人だったといえるのではあるまいか。

日本の東亜解放という主張には実際面においてダブル・スタンダードがあった。日本はアングロ・サクソンが世界の利益を壟断《ろうだん》することに反撥したが、それでいながら英帝国に見ならって日本もまた植民地帝国を建設しようとしたからである。由来「解放」を唱える戦争には怪しいものが多い。ソ連軍は一九四五年、東ヨーロッパを「解放」したが、いま東欧諸国はソ連解放軍がいなくなって初めて自由を享受している。北朝鮮は一九五〇年、韓国を「解放」しようとしたが、韓国は「解放」されなかったお蔭で今日経済的な繁栄を享受している。一九八九年、北京の天安門広場で民主化要求を掲げた人々を武力的に鎮圧したのも「人民解放」を名乗る軍隊であった。

その今日の中国の人民解放軍が日本軍のやり方を取り入れた点が一つあった。それは敵方に投降することをいかなる場合も中共側は認めない、とする点である。朝鮮戦争に加わった中国の人民解放軍も人海戦術を繰返す間に生きて捕虜となる者が多数出た。休戦協定が成立した後、捕虜たちは帰国後極刑に処されることをおそれて大陸へは戻らず、結局台湾に移った。私が台湾の大学で教えていた時、用務員として働いている老人の独身者たちは元は人民解放軍の兵士たちであった。そういう人に呼びかける時も「先生《シェンシャン》」という語は用いられた。いまの中国語で「先生《シェンシャン》」はもはや先生ではなくただ「さん」に相当するだけの意味である。

ここで玉砕の暗い面にもふれなければならない。日本では「生きて虜囚《りよしゆう》の辱《はづかし》めを受くる勿《なか》れ」の戦陣訓が日本軍部の発想そのものまでも拘束した。昭和二十年の日本に「一億玉砕」という言葉がはやり出したのは、その不吉な論理的帰結である。戦争終結という考え方そのものが糾弾された。大東亜戦争はこうして軍部の存在そのものを賭ける戦争となったから、敗北は軍の死でなければならなかった。昭和二十年八月十五日以後、軍の存在そのものを認めようとしない考え方が日本国民の間で力を得たのは、ただ単にアメリカ占領軍による政策や洗脳の結果ばかりではない。それは人間の本能的な反撥であった。

硫黄島でも重傷者で日本軍の最後の突撃の前に青酸カリを溶かした水を飲まされた者もいたであろう。投降しようとして日本兵に撃たれた日本兵もまたいたに相違ない。

そしてそれから戦火に焼かれた硫黄島は、主なきままに、蓖麻《ひま》のみ生い茂って何年もが過ぎた。その島で水を欲しながら水も飲めずに死んでいった人々のことを日本人は長いあいだ半ば忘れたかのごとくであった。

REUNION OF HONOR

マイケル・ジャコビー少年が米国大統領へ宛てた手紙で語った「日米の抱擁」は一九八五年におこった。それは硫黄島で戦った米国海兵隊員からの発起を、日本側の硫黄島協会の和智恒蔵が受けて立って行なった催しであった。『硫黄島いまだ玉砕せず』の著者上坂冬子氏は、その時八十四歳になっていた元硫黄島警備隊司令の和智が、米軍の戦勝記念の行事なら参加しない、「名誉の再会」なら応ずる、と家人に洩らしたことを伝えている。そして和智は実際にアメリカ側と協同してREUNION OF HONORの碑を立てた。その小さな御影石の両面には日英両文で次のように記されている。

硫黄島戦闘四十周年に当たり、曾《か》つての日米軍人は本日茲《ここ》に、平和と友好の裡《うち》に同じ砂浜の上に再会す。我々同志は死生を越えて、勇気と名誉とを以て戦ったことを銘記すると共に、硫黄島での我々の犠牲を常に心に留め、且つ決して之《こ》れを繰り返すことのないように祈る次第である。

昭和六十年二月十九日

米国海兵隊
第三第四第五師団協会
硫黄島協会

米国人牧師の礼拝の後、墨染めの衣に黄色の袈裟をまとった和智恒蔵が読経した。和智の周囲を白衣をまとった女たちが蓮の花びらを象《かたど》った色紙を撒き、山伏姿の青年が法螺貝を吹いた。その宗教儀式のあと、アメリカ側は太平洋地区海兵隊総司令官クーパー中将がレーガン大統領の言葉を代読した。日本側にはそれに相当する政府首脳の言葉が、どうしたわけか、届いていなかった。双方の代表の挨拶が終り、再会記念碑の除幕式が行なわれ、米国海兵隊と日本海上自衛隊が交互に鎮魂の曲を演奏した。そして米国のリドロン大佐が日本側に花輪を、日本の和智師がアメリカ側に花輪を捧げた後、和智はアメリカ人牧師バサネムと抱擁した。そしてそれをきっかけに、日本軍兵士の未亡人や娘がアメリカ軍兵士やその妻子と抱きあったのであった。日本側の遺族がこの亜熱帯の島で黒の喪服に威儀を正していたのに対し、アメリカ側は元兵士をはじめアロハ・シャツに類したラフな恰好であった。行事が始った時、向いあって着席した双方には違和感もあった。とくに日本側の女子供は身を固くしていた。それがいまや涙と涙の抱擁となったのである。『ニューヨーク・タイムズ』は硫黄島での名誉の再会のニュースを第一面のトップ記事で報じたが、日本側は各紙とも取扱いは冷淡で葉書半分から多くて葉書一枚程度の紙面であった。

硫黄島の戦闘の政治的意味については次のような諸説がある。五百旗頭《いおきべ》真教授によれば（『日米戦争と戦後日本』、大阪書籍）、ガダルカナル、マリアナ諸島、レイテ島、ルソン島の戦闘に比し、硫黄島、ついで沖縄本島の戦闘では日本軍の抵抗がにわかに激化し、アメリカ軍司令部はもとより米国世論も非常なショックを受けた。そのような米軍死傷者の急増が、アメリカ側をして犠牲の多いであろう本土決戦を避け戦争終結の方途を探らせることとなり、日本を降伏させる方便として天皇制の保持をも認めるきっかけとなった、という。昭和二十年八月、十四歳の少年だった私も本土決戦が回避されたからこそいま生きながらえて戦後五十年、この紙碑を書き記すことが出来るのである。あらためてこれらの島々で勇戦奮闘した日本の方々、また亡くなった日米双方の方々の霊に対し頭を垂れずにはいられない。

もちろんシニカルな観察をする人もいる。硫黄島での日本陸軍の巧みな抵抗が米軍に甚大な被害を与え、アメリカ側の一部に「米軍の実質的な敗戦」という批判的報道が出たところから、日本陸軍はそれに力を得、昭和二十年夏もなお強気に本土決戦を呼号したのだ、という見方である。また日本兵の死物狂いの抵抗に出会ったから、これ以上地上戦闘で米国青年《アメリカン・ボーイズ》を殺してはならないという名分で、トルーマン大統領は原子爆弾を落して日本を降伏させたのだ、という見方である。しかし国際法にそむき、無辜《むこ》の市民の上に原子爆弾を破裂させて獲た勝利は名誉ある勝利とはいえないだろう。いずれにせよ広島や長崎で日米の名誉ある再会はあり得ない。ハワイ・オアフ島でもまずあり得ない。そうした中で硫黄島が REUNION OF HONOR の地となり得たのは、日米両軍の兵士が「死生を越えて勇気と名誉を以て戦った」からである。米海兵隊報道班員ビル・ロスの『硫黄島――勇気の遺産』を日本語に訳した時、その日本人の訳者は「銃後の私たちを守るために、身命をなげうって戦ってくれた私たちの父や兄の世代に対する感謝の気持」に胸がつまったと「あとがき」に書いている。私たちは戦後日本に、僥倖《ぎょうこう》とはいえ、長く平和が続いたことを有難く思う。しかしその平和を尊ぶ気持と名誉を重んずる気持は両立するものと信ずる。日本が勝ち戦さだった昭和十七年二月、志賀直哉は「シンガポール陥落」という躍るような一文を発表し、それを「謹んで英霊に額づく」の一行で結んだ。私は日本が負け戦さで敗れたからこそなお一層謹しんで戦没者の冥福を祈りたいのである。

平成六年二月十二日、天皇皇后両陛下は戦後はじめて硫黄島へ慰霊のために渡られた。やがて遺族として島の土を踏まれた市丸美恵子さんが追悼の言葉を述べる姿がテレビに映った。書かねばならない、これは昭和一桁生れの自分の義務だ——そう思ってこの小伝を私は書き出した。

国のために命を捧げることは崇高な行為であった。それは戦争が義戦であれば肯定しやすい。しかしたとい戦うべきでない戦さをした時といえども、一旦戦争が始まれば、兵隊も前線司令官も、上からの命令を遂行するのみである。そのような状況の中で、最後まで自分の信ずるところに従い、最善を尽して死んでいった人々のことを私たちは忘れるべきではない。

いま筆を擱《お》くに際し、南の島で軍刀の柄の上に両手を重ねて起立している古武士のような市丸司令官の面影が目に浮ぶ。莞爾として微笑する市丸少将は、しかし遠慮がちに、小声で、

「違う、違う。自分はそんな伝記を書かれるような大した者ではない。美談にしたててもらっては困る。苦しんで亡くなった部下たちにあいすまぬ」

と言っているような気もする。硫黄島でも兵士たちの夢は平和な郷里へ帰りたいということであったろう。そしてそれはまた市丸利之助その人の夢でもあったのである。

夢遠し身は故郷の村人に酒勧められ囲まれてあり

付録一　毛厠救命

豊　子　愷
（平川祐弘訳）

多分一九三九年のことだったと思います。日本は中国を攻めたが、その攻勢が酣《たけなわ》な時期で、毎日毎日幾十機という飛行機で重慶を空爆に来た。我々がその爆撃の被害に恐れをなして、日本に無条件で降伏するとでも想っていたらしい。そのころ私は重慶にはおらず、広西省の山奥にいました。ある日一友人が重慶から逃げて広西にやって来て、私を見かけるや言った、「私は便所のおかげで命拾いした。」私は笑った、「便所が命を助けてくれるとは不思議ですね。」友人は身の上に起こった話を私と家人に聞かせてくれた。以下はその友人の話です。

重慶では毎日毎日警報が鳴る。毎日毎日何十機という日本の飛行機が爆撃に来る。重慶に住んでいる人々は毎日朝早く食事をすますと、門をしっかり閉めて昼飯を持って山の洞穴へ行って一日を過ごす。夕方になるとまた家に戻る。毎日毎日こうした暮らしぶりだが、それというのも毎日午前と午後に一回ずつ爆撃があるからで、その時になって慌てふためくことのないよう皆早朝から先に逃げ出したのだ。いってみれば毎日毎日一家揃ってピックニックに行くようなものさ。

私は会社で働いていました。会社は揚子江のほとりにあって市街区から遠く離れていた。日本機が爆撃するのはいつも市街区にきまっていたから、私がいるあたりはいままで爆撃されたことはなかった。私はもともと肝っ玉は太い方で、空襲警報が鳴っても逃げなかった。会社の人は皆逃げた。私一人だけは逃げない。皆は私を冒険野郎と笑い、私は皆を臆病者と笑った。しかし私は自分の命を軽く見ていたわけではない。自分なりの理屈があった。敵機の数がいかに多かろうと、重慶はなんといっても広い。自分の体はたかが五尺だ。なんでこの私の体に弾が当たることがあってたまるものか。ましてや私たちがいる揚子江のほとりは建物も少なく、あすこに一軒ここに一軒とぽつぽつまばらで、爆弾を一個投下したところで、一軒の家を破壊するのがせいぜいだ。他の家には影響もない。爆弾の価格は家の価格よりよほど高い。日本人は吝嗇《けち》だから、そんなところに爆弾を浪費することなどよもやあるまい。そういうわけで私はこの理屈を信じていたから、警報が鳴っても一向に逃げ出さなかった。

ある日の夕方、空襲警報で逃げていた連中が帰ってきた。豚の腿肉を持っている。なんでも肉屋に爆弾が落ちて豚肉が四方に吹っ飛んだ。この腿肉は路地の上に転がっていたから、それで拾って来たのだという話。本来そんな路地に行くつもりはなかった。しかしたまたま前の日同僚の一人が腕時計をある時計屋に修理に出していた。そしてそのお店はその路地の入口近くにあった。同僚は時計屋がもう爆撃されたか、されてないか見に行った。それで路地にはいったところでその腿肉を拾ったのだそうです。手にとって私が嗅いでみるとすこぶる新鮮だ。そこで私は言った、「皆さんは腿肉をお持ちで、うちには老酒がある。今晩私はその腿肉を御馳走になる代わりに皆さんに老酒をふるまおう。」そうしてしまっておいた一瓶の「渝酒」を差出した（これは重慶の人が模倣してこしらえた紹興酒です）。それを客人に勧めた。その晩は皆さんしたたか酔い、私も五六合飲んで寝台で昏々と眠った。

しかし日本の鬼どもがこれほどの悪者とは知らなかった。その夜は遅くなって月が出た。夜がまだ明けないのに、奴等は爆撃に飛来した。警報が発せられるや同僚たちは皆逃げた。私は例の通り逃げない。そのま

ま寝ていた。ただ飛行機の音がして爆弾の音がたいへん大きくて睡眠が妨げられた。突然腹痛がして腹の中でゲロゲロと音がする。まるで蛙を何匹か飼っているみたいだ。どうやら昨夜豚の腿肉を食い過ぎて腹を壊したらしい。我家の便所は母屋の後庭にある。私は一枚コートを羽織ると慌ただしく階を下り、百歩ほど歩いてその後院の厠《かわや》にはいった。

ちょうど腹痛に耐えながらしゃがんでいたその時、「すかーっ」という響きが聴こえた。山が崩れ地が裂けるような物音だ。と同時に一陣の熱い灰や塵が便所にばっと突き当たり、便所の四本の柱がぐらぐらと揺れた。壁が裂け、石灰や瓦の破片が幾つも落ちてくる。頭や背中にぶち当たってすこぶる痛い。瓦の一片が尻に当った。尻の皮に擦り傷を負ってしまった（話がそこに及んだ時、聴き手は皆大いに笑う）。灰や塵で眼がすっかり潰れてしまって私は眼を開くこともできない。大急ぎで体を起こそうとした。尻を拭くどころではない（聴き手はここでまた笑う）。そのころ東の方はもう白んでそろそろ夜が明ける頃だ。私は慌てて便所の外へ逃げ出して辺りを眺めた。煙霧がまだ濛々と立ちこめていて、はっきり見えない。それでもう一度しげしげと眺めると、私が住んでいた部屋がもはや見当たらない。一場の瓦礫《がれき》と化してしまっているではないか。敵機はまだ頭上を旋回している。別の場所ではまた爆弾を落としている。私はにわかに怖ろしくなった。しかし付近には山の洞穴はない。私はいっそのこと便所に戻ってその中に退避することにした（聴き手はここでまた大笑いする）。

避難してずいぶん時間が経って警報がやっと解除された。便所から出て私の部屋があったあたりへ行って見ると、煉瓦や瓦礫、床板や戸や窓、テーブルの板や腰掛が七転八倒といおうか、いやはや滅茶苦茶

である。壁の土台はまだ残っていた。それで自分の寝ていた場所を確かめてみると、見れば深い穴が掘れている。優に二メートルの深さである。どうやら爆弾はまさに私の寝台のあった場所に炸裂したわけだ。かりにそこで寝ていたなら、現在私はもはや粉身砕骨、灰塵《かいじん》と化していたに相違ない（聴き手の口はここで大きく開き眼もみな大きくなる）。

「おわかりでしょう。私は便所のおかげで命拾いしたのと違いますか。」（皆また大笑いする）。

この友人が話を終えると一同静かになった。皆その時の彼の状況を思いめぐらしている様子なので、私が先ず口を利いた。「実はあなたは、お話になった便所のおかげで命拾いしたのでなくて、豚の腿肉が命を救ってくれたのではありませんか。もしもあの晩、腿肉を食べなかったら、腹を壊すこともなかった。もしも腹を壊さなかったら、爆撃の時あなたは必ずや寝台で眠っていて、便所へは行かなかったに相違ない。となると腿肉のおかげで命拾いをしたということになりませんか。」

友人はちょっと考えてから言った、「いや、腿肉が命を救ってくれたとも言えません。警報を聞いて逃げたから命拾いしたと言うべきではないですかね。それというのは、あの腿肉は私の同僚たちが警報を聞いて逃げたから拾って来た。かりに連中が空襲警報で逃げなかったら、腿肉を拾うことはできなかった。腿肉が無ければ、あの晩私は食い過ぎて腹を壊すこともなかった。もし腹を壊さなければ、便所へ行くこともあり得なかった。便所へ行かなければ、必ずや爆死していたにちがいない。連中が警報を聞いて逃げたから命拾いできたというべきではありませんか。」

私が言った、「違いますよ。前におっしゃったでしょう、同僚たちは警報で逃げた。もともとそんな路地に行くことはなかった。しかしその日同僚の一人が腕時計を時計屋に修理に出してあったので、そのお店がもう爆撃されたか、されてないか見に行った。それで路地にはいって腿肉を拾った。あなたに食べることを勧めたから腹を壊した。それで早朝起きて便所へ行った。そのおかげであなたは命拾いした。あなたの同僚がかりに時計を修理に出さなかったら、皆さんは路地に入らなかったでしょう。腿肉にもありつかなかったわけだ。あなたが食べ過ぎてお腹を壊すこともなかった。壊さなければ便所へ行くこともない。便所へ行かなければ、あなたは必ず爆死していた。こういう風に説き明かすと、腕時計が命を救ったことになりませんか。」

私の友人はちょっと考えて、笑いながら言った、「そういう風に話すとなると、命を救ったのは腕時計でもなく、ピンポンが命を救ったことになる。というのはその同僚はある晩私とピンポンをした。彼の習慣は左手でサーブをするのだが、打とうとして激しく力をこめて左手を振り上げ柱にぶつけた。腕時計のガラスがぶつかりざまに割れた。長針も短針もなくなった。それで時計を修理に出しに行った。もしピンポンをしなかったら腕時計を修理する必要はなく、修理しないなら路地に行くこともなく、路地に行かないなら腿肉を拾うことなどあり得ず、拾わなければ食べ過ぎて腹を壊すこともなかった。腹を壊さなければ便所へ行くこともなく、私は必ずや爆死していた。――となるとピンポンのおかげで命が救われたことになりませんか。」

そこで私が聞いた、「皆さんは毎晩毎晩ピンポンをするのですか。」彼が言った、「いや、遊ぶのはたまですよ。」私が言った、「では、その晩ピンポンをやろうと誰が言い出したのですか。」彼はちょっと考えて言った、「言い出したのは私だな。私はピンポンが好きなのです。彼も好きだった。私が言い出したら、彼もすぐ賛成した。」私が言った、「となるとピンポンが命を救ったともいえない。あなた自身が御自分の命を救ったのですな。もしかりにあなたがやろうと言わなければ、彼が腕時計を壊すこともなかった。修理しに行くこともなかった。

修理しなければ、路地に行くことはあり得なかった。路地に行かなければ、腿肉を拾うこともあり得なかった。腿肉がなければ、腹を壊すこともあり得なかった。腹を壊さなければ、便所へ行くこともあり得ない。行かなければ、あなたは必ず爆死した。——ということはあなたは自分で自分を救ったということになりませんか。」私の友人も傍聴していた人も皆大笑いした。

その友人はちょっと考えてまた言った、「といっても自分で自分を救ったというのでもない。これは天が命を救ってくれたおかげですな。あの晩は雨が降ってふさぎこんで坐っていた。無聊《ぶりょう》で、それでピンポンをしようと申し出た。もし天が雨を降らしてくれなかったら、我々の仲間は必ずや三々五々群れを成して山手の市中で夜店をひやかしに散歩に出たに相違ない。そうなれば家の中に閉じこもっていてピンポンをするなんてことにはならなかったろう。とすればこれは天が命を救ってくれたのではありませんか。」

私は手を叩いて感心した、「その通り、その通り。天が命を救ってくれた。正にその通り。私らはこうしたことの原因を追究してきたが、その実すべてあてにならない。別の原因は沢山あるが、それまでは気にかけなかった。たとえばあなたのお友達が左手で球を打つ習慣がなければ、腕時計が柱にぶつかって壊れることもなかったでしょう。また仮にあなたの友達が時計をその路地の時計屋に修理に出さず、別の店に出したとしたら、その路地には行かず腿肉を拾うこともあり得なかった。また仮に日本の鬼どもの爆弾が肉屋上に落ちず、腿肉が飛んで来なかったとしたら、またあなたが腿肉を食べるのを好まず、あるいはほんの少ししか食べなかったとするなら、お腹を壊すこともあり得なかったでしょう。……こうした別の原因は追究すれば、数限りなく無限にある。それだから私の考えは、〝天が命を救ってくれた〟というのが一番いいと思います。人の生死はすべて運命の神の手に操られている。運命の神とは要するに天ですな。」

友人はなにかを考えている様子だったが、やがてきっぱり言った、「あなたの御意見はたいへん結構です。ただしたいへんおおまかです。たいへん玄妙です。私はやはり皆さんはその面は追究する必要はないと思う。

それでやはりもっと近い原因〝便所が命を救ってくれた〟ということにしておきたいが如何でしょう。」

私はまた手をたたいて讃え善しと言った、「たいへん結構です。追究するとすれば、ずっと天にまで到る。追究しなければもっと近い原因とする。これが一番いい。よって〝便所が命を救ってくれた〟というのは〝天が命を救ってくれた〟ということになります。」

一九四八年万愚節、杭州にて作

付録二　硫黄島から　市丸利之助の歌、折口春洋の歌

佐伯裕子

昭和二十八年に出版された、折口春洋《おりくちはるみ》の『鵠《たづ》が音《ね》』は、釈迢空《しやくちょうくう》（折口信夫）が養子、春洋のために編集した遺歌集である。春洋は、激戦地となった硫黄島に出征したまま帰還することがなかった。切々として長い、迢空の付記がついている。

硫黄を発掘する人々の外に、古加乙涅（コカイン・筆者注）を栽培する数家族が、棲んでゐた。其人々を内地に移した。さうしてそこに、後から〳〵送つた兵隊で、島は埋まれてしまつたと言ふあり様であつた。春洋と、春洋の所属する「胆二十七玉井隊」の一大隊が上陸したのは、昭和十九年の七月であつた。

（釈迢空「島の消息」）

『鵠が音』に収められた歌の中には、「五六人の兵を起たしめて、民族のたぎる血しほをもてと、言ひ放つ」など、指揮官としての気概をこめた作品ものぞく。

春洋は三十七歳、陸軍士官として硫黄島で戦っていた。そうして迢空のもとに、戦局が激しくなる硫黄島から、昭和十九年十月二十四日以降の春洋の手紙と歌が届くのである。

同じ時期、海軍航空部隊指揮官、市丸利之助少将が、硫黄島から「柏邨」という名で、与謝野晶子の歌誌『冬柏』に歌を送っていた。そのことを、わたしは平川祐弘著『米国大統領への手紙』（一九九六年・新潮社

刊）によって、初めて知った。『冬柏』は、晶子が昭和十七年に没してからも存続しており、二十年二月号の出詠が、柏邨（利之助）五十三歳の最期の歌となったようだ。

硫黄島玉砕の際に、利之助は、ルーズヴェルト大統領宛の手紙を書き残した。手紙には、極限まで追い込まれた日本の苦悩と主張が、毅然とした態度で記されていた。

『鵠が音』に迢空が付記した春洋の最後の作品と、『冬柏』に出詠された利之助の硫黄島最後の歌を並べて引いておきたい。利之助の歌も、昭和十九年末の頃のものだったと思われる。

折口春洋　十月二十四日以後

をち方の明けくらがりに　飛行機のえんじん　高く鳴りはじめたり

あまりにも月明ければ、草の上に　まだ寝に行かぬ兵とかたるも

搬船を日ねもす守り、海に浮く　駆逐鑑見れば　涙ぐましも

あけ一時《イットキ》　蠅の唸りのいちじるく、頭《ヅ》上をうづめ　黒々のぼる

朝つひに命たえたる兵一人　木陰に据ゑて、日中をさびしき

＊

柏邨『冬柏』昭和20・2

スコオルは命の水ぞ雲を待つ島の心を餘人は知らじ

スコオルをあつめたくはへ水槽の満満たるを見ればたのしき

砲撃にまた爆撃にわが島の地物の形日に改まる

かばかりはかねての覚悟かばかりの敵の為業に只微笑せん

島にして待たるるは何船と雨慾を申さば知る人の文

折口春洋の最期の歌は、師、迢空が「未完成の歌」として付記したように、どこか弱々しいのだが、韻律を重んじる繊細な流麗さを失っていない。ことに、二首目の「あまりにも月明ければ、草の上に」という甘やかな情感は、戦場にあってなお、歌のエロスを求めてやまないものの匂いがする。五首目にいたっては、兵の死体をうたって、間近に迫る自分の死を暗示しつつ、そこに何か退嬰感のようなものを漂わせている。

市丸利之助の歌はどうであろう。「かねての覚悟」「わが島」という構え方、「慾を申さば」の余裕ある表現、それは軍人として鍛えられた強さと嗜みが、自然なものとして迷いなく発露した言葉のように読める。汚水による疫病と水不足に苦しんだ。「スコオル」が満々と水槽に溜まったことを「たのしき」と率直に表すのである。一連には、最後まで勝つために戦う気概が漲っていて、むしろ切ない。

ことに三首目、爆撃によって日に日に変容していく「島の地物の形」を俯瞰する視線は、飛行機乗りの眼といっていいのではないだろうか。戦闘機の操縦士として良く訓練された「正確な眼」で、現場の条件を解析しようとする意思さえうかがえる。

同じ戦場にあって、利之助の歌は、折口春洋の歌に漂う死のエロスというものから、最も遠い存在といっていいだろう。あえていうならば、詩歌の危うい微毒に触れたことのない、率直さと剛健さに満ちているというのだろうか。だが、そのぶんだけ、春洋のかもす空気の陰影や、内省の襞は希薄になっている。硫黄島という、極限の戦闘地から出詠された市丸利之助の歌は、上空から戦闘の現状を俯瞰する視線に貫かれているのである。

昭和四年、土岐善麿、斎藤茂吉、前田夕暮たちが、東京朝日新聞社機で、関東上空を試乗して歌を作るという企画があった。善麿の、

いきなり窓へ太陽が飛び込む、銀翼の左から下から右から

という歌が典型として残っている。空中を飛ぶ視界の変化に驚愕してうたわれた一首だが、そういうような詩歌人の試乗と、戦闘を目的として訓練を受けた飛行では、空中の視界はまったく違ってこよう。利之助の歌に、歌人たちの持っていない視線があるとすれば、それは、空からの鋭く意志的な眼差しであった。機上にあって、文芸的な迷いを生じさせない視線なのである。

天心は紺青に澄み中空は緑に褪せてその下は雲　昭和15・10
中空にただよふ雲の隙間より蜀の山見ゆ蜀の家見ゆ
わが部下の一機この春自爆せし梁山悲しその上をゆく
白雲に張力あらばその上に寝ころぶすべもあらんとぞ思ふ
霧島も阿蘇も一目に秋晴れぬ大編隊の帰り行く空　昭和15・11
一隊の兵力帰る雲の上鵬翼梯陣富士に触れたり　昭和15・12
生絹とも綿ともつかぬ雲流れ機影とともに虹走しるかな　昭和16・1
退《たい》避《ひ》場《ば》の彼方武漢のビルヂングほのかに白く朝靄に浮く　昭和16・1

昭和十五年十月末に利之助は、漢口から内地へ転勤命令を受け、鈴鹿空司令となる。「天心は紺青に澄み」という一首、同じ空中をうたいながら、先に挙げた善麿の歌とどこかが違って見える。善麿の一首には、窓から見ている個人の驚きが強調されるのだが、利之助のは違う。飛行機自体が、一個の眼となって、大空を捉えているのである。しかもそれは実戦のための飛行であり、「一隊の兵力帰る雲の上」「わが部下の一機こ

の春自爆せし」の歌は、爆撃機上でなければうたえなかった作品である。「白雲に張力あらば」「生絹ともつかぬ」の歌も同様に読める。

この大空の慟哭の思いは、『冬柏』昭和十七年二月号の、危うい一首につながっていく。

前続機《ぜんぞくき》自爆すかかる美くしき死ならばよしと皆思ふべし

昭和十六年十二月に太平洋戦争が開戦された翌年の作品である。戦闘は、空中戦へと移っていた。自らが操縦を教えた若い飛行士たちが、つぎつぎに爆死していくのを眼前にして、悲壮の思いをつよく抱きながら、「かかる美くしき死ならばよし」といい、「皆思ふべし」とまでいう。利之助も、かつて墜落事故で、九死に一生を得た飛行士だった。「死」を「美」へ転換することで、強く「皆」を生きさせようとするのだが、「皆思ふべし」とくくるところに、司令官としての自負が先立って見える。

昭和十七年以降という時代のなかで、「死」を覚悟した操縦士たちにとっての実感がどうであったか。現在の眼で単純に裁断できるものではない。「美くしき死ならばよし」の「ならば」に籠められた思いの深さを、わたしは想像するばかりである。

日本が最後に全力をあげて死闘を繰り広げ、米国に大きな打撃を与えた激戦の島から、二人の軍人歌人が、それぞれの「歌」を故国に送っていた。そのことは、ほかにも、戦地から歌を送りつづけた多くの兵士たちがいたことを物語っているのだろう。

折口春洋の消息が届かなくなった昭和二十年、迢空は、その悲しみを「硫気ふく島」と題して次のようにうたった。

たゝかひのたゞ中にして、
我がために書きし　消息
あはれ　たゞ一ひらのふみ―
かずならぬ身と　な思ほし―
如何ならむ時をも堪へて
生きつゝもいませ　とぞ祈る―
きさらぎのはつかの空の　月ふかし。まだ生きて子はたゝかふらむか

（釈迢空『倭をぐな』）

戦場を見る視線の異なる折口春洋と市丸利之助の歌。ものごとに、ひったりと寄り添うように言葉を紡ぐ春洋の歌の巧みな視線の低さ。上空から、物理的に冷静に地物を捉える利之助のストレートな視線。歌は直截にその作者の姿勢と息づきを伝えてくれる。

相反する歌ながら、激戦の島の最期に生きたものの証を、わたしは、深々とした思いを抱いて読んでいた。

折口春洋の遺歌集『鵠が音』には、折口信夫の書いた春洋の年譜が添えられている。昭和六年、二十四歳の年に志願して金沢歩兵連隊に入隊したが、九年に肋膜炎を患い療養生活に入った。その後は、折口とともに沖縄などを旅して民俗学の研究を続けていた。昭和十六年に新たに召集を受け、十八年、春洋はふたたび金沢連隊に入隊することとなった。

戦況の激しくなった昭和十九年の頃に、折口は次のように記している。

「三十七歳　六月二十一日、千葉県柏に集結し、七月九日、横浜から乗船。八丈島へ向ふ。途中先発船沈没の為、急に予定を変へて、到着したのが硫黄島であつた、と言ふ。七月二十一日、折口信夫養嗣子となる。此頃出先で、中尉任命のことがある」。

春洋の手紙などから事情を知ったのであろう。「急に予定を変へて」という箇所からは、折口の複雑な思いが伝わってくる。運命と片づけてしまえない、屈折した悲しみが感じられるのである。

昭和十八年に南方戦線から帰還した市丸利之助は、翌十九年八月上旬、海軍航空司令官として木更津基地から東京都に属する硫黄島へ向った。当時、利之助とは逆に、硫黄島から他の戦場に移動を命じられた司令官もいた。そうしてまた、折口春洋のように、偶発的な状況から、急に硫黄島に向った連隊もあった。互いに知り合うことのなかった将兵の集結の果てに、昭和二十年二月、激烈な戦闘を繰り広げて敗れたのであった。日本軍二万千人、アメリカ軍五千五百余人が戦没した島だった。

その戦いに二人の歌人がいて、彼らの歌が今に残されている。二人以外にも歌を作っていた軍人、兵士は多くいたことであろう。戦時下に作られた歌を、既成概念でくくらずに読み直す作業は、現在に至る重要な時間の欠落をつなぐ作業でもあると思う。

南方戦線から帰還して硫黄島に行くまでのあいだ、利之助は多く富士山の歌を作った。それらは、いずれも、与謝野晶子亡きあとの歌誌『冬柏』に投稿されていた。

冬の日も一日も富士に相対し一日も空を護らぬ日なし
一片《きれ》の白雲の飛ぶ面白さ隈なく晴れし富士の肩先
天空の青と大地の紫と富士の白雪まじはれる朝
垂れこめし雲中腹に凝結し忽ち白く抜け出づる富士
牧の原無電櫓のアンテナに冬日輝きその下に富士
　　　　　　　　　　　　　　　　　　昭和19・1
司令部の椅子を斜に構ふればゐながらにして富士見ゆる窓
冬の日の沈みをはりて夕映えのうつろひ行けば富士もうつろふ
　　　　　　　　　　　　　　　　　　昭和19・2

水平のいくばく下を日昇るか富士まだ暗く低き曙

空襲の目印ともされる富士山、その山が聳える日本の空を護るという自覚が基盤にある。「空を護る」自覚は、航空戦に移行していった時代の先鋭な意識であったろう。技巧を施した歌ではないが、空を飛ぶ昂揚感とともに、このように上空から富士山を活写した歌は少なかった。戦闘機を操縦しているという特殊な視線が、戦時下の軍人の意識を伝える一連となっている。

だが、熱を籠めて作られた富士山の一連のあいだに、次のような苦しい歌がまざっていることにも着目しておきたい。

おぞましや人の狂へる姿のみわりなくもわが夢に入り来る　昭和19・1

夢をかしムツソリイニと同牢し患ひを共にする夢を見つ　昭和19・6

大陸に太平洋に勇ましき部下を死なせつ我れいまだあり

ムッソリーニは、昭和十八年七月二十五日にローマで逮捕され、その年の九月八日にイタリアは降伏した。市丸利之助は、海軍少将として、悪化していく戦局をよく知っていたであろう。富士山の連作に挟まれた悪夢の恐ろしさ、それが、追い込まれた軍人と時代の匂いを濃く放っているように読める。

戦争という状況にあって指揮するものは、行動力と判断力を身につけ、つねに瞬時の決断を下さなければならなかった。利之助は優秀な司令官だった。その優秀さが、歌の方には、リアルで合理的な視線として現れたように思われる。

富士山の一連のなかには、「大東亜今こそ立ちて導かむ国の姿のわが富士の山」と、自らを鼓舞する一首もある。そういう歌に、「おぞましや人の狂へる姿のみわりなくもわが夢に入り来る」という不穏な歌がまざるのだ。引き裂かれる心の揺らぎを、利之助は当然のように抑え込んだに違いない。そうでなければ、瞬時の決断を下す戦場に直面できなかっただろう。しいていうならば、二つの歌の間に揺れ動く心を、利之助は歌に作ろうとしなかった。揺れ動く不安を消していくかのように、歌をも武器として進んでいったのである。「既にして富士ははるかに遠ざかり機は一文字南の島」が、最後にうたった富士山の歌であるが、硫黄島では、富士を思い出してうたうという姿勢を取っていない。むしろ、先に紹介したように、スコールによる水の補給の歌や、爆撃による島の地形の変化に注意が向かっている。利之助は、凄惨な戦局に対峙する航空司令官として生きとおしたのである。

艦砲の的ともならん爆撃の的ともならん歌も詠むべし　　昭和19・8

「歌」が戦闘機であるかのように読める一首、昭和十九年、硫黄島へ飛び立つ前に作ったと思われる。歌を作るということにおいて、文芸の言葉と軍人の生きかたを統合させようとした一首だろう。自分の使命と立場を明確に伝える、古典的な武人の歌を残したといえるのではないだろうか。

そのような利之助の歌だが、その源には、戦場の夜の蛍に酔い、オリオンを仰ぐ、いかにも浪漫的な心があった。

海岸の並樹を行けば星空のつづきのやうに蛍散らばる　　昭和17・11
屯する南の島に幸《さち》多し曰くパパイヤパン椰子レモン
天球の美はオリオンに極まりし北半球も南半球も

オリオンの西に傾き明星のすなはち登る赤道の空
星月夜風流ならずわが仰ぐ空はすなはち当の戦場

昭和十九年前後の折口春洋の歌はどのようなものだったのであろう。『鵠が音』の昭和十九年の歌を引いておきたい。

敵、まあしゃるに上陸す

つばらかに告ぐる戦果を　きゝにけり。こゝに死にゆく兵らを　われ知る
兵とある自覚を　深くおのがじしもてとさとして、たかぶり来たる
五六人の兵を起たしめて、民族のたぎる血しほをもてと　言ひ放つ

春洋　十九年

『鵠が音』は、士官として若い兵士たちを思いつつ、激しくなる戦闘に向けて彼らを鼓舞する歌から始まっている。だが、春洋は折口信夫との別れをうたった「別れ来て」のような懐旧の一連や、「営外自然」と題した叙景の歌も作っていた。「営外自然」は、まだ内地にいた時のもののようである。

別れ来て

春畠に菜の葉荒びしほど過ぎて、おもかげに師をさびしまむとす
東に　雪をかうぶる山なみの　はろけき見れば、帰りたまへり

春洋

営外自然

谷に這う葛葉《クズハ》も　すでに肥えにけり。しづけき道に　馬をひき出づ

わが馬の歩みしづけく　なりにけり。尾《ヲ》根を越えつゝ　つぎの峡《カヒ》見ゆ

ゆったりしたうたい口、しんねりと湿った国土を恋うる歌、まさに折口（釈迢空）の歌を踏襲し、習練した作風といっていい。敗戦後に出版された歌集だが、軍人折口春洋の姿勢が、「文芸の言葉」の方に傾いていたことが想像できる。師から習得した日本語の息づきを、どのようなときにも乱すまいとしているように見える。

そういう点では、硫黄島からの最期の歌「あけ一時《イットキ》　蝿の唸りのいちじるく、頭《ヅ》上をうづめ　黒々のぼる」などを、「未完成」と評した折口の感想もうなずける。折口は、「あまり、周囲や、気持が変り過ぎて、歌が容易には、心に乗つて来なかつたやうである。」と、春洋の歌の息づかいの乱れを惜しんだ。さらに、「かくばかり　世界全土にすさまじきいくさの果ては、誰か見るべき」（『鵠が音』）とうたった、春洋のもつ、強く広い視野の喪失を惜しんでいたのであろう。

「爆撃の的」となろうとした市丸利之助の歌、折口春洋の国土を思う「日本の恋」の歌、二つながら合わせて読むことで、終局へと向かう時代の空気が伝わってくる。そのなかに生きた人々の厚みのある不穏な時間、それを、「政治の言葉」ではなく、「文芸の言葉」でたどり続ける重要さが思われるのである。

第二部　「大和魂」という言葉

――北京で『銀の匙』を読む――

神州

戦争中の日本人は「大和魂」を叫び、自国を「神州」と呼んだ。「神州男児」とか「神州不滅」といった言葉はいまから半世紀前の『朝日新聞』を初め各紙上にしきりと出た。あのころは「天声人語」（これも『朝日』が使うと、二十世紀末年のいまでも天に代って不義を討つ式の、思いあがったコラムとなりがちだが）というコラムそのものが「神風賦」と名乗っていたのである。あの「神州」という言葉は、一面では「大日本ハ神国也」という『神皇正統記』流の見方を引いたのだろうが、他面では中国人が中国を美称して「神州」と呼んだその言いまわしを、徳川時代の愛国的な儒者が自国の呼び名に応用したからであったに相違ない。明治時代に来日したラフカディオ・ハーンは、大和島根は神道の雰囲気が濃厚な土地で、人々は祖先を神として祀り、生者は死者の霊の支配を受けている、というアニミスティックな面に着目して日本を「神国」と呼んだが、それとこの「神州」とはニュアンスを異にする。

日本の大新聞が口を揃えて大合唱する様は昔も今も変らない。昔は「神州」で賑わったが今は日中友好を讃えている。昭和十八年、すなわち一九四三年当時の大新聞の「神州」の大合唱を一九九三年の今になって思い返すのは、近ごろの私がしばしばこの言葉を中国の新聞紙上で見かけるからである。北京で中国の学生たちを教えて興味深い体験を重ねたが、その間つまらないこと馬鹿らしいことも正直いって多々あった。日本もけっして面白いとはいえないが、当地も新聞テレビがつまらない。これが中華思想というものだろうか、自画自讃に終始している。その『人民日報』に「神州」という文字が頻繁に印刷される。反射的に私はこんな風に考えた。

第二次世界大戦当時の日本は、物量の面で米国に到底匹敵し得ないことを覚悟していた。その物質面での劣勢の自覚が逆に精神面での優勢の強調となり、それで「大和魂」をむやみと高唱したのではなかったろうか。人民中国は外国と敵対することが多かった。そこでは毛沢東精神が讃えられ、鎖国下で人心は比較的まとまっていた。改革開放以後、中国は前より豊かになりつつあるとはいえ、外国と比べると物質面ではかなり劣っている。その比較の認識は国民の間に広くひろまった。その民衆はいまや金儲けにやっきとなっている。となると中華人民共和国の保守的なイデオローグたちは「神州」としての中国的特質を強調することによって、民族のアイデンティティーの維持をはかるようにもなるのだろう。この国がこの次、経済成長に行きづまった時、内の混乱を回避するためにどんなスケープゴートを外に求めるかと思うとそら恐ろしい気がする。

しかしここで他国のことは云々するまい。それより先に、まず自分たち日本の国家主義やら民族主義やらの行き過ぎの歴史を振返り、将来のための反省の資としよう。そのために「大和魂」という言葉の使い方の歴史を外国との関係で一瞥しておこう。「神州」日本の精神主義的特質とは一体なにであったのか。私は中国の日本研究者や大学院生たちに向って一夕こんな話をした。

「大和魂」という言葉

「大和魂」とは何であったのか。

日本人が「大和魂」を口にするようになったのは外国、とくに中国を意識するようになってからである。『源氏物語』は西暦一〇〇〇年前後に書かれたが、「乙女」の巻には、

猶、才《ざえ》を本《もと》としてこそ、大和魂の世に用ひらるゝ方も、強う侍らめ。

とある。才《ざえ》とは漢才《からざえ》、すなわち漢詩文を読み書きする能力で、そのような学問的基盤があってこそ生得の

大和魂も世に大いに用いられ得るのだ、と紫式部は作中人物の口を借りて言わせている。菅原道真が述べたとかいう「和魂漢才」という理想もまさにそれで、平安朝の昔に外国文化摂取のそんな先例がすでに出来上っていたから、佐久間象山以降の近代日本は「和魂漢才」から「和魂洋才」へ、「漢」を「洋」に置き換えることで、転進し得たのであった。「洋才」の「洋」が「西洋」の「洋」であることはいうまでもない。「東洋道徳西洋芸術」とか「和魂洋才」は日本の近代化（この近代化は周恩来がいうところの中国の現代化とほぼ同義である。近代化を飛び越して一挙に現代化を実現したい心情がこの現代化の語を選ばせたのだろうが、近代化も現代化も英語では共に modernization と訳されている）の標語で、福沢諭吉が明治初期、日本の最大のイデオローグとなった所以は、日本人に漢学を捨てさせて洋学を学ぶこと、いいかえるとシナを模範とすることをやめさせて英国を範とすること、さらにいいかえると Japan's turn to the West という文化史上の一大方向転換を主張し、かつ実現させたからであった。

それに反して早くから文化の開けた大陸の中国は、外国起源の仏教が過去において栄えたにもかかわらず、外来文化摂取の歴史的記憶のいたって稀薄なお国柄である。その中国人にとって漢学とは自国の精神文化の遺産そのものであるから、日本のようにやすやすと漢学を捨てて目を西洋へ転ずることは出来ない。阿片戦争に敗れても中国は日本ほど敏捷に反応しなかった。しかしその清国も日清戦争に敗北するにおよんで「中体西用」を唱えるようになった。この「中体西用」は「和魂洋才」に似た発想で、清末の洋務運動の主張者は、中国の伝統思想を本体として西洋の科学技術を導入しようとした。その際の中国人も、強がりだろうか本心だろうか、形而上の面では自国の精神の特色を堅持することを標榜し、形而下の面では西洋風を導入しようと計ったのである。

しかし自国の精神の過度の強調は時に滑稽味を帯び、時に夜郎自大となる。十八世紀の我が国における国学の発展は、日本の学問世界における圧倒的な漢学支配に対する反動としては健全なものだが、それが「大和魂」の強調となると臭みを帯びる。文化的ナショナリズムはナルシシズムのあらわれで、それが本居宣長にもその信奉者にも見え隠れするからだろう。宣長が大和魂を「朝日ににほふやまざくら花」とうたいあげた時、彼の同時代人だった上田秋成は『胆大小心録』（一〇一）でこう冷やかした。

やまとだましいと云ふことをとかくにいふよ。どこの国でも其国のたましいが国の臭気也。おのれが像の上に書きしとぞ。

敷島のやまと心の道とへば朝日にてらすやまざくら花

とはいかに〳〵。おのが像の上には、尊大のおや玉也。そこで、「しき島のやまと心のなんのかのうろんな事を又さくら花」とこたへた。

秋成は宣長に向って「又なにをほざくか」と冷笑したのだった。

この「大和魂」がさらに声高に唱えられたのはペリー艦隊の来航以後である。やまとだましいにまつわるたおやめぶりの含蓄は次第に失せ、ますらおぶりの意味合いが支配的となる。大和魂はその内実によって定義された観念ではない。大和魂は時代や国際環境によって変化する、外との関係による日本人の自己把握であり、自己主張だからである。明治維新にさきがけて刑死した吉田松陰は、

身はたとへ武蔵の野辺に朽ちぬとも留め置かまし大和魂

という辞世をのこした。維新の倒幕運動には「尊王攘夷」という排外主義的側面があった。それだから大和魂のその側面を肯定的に拡大評価すれば、七十年後の千九百三十年代に昭和維新を唱える革新将校が出て

来たのは当然の結果でもある。彼等は重臣を暗殺し、新しい攘夷運動へと日本全国民を引きずりこんだ。

松陰の辞世に憂国の志士の気概はよく示されているが、しかし世の中、排外的なナショナリズムを高く評価することほど危険で物騒なことはない。人民中国が歴史教科書で俗に拳匪の乱といわれる義和団の蜂起を肯定的に評価するのは、清末当時の中国の愚昧そのものを認めたくないという民族の自誇に引きずられてのことだろう。中国以外の歴史家で義和団を高く評価する人はいたって数少ないのではあるまいか。しかしつい先年までの中国ではそんな歴史教科書で若者は教えられてきた。義和団の正義を頭から信じた純粋な若者が、七十年後の文化大革命の真最中の北京でまたまた英国大使館を焼打ちしたのも、またまたマッテオ・リッチ以下の西洋人宣教師の墓碑をぶち壊したのも、当然の結果だろう。紅衛兵というのは昨今は馬鹿者扱いされているが、彼等は教科書に書かれた教条をまともに信じこんだ模範生だったという面もあるのだ。私は利瑪竇《りまとう》ことマッテオ・リッチの墓に詣でて、過去に二回荒らされたこの墓地がこの次に破壊されることはあるのだろうか、利瑪竇の墓碑がまた倒されるとしたら今度はいつなのだろうか、とも考えた。

過度の愛国主義は他国民に害を加えるばかりか自国民にも測りがたい災いをもたらす。歴史はバランスの感覚が大切で、表裏を見ることが大切だから、日露戦争を一方的に侵略戦争ときめつける中国人学生に追随する気持は私にない。日露戦争について中国人でも南方出身の孫文は何と言ったか、レーニンは何と評価したか、白人不敗の神話が破れたことをネルーは自伝で何と回顧しているか、H・G・ウェルズやアナトール・フランスのような西洋知識人は何と言ったか、当時日本に留学中の中国青年がなぜ日本を支持したのか、そうしたさまざまな面を語るのが歴史の授業ではないだろうか。中国の公式歴史教科書にいま何と出ているかに従って黒白のレッテルを貼るのが学問としての歴史だとは私は考えない。ましてやかつて社会主義陣営に媚を呈した日本の一部の歴史学者の自虐的な日本史観に従うつもりはない。それは自誇の歴史観と同様、醜く歪んだものであるからだ。また日本の歴史教科書に当時の連合艦隊司令長官の名前が載るのはイギリスの歴史教科書にネルソン提督の名前が載るのと同じくらいに当然なことだろう。中国では乃木希典は悪玉中の悪のように言われているらしいが、そして日本でも評価は左右で分れているが、私には森鷗外が親しく接して見聞きした乃木像などがきわめて客観的で、その人間をよく伝えているように思える。日露戦争は帝国主義の侵略戦争である、乃木大将はその司令官の一人である、よって乃木大将は悪者である、という断罪の論理の組み立て方は、おおまかに過ぎてそら恐ろしい気がする。しかし東郷や乃木の名前が日本の歴史の教科書に復活するのが、もし愛国心の過度の強調が狙いで行なわれるのだとしたら、それもまた問題だろう。

明治三十八年の日本は戦時下で、当然のことながら「大和魂」がしきりと叫ばれた。世間はそれを結構な事と思っていたに相違ないが、その種の愛国心の発露の行き過ぎをいちはやく揶揄した人に夏目漱石がいた。『吾輩は猫である』の中にこんな一節がある。

「大和魂！と叫んで日本人が肺病やみの様な咳をした……　大和魂！と新聞屋が云ふ。大和魂！と掏摸《すり》が云ふ。大和魂が一躍して海を渡つた。英国で大和魂の演説をする。独逸《ドイツ》で大和魂の芝居をする……　東郷大将が大和魂を有《も》つて居る。肴屋の銀さんも大和魂を有つて居る。詐偽師、山師、人殺しも大和魂を有つて居る……　大和魂はどんなものかと聞いたら、大和魂さと答へて行き過ぎた。五六間行つてからエヘンと云ふ声が聞こえた」

戦争となると国民の気分を大新聞が煽るのはなにも満州事変以後のことだけでなく、日露戦争当時からのことらしい。海外では新渡戸稲造の英文著作の『武士道』がしきりともてはやされた。そうなると国内で「大和魂」と叫ぶのは一種の流行以上の集団ヒステリーに近いなにかとなる。誰しもが「大和魂」と叫ぶが「大和魂はどんなものか」と聞かれても返事はできない。それでも威張りたい気分はあるから、五、六間行き過ぎたところで「エヘン」という声を立てた。

夏目漱石について私が偉いと思うのは、一国を圧する時代風潮をこのように醒めた目で巧みに批判したからである。魯迅が日本の作家で漱石と鷗外の二人を尊敬した理由の一つは、このような知的に誠実な態度にあるのではないだろうか。『三四郎』は明治四十一年に書かれたが、田舎出の三四郎に向って広田先生はこんなことを言う。


「御互《おたがひ》は憐れだなあ……　こんな顔をして、こんなに弱つてゐては、いくら日露戦争に勝つて、一等国になつても駄目ですね。尤《もつと》も建物を見ても、庭園を見ても、いづれも顔相応の所だが、――あなたは東京が始めてなら、まだ富士山を見た事がないでせう。今に見えるから御覧なさい。あれが日本一の名物だ。あれより外《ほか》に自慢するものは何もない。所が其富士山は天然自然に昔からあつたものなんだから仕方がない。我々が拵《こしら》へたものぢやない」


そう言われると青年はむきになって、しかしこれからは日本も段々発展するでしょう、と祖国を弁護する。するとこ広田先生はすましたもので、

「亡びるね」

と言った。それは当時は漱石一流の警句として読み過ごされたが、昭和二十年八月十五日以後、読者はあらためて漱石の予言の適中したことに驚きを覚えたのである。昭和の日本は、軍部が文官政府の統制に服さず恣意的に行動し、日本を亡ぼしてしまった。「大和魂」は日本人の自己主張だった。しかしその愛国的な自己主張も度を越すと、排他的な侵略的な、周囲の国民にとってはおよそ不愉快なものとなる。それは中国の人がよその国民に中華思想や毛沢東精神やらを押しつけると、周辺の諸国の人々が反撥を覚えるのと同様

だろう。

一九四三年十月十六日、『源氏物語』の訳者アーサー・ウェイリーは『ニュー・ステーツマン』に寄稿して「大和魂」The Japanese Spirit を次のように論じた。

「大和魂」という言葉は中世と今日とで対照的とでもいえるほど極端に違った意味で用いられているが、このようなコントラストほど見事に日本文化が次々にたどってきたさまざまな局面《フェーズ》を明らかに示してくれるものはない。今日では「大和魂」は軍隊的な意味における「士気《モラール》」しか意味しない。日本人は軍事生産力において連合国側にかなわないことを知っている。それでも指導者たちは「心配するには及ばない。日本人には万邦無比の大和魂があるからそれでもって勝ち抜ける」と国民にいってきかせている。

ユダヤ系のウェイリーはナチス・ドイツと同盟した日本に対して激しい嫌悪を感じた。志願してイギリス情報省で検閲官として勤務した。だから戦時下の日本における「大和魂」や「日本精神」の強調も右のように把握できたのだろう。『源氏物語』で用いられた文化的な意味での「大和魂」と戦意 fighting spirit の意味での「大和魂」との間には非常な懸隔がある、と指摘したのである。もっともそのウェイリーも「大和魂」が軍事的な意味で用いられ始めたのが、実はイギリス植民地主義の香港進出だか侵略だかに起源している、ということに当時は気がつかなかった。ウェイリーが林則徐など中国側の眼を通して見た阿片戦争を英米の読者に紹介して、イギリスの東亜侵略百年の非を自国民に悟らせたのは一九五八年のことである。

『銀の匙』と周作人

日本と中国は過去に四回、大きな戦いを交じえた。十三世紀にはモンゴル勢とともに高麗・中国の大軍が九州へ押し寄せた。（中国の人は倭寇のことは学校で習っているらしいが、江南軍を含む元寇のことは一向に言わないのは、やはり片手落ちである。）十六世紀の末には朝鮮を侵略した秀吉の軍隊が明の大軍と衝突した。百年前には日清戦争が、一九三一年にはいわゆる満州事変が始まり、それは日中戦争に引続いた。そんな戦争の最中に「大和魂」はどう扱われたのか。中勘助の『銀の匙』とそれを愛読した中国の一知識人の運命をたどることで、この話の結びとしよう。

中勘助は明治十八年に生れ昭和四十年に亡くなった。中は第一高等学校でも東大英文科でも夏目漱石について学んだ人で、処女作であり代表作である『銀の匙』は大正二年、漱石の推薦で『朝日新聞』に連載された。漱石の評語によるとそれは中勘助の「八九歳頃の追立記《おひたちのき》と申すやうなもの」で「珍らしさと品格の具はりたる文章と夫《それ》から純粋な書き振」で、好評を博した。中勘助は文壇と没交渉で孤高の生涯を送ったが、その人の肖像が画壇と没交渉でやはり孤高の生涯を送る小堀四郎氏によって描かれたのは偶然であろうか。その『銀の匙』の中にこんな一節がある。後篇の第二章で、文中に出て来る戦争とは日清戦争、中国側でいう甲午年間の戦いである。

それはさうと戦争が始まつてから（小学生）仲間の話は朝から晩まで大和魂とちやん〳〵坊主でもちきつてゐる。先生までが一緒になつて犬でもけしかけるやうな態度で何かといへば大和魂とちやん〳〵坊主をくりかへす。私はそれを心から苦々しく不愉快なことに思つた。先生は予譲や比干やの……話は忘れてしまつてのべつ幕なしに元寇と朝鮮征伐の話ばかりしてきかす。そして唱歌といへば殺風景な戦争ものばかり歌はせて面白くもない体操みたいな踊をやらせる。それをまた皆はむきになつて眼の前に不倶戴天のちやん〳〵坊主が押し寄せて来たかのごとく眼をむき肘を張つて雪駄《せった》の皮の破れるほどやけに足踏みをしながら、むつむと舞ひあがる埃の中で節も調子もおかまひなしに怒鳴りたてる。私はこんな手合と歯《よはひ》するのを恥とする気持でいつも彼等よりは一段高くわざと調子をはづして歌つた。また唯さへ狭い運動場は加藤清正や北条時宗で鼻をつく有様で平生弱虫で何でも人のいふなりになる奴はみんなちやん〳〵坊主にされて首を斬れてゐる。町を歩けば絵草紙屋の店といふ店には今迄の美しい千代紙やあね様づくしなどは影をかくして到る処に鉄砲玉のはじけた汚ならしい絵ばかりかゝつてゐる。耳目に触れるもの何から何まで人を腹立たす。ある日また大勢が一つ処にかたまつててん〴〵に聴きかじりの噂を種に凄じい戦争論に花を咲かせた時私は一人皆と反対の意見を述べて結局日本は支那に負けるだらうといつた。彼等は思ひもかけぬ不祥なことを大胆にいひ放たれて暫くは顔を見合すばかりであつたがやがてその笑止ながら殊勝な敵愾心はもはや組長の権威をも無視するまでに亢ぶり、一人の奴は利口ぶつてさも仰山らしく
「あらあら、わりいなわりいな」
といつた。一人の奴は拳固でちよいと鼻のさきをこすつてみせた。他の一人は先生の口まねをして
「お生憎様、日本人には大和魂があります」といふ。
私はより以上の反感と確信をもつて四方八方からの攻撃を一人で引受けながら
「きつと負ける、きつと負ける」
といひきつた。……彼等は次の時間に早速先生にいひつけて
「先生△△さんは日本が負けるつていひます」
といつた。先生はれいのしたり顔で
「日本人には大和魂がある」
といつていつものとほり支那人のことを何のかのと口穢く罵しつた。私はそれを自分がいはれたやうに腹に据ゑかねて
「先生、日本人に大和魂があれば支那人に支那魂があるでせう。日本に加藤清正や北条時宗がゐれば支那

にだつて関羽や張飛やゐるぢやありませんか。それに先生はいつかも謙信が信玄に塩を贈つた話をして敵を憐むのが武士道だなんて教へておきながら何だつてそんなに支那人の悪口ばかしいふんです」

そんなことを口ばやに述べ立てゝ平生のむしやくしやを一思ひにぶちまけてやつたら先生はむつかしい顔をしてゐたがやゝあつて

「△△さんは大和魂がない」

といつた。

戦争が始まると――いや始まらずとも――隣国の人は互いに相手を悪く言いがちなものである。日常の生活で自分の非は言わず相手を攻撃することに慣れている人には特にその傾向が強いが、日本人もそうでないとは言いがたい。

しかし『銀の匙』を読むと、厳密な事実と多少は違うのかもしれないが、日清戦争の最中にこんなことを言う少年がいたということが面白い。またこんな記述を含んだ『銀の匙』が大正初年に日本を代表する新聞に連載された、というのも、ナショナリズムの呪縛からの解放が、日本の読書階級の中に次第に行きわたったことを示唆するようで興味ふかい。そして岩波書店で近年アンケートを取ったとき、読者がもっとも推称する岩波文庫の一冊がこの『銀の匙』であったということはなにか尊く有難い気がする。もっとも読者は『銀の匙』のそれとは別の面に惹かれて、この比類なく美しい幼少年期の物語を愛読したのだろうが。

右の引用に出てきた予譲《よじょう》は恩人の仇を討とうとして果たさなかった晋《しん》の烈士、比干《ひかん》は殷《いん》の紂王《ちゅうおう》の身内で、紂王の悪虐無道を諫めたために殺されたという。「あらあら、わりいなわりいな」と同級生が寄ってたかって組長（級長、成績が秀れているので選ばれたクラス代表）の権威を無視して言ったのは、日本人のくせに日本が負けるなどと言うのは「あらあら、悪いな」を口を左右に引っ張るようにひろげて「い、い、い」と人を侮蔑してみせたのである。自国の悪口を言うのなぞ昭和前期のシナ事変当時の日本でなら「非国民」と呼ばれもしたであろう。そしてそれは中国の側でも同じことで、中華人民共和国でならいまでも「漢奸」呼ばわりされるにちがいない。中国も試験競争の激しい国だが、日清戦争にまつわる入試問題の中にはこんなのもある。

甲午中日海戦中、全艦将士壮烈犠牲是、

A、定遠艦　B、致遠艦　C、経遠艦　D、済遠艦

正解はBとCの由だが、中国とはこんな暗記試験をいまでもエリートに課しているお国柄なのである。私は『銀の匙』の右の一節を読むと、自分の幼年時代が思い出されてならない。それというのも私の幼稚園時代に戦争は始まったからで、小学校一年生の七月六日、担任の先生に、

「明日は何ですか」

と聞かれて、先生は「七夕《たなばた》」という平和な答を期待していたのだろうが、お利口さんの私は、

「支那事変勃発一周年記念日」

と答えた。そんな答をしたのが子供心に得意だったのだろう。それが保谷の農園へ遠足に行った帰りで、池袋駅の東口で解散する前だったことまで憶えている。そのころの私も先生から、

「日本人には大和魂があります」

と教えられた。『銀の匙』の主人公の少年のように――あるいはその著者のように――相手の立場を考えることの出来なかったお坊っちゃんの私はすなおに大和魂を信じ、そのころの大相撲では大和錦という力士を子供心に贔屓した。そして弱い者いじめをする裏町の子供たちに、

「君たちには大和魂はないのか」

と私が恐い顔をして言ったら、子供の喧嘩に妙な台詞が飛び出したので、相手側も白けてしまい、その悪童どもが、

「なに言ってやんだい」

と言いながらそれでも立去ったことがある。それは小石川の氷川下から大塚駅へ通ずる道でのことだった。

ところで日本と中国の関係が急速に悪化しつつあったその時代、私たち子供とちがってもっとずっと深刻な思いで『銀の匙』を読み、その比類ない価値を認めた一中国知識人がいた。その人は周作人である。周作人は浙江省の紹興で中国暦の光緒十一年に生れた。それは清朝政府がフランスの圧力に屈して天津講和条約に調印した西暦の一八八五年である。そしてそれはまた『銀の匙』の主人公や著者が生れたと同じ明治十八年なので、周作人と中勘助は酉歳《とりどし》の同い年なのである。

この周作人は、本名を周樹人といった魯迅の実弟で、兄魯迅は明治三十五年に、弟周作人は明治三十九年に、いずれも満二十歳を過ぎたばかりの感受性豊かな年に、日本へ留学した。この周兄弟は近代中国ではじめて外国文化の摂取を意図して海外へ渡った、実質的には第一代目の留学生であったから、帰国後おおいになすところがあり、西洋や日本の思潮を中国に紹介する先駆者ともなった。

歴史の展開は当初は周兄弟に幸いした。魯迅が一九〇九年に、周作人が日本人妻羽太信子《はぶとのぶこ》を連れて一九一一年に帰国した直後、清朝は滅び、一九一二年に中華民国が成立する。それはいかにも混乱した無統制な時代だったが、しかし過渡期には混乱とともに自由があった。旧体制の崩壊とともに北京や上海では文学運動が沸騰し、魯迅とともに周作人は、日本やロシヤや欧米の思潮と文学などを紹介し、中国の新青年に新しい方向を指し示した。それは辛亥《しんがい》革命を経て民国の時代にはいり、中国史上はじめて新しい若いジェネレーションが外に向って熱い眼差しを向けるようになったからである。留学帰りの二人は新青年たちの知識欲に

答え得たのだ。こうして一時期、多数の評論と翻訳を発表して周作人の名声は兄の魯迅をも凌ぐほどとなった。しかしこのように一旦は名を馳せた周作人だったが、やがて表面から退き、戦後はまったく消えた。というか消された。その過渡期の過程はロシヤ史になぞらえて言えば、帝政ロシヤが崩壊した後、文学運動が沸騰し、一時期あざやかな花を咲かせたが、その後スターリン体制が確立するに及んで徹底的に締めつけられ、作家が消え、後には文学官僚が残ったのと軌を一にする。

しかしそれ以外にも周作人の名前が消された理由はあった。兄の魯迅は『狂人日記』(一九一八)『阿Q正伝』(一九二二)など、中国社会と民衆の現実を小説に描き、後進性から生れて普遍性を備えるにいたったと評される不朽の作品を残した。弟の周作人は一九一七年、北京大学国文科教授の職に就き、一九二四年には魯迅らと『語絲《ごし》』を創刊し、趣味的感想文とともに時事的批判を多く発表したが、やがてその名前には暗い影が落ちた。いま手もとにある一事典を引くと、「周作人は……政治的激動についていけなくなり、しだいに隠逸の風をふかめた。たち遅れの果てに、日本占領下の北京で占領政治に協力、抗戦勝利後投獄されるにいたったが、老成した文章はなお磨きつづけられた」(木山英雄)とある。

そのような周作人を「漢奸」として難詰することは易しい。だが私はそんな文化大革命に先がける非難の大合唱には興味はない。それよりもこの日本人を妻とした中国の文人が、日中関係が悪化する千九百三十年代、日本の軍部の横暴が露骨になった時期、より正確には一九三六年十二月に『銀の匙』の紹介文を書いていることに心打たれる。周作人は鈴木敏也が大正十一年(一九二二年)に著した『廃園雑草』によって中勘助の作物を知ったが、『銀の匙』は岩波文庫本によって読んでいた。周作人はその和辻哲郎の解説に基づいて作者中勘助のことを「先人の影響をうけることなく、世の流行をも構わず、ただ己れの眼で見、己れの心で感じた」と批評し、さらに和辻の次の文章を引用して紹介に代えている。

作者は己れの世界以外にはどこへも眼を向けようとしない。いはんや文壇の動きなどは風馬牛である。だからまたその作品は文壇の動きにつれて古臭くなるなどといふこともない。二十五年前の作たる『銀の匙』は今の文壇に出しても依然として新鮮味を失はないであらう。

周作人が中勘助をそのように紹介した時、彼は個人主義の牙城を守ろうとした自分自身の姿をそこに投影させていたのではあるまいか。「集団に反対し、君師に反対し、載道に反対する」という原則を奉じて、急速に暴威をふるい出した党派的な左翼文学者たちに対した周作人はやはり只者ではなかったような気がする。その周作人が日華事変の前夜、「気に入ったところがあまりにも多く、その中から選んで紹介することは難しい」と言いながら選んだ『銀の匙』の二節のうちの一節こそ右に引いた大和魂と支那魂をめぐる子供たちの言い合いだったのである。

十一月の末、日も暮れて煖房もよく利かず、ここで私が話を了えた時、北京の大学の暗く寒い一室は一瞬沈黙した。主任教授が口を切った。

「中勘助のような人が中日間にいたことは救いになりますね」

「よくも戦前の日本で『銀の匙』が発禁にならなかったものだ」

私は答えた、

「中勘助の先生の漱石が『猫』ですでに大和魂批判を書いていたから、中勘助も右顧左眄《うこさべん》せず思いのたけを書けたのでしょう」

そして最後にこうつけ加えた、

「実は私に『銀の匙』の著者にこんな骨太《ほねぶと》の面があることを教えてくれたのは周作人ですが、周作人の目を通して明治・大正の日本文学を見直すとそれがまた実に新鮮に別様に見える。そのような視角を教えてくれたのは皆さんの先輩で先年、日本に留学した劉岸偉さんが東大に提出した博士論文『東洋人の悲哀――周作人と日本』（河出書房新社）でした。この本はこのたび一九九二年度のサントリー学芸賞を受賞しました。周作人は私たち日本人に日本文学の知られざる面をもかいま見せてくれましたが、それと同様、周作人が日本文学をどのように読んだかを調べることで、中国の皆さまにも従来のレッテルを貼られた像とは違う、別様の周作人が見えて来るのかも知れません。

皆さまの日本語日本文化研究が、皆さまに日本についてのみか中国に対しても新しい光を投ずることを私は切に望む次第です」

第三部　高村光太郎と西洋

私の敬愛するアングロサクソンの血族なる友よ
シエクスピアを生み、ブレエクを生み
ニユウトンを生み、ダアキンを生み……
「よろこびを告ぐ」　一九一三年作

シンガポールが落ちた。
卓上の胡桃割に挟まれた
胡桃のやうに割れてはじけた。……
シンガポールが落ちた。
傲慢なアングロ　サクソンをつひに駆逐した。
「シンガポール陥落」　一九四二年作

誠実な人、insincere な人

高村光太郎と西洋との関係を、その総体において、考えてみたい。

高村光太郎（一八八三―一九五六）は太平洋戦争前の日本ですでに名の知られた詩人であった。詩集『道程』は大正三年に、『道程以後』を含む改訂版は昭和十五年に、『智恵子抄』は昭和十六年八月二十日に出版されたが、そうした詩集の形をとるずっと以前から光太郎は『明星』『スバル』『朱欒《ザンボア》』、そして後には『朝日』『毎日』などの大新聞、『中央公論』などの総合雑誌に詩を掲げていた。また時には『中央公論』のような大雑誌には詩は載せたくないといって断わることもできたほど、光太郎はつねに日の当る場所にいた詩人であった。まず大正デモクラシーの代表的な詩人の一人であり、『智恵子抄』は近代日本詩歌の中でいまなおもっとも愛読されている一冊の愛の詩集である。ところでその同じ光太郎は、いわゆる大東亜戦争の最中、真心をこめて愛国の詩を書いた詩人でもあった。その種の詩は百数十点に及び、彼の全詩作の約三割に及んでいる。その同じ光太郎は敗戦後の日本では自己否定を行い、『暗愚小伝』をはじめとする懺悔の詩を書いた。光太郎は昭和二十年代の日本では平和を愛するヒューマニズムの詩人としてふたたびもてはやされた。戦時中の昭和十七年、第一回日本芸術院賞を授けられた光太郎は、戦後は昭和二十六年に今度は読売文学賞を授けられた。……

このような略歴はよく知られたことで、高村が戦中にも戦後にも受賞したことに日本の読者は別に驚きもしないであろう。しかしアメリカ側の反応は違う。一九八〇年 Hiroaki Sato 氏の手になる *Chieko and Other Poems of Takamura Kōtarō* がハワイ大学出版局から出てから、私はその訳詩を用いて幾度か光太郎について英語で語る機会を得、ペーパーを彼地で発表する機会も再三得たが、米国人は不審の念を隠さない。高村光太郎は東洋ではじめて自分と自分の妻との夫婦愛を一連の詩作品にうたいあげるということをあえてした、反封建の自由の人である。それほどまでに西洋の理想に傾倒した人である。ところがその同じ人が昭和十年代になると一転して反西洋の愛国詩人となり、そして戦後は日本を「特殊国」と卑下し、自己を「愚劣の典型」と呼ぶことでさらに多くの読者を集めた。米国人は自国の正義をナイーヴに信ずる人が多いだけに、日米戦争についても非は百パーセント日本側にあるとおおむね思いこんでいる。またそれだけに旧敵国日本の文学者の戦時下の態度についてもいとも単純に黒白をつけたがる。そのようなアメリカ人の眼から見ると——一般読者はもとより日本研究の専門家にいたるまで——このように二転三転した高村光太郎なる人物は、いかにも胡乱《うろん》で、信用できない、怪しげな日本人と映ずるのである……

日本では「誠実」と形容される高村光太郎が米国では逆に insincere「不誠実」と呼ばれ、此地では「高潔」と評される光太郎の人格が彼地では逆に dishonest と目されることもある。もちろん詩人の主観的な誠実が、客観的には不誠実としか映じない場合は世の中にはままあることだから、そうした評価のずれは一々気に留めるにも及ばぬことかもしれない。しかし私は、同一人物について太平洋の両岸で判定がかくも分かれることを一つの興味深い文化上のギャップと感じた。そしてそれだけに「高村光太郎と西洋」の関係をもっと深く突きつめて、そのポジティヴな面だけでなくネガティヴな面をも含めて、洗いざらい把え直してみたくなったのである。それだから光太郎の詩に見られるホイットマンとかヴェルハーレンの影といった個々の比較文学的な影響関係の次元にとどまらず、高村光太郎という一日本人の西洋との愛憎関係といった問題を、その総体において、考えてみたくなったのである。

この問題の重要性は、次のようにアメリカ側の視点に立って見なおすと、一層はっきりとする。日本について米国人が心の底で抱いている疑惑の一つは、かつて西洋を典型と仰いで文明開化をなしとげた日本が、昭和十年代にはなぜ反西洋を呼号し——これは日本側からすればそれなりの理由もなくはなかったのだが、米国側からすれば不条理以外のなにものでもなかったことに思われている——米英を敵にまわして戦ったのか、という点である。この疑念はいまなお尾を曳いており、現在の平和的で親米的な、だが経済的にはすでに恐るべき競争相手である日本が、またいつの日か反米に転ずることはないのか、という不安や危惧とどこかで通底している。

ところで戦時中の日本の「反西洋」についての従来の日本人側の釈明や回答はややもすれば紋切型であって、説得力に欠けるものがあった。「軍部に強制されたから止むを得ず米英撃滅を口にした」というのが敗戦後、インテリの多くが口にした弁解であった。しかし考えてもみるがいい。昭和十六年十二月八日、多くの日本人は詩人文学者をも含めて「布哇真珠湾奇襲成功」の報に我を忘れて喝采した。そして昭和十七年元旦、日本のすべての大新聞に掲載されたハワイ大空襲の写真に老若男女が皆見惚れた……高村光太郎は昭和十六年十二月十一日、「鮮明な冬」という詩を書いたが、この詩には当時の光太郎の感情が正直にうたわれている。

この世は一新せられた。
黒船以来の総決算の時が来た。
民族の育ちがそれを可能にした。
長い間こづきまはされながら、
なめられながら、しぼられながら、
仮装舞踏会まで敢てしながら、
彼等に学び得るかぎりを学び、
彼等の力を隅から隅まで測量し、
彼等のえげつなさを満喫したのだ。

今こそ古しへにかへり、
源にさかのぼり、
一瀉千里の奔流となり得る日が来た。
われら民族の此世に在るいはれが
はじめて人の目に形となるのだ。
鵯《ひよどり》が啼いてゐる、冬である。
山茶花《さざんくわ》が散つてゐる、冬である。
だが昨日は遠い昔であり、
天然までが我にかへつた鮮明《あざやか》な冬である。

光太郎はこの詩を軍部に強要されて書いたわけではない。自分から進んで書いたのだが、しかし敗戦後の日本ではそう言ってしまっては具合が悪い。そうした事情も手伝って室生犀星は『我が愛する詩人の伝記』（昭和三十三年）の中で友人のために弁じて、

昭和十六年太平洋戦争にはいると、光太郎はそのころの詩人がみんなしたやうに、かれも御国《みくに》のための詩を作り、一つの流行詩の表面にうかんでゐた。純潔とお人好しとをうまく釣り上げられたのである。

と釈明している。しかし「鮮明な冬」は日本が米英に戦いを宣して第三日、光太郎が心底から湧きあがる気持を、彼なりに、真剣に、自分から詩に刻んだものである。この種の詩に日本人の心理の深層が、良かれ悪しかれ、正直に出ていると私は感じる。この詩は「黒船以来」西洋文明の圧倒的な力にさいなまれてきた

人の反西洋の宣言である。日本人としての本卦帰《ほんけ》りも「今こそ古しへにかへり」とここではうたわれている。そしてかつてなく緊張した耳に聞える鵯《ひよどり》の声、目に映る山茶花の赤、肌に感じられる冷気――私自身はあの時、まだ小学校の四年生でしかなかったが、この詩を読むとあの昭和十六年十二月という「鮮明な冬」を思い出さずにはいられない。ちょうどそれは昭和二十年八月十五日の青空が「鮮明な夏」として私たちの多くに記憶されているのと同然である。

この詩で光太郎は巧みに鵯以下の小道具まで使って開戦直後の内地の美しいまでに緊張した雰囲気を伝えている。光太郎の戦時下の詩は敗戦後は、当然のことながら、貶しめられてきた。また事実、貶しめられても仕方のない宣伝詩まがいの作もたくさん混じっていた。しかし右の「鮮明な冬」に限らず、言葉の彫琢の点では、戦前の『道程』や『智恵子抄』、戦後の『暗愚小伝』の諸作に必ずしも劣らぬ作もまた存する。その主張の是非は後で問うこととするが、光太郎が自分の身の内で感じたなにかを嘘偽りなく述べたことに間違いはない。それだからこそ光太郎は昭和十年代を通じて、そしてさらに昭和二十年代を通じて、国民詩人たり得たのだ。彼は「時代と共に」生きた詩人であった。

かれは日本の詩といふものでは、昇れるだけ昇りつづけた男であつた。一度も後退したことはない、高村光太郎といふ透明無類の風船は、(最初期の)「泥七宝」の短章から(戦後の)「暗愚小伝」にいたるまで、拍手喝采の間に天上に到達したのである。

戦前はもとより、戦中も、戦後も、光太郎の名声は上る一方であった、と犀星は多少の嫉妬もこめてこう認めたのである。戦前、西欧に傾斜した時も、戦中、愛国の詩を書いた時も、戦後、自己の非を認めた時も――そんな時ですらも拍手喝采を浴び続けた……

思想上の首尾一貫に重きを置く人なら、そんな態度の二転三転は許せないはずである。だが実は日本国民の多数も多かれ少なかれ光太郎がたどったと同じような精神の軌跡を描いたのではなかったろうか。読者も光太郎と共に一転し二転したのではなかったろうか。それは言い換えると、私たち日本人の一人一人にも「自己の内なる高村光太郎」が、程度の差こそあれ、存在していたのである。だがそれは自分でも認めたくない事だった。それもあって、人々は一切の責任を軍部に押し付けて自分は免責されたく思ったのである。犀星は、光太郎は「お人好し」で軍部に利用されたのだ、と言った。「そのころの詩人がみんなしたやうに光太郎も愛国の詩を書いたまでだ、と言った。だがそんな紋切型の釈明や弁明が本当の答えとなるだろうか。

もちろん左翼のイデオロギー的立場に立つ人は、敗戦後いちはやく、戦時中の光太郎の言動を非難した。大政翼賛会中央協力会議議員であり、文学報国会詩部会会長であった人の「戦争責任」を追及した。昭和二十二年の『暗愚小伝』はその種の非難に対して光太郎が「私は愚鈍でした」と謝罪した回答でもある。しかし詩人相手にレッテルを貼りつける類の追及は真の意味での真相の告白にはいたらないものである。三角帽子をかぶせて町を引廻してみたところで本当のことが口から出てくるはずはない。それどころか人民裁判的な恐怖の漂うところでは人々は先手を打って責任の転嫁を行なうものだ。

だがいまや昭和の時代も過去となった。私たちも第二次世界戦争に対して前よりも距離を置いて考えることが出来る情況にある。その際、政治主義的立場に立って過去の詩人の言動を裁断するのではなく、詩人の内面を、内在的な論理や感情に則して、理解してみたい。幅広い文化史的視野の中で把え直してみたい。一体この高村光太郎という詩人は、同じ一人の人間でありながら、ある時は、

私の敬愛するアングロサクソンの血族なる友よ

とうたい（「よろこびを告ぐ」）、またある時は、

傲慢なアングロ　サクソンをつひに駆逐した

とうたった（「シンガポール陥落」）。高村光太郎には——いや光太郎に限らず多くの日本人にも——そのような相反する感情は常に共存していたのだ。前者が光太郎の本心で後者が軍部に利用された宣伝だなどと分けることはできない。そのようなアンビヴァレントな感情が存する以上、「高村光太郎と西洋」という関係は一筋縄にはいかない。愛しあう男女の仲にも時に憎しみがある。それが英語でいわゆる **love-hate relationship** だが、これから試みるのも高村光太郎と西洋との愛憎関係の分析といったものである。

ちなみにこの種の愛憎並存の心理はなにも高村光太郎のような日本人の元西洋留学体験者だけでなく、これから先、外国人の元日本留学者の中にも必ずや生じるところのアンビヴァレンスであろう。

世界の富を壟断《ろうだん》するもの、
強豪日本一族の力、
われらの国に於て否定さる。

そのようなことを、これから先、わが国について言われることのないよう心掛けたいものである。右の引用は実は光太郎の詩「十二月八日」中の「米英」を「日本」に置き換えたまでである。高村光太郎と西洋との愛憎関係は文化交流の病理解剖学的症例の一つとして注目に値する。かつての「持たざる国」日本が「持てる国」米英に挑戦した心理はいまの「持てる国」日本に生れ育った若い日本人には次第に理解が難しいで

あろうが、いまも「持たざる国」から「持てる国」日本に留学する人には存外、共感する素地が秘められているのではあるまいか。

ジャップの憤り

高村光太郎の戦時下の反米主義の詩を単なる一過性の流行詩とは見做さず、その由って来たるところについて興味深い見解を示したのは佐伯彰一氏である。氏は『日米関係のなかの文学』（文藝春秋、一九八四年）の一章を「ジャップの〝憤り〟」と題して光太郎のアメリカ体験に当てた。それで佐伯氏の説をまず紹介して、次にそれとは異なる自説を述べることとしたい。

佐伯氏の解釈は、光太郎がニューヨークという初めての西洋で過した一年間が非常につらい生活であって、その時に被ったショックがトラウマ（精神的外傷）となって生涯深手として残った、それが光太郎の戦時中の、

必ず敵アメリカに
屈服の白旗を立てさせる。

といった類の雄叫び（「最大の誇に起つ」）の遠因となった、というのである。

そういえば戦時中、高村光太郎とならんで打倒アメリカの詩を朗読した詩人には野口米次郎もいた。ヨネ・ノグチといわれ、永く西洋で生活し英語で詩を書いたこともあるほどの人だが、野口もアメリカ時代、苦学して「ジャップ」と罵られたのであろうか。――いや日本に留学して「チャンコロ」と子供に馬鹿にされ、後に反日派となった中国人留学生もいるのだ。だとすると高村光太郎のアメリカ体験とはなんであったのか。具体例に基づいて追体験してみたい。

光太郎は明治三十九年に二十三歳で渡米し、ニューヨークで週給七ドルで彫刻家ボーグラムの通いの助手となった。ところがその実態は、弟高村豊周の『光太郎回想』によると、

……彫刻を習うというよりはむしろ労働者で、庭の草をむしったり、アトリエの屋根に水を汲みあげてそれを撒いたり、家の中の拭掃除をしたり、そんなことばかりで、アトリエの彫刻をまるでやらせてくれない。兄は「いよいよはじまったな」と覚悟したという。そんな点は日本人と違ってはっきりしていて、情容赦もない。文字通りの苦学生活で、週給六、七ドルでは屋根裏の生活でさえだんだんつらくなって来る。何時ごろからだったか、とてもやりきれない、と言って来るようになった。父が心配そうな顔をして、

「そんなことだと思ったよ。」

と呟いているのを聞いたことがある。


父親の高村光雲は彫刻師で弟子を抱えていた。光太郎はそれで日本における師弟の関係から米国における師弟の関係を類推した。ところがボーグラムは週給七ドルで光太郎の肉体的労働力を買ったのであって、そこには日本の下町の師弟関係に見られるような甘えの存在は許されなかった。光太郎は日本風の内弟子というのでなく、純粋にアメリカ風の雑役夫としてこき使われた。そのショックで精神的に傷ついた、というのが佐伯氏の解釈である。氏はその解釈を裏付ける証拠として大正末年に書かれた「象の銀行」と「白熊」の二詩を引いている。

象の銀行

セントラル　パアクの動物園のとぼけた象は、
みんなの投げてやる銅貨《コツパア》や白銅《ニツケル》を、
並外れて大きな鼻づらでうまく拾つては、
上の方にある象の銀行《エレフアンツバンク》にちやりんと入れる。

時時赤い眼を動かしては鼻をつき出し、
「彼等」のいふ此のジヤツプに白銅を呉れといふ。
象がさういふ、
さう言はれるのが嬉しくて白銅を又投げる。

印度産のとぼけた象、
日本産の寂しい青年。
群集なる「彼等」は見るがいい、
どうしてこんなに二人の仲が好過ぎるかを。

夕日を浴びてセントラル　パアクを歩いて来ると、
ナイル河から来たオベリスクが俺を見る。
ああ、憤る者が此処にもゐる。

天井裏の部屋に帰つて「彼等」のジヤツプは血に鞭うつのだ。

場所はニューヨークのセントラル・パークの動物園。主題は「ジャップ」と馬鹿にされる疎外された青年の遣瀬ない憤激だが、しかしこの詩はけっして主観的、主情的ではなく、すこぶる客観的な記述で始まるドライな詩で、巧みに諷刺も利かせている。象が大きな鼻づらで一セントの銅貨や五セントのニッケルを拾っては、それをエレファンツ・バンクと称するところにちゃりんと入れる。象は利口な動物だから仕込むとそんな真似も出来るのだ。ニューヨークという大都会の孤独の中で、ひとりぼっちで寂しく友人もなく言葉も通じないでいる「俺」なる日本の青年とその象との間に、奇妙にも共感《シンパシー》が働いている様を見ると、微苦笑せざるを得ない。社会から除け者にされている自分を相手にしてくれるのはこの象だけで、象が銭をくれと合図すると喜んで投げてやるという関係である。

この疎外された者同士の奇妙な同盟関係はジャップと呼ばれる「日本産の寂しい青年」と「印度産の象」とさらにはエジプトから西洋人が収奪した「ナイル河から来たオベリスク」の三者の間で結ばれる。それは西洋列強に圧迫されたアジア・アフリカの連帯感でもあるわけだ。そしてそれはまた光太郎が明治三十年、満十四歳で東京美術学校（現東京芸術大学）にはいった時の校長岡倉天心が唱えた「アジアは一つ」のモットーを想起させもする。その「憤激」は英訳にも伝わっているので、参考までに一九七三年の『ジャパン・クオータリー』に出た渥美・ウィルソン訳も引いておきたい。

Central Park Zoo

In Central Park, the elephant, face blank,

Adroitly nimble with his outsize nose,
Fields cents and nickels which the public throws
And drops them, clinking, in the Elephant Bank.

Now nosing forwards, twitching a sad red eye,
He asks this Jap —— that's me, diminutive ——
To pitch a coin. The elephant says give.
Glad to be asked, I make my dime reply.

The blank-faced made-in-India pachyderm's
At one with the lonely stripling made-in-Japan:
I trust "they" understand why beast and man
So quickly come to be on such good terms.

When bathed in sunset, out from that park I came
The Egyptian obelisk stared down at me.
One more indignant thing. Indignity,
Back in his garret, flayed Jap blood to flame.

これとすこぶる似た詩として「白熊」がある。今度はマンハッタンでなくニューヨーク郊外のブロンクス・パークの動物園。主題は西洋人と馴れ親しむことが出来ないために自分を白熊と同一化している「ジヤツプ」の憤激である。いまもしかりに、東京に留学した外国人留学生で、一向に友人が出来ず生活に馴染めず、折角の日曜日を上野の動物園に行っては象や熊ばかり見て、なにかぶつぶつ言っている人がいるとすれば、その人の精神状態はやはり気にならざるを得ないが、光太郎はこう書いた。

白熊

ザラメのやうな雪の残つてゐる吹きさらしのブロンクス　パアクに、
彼は日本人《ジヤツプ》らしい啞のやうな顔をして
せつかくの日曜を白熊の檻の前に立つてゐる。

白熊も黙つて時時彼を見る。
白熊といふ奴はのろのろしてゐるかと思ふと
飄として飛び、身をふるはして氷を砕き、水を浴びる。

岩で出来た洞穴《ほらあな》に鋭いつららがさがり
そいつがプリズム色にひかつて
彼の頭に忿怒に似た爽快な旋回律を絶えず奏でる。

七ドルの給料から部屋代を払つてしまつて

鷲のついた音のする金が少しばかりポケツトに残つてゐる。
彼はポケツトに手を入れたまま黙りこくつて立つてゐる。

二匹の大きな白熊は水から出て、
北極の地平を思はせる一文字の背中に波うたせながら、
音もさせずに凍つたコンクリイトの上を歩きまはる。

真正直な平たい額とうすくれなゐの貪慾な唇と、
すばらしい腕力を匿した白皚皚《はくがいがい》の四肢胴体と、
さうして小さな異邦人的な燐火の眼と。

彼は柵にもたれて寒風に耳をうたれ、
蕭条たる魂の氷原に
故しらぬたのしい壮烈の心を燃やす。

白熊といふ奴はつひに人に馴れず、
内に凄じい本能の十字架を負はされて、
紐　育《ニユーヨーク》の郊外にひとり北洋の息吹をふく。

教養主義的温情のいやしさは彼の周囲に満ちる。

息のつまる程ありがたい基督教的唯物主義は
夢みる者なる一日本人《ジヤツプ》を殺さうとする。

白熊も黙つて時時彼を見る。
一週間目に初めてオウライの声を聞かず、
彼も沈黙に洗はれて厖大な白熊の前に立ち尽す。

「彼」という「日本人《ジヤツプ》」は英語がうまく使えないから「唖のやうな顔をして」檻の前に立っている。光太郎も白熊も米国社会ではことばという道具がうまく使えない。その両者の同一化が「白熊も黙つて」の「も」に出ている。「象の銀行」の詩では一セントや五セントの小銭が話題となったが、「白熊」の詩では合衆国のシンボルである鷲の模様のついたクオーター（二十五セント）だかハーフ・ドラーが話題となる。光太郎には七ドルの週給のことが固定観念となっていて、五十セントや二十五セントのコインは七ドルで部屋代を支払った残りである。「白皚皚《はくがいがい》」などという漢語の使い方は巧みだし、この詩には非常な潜勢力が感じられる。それは光太郎自身が「内に凄じい本能の十字架を負はされて」「小さな異邦人的な燐火の眼」を光らせている感じがするからで、光太郎が白熊であり、白熊が光太郎なのである。

光太郎は最晩年、高見順との対談『わが生涯を語る』（『文藝』「高村光太郎読本」）でニューヨーク時代の思い出にふれているが、更科源蔵も『高村光太郎全集』第八巻月報に聞き書きを載せている。それによると、

……よくボーグラムの玄関掃除をしてゐると、通りがかりのアメリカ人が「ジヤツプ！」といふ罵声を浴びせかけるので、玄関を洗つてゐたホースの水をいきなり頭に向けて帽子を吹きとばしてやつた。それ

に因縁つけてくると物凄い腕力で黙らせてしまふので、しまひにはボーグラムの家の前をさけて通るやうになつたといふことである。

佐伯氏はこの一文を読んだ時、「白熊」という詩を説明する上で、これ以上のものはないという気がした、という。「すばらしい腕力を匿した白皚皚《はくがいがい》の四肢胴体」と大正十四年に書きつけた光太郎の脳裏には、こうした「物凄い腕力」を発揮した二十年前の思い出がなまなましく蘇ったのだ、という推察である。

先ほど「象の銀行」の英訳を紹介したが、その六行目に“that's me, diminutive”とあった。diminutiveとは「小さい」「小柄の」の意味で原詩にはそれに相応する語はない。訳者が日本人は一般に小柄だからそうつけ足したのかと思うが、しかし高村光太郎は背が高く、彫刻家という肉体労働者にふさわしい立派な体軀の持主であった。美術学校の時代、鉄唖鈴《あれい》でもって鍛えたからまわりの人が脅威をおぼえるほどの腕力があった。それがふだんの粘土との格闘で手は大きくなり、腕は太くなる。ニューヨークへ行った時はその地で興行している四段の日本人柔道家とまちがえられて、歩いているとしばしば声を掛けられたという。相手が親愛のつもりで、

「ハロー、ジャップ」

と言ったりするのだが、当時の光太郎はジャップと聞いただけで怒ってつっかかっていった。高見順との対談でもこう言っている。

「ハロー、ジャップなんて呼びかけると、そつちへホースを向けてね、パッと帽子を飛ばしちやうんです。ぼくの狙いは正しくてね、うまく帽子が飛んじやうんですね。(笑) それで怒つてボーグラムさんの所へ言つていつても、ボーグラムさんは面白い人だもんだから、それは君のほうが悪い、とかなんとか言つて、受付けないんですよ」

更科源蔵はまた「研究所でも作品に意地悪い悪戯をされて、それが何度も何度もされるので、つひに腹にすゑかねて犯人を見つけて乱闘になつたが、例によつて腕力で相手を押へつけてしまつた」と聞き書きを添えている。

佐伯氏は光太郎の昭和十年代の戦争詩をアメリカにおけるこのジャップ問題の広く長いパースペクティヴの中でとらえなおすことを提言する。「白熊」の詩には光太郎が昭和十九年に添えた「前書」がある。

大正十四年一月作。明治三十九年筆者はアメリカ紐育市に苦学してゐた。日露戦争の後なので数年前の排日運動の烈しい気勢はなかつたが、われわれが仲裁して面目を立ててやつたのだといふやうな顔には絶えず出会つた。紐育市の郊外ブロンクス公園が筆者の唯一の慰安所であつた。動物は決して「ハロージャップ」とはいはなかつた。

光太郎は一九〇六年から七年にかけてのニューヨーク体験をほぼ二十年後の一九二五、六年ごろ、ちょうど日本人移民排斥問題で日米関係の緊張が続いたころ——文中の「数年前の排日運動」はそれを指す——詩として発表し、さらにまた二十年後の一九四四年（昭和十九年）、日米決戦の真只中に「象の銀行」「白熊」を初めて詩集に収めたのである。

光太郎は彫刻師高村光雲の長男として大事に育てられた。まわりは東京下谷の人だから下町の人情があった。そういう伝統社会《ゲマインシャフト》に育った坊っちゃんが、ニューヨークという荒々しい競争社会《ゲゼルシャフト》の中に放りこまれ、生存競争に喘ぎ、人種偏見に傷ついたのである。その深手がもとで、大東亜戦争中、米英撃滅、撃ちてし止まん、の愛国詩人となったのだ。かつてジャップと呼ばれたことが内攻して、二十年後には『猛獣篇』の見事な詩に結晶し、そしてさらに二十年後にはその欝屈した憤りが光太郎を駆り立てて戦争詩を書かせたのではあるまいか——それが佐伯彰一氏の解釈である。そして更科源蔵も先の月報にこんな風に書き添えていた。

私は大東亜戦争の相手がもしアメリカでなくて、ロダンの国フランスであつたなら先生の立場もちがひはしなかつたかと、時々ひそかに思ふのである。

ロダンの国にて

ここで問題となるのは、それではロダンの国フランスはアメリカとどう違ったか、あるいは違っていなかったか、という点である。違っていたとすれば更科氏のひそかな推定はもとより、佐伯氏の解釈もそれなりに成り立つわけである。

高村光太郎にとってのフランスとはなにかといえば、彫刻家のロダンであり、「雨にうたるるカテドラル」の詩であり、戦後の『暗愚小伝』中の「パリ」の詩に要約される体験であった。いま光太郎のパリ讃歌を聞こう。

パリ

私はパリで大人になつた。
はじめて異性に触れたのもパリ。
はじめて魂の解放を得たのもパリ。
パリは珍しくもないやうな顔をして
人類のどんな種属をもうけ入れる。

思考のどんな系譜をも拒まない。
美のどんな異質をも枯らさない。
良も不良も新も旧も低いも高いも、
凡そ人間の範疇にあるものは同居させ、
必然な事物の自浄作用にあとはまかせる。
パリの魅力は人をつかむ。
人はパリで息がつける。
近代はパリで起り、
美はパリで醇熟し萌芽し、
頭脳の新細胞はパリで生れる。
フランスがフランスを超えて存在する
この底無しの世界の都の一隅にゐて、
私は時に国籍を忘れた。
故郷は遠く小さくけちくさく、
うるさい田舎のやうだつた。
私はパリではじめて彫刻を悟り、
詩の真実に開眼され、
そこの庶民の一人一人に
文化のいはれをみてとつた。
悲しい思で是非もなく、

比べやうもない落差を感じた。
日本の事物国柄の一切を
なつかしみながら否定した。

私自身は昭和二十年代のなかばに学生生活を送った者で、当時の日本はアメリカ軍の占領下で事実上の鎖国状態にあった。しかも非常な貧乏国であったから、フランス語を第一外国語として学んだ私などパリには憧れていたが行く術もなかった。それだけにそのころ読んだ光太郎のこの詩は、パリの魅力をいやが上にも私たちにアッピールしたものである。

それでは高村光太郎はニューヨークでは疎外感に悩まされたけれども、パリでは at home であったのか、フランス語でいう chez soi という感じであったのかというと、実際のパリ体験から十三年後の「雨にうたるカテドラル」、十七年後の「車中のロダン」、「後庭のロダン」、三十九年後の前掲の「パリ」などではすこぶる居心地よげに書いている。だが吉本隆明氏がいちはやく指摘したように、光太郎のパリ生活の実態はそれとはほど遠いものであった。

高村光太郎はその詩に実在の智恵子をうたい、一連の詩は自伝的要素を濃厚に漂わせ、作詩の態度は虚飾なく事実を語るという誠実さを特色としている。それだけに光太郎における詩と真実の乖離《かいり》は――乖離がもしあるとすれば――どうしても検証せねばならない。その点については後ほど『智恵子抄』の場合でも触れるが、パリ時代の光太郎の生活の実態は、彼自身が帰朝後まだ間もない時、『珈琲店より』『出さずにしまった手紙の一束』で明かしていた。研究者の間ではすでによく知られているが、前者には「はじめて異性に触れたのもパリ」に言及した節があり、

「今夜ほど皮膚の新鮮をあぢはつた事はないと思つた」

などと出ている。そして光太郎と女が朝起きる場面がこう記されている。

突然、

"TU DORS?"といふ声がして、QUINQUINAの香ひの残つてゐる息が顔にかかつた。大きな青い眼が澄み渡つて二つ見えた。

あをい眼!

その眼の窓から印度洋の紺青の空が見える。多島海の大理石を映してゐるあの海の色が透いて見える。NOTRE DAMEの寺院の色硝子の断片。MONETの夏の林の陰の色。濃いSAPHIRの晶玉をMOSQUÉEの宝蔵で見る神秘の色。

その眼の色がちらと動くと見ると、

「さあ、起きませう。起きて御飯をたべませう」と女が言つた。案外平凡な事を耳にして、驚いて跳ね起きた。女は、今日CAFÉ UNIVERSITÉで昼飯《ひるめし》を喰はうといつた。

ふらふらと立つて洗面器の前へ行つた。熱湯の蛇口をねぢる時、図らず、さうだ、はからずだ。上を見ると見慣れぬ黒い男が寝衣《ねまき》のままで立つてゐる。非常な不愉快と不安と驚愕とが一しよになつて僕を襲つた。尚ほよく見ると、鏡であつた。鏡の中に僕が居るのであつた。

「ああ、僕はやつぱり日本人だ。JAPONAISだ。MONGOLだ。LE JAUNEだ。」と頭の中で弾機《ばね》の外れた様な声がした。

夢の様な心は此の時、AVALANCHEとなつて根から崩れた。その朝、早々に女から逃れた。そして、画室の寒い板の間に長い間坐り込んで、しみじみと苦しい思ひを味はつた。

「あなたまだ寝てるの？」酒の匂いが顔にかかった。その時目を開いて見た「眼の窓」ごしのさまざまの青の美しさ。エーゲ海の海の色、聖母寺のステンド・グラス、画家モネーの夏の木蔭の色、回教寺院の宝蔵のサファイア……　女が「起きて、昼御飯を食べに行こう」と馬鹿に日常的なことを言った。それで顔を洗いに行って、そこに妙な奴がいる。はっとしたらそれが黄色い顔の自分だった。夢心地はその時雪崩となって根から崩れた……

光太郎が鏡を見て「醜い」と自覚を強いられた反応は大仰だが、わからぬでもない。それというのはその数年前、それと似た反応を夏目漱石も呈していたからである。漱石は写真こそ立派な顔立ちだが、写真には鼻の痘痕《あばた》を修整してあるものが多い。夏目金之助は背も低くて、自分は醜い「日本人だ。モンゴル系だ。黄色人種だ」とやはり感じた留学生の一人だった。『倫敦消息』には通りを歩いていた時の印象がこう書いてある。

此度は向ふから妙な顔色をした一寸法師が来たなと思ふと、是即ち乃公自身の影が姿見に写つたのである。不得已《やむをえず》苦笑ひをすると向ふでも苦笑ひをする。是は理の当然だ。

漱石らしい笑いもはいっているが、逆にそれだけ心理の動きの真実を伝えている。――だがそれにしても光太郎の「その朝、早々に女から逃れた。そして、画室の寒い板の間に長い間坐り込んで、しみじみと苦しい思ひを味はつた」というのは、劣等感も度が過ぎはしないだろうか。女はなんで男が早々に逃げ出したのか合点が行かず、あてにした昼飯も食いはぐれてきょとんとしていたことであろう。

ところで光太郎が日本人として異常なまでに劣等感にさいなまれた人だと了解すると、なるほどと解けてくる詩がある。それは日本の高等学校国語教科書のあるものにも載ったことのある「根付の国」で、これは明治四十三年十二月十六日作、帰朝後最初の詩の一つだという。

根付の国

頬骨が出て、唇が厚くて、眼が三角で、名人三五郎の彫つた根付の様な顔をして
魂をぬかれた様にぽかんとして
自分を知らない、こせこせした
命のやすい
見栄坊な
小さく固まつて、納まり返つた
猿の様な、狐の様な、ももんがあの様な、だぼはぜの様な、麦魚《めだか》の様な、鬼瓦の様な、茶碗のかけらの様
な日本人

率直にいってこの詩は私には愉快でない。戦前や戦中の大日本帝国の「日本万歳」の夜郎自大や自己礼讃の風潮も困ったものだが、光太郎の数ある詩からとくにこれを選んで載せる戦後の国語教科書のこの自己卑下は、以前の自己礼讃がただひっくり返っただけなのではないか、という印象を受ける。こうした詩を載せるのは世界各国の国語教科書の中でも珍しい自虐趣味のあらわれではあるまいか。しかしめでたくH氏賞を受賞した詩人の崔華国氏は、在日韓国人という立場もあるせいか、日本人に対する点が辛く、「根付の国」は日本人について本当のことが書いてあるだけだ、と講演で言われたことがある。

それに実はこれと似たような自己卑下の感情はロンドン滞在中の漱石にもあった。『日記及断片』には次

のような一節がある。句読点を補って引用する。

我々はポツトデの田舎者のアンポンタンの山家猿のチンチクリンの土気色の不可思議ナ人間デアルカラ、西洋人から馬鹿にされるは尤だ。加之《しかのみならず》彼等は日本の事を知らない。日本の事に興味を持つて居らぬ。故ニ我々が西洋人に知られ、尊敬される資格が有つても、彼等が之を知る時間と眼がなき限りは尊敬とか恋愛とかいふ事は両方の間に成立たない。

漱石も相当な自己卑下の感情に捉われていたようである。ところでこの漱石の文章は江戸っ子の修辞の術を示していて興味深い。漱石は「の」を六回畳みかけたが、これは「坊つちやん」が「ハイカラ野郎の」に始まって「の」を七回畳みかけて「赤シヤツ」の悪口を言う際と型としては同じだからである。だとすると高村光太郎の「根付の国」にも江戸っ子が啖呵を切る時のレトリックが変型して伝わっているのではないだろうか。濵沼誠二氏は『高村光太郎におけるアメリカ』（桜楓社、一九八二年）で、「根付の国」に見られる人種の肉体的特徴を列挙する手法はホイットマンが Salut au Monde ! などの詩で用いた手法で、光太郎がそれを借用したのだという。その濵沼氏の指摘は一面では正しいとは思うが、江戸時代から伝わった心性と修辞という面も見落してはならない。ホイットマンの場合は、ホッテントットにいたるまでその人種的特徴をかぞえあげることで全人類讃歌としたのである。ところが光太郎は、その同じ手法を借りて日本人を卑下したのである。漱石の場合は、他人に見せるために書いたのでもなく、自分自身もチンチクリンの一人として感想を記しているが、光太郎の場合にはまず強烈な同族嫌悪がある。それを言わずにいられず「命のやすい見栄坊な……日本人」と「根付の国」の詩を書いた。だがそれを発表した時の光太郎は、自分はそんな「小さく固まつて、納まり返つた……日本人」の一人ではない、という気持が、留学帰りとしてどこかにあったのではないだろうか。また高等学校の国語教科書にこの「根付の国」を選んだ編者もよもや自分自身が「狐の様な、ももんがあの様な……日本人」の一人だとは思っていなかったであろう。なおこの「根付の国」がなぜかくも激しい嫌悪の情を光太郎に抱かせたのか、またその「根付の国」と光太郎がいかに和解するにいたったかについては最後にふれる。

ところで私は明治の日本青年が、当時の西洋の様子を見て帰国して、日本社会に対して不平を抱いたのは当然だろうと思う。それは昨今の中国の留学生が、外国の様子を見て大陸に帰り、心に思うところがあるのと同じことである。不平のないような人ならやはり詰まらない人に相違ない。光太郎は「魂をぬかれた様にぽかんとして　自分を知らない」日本人にはなりたくないという気持にとりつかれた。その同族嫌悪に似た感情は出国以前にすでに萌していたが、西洋体験を経たことで一層強まった。その光太郎には、自己の内なる日本人性を脱却したい、という強烈な自己変革の願望があった。自分自身が従来と同じような日本人であっては駄目だ、と思う気持が強かったからこそ、自己脱出を望んだのである。光太郎が留学の第三年目、パリにいた時、彫刻の勉強をするよりも先にフランス語の学習に励み、フランス詩を読んだのは、自分自身を一歩でも二歩でもフランス人に近づけたい、と内面的変革を願ったからに相違ない。そしてそのころの光太郎は、フランス語は英語よりもさらに不得手だったから、パリ社会の中にはもちろんはいりこめず、フランス文化と自分との間に非常な距離感を覚えていたはずである。そのように突き放されて、一人苦闘を重ねていた光太郎であったが、その彼もまた多くのパリ帰りと同様、後年自分のパリ体験を感傷のうちに回顧した。その広くわかちもたれている錯覚には心理分析的に興味ふかいものがあると思われる。

光太郎とパリとの関係は、当時の彼に自分の側から積極的にパリに寄与するものが、思想であれ詩歌であれ彫刻であれ、ほとんどなにもなかった以上、片思いの関係でしかなかったのだが、それなのに帰国して十二年が経つと、光太郎はその関係があたかも相思相愛であったかのごとく詩にうたった。

あなたを見上げたいばかりにぬれて来ました、
あなたにさはりたいばかりに、
あなたの石のはだに人しれず接吻したいばかりに。

ここで「石のはだ」とあるので「あなた」は人間の女ではないことがわかる。題も「雨にうたるるカテドラル」だからそこは間違いないのだが、しかし詩人は相手を女性として人格化し、一種の恋愛感情を告白しつつひたむきに相手に訴えている。カテドラルがまるで生き身の女性でもあるかのようだ。cathédrale はなるほどフランス語では女性名詞である。「大聖堂」とも訳されるカテドラルはこの場合はパリの聖母寺であるから、確かに人々が来たり訴えすがる場所ではある。それだから女性のイメージはたしかに生じ得るけれども、しかしそうはいっても物質的には所詮、石でできたものに過ぎない。もっとも光太郎は彫刻家だから、石の肌に触ることに人一倍敏感な感性が働いたであろうことは合点出来る。それではその時、相手は高村光太郎なる日本人の存在を認めたのか。本当は石の御堂は黙って立っていたに相違ないのだが、それでもそんなことには関係なしに、光太郎は自己の主情を告白しているのである。それは一見カテドラルに向けて告白しているようでいて、その実は日本の読者に向けて熱烈に語っているのだ。

そのような片思いの関係は、光太郎と彫刻家ロダンとの仲にもあった。いや、仲などという言葉を馴れ馴れしく使ってはならないだろう。両者の間にはそもそも仲も不仲もなかった、というのが実相だからである。なるほど後年の詩の中で光太郎は馴れ馴れしくロダンのことを語っている。たとえば詩「車中のロダン」では、

ロダンは自分が間違つてゐると思へなかつた。

どこが悪いかわからなかつた。
あたりまへの事を為ただけ、
自己内天の規律に従つたまでの事。

という芸術活動についての信条を述べている。しかしこの四行は「ロダンは」と書いてはあるが、それを「自分は」乃至は「光太郎は」と置き換えても通ずることをロダンの名を借りて表白したまでである。ただそうせずに「光太郎は自分が間違つてゐると思へなかつた」と書いてしまっては、読者も興醒めてしまったに相違ない。それもあって、こうした他人の名と権威とを借りる独白体となったのではなかろうか。それでは右とほぼ同じ昭和元年に発表された「後庭のロダン」についてはどうであろう。その詩では彫刻の秘密を会得した一瞬の「イレジスチイブル」、すなわち「抗し難い」「逆《さか》らいがたい」心の動きが次のようにうたわれている。

七十四のロダンは白い髯を前へ出して、
大きな両手でもぢやもぢやともんだ。
イレジスチイブルといふ字を、学校で
むかしおぼえた日のやうなうれしさが、
思はず総身《そうみ》をぞつとさせた。
悪魔に盗まれさうなこの幸福を
明日の朝まで何処へ埋《うづ》めて置かう。

このロダンの気持なるものも、実はそのまま光太郎の気持なのである。irrésistibleという字を覚えてうれしかったというのは、フランス人の子供のことではない。大人になってフランス語を一生懸命勉強した光太郎ならではのこの字に対する思い入れではないだろうか。およそ芸術というものは自分の中に湧き出づる抗し難いなにかがあってそれでもって制作するのだ。だがその真理をロダン爺さんを借りて言わせたところに詩人光太郎の巧みさはあったのである。

明治四十一年六月、ロンドンからパリに移った西洋留学第三年の光太郎はやがてモンパルナスのカムパーニュ・プルミエール街に住む。かねがねロダンを尊敬していた光太郎は、ニューヨークでもボーグラムがロダンの弟子であったということでボーグラムを師に選んだほどの人である。だがパリの光太郎は、詩中の馴れ馴れしさと打って変って、実際にロダンと面と向って口を利いたことはなかった。それほど巨匠を尊敬し畏敬していたのである。アトリエにも行って作品も見せてもらったが、それはロダンが外に出た留守を見計らって中に入れてもらったのであった。フランス語が上手にできないので口が利けない。いや彫刻家なら口下手でも作品を見せればそれはそれで話が通じるものだが――現に荻原守衛はそうしてロダンに認められている――光太郎は自分の彫刻にも自信が持てず、全人格的に気遅れしていたのである。それだけ謙虚な青年だったのだ、と言えないこともない。相手の邪魔はしてはいけない、と引込思案になっていたのである。

このように見てくると、光太郎の西洋体験の実態は、後年の詩文から想像されるのとはおよそ違って、パリでもけっしてアット・ホームではなかった。有島生馬は光太郎と同じ時期にパリにいた人だが、そのころの光太郎を、

「高村の神がかり」

と評した。要するに、足が地についてない感じがしたのである。光太郎はうわずったことを言っていた。そして光太郎自身、パリ生活を九ヵ月そこそこで切りあげて、さっさと日本へ帰ってしまった。その理由は、

モデルのフランス女がなにを考えているのか、なにを感じているのかがわからなくては彫刻も作れないからだ、と理由づけている。それは一応正論だが、帰国後間もなく『スバル』に発表した『出さずにしまつた手紙の一束』にはこう書いている。

僕には又白色人種が解き尽されない謎である。僕には彼等の手の指の微動をすら了解する事は出来ない。相抱き相擁しながらも僕は石を抱き死骸を擁してゐると思はずにはゐられない。その真白な蠟の様な胸にぐさと小刀《クウトウ》をつつ込んだらばと、思ふ事が屢々あるのだ。僕の身の周囲には金網が張つてある。どんな談笑の中団欒の中へ行つても此の金網が邪魔をする。海の魚は河に入る可からず、河の魚は海に入る可からず。駄目だ。早く帰つて心と心とをしやりしやりと擦り合せたい。

寂しいよ。

ここに記されている「相抱き相擁しながら」なお疎外感を感じるという気持は、先に紹介した自分が黄色人種の一人と気がついて「早々に女から逃れた」時の気持と相通じるものである。『珈琲店より』と『出さずにしまつた手紙の一束』が共に光太郎帰国後まだ間もない時期に発表された文章であることも注意を惹く。それは光太郎のパリ体験の実相を伝えていると思われるからである。白人の女の蠟の様な胸にナイフを刺したい、などという考えは異常と評する人もいるかもしれない。だが相手と自分との共感の欠除にいらだつ人は実際に刺しかねないものなのだ。疑う人は光太郎渡仏後七十年、パリでオランダ人女性の胸に小刀を突き刺した佐川某を想起するがよい。光太郎は疎外感に悩まされ、劣等感に舌が麻痺し、相手に気持を伝えることの出来ぬ異邦人となっていた。それだからこそ光太郎の身の周囲には金網が張られていたのである。

ところがその同じ人が敗戦後『暗愚小伝』中の「パリ」ではなんとうたったか。そしてその後の談話筆記

『父との関係』ではなんと言ったか。昭和二十年代の光太郎は自分で自分を騙したのであろうか、

（四十数年前、）ロンドンからパリへ来ると、西洋にはちがひないが、全く異質のものでない、自分の要素もいくらかはまじつてゐるやうな西洋、つまりインターナショナル的西洋を感じて、ひどく心がくつろいだ。魚が適温の海域に入つたやうな感じであつた。

帰国直後、二十七歳の光太郎は自分は所詮淡水魚であってパリという海にはいることはできない、「駄目だ」と告白した。その河の魚が海に投げ入れられた時の息苦しさを「僕の身の周囲には金網が張つてある」と訴えた。その同じ人が七十一歳、最晩年の昭和二十九年に回顧談を『新潮』誌上に連載して、パリへ着いた時は「ひどく心がくつろいだ。魚が適温の海域に入つたやうな感じであつた」と、同じ魚と海域のたとえを用いて、まさに正反対の感想を述べたのである。その際、光太郎には別に嘘をつこうとする悪気はなかったのであろう。詩に描いたイメージは第一現実とは違う第二現実である。ところが光太郎にあっては事実に立脚する第一現実よりも詩中の第二現実の方が実感があった。敗戦後に書いた詩「パリ」こそが自分が生きたパリの体験だったと最晩年の光太郎は思いこんでしまったのであろう。光太郎は事実を詩化し、その詩的世界をありしがままの過去の現実と思いこむ性質《たち》なのであった。そしてその手の名人なのであった。

それでは光太郎の三年間の実際の西洋体験はどのようなものであったのだろう。それは簡単に総括すれば、多くの留学体験がそうであるように、最初のアメリカの一年間は荒っぽく日本的な着衣を引きはがされた。しかし積極的に西洋を感じるまでにいたらない。それが次のロンドンの一年で西洋を濃厚に身に浴びた。ロンドン時代は生涯の友人バーナード・リーチを得たこともあって充実した生活だったと思われる。神経を掻き乱されるような事件も少なかった。第三年目のパリ生活は、フランス語がよく出来なかったこともあって、

モデルの対象の内部がつかめない、相手と一体になれない、という感じに悩まされた。最晩年の『モデルいろいろ』にもまた先の『父との関係』にもこう書いている。

そのうちパリに居ることに疑問を持ちはじめた。モデルの体を写生しながら、これは到底分らないと思ふやうになつた。虎を見てゐるやうな気がした。……これが日本人のモデルならもつとしん底から分るだらうと思ひ出した。さう思ひ出すとパリに居て習慣的にモデル勉強をしてゐるのが無意味に考へられ、たまらなくなつて、つひに父の許へ帰国する旨の手紙を出した。父や母は大よろこびで、沸き立つたやうな返事をよこした。

光太郎はだが帰国するや、たちまち日本娘に幻滅するのである。なんという脚の短い醜い女か。こんな女を俺は妻にしなければならないのか。なんという無様《ぶざま》なモデルか。心と心とをしゃりしゃりと擦り合せたい、と願ったパリ時代の淋しさは、祖国へ戻っても、いやさるべくもなかった。光太郎の苛立ちは前にもまして激しくつのった。モデルに向って新帰朝の青年はその自暴自棄の気持を詩「恐怖」の中でこう叩きつけた。

いつそ、手も足も乳ぶさも腸《はらわた》もひきちぎつて、かきむしつて、
画布《ぐわふ》の上にたたきつけようか。

光太郎はパリでも東京でも二重に裏切られたのである。先にはパリの女に、いまはあらためて日本の女に、落胆したのである。
だとすると光太郎にとっての病根は、対象の内面把握の不可能性に由来することではなかった。少なくと

もそれだけが憤懣や焦慮の病根ではなかった。

彫刻家ガットソン・ボーグラム氏

留学体験というのは全人格的なものである。本人が願書に書いた「彫刻修業」だけが意味あるのではない。詩人高村光太郎という存在も彼の西洋体験と切り離しては考えられないであろう。彫刻家としても、日本出発以前と帰国後の作風の驚くべき相違を見れば、光太郎が外国でなにものかを学び、なにものかに影響されたことは確実である。しかしそれは、表面的な彫刻技法の次元での習得のことではなくて、より根本的な人格の次元での変容の結果であるかもしれなかった。だがいずれにしても世間は誰一人、光太郎のパリ時代の彫刻修業が「無意味」だったとは今日考えないであろう。

ところがそれなのに本人がパリで「無意味」と感じたのだとしたら、私はその答えはきわめて単純に光太郎が良い先生につかなかったからだ、と考えたい。高村光太郎は周知のようにオーギュスト・ロダンの彫刻に惹かれ、その思想からも深い感化を被った人である。日本におけるロダン宗の大司祭といってもいい。それだけに世間は光太郎はパリでも彫刻修業に励んだと錯覚しがちだが、先にも述べたように、ロダンとは直接会ったこともなかった。留守の間に彼のアトリエへ上げてもらってロダンの椅子に自分も坐ってはしゃいだ程度であった。美術修業の方はグラン・ショミエールの夜のクラスでクロッキーをやり、胸像は昼間アトリエでつくりもしたが、しかしアトリエの仕事よりももっぱら見学に歩きまわった。またフランス語やフランス語詩の勉強に精出した。そんな様だからパリ時代の習作には見るべきものがない、と自分でも思ったらしく、なに一つ日本へ持帰っていない。

それに反してニューヨーク時代の彫刻修業はどのようなものであったろうか。冒頭でも述べたように、光太郎は渡米後しばらくして彫刻家ボーグラムの通いの助手となった。ところがその仕事の実態は「むしろ労働者で……アトリエの彫刻をまるでやらせてくれない」と弟の高村豊周の回想は伝えた。それは一面では事実であった。しかし他面ではそのボーグラムは光太郎の才能を認め、大いに引き立ててくれた人でもあったのである。その事を語ったのはほかならぬ光太郎その人で、彼の『彫刻家ガットソン ボーグラム氏』(大正六年)はボーグラムを語って生き生きした気持のいい一文で、感謝の気持が行間にあふれている。

明治三十九年三月半ば、光太郎はニューヨーク中央停車場の煤けた歩廊へ朝早く、一人ぼっちで吐き出された。その時の光太郎にはこのアメリカの繁華な都の激しい生活の中で、どう食を求めて、どう勉強したらいいか、まるでわからなかった。光太郎は競争社会へ投げこまれた者の不安とおののきをこう述べた、「自分の前に波うつてゐる恐ろしい戦ひの生活に足をふみ入れようとした時、まだ半分睡つてゐる故郷の、庭に草の生えてゐる様なのどかな天然人事が、どの位身にしみて恋しかつたか知れません」

二百五十ドルばかりの金は毎日減って行く。東京美術学校の岩村透教授は彫刻家フレンチ、マクニール宛ての紹介状をくれたが、彼等は慇懃に接待はしてくれたけれども、別に助手に雇ってくれるわけではない。そのフレンチ氏から「アメリカ彫刻協会の大晩餐会の招待を受けて、出席を断つたりした時の情けない気持は今思ひ出しても頭の血が無くなる様です」

そのころにメトロポリタン美術館で「青味がかつた大変いい色のついた鋳金の大きな群馬の狂奔してゐる彫刻が目についた。一番先きの獰猛な馬の首に逞ましい裸の人間が飛びついてゐた。全体の構図が三角形で、非常に激しい動きが私の心をゆすぶつた。」それがガットソン・ボーグラムの「デオメデスの牝馬」だった。「其を見た時、此人喰ひ馬の彫刻家は屹度自分を助手にしてくれるといきなり思つた。……沢山ある立派な外の彫刻も何処となく冷い中にあつて、此彫刻には熱気が封じられてゐる」

光太郎が激しい共感をおぼえたのは、その時の光太郎はまだ知らなかったが、ボーグラムもまたロダンに傾倒し、パリで直接ロダンについて学んで来た同気の人でもあったからである。光太郎は覚束ない文句で、自分の感じただけのことを書いて、是非助手として働きたいから雇ってくれと申込んだ。そして約束の次の水曜を待ちあぐんで夕方に出懸けた。

「君は助手の役のどんなに苦しいかを知つてゐるか。我慢が出来るか。しかし君が本当にアーチストになる気なら、やつて御覧。それは学校、駄目。分つたね。」といふ様に片言で言はれた。……毎日午前九時に来て夕方まで働らいて月水金の夜はモデルを貸すから皆で木炭でもやつたらよいだらう、と言はれて突然私の肩をたたいてCheer-upと叫ばれた。半分習慣の様に頭の中にもしやくしやしてゐたものが急に落ちた様に感じて、猛然とした気持で私は下宿に帰つた。

光太郎はこのボーグラムを「善いアメリカ人の持つ偉大性を実によく具備してゐる人です」と激賞している。「よく出しぬけに人に飛びかかつて来て角力を取りました」というような稚気愛すべき面から、彫刻家としての細かい注意の色々まで、光太郎は多くの事を具体的に習っている。人間的にも感化を受けた光太郎は、辛くもあったがボーグラムに慰められもした助手の日々の思い出を最後にこう締めくくっている。

或銅像の時は私がモデルになつて立ちました。或日依頼者の女客が来て私の立つてゐるのを見て、「此はいい若者だ」と話してゐるのを聞いて、私は非常に恥を感じて震へる程でしたが、其時先生は、自分も昔モデルになつた事があると言つて私の顔をぢつと見てくれました。先生にぢつと見られると私は大抵力が出ました。……門の前の往来を水道のパイプで洗つてゐた時、通りがかりの者が「ジヤツプ」などと言つて私を情けながらした時も、先生の眼を見るとまるで何事も忘れる位だつた。後、或研究所の夜学に通つて彫刻をやつてゐた時、丁度ボーグラム氏が教師になつてゐました。構図研究の課題が一週間に一つ位づつ研究所から出るのですが、私は曾て此に応じた事がないので、先生が何故かと訊ねた。「書かないでゐられなくなつた時でなければ小説を書くな」とトルストイが徳富氏に言つたといふ事を読んでゐたので其言葉を引いて答へたら、「宜しい」といつて其ぎりでしたが、其年の学年の終の懇親会の席上で此話を持出して生徒に芸術の事を説いて戒められた事があつた。そして自分の俸給を全部或賞与として提供された。

濶達で正直で敬虔で、自然のままなボーグラム氏を私はどんなに愛敬しますか。そしてアメリカの芸術界に氏の様な人の居る事をどんなに心強く思ひますか。私は氏が世界の芸術に或る貴重な意味あるものを必ず寄与する日の来る事を疑はない。新らしい流派をではない。本当の人間の強さをである。美しさをである。

昨年氏がヴージニヤのストーン山に巨大な記念彫刻を刻まれるといふ報告を得たが、今も其計画が進んで居る事と思ふ。私は此のふるい思出話を先生の最近の手紙の一節を以て終りませう。

「若し出来るなら偉大な彫刻家となれ。しかし、偉大な人間となり、忠実な良き友となる事は尚更よい。」

ガットソン・ボーグラム（Gutzon Borglum）は一八六七年に生れ一九四一年に死んだ。光太郎の文中にあるジョージア州（ヴージニヤとあるのは誤り）ストーン山に建てる予定であった南軍記念碑は途中まで進んだ段階で地元民との間に意見の対立があり、ボーグラム自身の手で雛型は破壊された。しかしボーグラムがサウス・ダコタのラッシュモア山中に彫った四人の大統領（ワシントン、ジェファソン、リンカーン、シオドア・ルーズベルト）の巨人的な像は、ヒッチコックの映画『北北西に進路を取れ』の舞台となったこともあって、いまや世界に知れわたっているモニュメンタルな大彫刻である。ボーグラムが光太郎に目をかけ、後年まで文通を交わしたことは右の記事からもわかるが、光太郎はボーグラムから米国大統領像彫刻の仕事の手伝いをしにまたアメリカへ来ないか、という誘いまで受けていたのである。ちなみにワシントンの国会議事堂のロトンダに立つリンカーンの像もボーグラムの初期の作である。このボーグラムと光太郎との人間関係がきわめて温かなものであったことは疑いない。だとすると、光太郎はアメリカとの関係は悪かったがフランスとの関係は良かった、と決めてかかるわけにはいかないのである。

もちろん外国生活第一年目であり、助手としての労働は肉体的にも辛かったし精神的にも傷ついたであろう。週給六ドルだ、七ドルだと光太郎は後々までしきりと繰り返している。しかし通いの助手として働いたのは実は一九〇六年（明治三十九年）の五月から八月までの三ヵ月ちょっとである。その三ヵ月の肉体労働のことを光太郎は一生の間何度繰り返し口にしたことか。たかがそれきりの事を光太郎が繰り返し述べたのは、彼が高見順との対談でもふれたように世間は「みんな、ぼくがおやじの金で裕福に向うを歩いてたんだと、誰でも思ってるんですがね。」その「親がかりの息子」fils à papa というイメージに対する光太郎の抵抗だったのである。そのように見て来ると、光太郎が戦前は西洋礼讃、戦時中は打倒米英、そして戦後はまた時世に受けることを言ったという様変りの遠因を、アメリカ滞在中に受けた心的外傷（トラウマ）のせいにするわけにはいかない。佐伯説は、佐伯氏が光太郎の『彫刻家ガツトソン　ボーグラム氏』を（意図的に？）見落したがゆえに辻褄があっているに過ぎない。師弟関係に限っていえばアメリカ時代の方がフランス時代よりよほど恵まれていたのである。ニューヨークでの生活が辛かったであろうことは認めるが、パリでの生活の方がフランス人と親密な、よりしんみりした関係にあったかというと、後年の詩から想像されるのとは違って、実態はニューヨーク以上に孤独だったのである。だとすると佐伯説を全面的に受取ることは出来ないし、更科源蔵の、「大東亜戦争の相手がもしアメリカでなくて、ロダンの国フランスであつたなら」高村光太郎の戦時中の立場も違いはしなかったか、という仮説も私には説得性を持ち得ないのである。

だとすると高村光太郎の若き日の西洋への傾倒、戦時中の米英撃滅、そして戦後の様変りについては、別様の説明が必要とされる。それに光太郎と、程度の差こそあれ、似たような心の傾きを示した人は光太郎の同世代には——志賀直哉や武者小路実篤など——結構多いのである。ただし、その志賀も武者小路もニューヨークで「ジャップ」と面罵されたわけでもなかったことを思う時、外国留学トラウマ説で光太郎の後年の精神の軌跡を説明することは——いかにも見事な解説ではあるが——やはり慎しみたい。

それでは私の説明はというとこうである。高村光太郎の西洋との関係は、光太郎の父親との関係を重ね合わせてみると正体が見えてくる。「高村光太郎と西洋」という題は「高村光太郎と父」という題と重ねてみると実態に近づける——そういう仮説である。いま高村光太郎の西洋との愛憎関係を高村光太郎の父光雲との愛憎関係によって説明してみよう。それは近年の中国大陸での事件に引きつけて言うなら、父親が国家建設の第一世代として「皇帝」のように振舞うと、第二第三世代の子弟の間からは両親の鍾愛《しょうあい》の子が「小皇帝」として育つようなものである。そしてその「小皇帝」たちは親のお蔭で高等教育を受け外国に学んだことによって新しい理想に憧れる。そして旧態然たる第一世代に反逆したりもするのである。高村光太郎の場合も、子が父の子であることを「恥」じ、日本人が日本人であることを「恥」じて、熾烈な変身の欲求に取り憑かれた場合の一つにほかならない。

いま具体的に高村家の場合に即して父子対立の問題を考えてみよう。父親の光雲は世間に必ずしもよく知られてはいないが、上野の西郷隆盛像の作者であり、皇居前広場の楠木正成騎馬像の作者でもある。この父光雲と子光太郎との間に継続性があったことは疑いないが、変化や対立もまた激しいものがあった。父は仏師と呼ばれた江戸下町の職人であった。職人の家の長男が家業を継ぐのは当然の成行で、光太郎はまだ小学校にあがる前から鑿《のみ》を持たされた。光太郎がニューヨークで英語会話は下手だがボーグラムにいちはやく認められたのは、そのようにして幼い時から修業した腕があったからである。

ところで光太郎は今日、彫刻家としてよりも詩人として広く知られているが、そのような出自である以上、本人は自分はなによりもまず彫刻家であるという自負があった。それだから詩人として芸術院会員に推薦された時、断わったのである。その光太郎が晩年、自己の生い立ちを振返って書いた詩に「彫刻一途」がある。

彫刻一途

日本膨脹悲劇の最初の餡、
日露戦争に私は疎《うと》かつた。
ただ旅順口の悲惨な話と、
日本海々戦の号外と、
小村大使対ウヰッテ伯の好対称と、
そのくらゐが頭に残つた。
私は二十歳をこえて研究科に居り、
夜となく昼となく心をつくして
彫刻修業に夢中であつた。
まつたく世間を知らぬ壺中の天地に
ただ彫刻の真がつかみたかつた。
父も学校の先生も職人にしか見えなかつた。
職人以上のものが知りたかつた。
まつくらなまはりの中で手さぐりに

世界の彫刻をさがしあるいた。
いつのことだか忘れたが、
私と話すつもりで来た啄木も、
彫刻一途のお坊ちやんの世間見ずに
すつかりあきらめて帰つていつた。
日露戦争の勝敗よりも
ロヂンとかいふ人の事が知りたかつた。

この詩の中で父も、父光雲もその一員である上野の美術学校の先生たちも、「職人にしか見えなかつた」。この場合の「職人」とは、たとい「さん」をつけて職人さんと呼んでも、大工さんと同じ程度の扱いしか受けない職人の謂である。光太郎は職人ではなく「彫刻の真」をつかんだ芸術家になりたい、それで「ロヂンとかいふ人の事が知りたかつた」。父親は職人 artisan にしか過ぎないが、自分は芸術家 artist になりたいという意識であり、このことは光太郎の若い時から最晩年にいたるまで、ルフランのように繰り返し出てくる。

父光雲は、職人は読み書きを知らなくとも腕が達者であればいい、ましてや文学とか芸術とかいう洒落臭《しやら》いものは知らない方がいい、という下町気質の男であった。そのような家庭で育った光太郎が、弟や妹の学校の予習復習まで親切に見てやったというのは、そんな学問を軽視する親に弟妹の教育を任せてはいられない、といういたたまれない気持からだったろう。光太郎という芸術家志望の青年にとっては、文学や美術という西洋渡来の新知識新芸術にふれ、それを我が物とすることが絶対に必要不可欠だった。子供は旧世代の親父とは違う「芸術家」を志向したが、この「芸術家」なる観念そのものが維新後西洋からはいって来たものなのである。徳川時代の日本語の語彙には「芸術家」などという語はなかった。ちなみに中国語では「芸術」は「軍事芸術」などの熟語が示すようにいまなお「技術」の意味で多く用いられている。

光太郎は鹿鳴館が落成した年（明治十六年、一八八三年）の生れの人らしく、ペリー来航以前の生れ（嘉永五年、一八五二年）の父とは違って、職人の境涯を脱出したかった。しかも光太郎には家の血筋に伝わる過去と絶縁したい、という人にはあまり語りたくない秘めたる気持もあった。それは父光雲の実父中島兼松がやくざだったからである。人間誰しも自分の祖父《じじい》がやくざであるとかマフィアであるとすれば、いい気はしないだろう。光太郎は子供のころ、浅草あたりの縁日の見世物はどこでもただではいれた。光太郎少年が飲み食いしても中島兼松の孫だということで相手は遠慮して金を取らなかったのである。幼い日の光太郎はそれを当り前の事としていたが、後年それがなにを意味したかを合点した時、いたたまれない思いをし、己れの家系に潜む暗い影に反撥したに相違ない。そのことについて表立っては書いていないが、倫理的に極度に潔癖な人だっただけに恥しい思いをしたこともあったのではあるまいか。もっとも孫である光太郎は、子である光雲のように、中島兼松がやくざであったことをひた隠しに隠そうとはしなかった。ちなみに中島家に生れた父は数え年十二の時に彫刻師高村東雲の家に奉公に出され、師の姉の家をついだので高村姓を名乗った。なおつけ加えると、光雲の妻わか通称とよは師東雲の末妹の養女である。光雲という名は本人が明治二十四年になって幸吉を改めたもので、東雲を継ぐという覚悟のほどを示したものだろう。高村家はそうした職人の家系であった。

長男の光太郎はその家で明治十六年三月十三日に生れた。大きくなると光太郎は、当然の事として父光雲と同じ彫刻の道に進み、明治三十年東京美術学校予科にはいった。光雲は岡倉天心に見こまれて、明治二十二年すでにその美術学校の木彫の教師となっていた。光太郎は学校でも父の下で学んだのである。もっとも教授という肩書はもらっても光雲は学校教育は受けていないから、教授と学生との関係は親方と徒弟の関係とまったく同じだった。光太郎が教養を身につけようと多方面の読書にふけり、英語、ヴァイオリンを学び、歌舞伎、清元、寄席などに貪欲に通ったのは、明治の新時代の空気がそうしからしめたのでもあろうが、「無教養な父」に対する恥しさに発していた教養衝動でもあった。そして日露戦争のころ雑誌*Studio*で**Rodin**という彫刻家を発見し、ついでカミーユ・モクレールの『ロダン』を英訳で読んだ。当時の光太郎はフランス語はまだ勉強していなかったから**Rodin**を「ロヂン」と発音した。それが先ほどの「彫刻一途」の詩の最後に「ロヂンとかいふ人の事が知りたかつた」という風に上手に使われている。

二十二歳になった光太郎は父親の側にいることにもう耐えられなかった。それで今日の大学院に相当する東京美術学校研究科の半ばで彫刻科から洋画科に転科してしまう。洋画科の新主任がフランス帰りの黒田清輝だったことの魅力に惹かれてである。美校にはまた西洋美術史の岩村透がやはり西洋帰りとして着任していた。高村光雲は光太郎の転科で心を痛めていたのだと思う。すると同僚とはいえはるかに年下の岩村透が光雲に向ってずばりこう言った。

「君の一生涯の彫刻より、光太郎一人の方がよっぽど傑作だ」

光雲はそう言われて、自分の彫刻をけなされたことより光太郎を褒められたことの方が嬉しかったにちがいない。岩村に、こういう子供を日本に置いておく術はない、と言われて、それで明治三十九年光太郎をアメリカに送り出すこととなったのである。ニューヨーク時代の一年は実質的には父がくれた三百ドルで暮した。ボーグラムの助手として稼いだ金は百ドル弱だったはずである。それから先のロンドン、パリは農商務省の官費給費生として暮した。光太郎は親父の悪口をしきりに言っているが、この給費が貰えたのは美術学校教授高村光雲の口利きによっている。

このように見てくると、光太郎にとっての西洋とは、旧来の日本に代るべく出現した理想であったことがわかる。そして同じように光太郎にとってのロダンとは、旧弊な彫刻師高村光雲に代るべく出現した父性像であったこともわかる。子供は親に反撥して育つ。とくに男の子は父親に反撥することで人間形成を行なう。

昨今の父親不在の家庭の話ではない。高村家では光雲は家庭でも父として君臨し、学校でも主任教授として存在したのである。その人の存在感は旧来の日本の因襲のごとく重たかった。光雲は無筆の人である。目に一丁字無き人である。横文字の書物を読まぬどころか日本語の本も碌に読まない。美校の木彫の主任教授であるくせに西洋美術にはてんで関心がない。そのくせ職人としては結構腕が立つ。職人仲間では人望もある。光太郎は父親に突っかかってはそのたびに軽くいなされた。はたの人も「お坊っちゃん」が騒ぐととめにはいってくれた。岩村透が留学をすすめたのも、周囲のそのような心づかいのあらわれであった。

近代日本における父と子

ここで近代日本における第一世代と第二世代の相剋、いいかえると父と子との対立を、西洋という理想を背景に置いて、考えてみたい。私は子が父の子であることを「恥」じるこの心理を米国へ移民した人の子（二世）が無教養で英語の下手な親（一世）を恥じる心理になぞらえてアメリカ人に説明するのだが、そう言われて成程と合点する人もいるだろう。西洋に対する同化衝動は二世において特に顕著なのである。なおその際ロダンが果たした役割についても比較文化史的背景を一瞥しておきたい。

父と子の対立は人類の歴史とともに古いのであろう。だがその現れは文化によってよほど形を異にする。西洋においてはギリシャ悲劇の古代や旧約聖書の昔からその文学的表現が見られた。しかし儒教道徳が支配的だった東アジアにおいては、過去にはその問題の痕跡があるとはいえ、長い間あからさまに文学上の中心主題となることはなかった。ところが日露戦争後の日本の文壇でもっとも頻繁に取りあげられるようになった主題こそ——そして昨今の日本では消失してしまった主題こそ——父と子の対立なのである（そしてこの主題は続けて韓国では廉想渉により、中国では巴金により取りあげられることとなる）。

明治四十二年（一九〇九年）に書かれた漱石の『それから』の主人公代助は帝国大学出身の学士だが、実業家の父親との関係がうまくいかず、人生に対してなに一つ積極的な行動に出ようとしない。永井荷風は、本人自身が父永井久一郎と鋭く対立した人だけに、作品にも父と子の対立を書いている。志賀直哉は光太郎と同じ明治十六年（一八八三年）の生れだが、父と子のよほど激しい衝突を経験した人らしく、志賀の代表作はことごとく主人公と家族との不調な関係を扱ったものばかりである。有名な『和解』は大正六年（一九一七年）に書かれた。森鷗外は明治以前の文久二年（一八六二年）生れで第一世代に属するが、明治の第二世代が提起したこの種の問題に深い関心を示し、明治四十五年（一九一二年）白樺派の青年たちを念頭において『かのやうに』を書いた。親子問題と新旧思想の対立を扱った作である。そればかりではない。ドイツでも同種の父子相剋が問題となっていることを日本に伝えるために、ヴィルヘルム・シュミット＝ボンの『街《ちまた》の子《こ》』を翻訳した。これは蕩児として帰宅した息子とそれを迎え入れることを良しとしない頑固な父親の壮絶な対立を描いたドラマで、日本の近代劇史上でも名を留めるほどの大成功を上演に際して収めた。ちなみに菊池寛の『父帰る』はだらしない父親が帰って来、長男は許そうとしないが次男以下が許し、結局家族で迎え入れるという芝居で、日本的な和解のうちに了る。菊池寛がシュミット＝ボンにヒントを得、作中のシチュエーションを逆転させ日本化させて『父帰る』を書いたのはほぼ間違いないところだろう。

ここでは詳細は略するが、十九世紀末葉のドイツでも家父長制の権威に楯つく話は次々と作品化された。ウェデキント、エーミル・シュトラウス、ハウプトマン、ヘルマン・ヘッセなどが次々と扱っている。若い日のリルケにも父子対立を描いた短篇『エーヴァルト・トラギー』があり、父親が右側の歩道を歩くと息子はわざと左側の歩道を歩く場面が出てくる。そのドイツでも帝国建設後の第二世代は、芸術や文学に目覚め、パリに憧れる。トルストイ熱に引続いてロダン熱が盛んになったのはドイツと日本に共通した現象で、高村光太郎がロダンに憧れてパリへ留学したように、リルケも一旦ロシヤへ旅した後、今度はロダンに宛てて熱烈な手紙を送り、ついに許されてパリへ来てロダンの秘書となった。そのロダンの仕事場を後に光太郎は外からじっと眺めていたのである。

ここでその共通現象について考えてみよう。明治日本でもヴィルヘルム二世下のドイツでも、国の統一後、第一世代は国家建設に邁進した。それに対して第二世代は国家が一旦出来上ってしまい、制度が固定してしまった以上、ある種の時代閉塞感は免れない。それで元勲の息子の世代はネーション・ビルディング以外の場に理想を求めるようになる。トーマス・マンの『ブッデンブローク家』には四代にわたる盛衰が描かれているが、第一代はなりふり構わず金を儲ける。第二代は父親の俗物性を恥じて世間的名士たろうとつとめる。第三代は芸術家的テンペラメントを有する洗練された趣味の人として暮す。当然パリにも憧れる。だが繊細虚弱な第四代となるに及んでブッデンブローク家は滅亡する。日本ではこの家族のサイクルがドイツよりはやく廻るものらしい。白樺派の人たちの親子関係については後で一瞥するが、芸術家志望の息子が俗物根性の親と衝突する様は、志賀直哉の場合も高村光太郎の場合も、またカフカが『父への手紙』で抗議する場合も、多分に共通しているのである。

光太郎と同年生れで友人でもある志賀が昭和にはいって書いた短篇に、彫金の名工とその息子を扱った『蘭斎歿後』がある。息子の金沢浩はどこへ行っても「蘭斎さんの御子息です」とやられるので何時《いつ》もいやな気がする。蘭斎の息子であることが本人の唯一の価打《ねうち》見たように聞えていたたまれない。その上、親父のある種の性癖がひどく息子には気にいらない。その癖の一つは「贋物に平気で箱書もすれば、弟子達の作に平気で自分の銘を入れたりする事」だった。

ところで光太郎の『回想録』によると、光太郎の父光雲も「弟子が食つてゆく為に小作り位までして来れば、その悪いところを削り直して仕上げをして父の名を入れた」という。志賀の『蘭斎歿後』のモデルは牙彫《げぼり》師の加納鉄哉とその息子で小説家を志望し志賀に師事した加納和弘とのことだが、この加納鉄哉が弟子に彫らせたものに自分の銘を入れたことは志賀の短篇『奇人脱哉』にも出ている。「蘭斎さんの御子息です」

とやられるので何時《いつ》もいやな気がする、という息子金沢浩の立場は、いつも「光雲さんの御子息です」とやられていやな気がした光太郎の立場といかにも似通っているが、短篇『蘭斎歿後』は志賀自身の父親に反撥した気持も下地に織りまぜて書かれたものではあるまいか。作中の蘭斎は御前製作を命ぜられその光栄に感激するが、高村光雲も明治天皇に楠公銅像の木型をお見せしていたく緊張し、御前彫刻で深く感激した。

それでは無教養な下町の職人で、一介の仏師にしか過ぎず、廃仏毀釈のころは商売を換えるわけにもいかず洋傘の柄を彫って生活の資を稼いだという高村光雲が、柄にもなく美術学校の教授となり木彫の主任となったのは何故かといえば、それは牙彫の石川光明がまず木彫の光雲を認め、ついで校長の岡倉天心が光雲の作品に着目して、一介の職人を抜擢したからであった。

光太郎は岡倉天心が下谷の光雲の家に来て、「美術学校の先生になれ」と父に言った日のことを不思議に記憶している。それは光太郎がまだ満六歳になるかならぬかの年のことで、本当にこの記憶の通りかという気もしないわけではないが、『回想録』にはこう出ている。明治二十二年のころ、当時年はまだ二十六歳だが翌年には東京美術学校校長になることをすでに予定されている岡倉天心が不意に遊びに来た。何処かの帰りですでに半分酔っていた。

実にいい機嫌で可成夜更けまで何か滔々とやつてゐた。……細い目を据ゑて、私の方をジロリジロリ見てゐる様子が非常に頭に残つてゐる。何か愉快な豪傑みたいな気がして、普通の人とは違つた歴史上の人が来て何かやつてゐるやうな気がして、……印象によく残つたのであらう。

そして耳に残ったのは、天心より十歳も年長である父が、仏師屋時代の習慣かもしれぬが「御意に御座ります。御意に御座ります」と言っているので、子供心にも「あんなことを言はなければいいのにと思つた」

という。

　光太郎は仏師の長男として満五歳のころから父に小刀を貰い木彫の修業にいそしんだが、明治の少年として近代の新教育ももちろん受けた。それも受身的に学んだだけでなく、ある年ごろからは自覚的に自分自身を造ろうとした。俳句を『ホトトギス』に投稿し、十五、六歳のころ鷗村と号した。光太郎は『於母影』や『若菜集』などの新体詩の愛読者であったからこそ鷗外の鷗と藤村の村を取って鷗村と号したのである。ついで和歌に転じ、篁砕雨の名で『明星』に投稿し、与謝野鉄幹に認められた（十七歳のころ）。先に引いた詩にあったように、石川啄木が光太郎に会いに来て「彫刻一途のお坊ちゃんの世間見ずに　すつかりあきめて」呆れて帰って行ったのもこの『明星』の歌の縁でのことであった。英語の勉強にも打込んだ。日本人の教師にはあきたらず高い授業料を払って語学者イーストレーキが経営する塾その他へ通った。その際、米国製のデイトンの赤い自転車を買ってもらってこの塾からあの塾へと通ったという。それは昨今の若者が親にせびって自動車を買ってもらう以上の贅沢だったのではあるまいか。書物にしてもそうである。いろいろ洋書を取寄せただけではない。父に頼んで *Encyclopaedia Britannica* 全巻を揃えたというが、これはいまでも並みの家庭では出来ないし、またしないことである。ちなみに光太郎は留学時代水ばかり飲んで貧乏生活をしたようなことを口にしているが、どうして豪華本など向うみずに買ったから金が時に不足した、というだけの話のようである。光太郎の「貧窮」なるものの実態については後でまたふれる。

　上野の美術学校では審美学を軍服を着た森鷗外から習った。森が小倉に転勤した後、美術史の教授として着任したのが若くて颯爽とした岩村透である。岩村はシカゴの万国博覧会彫刻部門で審査員をつとめるなど西洋の芸術家と直接親交のある出色の人だった。彼の『巴里の画学生』はベル・エポックのモンパルナスの生活を描いて一篇のパリ讃歌となっているが、木下杢太郎もこの書物を読んで、西洋への憧憬の湧くのを抑えきれなかった。杢太郎はその時こう書いた、

いくたびか海のあなたの遠人《をんじん》に文《ふみ》かかむと思ひいくたびか海のあなたの遠国《をんごく》に去らむと思ふ今宵《こよひ》また宿直《とのゐ》の室《しつ》に

岩村透がたきつけて光太郎を西洋へ送り出した経緯はすでに見た。江戸時代の職人なら自分の父親なり師匠なりが生きたと同じ暮しを繰返して生涯を了えただろう。その生き方には与えられた運命を甘受するという節もあった。その意味では職人の人生は受動的である。それに対して芸術家として生きようとする光太郎は、自分の境遇から脱出しようとした。我と我が身に教養をつけ、「職人以上のもの」を知ろうとし、「まつくらなまはりの中で手さぐりに　世界の彫刻をさがし」あるこうとしたのである。その生き方は自分で自分を造り出そうとする――ドイツ語でいうところの sich bilden の――主体的な造型の意志によって特徴づけられていた。光太郎の生き方は父光雲との生き方との対比でその特徴が浮びあがるが、ここで明治の第二世代の特色を外的指標からも拾っておきたい。

この第二世代の特徴は「坊っちゃん」である。名門の子弟として大事に育てられた、という点、また西洋にふれたという点を共通項とする。明治大正の美術史に名を留める人たちの中でも黒田清輝は鹿児島出身の維新の志士だった黒田清綱の養子であり、法学を学びにフランスへ留学し、中途で油絵へ転向した人である。久米桂一郎は佐賀出身で岩倉使節団に随行し『米欧回覧実記』を書き後に日本歴史学界の有力者となった久米邦武の長男であり、洋画家を志望したため親子は義絶するにいたった。パリの画学生の生活の魅力を讃美した岩村透は土佐出身の維新の志士岩村高俊の子である。高村光太郎が洋画科に転じた時の同級生藤田嗣治は陸軍軍医界の有力者藤田嗣章の末子であった。文学史に名を留める人たちについては既知のことと思うが、小山内薫、永井荷風、有島武郎、志賀直哉、武者小路実篤、柳宗悦などいずれも明治国家の建設に参画した、最有力者とはいわないが、有力者の子弟である。明治末年から大正にかけての日本のもっとも強力な芸術思想運動は白樺派であるが、この派が明治の上流階級の子弟が通う学習院高等科の出身者を中心に結成されたことはその点いかにも象徴的といえるだろう。

かつての第一世代には、十九世紀後半のドイツの場合もほぼ同じことだが、はっきりした目的意識があった。近代国家の建設である。「富国強兵」が彼等の標語であった。第一世代は国家も富ませたが自家をも富ませた。ところが日露戦争に勝利して日本の安全が確保されるや日本人の間から共通の国家目標が消失した。すると途端に第二世代は実用主義的な第一世代を俗物として軽蔑しはじめた。光太郎の弟の豊周にいわせると、日露戦争には光雲が可愛がっていた弟子が旅順攻囲戦に加わっていて身近だったせいもあり、バルチック艦隊が攻めて来た時は、号外が出るたびに一家をあげて大騒ぎだったという。ところが後年の光太郎は、

「日露戦争の勝敗よりも　ロヂンとかいふ人の事が知りたかつた」

と他人事《ひとごと》みたいな口を利いている。「あれはあとでつとめてそんな事を言っているのだと僕は思っている」というのが豊周の批評だが、――そして身内の者が満州の野に出征していた以上、戦争の成行きが他人事であるはずはなかった、という弟の批評の方が正しいにはちがいないのだが――しかしそんな口の利き様をする要素を、第二世代の人々は潜在的にわかちもっていたのである。しかもその新しい青年たちには、自分たちが拠って立つところは西洋の新思想である、自分たちは父親たちのような古い封建道徳は信じない、という自負があった。自分たちはナショナリズムを奉ずるのでなくインターナショナリズムを奉ずるのだ、という理想があった。第二世代は、西洋文明の名において、旧来の伝統に反逆する。その衝突があるいは恋愛問題においてあるいは家の問題において、職業選択の問題において、そしてしまいには忠義や孝行の問題において、表面化するのである。

白樺派の坊っちゃんたちにとって旧世代の象徴は学習院長乃木希典であった。将軍が殉死した時、志賀直

哉は『日記』に書いた。

「乃木さんが自殺したといふのを英子からきいた時、『馬鹿な奴だ』といふ気が、丁度下女かなにかが無考へに何かした時感ずる心持と同じやうな感じ方で感じられた」

そうした気分はその世代によほど根強かったものとみえる。志賀に限らず武者小路も大正元年十二月の『白樺』に「ゲーテやロダンを目して自分は人類的の人といひ、乃木大将を目して人類的の分子を少しももたない人といふのに君は不服なのか」とほとんど居丈高な調子で書いている（『三井甲之君に』）。芥川龍之介など、乃木さんが亡くなった十年後になっても『将軍』などの短篇をなお書いては故人を小馬鹿にしていた。

このように大観してくると、高村光太郎の属する明治の第二世代と西洋との関係は、その世代の青年の第一世代の父への反抗と表裏をなしていることがおのずとわかるだろう。ちなみにこれと似た「父と子」の関係は十九世紀後半のドイツにもロシヤにも見られた現象なのである。とくに光太郎の場合は、余人と違って、父光雲が無教養な職人でありながら東京美術学校の木彫科主任教授であり、親子が同じ仕事に従事していただけに、反撥が人一倍激しかった。光太郎には父の無学を恥じる気持があった。やくざの祖父のことは晩年にこそ愛着の情をこめて回顧しているが、それと気づいた青年のころは、我と我が家系のことを呪いもしたであろう。父が職人にしか見えなかったから西洋の大芸術家ロダンに憧れた（もっとも後にはそのロダンに父に共通する職人の面を発見する。そしてそれは父と和解するきっかけともなる）。父が無教養としか思えなかったから本人はひたむきに英語やフランス語や詩文も学んだ。この種の心理の動きを「反動形成」というが、光太郎の場合、父への敵対が弟妹の学校の勉強を見てやるという優しさとなって現れたのだ、とする精神病理的解釈（町沢静夫『高村光太郎』、金剛出版、一九七九年）は多分当っているのではあるまいか。美術学校時代の光太郎は同級生に「幸運児」と綽名で呼ばれた。それは **a lucky child** という羨望の念から出た呼び名であった。天分に恵まれ、彫刻の腕は確かである。学問も出来る。文学的才能もある。洋書も次々と注文して勝手に買いこむことの出来るほど経済的にも恵まれている。だがその「幸運児」という呼び名には「光雲児」という語戯が掛けてあった。高村光雲教授の御長男という周囲のやっかみがその綽名には含まれていた。光太郎はその後者のニュアンスをより強く感じて、いよいよ反撥心を強めたにちがいない。父親が作っている木彫の類で西洋で認められているのはせいぜい根付だけである。根付とは江戸時代、男子が巾着、煙草入、印籠などを帯にはさんで腰に下げる時、落ちないようにその紐の端につけたものである。そこに人物・動物・器物などを彫刻し、精巧なものが多かった。――だがロダンの彫刻を知った光太郎の眼にはそうした工芸品はいかにも精神性を欠いた第二芸術以下の品のように思われた。それなのにニューヨークでもロンドンでもパリでも日本の彫刻として珍重されているのは netsuke の語がそのまま英語と化していることの根付だけである。西洋から戻って来た光太郎が帰国後第一作の詩として「根付の国」を発表したのは、一面では日本人の国民性に対する批判であったが、それと同時に根付によって代表される日本の彫刻界に対する宣戦布告だったのである。光太郎は、自分は光雲のような彫刻師にはならない、と叫んだのだ。自分は小芸術 art mineur には甘んじないで大芸術 grand art に仕えるのだ。自分は職人風情には甘んじないで芸術家を目ざすのだ――それが明治四十二年六月三十日、神戸港に戻って来た時の高村光太郎のひそかな抱負だったと思われる。

わざわざ神戸港の船まで迎えに来てくれた父光雲は、光太郎がまだ払っていなかった船中の洗濯代をまず支払ってくれた（光太郎は窮乏を口にしながらも、自分の身のまわりのものも自分では洗わずに洗濯に出していた）。父と子は汽車の中で久しぶりにぼつりぼつりと語りあった。光太郎はこれからもただ彫刻の修業をしたい、といった。それは大芸術を志向しての発言だった。父の光雲もいかにも嬉しそうにそれにうなずいた。東京に汽車が近づいた時、その話の線上で父は調子をあわせるようにこう言った。

弟子たちとも話し合つたんだが、ひとつどうだらう、銅像会社といふやうなものを作つて、お前をまんなかにして、弟子たちにもそれぞれ腕をふるはせて、手びろく、銅像の仕事をやつたら。なかなか見込があると思ふが、よく考へてごらん。

後年の光太郎は『父との関係』で光雲の右の言葉を引いて、それを聞いた時は、

私はがんと頭をなぐられたやうな気がして、ろくに返事も出来ず、うやむやにしてしまつた。何だか悲しいやうな戸惑を感じて、あまり口がきけなくなつた。

と回想した。そしてすぐに続けて、子供の時たった一度きりだが生れてはじめて父に本当になぐられて、眼の前が急に暗くなり、限りなく悲しくなり、庭へ飛び出して、草むらの間にしゃがみ込んで夕方までじっとしていたこと、どういうわけかその時、虫籠の虫をみんな逃がしてやったことまでも書き添えた。一方で「銅像会社」「金儲け」「戦争成金」「名士」「俗物根性」「非芸術性」「虚栄」「世間」「妥協」……といった一連の不愉快きわまる連想が光太郎の脳裏を駈けめぐった直後だけに、九つか十の子供の時、一度きり父に黙って拳固でがんと殴られた時の思い出がいかにも抒情的に光太郎の遣瀬なく淋しい気持を読む側に伝えてくれるのである。

だがその時の光雲にはそんな息子の心持はわからなかった。ただ勉強がしたい、心の底から分る日本人を彫刻にしたい、と光太郎が言うのを聞いた時、年老いた光雲はこれで後嗣ぎも出来た、長男を洋行させた甲斐があったというものだ、「銅像会社」の話を持出せば光太郎も乗ってくれるだろう、日露戦争から凱旋した大将も元帥も、政治家も実業家も、必ずや銅像を所望するにちがいない、大いに世間に受けて金もはいる

にちがいない、これで西洋まで修業に出した伜も腕の揮いどころがあろうというものだ、と心中ひそかにほくそ笑んでいたに相違ないのである。だが「銅像会社」の一語は父と子の食いちがいをはしなくも露呈してしまった。光雲の皮算用は無残にも破れたのである。光太郎はその後も立て続けに親の期待を裏切った。父が必ずや裏で画策したに相違ない東京美術学校の彫刻科の教授の職の申出も息子はにべなく拒絶した。息子はまた母とよが、

「あのかはいらしい光《みつ》に」

といって紹介してくれた嫁の候補を次々と断わった。そして放蕩の生活に身を持ち崩した。採算の取れもせぬ画廊「琅玕洞」を開いたかと思えば、北海道移住計画を唱え出し、北海道へ行ったかと思えば、二三週間後にはもう引返してきた。光太郎はもはや親の許に住むわけにもいかない。もう家は継がぬと言いはるこの長男のために光雲は駒込林町に総費用二千二百九十九円七十八銭五厘でアトリエを建ててやった。後に室生犀星がはいろうとして思わずためらったという、あの他人を拒絶する美しい洋風建築である。下町に育った人にとって江戸は「本郷も兼康《かねやす》まで」だった。それだから光太郎は大正の文化主義とともにひろがる「郊外」という呼び名を駒込林町にも応用した。光太郎の新居と光雲の旧家は、通りこそまったく別だが、実際は背中あわせに近い位置にあった。しかし両親の屋根の下を離れて独立した人はその「郊外」の語に新鮮な気分をこめていた。この三階建の格調高いアトリエこそやがて光太郎と智恵子の「同棲同類」の場となるべき「郊外の家」なのであった。光太郎はやがてこう歌うのである。

わがこころはいま大風の如く君にむかへり
愛人よ
いまは青き魚《さかな》の肌にしみたる寒き夜もふけ渡りたり

されば安らかに郊外の家に眠れかし

反動形成としての『智恵子抄』

「あーあ、今に二人で巴里に行きませうね、シヤンゼリゼーで馬車に乗りませうねえ」

その時口癖のやうにいつた巴里といふ言葉は、必ずしも巴里を意味してはゐなかつた。極楽といふほどの意味だつた。けれども、宗教的にいふ極楽の意味とも、また違つてゐた。

これは岡本かの子の『母子叙情』の一節である。かの子にはパリは必ずしもパリを意味してはいない、という自覚があった。それに反して高村光太郎が「パリの魅力は人をつかむ」と言った時、光太郎には自分のパリは実は必ずしもパリを意味していない、という自覚ははなはだ薄かった。本人がそう自覚していない以上、日本の読者が光太郎のパリに憧れたのは当然だろう。

だがすでに見て来たように、光太郎が後年うたったパリは美化されたパリであって、実際はパリでも居心地の悪かった人である。それと同様に光太郎が後年うたったロダンは聖人化されたロダンであって、本人は実際はパリでもロダンと口も利けなかったのは既述の通りである。同様に光太郎がうたったノートル・ダム・ド・パリは彼の片想いであって、光太郎がパリを詩にうたい、イル・ド・フランスの名前を高らかに唱えたのも、けっしてパリ人やフランス人に伍してのことではなく、日本へ帰って日本人に向けて歌ったのである。その意味では光太郎がうたった「遥かなノートル・ダム」ももっぱら日本の若者向けの抒情讃歌だったのである。あれもこれも日本脱出願望がなせる主観上の産物だったのだ。だとするとひょっとして『智恵子抄』の智恵子もそんな反動形成の系譜の上に登場してきた人というかイメージなのではあるまいか。

光太郎が帰国した後、明治末年の封建臭の強い家へ復帰するつもりのなかったことは明白である。そんなことは出来ることではなかった。光太郎は新しいなにかに心ひそかに憧れた。そしてなんという天佑か、新しく出来た日本女子大を出た（同校第三回生）長沼智恵子と運命的な出会いをする。その間の経緯は光太郎によっても、また他の人によっても種々語られているからこれ以上ふれる必要はないだろう。いま『智恵子抄』の冒頭に掲げられている「人に」を引こう。それは寺田医師との見合の話がいまにも決りそうになった智恵子に向って光太郎がその切ない恋心を訴えたものである。ここでも日本の因襲への反撥が智恵子への愛とうらはらになっていることに注目したい。

人に

いやなんです
あなたのいつてしまふのが――

花よりさきに実のなるやうな
種子よりさきに芽の出るやうな
夏から春のすぐ来るやうな
そんな理窟に合はない不自然を
どうかしないでゐて下さい
型のやうな旦那さまと
まるい字をかくそのあなたと
かう考へてさへなぜか私は泣かれます

小鳥のやうに臆病で
大風のやうにわがままな
あなたがお嫁にゆくなんて

いやなんです
あなたのいつてしまふのが――

なぜさうたやすく
さあ何といひませう――まあ言はば
その身を売る気になれるんでせう
あなたはその身を売るんです
一人の世界から
万人の世界へ
そして男に負けて
ああ何といふ醜悪事でせう
まるでさう
チシアンの画いた絵が
鶴巻町へ買物に出るのです
私は淋しい　かなしい
何といふ気はないけれど

恰度あなたの下すつた
あのグロキシニアの
大きな花の腐つてゆくのを見る様な
私を棄てて腐つてゆくのを見る様な
空を旅してゆく鳥の
ゆくへをぢつとみてゐる様な
浪の砕けるあの悲しい自棄のこころ
はかない　淋しい　焼けつく様な
――それでも恋とはちがひます
サンタマリア
ちがひます　ちがひます
何がどうとはもとより知らねど
いやなんです
あなたのいつてしまふのが――
おまけにお嫁にゆくなんて
よその男のこころのままになるなんて

光太郎は帰朝後二年の明治四十四年、『青鞜』に表紙絵を描いていた長沼智恵子と知りあった。右の詩中にうたわれているグロキシニアは光太郎が病床に臥した時、智恵子が持って来てくれた鉢である。この詩を「N――女史に」と題して大正元年九月の『劇と詩』誌上に発表したことが、光太郎と智恵子の仲をにわかに熱烈な方向へ発展させるきっかけとなった。

私はこの詩が、初出の形であれ右に引いた決定稿の形であれ、始めから終りまで否定すること——いいかえると光太郎が「いやなんです」ということを列挙することで、自分の意志や感情の所在を示していることに注目したい。すなわち「あなたが好きなんです」と言うのではなく「いやなんです　あなたのいつてしまふのが」が光太郎の求愛の台詞となっている。「あなたが買物に出るのが」醜悪事なのである（ここで「買物」とは「売物」の意味で使われている。女が自分の意志に反して嫁に売りに出されることの謂である。そしてそれは裏返していえば夫の側に買われることの謂でもある）。智恵子が「お嫁にゆくなんて　よその男のこころのままになるなんて」ことは光太郎にはいやなのである。それでは正面切って「愛している」と言うかといえば、「恋とはちがひます　サンタマリア　ちがひます　ちがひます」などという。この「サンタマリア」という語の用法は、智恵子にわかったかどうか知らないが、イタリア語風に誓言の間投詞として用いたものである。

ところでこの否定の方はすこぶるはっきりしているが、肯定の方は一向にはっきりしていない点に、若き日の光太郎の悩みがあった。ただ「花よりさきに実のなるやうな……夏から春のすぐ来るやうな」そんな不自然な見合結婚に対する否定意志だけは明確だった。その主張は大正初年の若い読者の共感を呼んだと思うが、ここでも光太郎にとっての理想は、旧日本的なるもの、因襲的なるものへの反動として、その反対方向に形成されていたのである。

この詩がきっかけで、光太郎は大正三年、智恵子と結ばれた。そして「新しい女」と結ばれることによって西洋近代とも結ばれた。あんなにも荒れていた青年がこうしてついに救われたのである。光太郎の智恵子に対する尽きざる感謝の気持は、創作詩ではないけれども、大正十年、次のような美しい詩句によっても回顧的に示された。

いつでも、かほど純真にふかい
あなたの善良さを思ふたびに、
私は胸を一ぱいにしてあなたに向つて祈ります。
私は実に遅く来ました、
やさしいあなたの眼の方へ、
しづかに、多くのへだたりを超えて、
はるか遠くからさしのべてゐたあなたの二つの手の方へ！

私は自分のうちに頑固な錆《さび》をたくさん持つてゐました、
其が貪婪な歯で蝕《むしば》みました、
私の心の落ちつきを。

実に愚鈍でした、実に疲れてゐました、
狐疑《こぎ》逡巡《しゆんじゆん》して実に衰へてゐました、
実に愚鈍でした、実に疲れてゐました、
自分の歩みが皆無駄になる道を歩きながら。
あなたの足が私のゆく手を照らすのを見る
この不思議なほどの喜に私はあまり値しなさ過ぎます。

いまだに私は其でふるへてゐます、殆ど涙を流してゐます、
この幸福の前に、永久に、身をへりくだります。

この日本語表現にはまことに実感がこめられている。光太郎はそのような感謝の気持をずっと抱き続けていたから三十年後の昭和二十五年、六十七歳、智恵子が死んでから十二年後にもなお次のような回想の詩を『智恵子抄その後』に寄せた。その両詩の詩境には驚くほどの一致が見られる。

あの頃

人を信ずることは人を救ふ。
かなり不良性のあつたわたくしを
智恵子は頭から信じてかかつた。
いきなり内懐に飛びこまれて
わたくしは自分の不良性を失つた。
わたくし自身も知らない何ものかが
こんな自分の中にあることを知らされて
わたくしはたじろいた。
少しめんくらつて立ちなほり、
智恵子のまじめな純粋な
息をもつかない肉薄に

或日はつと気がついた。
わたくしの眼から珍しい涙がながれ、
わたくしはあらためて智恵子に向つた。
智恵子はにこやかにわたくしを迎へ、
その清浄な甘い香りでわたくしを包んだ。
わたくしはその甘美に酔つて一切を忘れた。
わたくしの猛獣性をさへ物ともしない
この天の族なる一女性の不可思議力に
無頼のわたくしは初めて自己の位置を知つた。

光太郎は自分たちの夫婦愛を智恵子の生前においてうたい（『智恵子抄』）、死後においてさらにうたった（『智恵子抄その後』）人である。恋人をうたうことは東洋にも古くからあった。しかし自分たちの夫婦愛を実名の一連の詩で高らかにうたいあげるというのは、東洋人としてまことに破天荒なことであった。

この三十年の時空のへだたりをおいてなお一致する二つの詩境の不可思議については後でまたふれるが、「わたくしはあらためて智恵子に向つた」「私は実に遅く来ました」「智恵子はにこやかにわたくしを迎へ」「はるか遠くからさしのべてゐたあなたの二つの手の方へ」

こうして交互に重ねても右の二つの詩は一貫して一つの流れにのって進むのである。魂と魂は交響し、運命と運命とは協応する。その神秘の謎については訳詩と創作詩の関係にふれつつ次章で論ずることとするが、光太郎の詩的世界には一方には智恵子をうたう創作詩があり、他方にはヴェルハーレンの訳詩があるのである。光太郎における「詩と真実」を解明する手がかりはその両者の関係の中にもひそんでいると思うので、次にその分析に入りたい。訳詩の世界と創作詩の世界とに通底するものがあるということは一体なにを意味するのか。

訳詩と創作詩

創作詩が喝采を浴び続けてきたためにややもすれば見落されがちだが、少数の具眼者がたいへん高く評価してきた光太郎の仕事にエミール・ヴェルハーレン（一八五五―一九一六）の訳詩がある（このベルギーのフランス語詩人の名は Emile Verhaeren 正しくはヴェラレンと呼ぶようだが、ここでは上田敏以来の読みに従うこととしたい）。高村光太郎の翻訳は日本語の口語詩としても真に絶唱と呼ぶに値する出来映えである。「私の傍に生きる者へ」捧げられたヴェルハーレンの『午後の時』は次のようにそっと始まる。

一

年は来ました、ひと足ひと足、ひと日ひと日、
われらの愛の素裸《すはだか》の額の上にその手を置きに、
さうして、いくらか弱つた眼で、じつと見ました。

美しい園を七月はうつろはせ、
花や、繁みや、みどり葉も、
そのはげしい力のすこしを落としました、
蒼白い池の上、物静かな道の上に。

時として炎炎ともえさかる太陽も
その光のまはりに、鈍い陰をつけます。

それでも、ここには常に立葵の花がさき、
絶えず芽を出してその輝きを見せ、
季節もわれらのいのちには能く重荷を負はせません。

われらが二つの心のあらゆる根は
今までにもなく飽く事知らずひたり入り、
身をよぢらせて惑溺します、幸福の中に。

おう、薔薇に包まれた此の午後の時間よ、
薔薇は「時」のまはりにからんで身を休めます、
頬を花にし又火にして、その静かな壁の上に。

詩はこのような晴れやかな幸福の讃歌のうちに続く。そして詩人は自分たちの運命がたといまるで違ったものであったにせよ、また自分たちが二人して苦しまねばならなかったにせよ、

——それでも——おう、私は生き又死ぬ事を好んだでせう、

悔む事なく、頑固なひとつの愛の為に。

と高らかに宣言するのである。このヴェルハーレンの訳詩を読んで、そこに光太郎智恵子の夫婦愛の投影を感じた人は少なくなかった。昭和十六年から十八年にかけて、ヴェルハーレンの『午後の時』がはじめてまとまった形で青磁社から出た『仏蘭西詩集』に掲載された時、読者はひとしくその感に打たれた。その時編纂をまかされた村上菊一郎は次のような後記を寄せた。

高村光太郎氏は、久しく筐底に秘め置かれた未発表の『午後の時』の全訳草稿を快く貸与された上、選択を編纂者に一任された。『明るい時』『天上の炎』の訳詩集の場合と同様に、今は亡き令夫人への愛が、氏のヴェルハーラン訳詩の上に息づいてゐると書いては礼を失するだらうか。

この最後の忖度を世間は妥当と思うだろう。ことほど左様に『智恵子抄』の詩境とヴェルハーレンの『明るい時』『午後の時』の訳詩の詩境とは相似ているのである。たとえば次に引く二節のいずれがヴェルハーレンでいずれが光太郎か一読してわかるだろうか。

われらが同じ思に生きてゐてもう十五年。
われらの明るい美しい熱気は習慣に勝つた、
……
私はあなたを見て、毎日あなたを発見する、
あなたのやさしさもあなたの矜持の念もよく知るところであるけれど。……
あなたは他意なくおのれを深めしめる、

あなたの魂は、常に新鮮に新規に見える。

前の六行と、

ああ、何といふ幽妙な愛の海ぞこに人を誘ふことか、
ふたり一緒に歩いた十年の季節の展望は、
ただあなたの中に女人の無限を見せるばかり。
無限の境に烟るものこそ、
こんなにも情意に悩む私を清めてくれ、
こんなにも苦渋を身に負ふ私に爽かな若さの泉を注いでくれる、

後の六行と、どちらがヴェルハーレン『午後の時』十四の一節で、どちらが高村光太郎『智恵子抄』「樹下の二人」の一節であるか、一読して言い当てることの出来る人は少ないにちがいない。打明けて言えば、十五年の結婚生活を歌ったのがヴェルハーレンで、十年の結婚生活を歌ったのが光太郎である。両者の詩に共通する雰囲気があり、共通する夫婦愛が息づいているのを感じた時、村上菊一郎はきわめてすなおに、光太郎には智恵子へのひたぶるの愛があるからこそ訳詩もこのように真実で尊いのだ、と感心したのである。村上は光太郎と智恵子の愛という座標軸を基軸として、それを尺度に光太郎訳ヴェルハーレン詩集にこめられた愛の真実を測ろうとした。それは創作詩がまず先にあって、その次に訳詩が来る時はきわめて自然ですなおな順であったと思う。ちなみに詩集『智恵子抄』は製作年代に応じて四つの時期に区分される。すなわち「人に」に始まって「晩餐」にいたる十一篇は明治四十五年七月から大正三年四月までの二十ヵ月の求婚

から新婚の時期に集中している。これは間違いなく創作詩が訳詩に先行した時期である。次が「樹下の二人」に始まって「同棲同類」にいたる七篇で大正十二年三月から昭和三年八月まで夫婦愛をうたった時期である。第三期は智恵子の精神の破綻を扱っており、第四期は「レモン哀歌」以下の四篇の亡き妻を偲ぶ詩からなっている。なおこの第四群の詩篇は昭和二十五年の『智恵子抄その後』に引続く。

ところで先に引いた「樹下の二人」は第二期（大正十二年）の作だが、この時期はまた光太郎が次々とヴェルハーレンを訳していた時期でもある。だとすると光太郎がヴェルハーレンの夫婦愛の詩を典型として、それをモデルに『智恵子抄』を造型していったという可能性はまったくないであろうか。私が前章で引いた、

いつでも、かほど純真にふかい
あなたの善良さを思ふたびに、

で始まる詩は実はヴェルハーレン『明るい時』の第五節である。あの詩は訳詩だが、私はそれでも光太郎の智恵子に対する尽きざる感謝の念が示されていると思う。光太郎は知らず識らずの間にあの詩に盛られた感情を基に三十年後に『智恵子抄その後』の中の「あの頃」を書いたのではあるまいか。光太郎は全身全霊を傾けてヴェルハーレンの詩を訳すうちに、自分自身がヴェルハーレンとなり智恵子がマルト夫人（あるいはマルトが智恵子夫人）になってしまった。それだからこそ訳詩の中に智恵子に対する感謝の気持がしみじみとこもり得た。そして訳詩の世界が光太郎の主観では光太郎と智恵子の愛の世界そのままに思われてしまった。またそれだからこそヴェルハーレン『午後の時』の第十四節が『智恵子抄』の「樹下の二人」の一節に――「十五年」と「十年」の差はあったが――酷似してしまったのだ。

吉本隆明氏や伊藤信吉氏はヴェルハーレンの訳詩が先にあって、ヴェルハーレンとマルト・マッサンの二

人に模して『智恵子抄』の中の光太郎と智恵子の生活は仮設されたのではないか、という疑義を洩らしている。光太郎のパリが実際のパリでなく美化されたパリであり、光太郎のロダンが実際に接したロダンでなく聖人化されたロダンであることを知る者には、光太郎の智恵子が実物の智恵子でなくともはや驚きはしないだろう。

「高村光太郎における訳詩と創作詩」の関係については筆者はすでによそで論じたので（平川『西洋の詩東洋の詩』、河出書房新社、『平川祐弘著作集』第二十五巻）、これ以上再説しないが、私はヴェルハーレンの詩が元にあってそれでもって『智恵子抄』のすべてが出来たのだとは考えない。そうではなくて訳詩が創作詩に影響を与え、また創作詩が訳詩に影響を与え、両者の間に共鳴現象が起っていたのだろうと想像する。光太郎がフランス詩の翻訳に際して入念に言葉を彫琢し、舌頭に転ずる間に、原詩の感情が自分自身の感情となったのは自然な成行きである。原詩と訳詩の間にそのような共感と共振が働いたからこそ、上田敏のヴェルハーレン訳と違って、高村光太郎の訳は読者の感動を呼ぶのである。

訳者の光太郎はそのようにヴェルハーレンの詩世界に没入することが出来た。しかし訳者でない智恵子には出来なかった。とすると『智恵子抄』にうたわれた世界は、ヴェルハーレンに基づいたフィクションとまではいかないにせよ、光太郎智恵子の生活の実際とはやはり相当にかけ離れたものであったろう。その実像はむしろ次のような室生犀星などの観察によって示されているのではあるまいか。大正初年の犀星は精神的にも物質的にもみじめで、光太郎の立派なアトリエの前を毎日のように通ったが、「内部にあるかれの生活と私のそれとの比較が行はれ、毎日遣つ付けられ毎日項垂《うなだ》れて」いた。光太郎と友人になれば彼に対して抱く嫉みも何もなくなるだろうと思って無名詩人は思いきって光太郎のアトリエを訪ねた。『我が愛する詩人の伝記』に犀星はこう書いている。

私はある日二段ばかり登つたかれの玄関の扉の前に立つたが、右側に郵便局の窓口のやうな方一尺のコマドのあるのを知り、そこにある釦《ボタン》を押すと呼鈴が奥の方で鳴るしかけになつてゐた。私はおそるおそるその呼鈴の釦を押した。すぐ奥のはうで呼鈴の音がきこえ、私は新鮮なせんりつを感じた。……だいぶ永く、時間にしたら一分三十秒くらゐ私はコマドの前に立つてゐた。放心状態でゐたのでコマドの内側にある小幅のカーテンが、無慈悲にさつと怒つたやうに引かれたので、私は驚いてそこに顔をふりむけた。それと同時にコマド一杯にあるひとつの女の顔が、いままで見た世間の女とはまるで異つた気取りと冷淡と、も一つくつ付けると不意のこの訪問者の風体容貌を瞬間に見破つた動かない、バカにしてゐる眼付きに私は出会つたのである。私は金でも借りに行つた男の卑屈さで、高村君といつてにはかに高村さんといひあらため、今日はお宅においでせうかとおづおづ言つた。するとこの女は非常に軽くあごを下の方に引くことによつて、来意を諒解したふうを装ひ、突然、さつと、またカーテンを引いてしまつた。彼女はコマドからはなれ、奥の間に行つたらしく、白い少々よごれたカーテンが私の眼の前と内部の光景とをへだてた。

再びカーテンが引かれたが、用意してゐた私はこんどは驚かなかつた。ツメタイ澄んだ大きくない一重瞼の眼のいろが、私の眼をくぐりぬけたとき彼女は含み声の、上唇で圧迫したやうな語調でいつた。

「たかむらはいまるすでございます。」

「は、いつころおかへりでせうか。」

女の眼はまたたきもせずに私を見たまま、答へた。

「わかりません。」

私は頭を下げると、カーテンがさつとハリガネの上を、吊り環をきしらせてまた走つた。

二度目に訪ねた時も、三度目もやはり追い払われた。「夫には忠実でほかの者にはくそくらへといふ眼付で」追い払われた。四度目に都合よく光太郎に会い、大雑誌『スバル』にあわよくば自分の詩の原稿を推薦してもらおうと思って、国から持参した吉田屋物の九谷の大皿の土産を届けたが、「人に贈物をしたくても出来ない人間が、それをなし遂げたときには精神的にもうがつかりして、私は光太郎をまたと訪ねる気がしなくなつてゐた」

しかし私は独居の下宿の部屋でときどきあれは誰だつたかと、うかぶたくさんの女の人の顔をおもひ上げるとき、このツメタイ眼がツメタイために美しく映じてくるのを、怖れた。この女のひとこそは『智恵子抄』の智恵子であつたのだ。

高村光太郎という人はその詩文で読む限りは清貧に甘んじた人という印象を与える。しかし戦後、東北の山小屋に引籠った時も、お百姓が善意から届けてくれる食物をそのままでは不潔として実は食べなかったそうである（佐藤勝治「山荘の高村光太郎」）。衛生観念が潔癖なまで発達していて、その上食道楽でもあったからであろう。弟の高村豊周は兄のその辺の言行の実体をよく心得ていたから、パリでパンと水だけで凌いでいたようなことを光太郎がいうのは「金を使いすぎて、日本から金がとどくまで、その二、三日の凌ぎをしていたのだ。その前にはうまいものを食ったり、酒をのんだり、向うみずに本を買ったりしているので、先のあてもなく、やせ衰えて、水ばかり飲んでいたのとはわけが違う」と『光太郎回想』に書いている。

室生犀星は自分が田端の百姓家に下宿していて、「千駄木の桜の並木のある広い」通りを歩いては光太郎の立派なアトリエを毎日のように見ていたから、彼もまたその辺りの事はよく承知していた。だが犀星は「ふざけてゐやがるといふ高飛車《たかびしや》な冷たい言葉さへ、持ち合すことの出来ないほど貧窮であつた」

そして四畳半の下宿住いの犀星はあのアトリエの大きい図体の中におさまり返って清貧を詩にうたう光太

郎の大胆不敵さが、小面憎《こづらにく》かったのである。光太郎は健康な食欲と性欲の讃歌「晩餐」を書いた。

暴風《しけ》をくらつた土砂ぶりの中を
ぬれ鼠になつて
買つた米が一升
二十四銭五厘だ
くさやの干ものを五枚
沢庵を一本
生姜の赤漬
玉子は鳥屋《とや》から
海苔は鋼鉄をうちのべたやうな奴
薩摩あげ
かつをの塩辛

光太郎はふきつのる嵐の中で「われらの食慾は頑健にすすみ　ものを喰らひて己が血となす本能の力に迫られ　やがて飽満の恍惚に入れば　われら静かに手を取つて」とうたい続けた。

われらの晩餐は
嵐よりも烈しい力を帯び
われらの食後の倦怠は

不思議な肉慾をめざましめて
豪雨の中に燃えあがる
われらの五体を讃嘆せしめる

犀星はそんな詩行に接すると、「夏の暑い夜半に光太郎は裸になつて、おなじ裸の智恵子がかれの背中に乗つて、お馬どうどう、ほら行けどうどうと、アトリエの板の間をぐるぐる廻つて歩いた」などと妄想せずにはいられなかった。――実はそれは光太郎と智恵子の仲に嫉妬した周囲の集団妄想でもあった。「ハイハイドウドウ」と言いながら部屋の中を廻ったのは谷崎潤一郎の『痴人の愛』の主人公で、面白そうに脚で主人公の腹を締めつけたのはナオミなのだが、犀星はそんな情景を高村家のアトリエに見ていたのである。

その千駄木の通りに面して聳える、父光雲が光太郎のために建ててやった、背の高いアトリエは「二階の窓に赤いカーテンが垂れ、白いカーテンの時は西洋葵の鉢が置かれて、花は往来のはうに向いてゐた。あきらかにその窓のかざりは往来の人の眼を計算にいれた、ある矜《ほこり》と美しさを暗示したもの」と犀星には感じられた。そのアトリエで大正十五年三月、光太郎は「夜の二人」を書いた。

私達の最後が餓死であらうといふ予言は、
しとしとと雪の上に降る霙《みぞれ》まじりの夜の雨の言つた事です。
智恵子は人並はづれた覚悟のよい女だけれど、
まだ餓死よりは火あぶりの方をのぞむ中世期の夢を持つてゐます。
私達はすつかり黙つてもう一度雨をきかうと耳をすましました。
少し風が出たと見えて薔薇の枝が窓硝子に爪を立てます。

貧乏暮しを口にするにしては蕭洒《しようしや》な結びの一行だが、その薔薇は、

われら二人で住むに、知るものとては
窓からわれらをのぞく薔薇ばかり。

というヴェルハーレンの『午後の時』の八の一節などを連想させはしないだろうか。光太郎は「夜の二人」で二人の最後がどのようなものであろうともよい、という二人の愛の肯定、運命の肯定を行なっている。その光太郎と智恵子夫人の覚悟――少なくとも詩中では二人の間で了承されたことになっている覚悟については先例もある。ヴェルハーレンとマルト夫人の二人の愛の肯定がそれで、光太郎は大正十三年五月、右の「夜の二人」に先立って『午後の時』の一の結びをすでに次のように訳していた。

何があらう、何があらう、かうやつて、
この幾年の後、尚ほ幸福に晴れやかに感じてゐる事以上のものが。
しかしどんなに運命がまるで違つたものであつたとしても、
又どんなに、二人して、われらが苦しまねばならなかつたとしても、
――それでも――おう、私は生き又死ぬ事を好んだでせう、
悔む事なく、頑固なひとつの愛の為に。

光太郎はこうして自分が思いこんだ「頑固なひとつの愛の為に」生きた。だが智恵子はなんと感じていた

ことか。理想主義者の夫が芸術家が金儲けのために仕事をするのは堕落だとかたくなに考えていた時、妻は生活費の問題をどのように考えていたのか。普通、光太郎夫妻の生活費の多くは父光雲が面倒を見ていたといわれているが、昭和にはいると光雲も年老いた。智恵子が実家の経済的没落に異常なまでに苛立ち、実家が経済的に破綻した時、智恵子は精神に異常をきたした。——それは陰では金を工面し、気持の上で実家にも頼らざるを得なかった智恵子が詩人光太郎によって作られた智恵子像とは別個の生活を送らざるを得なかったことを示しているのではあるまいか。その一つの悲惨な代償だったのではあるまいか。智恵子は実家とのつながりが非常に密接で長沼家に戻ることが多く、時には半年近く、平均して一年に三、四ヵ月を二本松で過していた。その郷里への異常なまでの執着は東京の空と違う「ほんとの空が見たい」とかいう、そんな「あどけない話」とは次元を異にする問題だったかもしれないのである。「東京に空が無い」と智恵子が言ったのは、そんな東京の暮しはもういやだ、早く二本松へ帰りたい、という無意識の意思表示というか「危機のサイン」（町沢静夫）だったのかもしれないのである。だが自己中心的な光太郎は智恵子のその危機の徴候にまるで気がつかなかった。「餓死」だか「火あぶり」だかを夢想していたはずの智恵子は夫には内緒で次々と金銭問題にふれる手紙を書いていた。昭和五年一月二十日には没落に瀕した実家の妹に向って経済問題についてこんな激しい口調の手紙を送っている。

自分といふ一人の女が——何の財産もない、又職業をもたない一人の女が——人に物質的の頼みを聞く資格がどこにあります。何をあてにしてそんな話に応じられるのか、よく〳〵お考へなさい。……よしんば親や夫が百万長者でも、女自身に特別な財産でも別にしてない限り女は無能力者なのですよ。からだ一つなのですよ。まして実家は破産してしまひ、母には別に名義上のものはない。自分はまして生活も手一ぱい。なか〳〵人の世話どころの身分ですか。

当時の長沼家の事情が具体的にどのようであったかがよくわからないと文意も十分に尽せないが、ただ確実に言えることは「あどけない話」を物語っていたのは実はあくまでナイーヴな光太郎の方であって、智恵子は遠く郷里の阿多多羅山の青い空を心裡に描きながら貧にひどく心を悩ませていたのである。光太郎は「智恵子は貧におどろかない」(「鯰」)とか「さあ　又銀座で質素な飯でも喰ひませう」(「或る宵」)とかいい気な口調で詩を書いていたが。

童話と実話

ベアトリーチェやラーウラはダンテやペトラルカにとってこそ「永遠の女性」であったが、それはあくまで詩の中での話である。現実のベアトリーチェやラーウラがすぐれた「神のごとき」女性であったという保証はない。ペトラルカは終生ラーウラを美しく優しく歌い続けたが、後世の文学史家は実際のラーウラは早く嫁ぎ、十一人の子持となっていたことを伝えている。彼女らが永遠に若くて美しいのは詩人が恋人と思いさだめた人を理想化したからである。——そしてその理想化した女性にふさわしい者であるよう男たちもまたつとめたからでもある。

しかしそれは考えようによっては男の手前勝手なのかもしれなかった。武者小路実篤は『友情』の第九節で、「恋は画家で、相手は画布《カンヴス》だ。恋するものの天才の如何《いかん》が、画布の上に現れるのだ」と言った。これは、黒沢亜里子氏が『女の首』(ドメス出版、一九八五年)でフェミニストの立場から指摘するように、女の人格の無視である。「画布」扱いでは女を道具視するものだ。

だが白樺派の周辺に位置した高村光太郎も自我至上主義者であったから、智恵子を画布とし、そこに『智恵子抄』という画を描いてみせたのである。武者小路にせよ光太郎にせよ、彼等の女性崇拝は裏返した自己崇拝でもあったわけだ。マドンナ崇拝が行なわれる南欧でマチズモ（男性優位主義）が顕著なのは同じ貨幣の表裏である。

ただダンテにせよペトラルカにせよ、女性崇拝は一種の遊戯であるという感覚を持っていた。それは日本の詩人とても同じであって、たとえば次の二詩にはその種の自己意識がすこぶる顕著である。はじめに木下杢太郎が大正五年渡満して奉天の南満医学堂教授時代に書いた「春の夜の大雪」を掲げよう。

春の夜の大雪

静《しづ》かなるホテルの夜《よる》、
或《あ》る露西亜《ろしあ》将官《しやうくわん》の夫人《ふじん》は
涙《なみだ》して我等《われら》の物語《ものがたり》を聴《き》きければ、
半《なか》ば、われ童話《どうわ》書く心《こころ》になりつつ、
美《うつく》しき日本《にほん》にありし
わかき日《ひ》の事《こと》ども、いと真《まこと》しやかに、
其実《そのじつ》はいたく誇張《こちやう》しつつぞ物語《ものがた》りける。
「あな、新《あらた》に茶《ちや》を呼《よ》ばむ、
ベルタ、鈴押《すずお》したまへ」――いたいけの童女《どうぢよ》に、
「汝《な》もいまの話《はな》し解《と》き得《え》たるや」といひかけ、
窓《まど》に倚《よ》り「あれ、雪《ゆき》また強《つよ》くなりぬ、
春《はる》なるに」と独語《ひとりご》ちつつ、静《しづ》かに

暮方《くれがた》の街《まち》うち眺《なが》むるけはひ。
是《こ》れもわが羇旅《たび》の一《ひと》とき。

杢太郎を思わせる主人公は帝政ロシヤの将官夫人とフランス語で会話しているが、慣れぬ外国語のこととて表現が小説風に誇張されてしまう。エグゾティックな空間であることも手伝って、杢太郎はやや無責任に自分のかつての恋物語なるものを童話風に話して聞かせた。しかしそこはピュリタンな杢太郎のことだから読者に向けては「いと真《まこと》しやかに、其実《そのじつ》はいたく誇張《こちやう》しつつぞ物語《ものがた》りける」と打明けてしまうのである。

杢太郎には大正十年発表の『電鈴の釦』という小説があってこのロシヤ将官の夫人との交際を巧みに把えている。伝記風な詮索を好む人なら「春の夜の大雪」もその奉天の一夜の思い出として記録性が強調されるであろう。私もあのハンサムで知的な太田正雄教授がロシヤ将官夫人に言い寄られたであろう事実を否定するつもりはないが、しかし杢太郎の詩の原型は親友北原白秋の「冬の夜の物語」にあったのではあるまいか。

明治四十四年一月に書かれた次の詩である。

冬の夜の物語

女はやはらかにうちうなづき、
男の物語のかたはしをだに聴き逃《のが》さじとするに似たり。
外面《そとも》にはふる雪のなにごともなく、
水仙のパツチリとして匂へるに薄荷酒《はつかさけ》青く揺《ゆら》げり。
男は世にもまめやかに、心やさしくして、

かなしき女の身の上になにくれとなき温情を寄するに似たり。
すべて、みな、ひとときのいつはりとは知れど、
互《かた》みになつかしくよりそひて、
ふる雪の幽かなるけはひにも涙ぐむ。
女はやはらかにうちうなづき、
湯沸《サモワル》の湯の香を傾けて熱《あつ》き熱《あつ》き珈琲を掻きたつれば、
男はまた手をのべてそを受けんとす。
あたたかき煖炉はしばし息をひそめ、
ふる雪のつかれはほのかにも雨をさそひぬ。

遠き遠き漏電と夜の月光。

これはまたなんという雰囲気の一致だろう。二作は雪の夜、男女二人が寄り添う。そして男の物語を女が聴いてくれる――その話にフィクションがまじり詩人が「すべて、みな、ひとときのいつはりとは知れど」と告白してしまう点まで白秋の詩と杢太郎の詩とは共通している。白秋の詩にも「湯沸《サモワル》」などというロシヤ風の小道具はあったが、杢太郎の詩が雰囲気を異にするのは舞台が大陸のホテルで、相手が露西亜将官の夫人であるためだろう。だが、そうした点を除くと、杢太郎の詩は白秋の詩をほぼそのまま踏襲したものといってよい。詩は詩を呼ぶ。杢太郎は奉天で遠くペトログラードから来たこの西洋婦人との交際の後、白秋の詩に模して自分の詩を書いたのである。この詩には、多くの詩作品がそうであるように、生活体験と読書体験の二つがインスピレーションの源としてひそんでいるのだ。ヴァレリー流にいえば、詩は感動とともに

言葉から成る。自己の詩は他人の言葉を借りて出来上る。

だとすると高村光太郎が大正二年二月十九日に作ったという「深夜の雪」はどのように位置づければよいのだろう。後に『智恵子抄』に収められるこの詩も実は前二篇とまったく同じ設定——雪の夜の二人の男女の物語——として展開する。

深夜の雪

あたたかいガスだんろの火は
ほのかに音を立て、
しめきつた書斎の電燈は
しづかにやや疲れ気味の二人を照す。
宵からの曇り空が雪にかはり、
さつき聰から見れば
もう一面に白かつたが、
ただ音もなく降りつもる雪の重さを
地上と屋根と二人のこころとに感じ、
むしろ楽しみを包んで軟いその重さに
世界は息をひそめて子供心の眼をみはる。
「これみやもうこんなに積つたぜ」
と、にじんだ声が遠くに聞え、

やがてぽんぽんと下駄の歯をはたく音。
あとはだんまりの夜も十一時となれば、
話の種さへ切れ
紅茶ものうく
ただ二人手をとつて
声の無い此の世の中の深い心に耳を傾け、
流れわたる時間の姿をみつめ、
ほんのり汗ばんだ顔は安らかさに満ちて
ありとある人の感情をも容易くうけいれようとする。
又ぽんぽんぽんとはたく音の後から
車らしい何かの響き——
「ああ　御覧なさい　あの雪」
と、私が言へば、
答へる人は忽ち童話の中に生きはじめ、
かすかに口を開いて
雪をよろこぶ。
雪も深夜をよろこんで
数限りもなく降りつもる。
あたたかい雪、
しんしんと身に迫つて重たい雪が——

これもまたいかにも似通った詩境ではなかろうか。冬の夜の物語として光太郎もやはり白秋の詩のヴァリエーションを書いたのである。雪はやわらかに二人を包む。室内はあたたかく男と女の気持が通う。その時「世界は息をひそめて」――その「息をひそめ」という表現さえも両者には共通している。「ふる雪のつかれ」と白秋が言えば「降りつもる雪の重さ」と光太郎は答える。白秋が「熱き珈琲」を出すと光太郎は（そして杢太郎も）紅茶を出す。白秋が「物語」といえば光太郎は（そして杢太郎も）「童話」という。

ことほど左様に相似ているのだが、それでも違う点があった。白秋も杢太郎も作中で物語の中にある誇張を自認しているが、光太郎は童話の真実を信じている。光太郎の作中の「私」が、

答へる人は忽ち童話の中に生きはじめ

と言う時、光太郎のつもりでは智恵子が童心に返って童話の中に生きはじめた、と言っているのだろうが、私には童話の中に生きはじめた智恵子像を信じこんでいる光太郎が感じられてならない。物語にある虚構性に気づいて照れるということが光太郎という人にはおよそないのだ。そのような人であってみれば、後年の光太郎が「深夜の雪」は白秋の「冬の夜の物語」に触発されて書いたという面はいつしか忘れて、自作の詩は智恵子と自分の結婚生活の一齣そのものだと信じこんだとしてもおかしくはなかったであろう。

光太郎は智恵子を大事にした。しかしその際の智恵子は必ずしも実際の智恵子ではなくて、光太郎という主我の人が『智恵子抄』という画布の上に描いた智恵子だったのである。そのイメージを実像と信じ終生大事にしたからこそ、智恵子が発狂して死んだ後も光太郎は智恵子を偲ぶ歌を書き続け得たのである。この自己愛の詩人が昭和十六年八月に刊行した『智恵子抄』の最後に添えられた歌は次の一首であった。

光太郎智恵子はたぐひなき夢をきづきてむかし此所に住みにき

戦前・戦中・戦後

高村光太郎の詩については戦前の『道程』や『智恵子抄』については絶唱として高く評価されている。それに対して戦中の詩は評価がすこぶる低く「内容空虚なこけおどし的文字の羅列」(壺井繁治)とまで貶しめられている。実は当時の光太郎の詩を一々吟味して、石が多いかもしれないが玉も混じってはいないかと調べた人はきわめて少ない。また玉を拾った人はおそらくずっと黙っていたのであろう。それというのも日本の文壇にもやはり東京裁判史観に類したものがあって、それでもって光太郎の昭和十年代の愛国詩に対しては死刑判決といおうか、一括してマイナス評価が下されて今日に及んでいるからである。そうした言語空間が米軍占領下の日本で設定されてしまった中では、市井の読者には論壇主流が一旦貼りつけたレッテルを剝がすだけの力はなかなかないものなのだ。

だが光太郎という男は智恵子という女をいわば画布として自己表現をあえてした詩人であった。だとすると「大東亜戦争」という国難に際会して、その緊張感を詩作のインスピレーションに無意識的ではあるにせよ利用した人だったのではあるまいか。戦時中だけではない、敗戦後も一億国民の慟哭や総懺悔と呼ばれたあの内から突きあげる感情を詩的告白の材としてそれなりに生かした人だったのではあるまいか。

すでに実例に即して説明したが、光太郎の詩作品には、訳詩にも創作詩にもたがいに通じるものがある。だがそのように通底するのはなにも訳詩と創作詩という異なる分野においてのみではない。戦前の『智恵子抄』と戦中の愛国詩との間にも共通するものが多分に認められる。戦時中の戦争協力の詩にも戦後の平和主義の詩にも実は相通じるものは認められる。いまこのデリケートな点について、イデオロギー的に裁断することなく、具体的に詩の言葉や語の用例に即して実証的に論ずることとしたい。

まず訳詩と創作詩の関係の中で、ヴェルハーレンに原像があって、そのヴァリエーションとして光太郎の詩が生れた一例として次のような場合があげられる。それはテーマとしての共通性だが、光太郎の「あなたはだんだんきれいになる」という有名な詩は、大正十三年に発表されたヴェルハーレンの『午後の時』の一節から示唆を得た作品なのではあるまいか。ヴェルハーレンは、女が年を取ればだんだんきれいになる、などとさすがにストレートな形ではいわなかったが、高村のいう「見えも外聞もてんで歯のたたない　中身ばかりの清冽な生きもの」を次のような形ですでに歌っていた。この訳には光太郎の共感が深く波打っているが、その共感が後に光太郎自身の詩となったにちがいない。参考に『午後の時』十三の光太郎訳をまず掲げよう。

過ぎ去つた年の死んだ接吻が
そのあとをあなたの顔にのこしました。
又年の陰気な手ざはり荒い風に吹かれて、
多くの薔薇が、あなたの面立の中に、色あせました。

もうあなたの口とあなたの大きな眼とが
お祭の朝のやうに光るのを見ず、
又、らうたげに、あなたの頭の休らふのを見ません。
あなたの髪のふかぶかと黒い園の中に。

まだそんなにやさしいあなたのなつかしい手も
もうむかしの日のやうに来て、
指さきに光明を放ちながら、
暁が苔を撫でるやうに、私の額を愛撫しません。

わかい美しいあなたの肉体、
私が自分の思によそほつたあなたの肉体も、
もうあの露の清浄な新らしさを持たず、
あなたの腕はもう明るい小枝のやうでなくなりました。

一切が凋落、ああ、不断の褪色。
一切が変りました、あなたの声まで、
あなたのからだも楯のやうに痩せました、
青春の勝利を失ふままに。

しかしそれでも、私の堅固な熱烈な心はあなたに言ふ、
日日に重《おも》る年が何であらう、
世界の何ものも
われらの感動に満ちた生存を乱さず、
愛がまだ美にかかはるにしては

われらの魂のあまり深い事を知る以上。

光太郎はヴェルハーレンの詩を訳すことによって、やがて来るであろう女の老醜の嘆きを、一種の精神主義によって克服してしまう。実際に克服できることかどうかは分からないが、先手を打って美化してしまう。そして明らかに詩想の上での刺戟伝播が働いた結果と思われるが、「あなたはだんだんきれいになる」と昭和二年、次のように智恵子をうたったのである。

をんなが附属品をだんだん棄てると
どうしてこんなにきれいになるのか。
年で洗はれたあなたのからだは
無辺際を飛ぶ天の金属。
見えも外聞もてんで歯のたたない
中身ばかりの清洌な生きものが
生きて動いてさつさつと意欲する。
をんながをんなを取りもどすのは
かうした世紀の修業によるのか。
あなたが黙つて立つてゐると
まことに神の造りしものだ。
時々内心おどろくほど
あなたはだんだんきれいになる。

室生犀星は光太郎をかねがねたましく思っていたから、この詩を読んだ時も、「晩餐」の詩に感じたと同じような愛情と性戯との幸福なひと夜を認め、こう評した。

この詩には光太郎が自分の性をとほして見た智恵子の裸体のうつくしさを、世間の人が決して喋《しやべ》れないヒミツであるものを、かれは彫刻にはゆかずに詩といふもの、詩で現はせるために恥かしさを知らない世界で、安んじてこのやうに物語つてゐた。あなたがだんだんきれいになるといふ言葉は、よく解りうなづかれる言葉ではないか。

だが私は犀星のいう右の意味にはこの詩は解さない。そうではなくて私はヴェルハーレンが『午後の時』の第十三節でうたったと同じ意味、すなわち女が年を取ろうとも、外部の何ものも我々の内部の精神性を乱さず、我等の魂のあまりにも深い事を知る以上、女であるあなたはますます美しい、という理想主義的讃歌の系譜において右の詩を解する。

女が綺羅錦繡《きらきんしゆう》という「附属品」を捨てるときれいになる、という精神主義「こころに美をもつ」を光太郎はその十四年後にもこう繰り返している。

もんぺを穿いても君はきれいだ。
君は穿きかたを知つてゐるし、
もんぺの時はもんぺのやうに動くし、
あつかましくもないし、

いぢけてもゐないし、
何でも平気で、
よろこんで、
君の役目を立派に果たす。
君にあふと
誰でもこの世が住みよくなる。
不足をいふひまに
自分自身でやる気になる。
この世に何が起らうと、
こころに美を持つ
凛々しい女性の居るかぎり
人は荒まず滅びない。
必死の時ほど美はつよく、
女性は神に近くなる。

詩としては昭和十六年作の後者は前者に劣るが、しかし発想の型としてはほぼ同じである。すなわち、無駄を棄てた女がその精神美によって男の心を清める、という主張なのである。「あなたはだんだんきれいになる」では女性は「まことに神の造りしものだ」と讃えられ、「こころに美をもつ」では「女性は神に近くなる」とほぼ同じように讃えられた。この種の共通性に着目して両者を同一の系譜に属する詩として見るなら「あなたはだんだんきれいになる」の詩が、犀星が思いこんだような「光太郎が自分の性をとほして見た智恵子の裸体のうつくしさ」をうたったものでないことは明らかだろう。そんな解釈を下してしまったのは若き日の犀星が物質的にも精神的にも、そして性的にも疎外され、光太郎智恵子の二人を羨しいと思い続けた、その時の空想（妄想？）に裸の光太郎と裸の智恵子の姿が浮んでしまったからだろう。若年の犀星のひがみが老年の犀星にそんなゆがんだ解釈をさせてしまったのだ。もっとも高村光太郎が「道の詩人」だけではなくて「官能の詩人」であり、光太郎が智恵子と新枕を交わした時の歓びを「愛の嘆美」などの詩に表現したのだ、とする佐藤春夫の説（『小説智恵子抄』）を否定するつもりはない。しかしだからといってそのような目で「あなたはだんだんきれいになる」を読むのはやはり間違いだと思うのである。

ところで昭和初年の「あなたはだんだんきれいになる」と同一系譜に属する詩としては、「こころに美をもつ」よりもさらに宣伝詩めいてはいるが、「変貌する女性」があげられる。この詩は日米開戦後の昭和十七年二月十二日に書かれた。いつの時代でも女をおだてる人はジャーナリズムに絶えないが、女性の社会参加は西洋諸国でも日本でも戦時下の勤労動員でもって大幅に進んだのである。その戦時下のフェミニスト光太郎の面目躍如たる一詩ではあるまいか。

女性はいまや変貌する。
女性はきのふの美をすてた。
綺羅錦繡に美を限る、
さういふきのふを時代が捨てた。

そして銃後の日本女性の不思議な変貌が次のようにうたわれる。

女性の瞳に智慧が息づき、
女性の腕《かひな》に力が潜み、
さうして女性の心の奥に、
相手を清めるまことの愛が天から降《くだ》つた。
私は電話係の女性の声にも
昔でないものをはつきりきく。
わかい女性を世紀が鍛へる。
敢然として立つ女性の美が
神話時代を更に生む。
いちばん新しい美が日本におこる。

光太郎は調子に乗って書いているが、しかしこの人は戦場に「兄を送り夫を送つた日本女性」を本当にどこまで自分自身の目で見ていたのかと気にかかる。自分の妻智恵子とてもどこまで自分自身の目で見ていたのかさだかでない光太郎であったから、「女性はいまや変貌する」などと時流に乗ってこんな詩も書いてしまったのだろうか。人間だれがそんなに簡単に変るものか、と読者は戦時下の光太郎の発言を苦々しく思うであろう。この協力詩人にはやはり戦争責任がある、と感ずる向きもいるに相違ない。

だがもしそうだとすると戦後、昭和二十二年七月『展望』に発表されて非常な反響を呼んだ『暗愚小伝』の詩に見られる新しい変貌についてはなんと評すればよいのだろう。「報告（智恵子に）」と題された詩で光太郎は今度はこう言っている。

日本はすつかり変りました。
あなたの身ぶるひする程いやがつてゐた
あの傍若無人のがさつな階級が
とにかく存在しないことになりました。

この「がさつな階級」は軍部とその周辺をさすのだろうが、詩の発想の型として見る限り五年前とほとんど変っていない。戦時中の詩が愚劣だというなら戦後の詩にも愚劣な要素は多々あったのである。なるほどかつての日本の勝ちに乗じたあの傍若無人の軍人階級はいなくなったかもしれない。しかしそれに代って今度は日本の負けに乗じたがさつな階級――ある意味では軍人以上に傍若無人な似而非のジャーナリスト、似而非の民主主義者たち――が現われたのではなかったか。そのような事態には目を向けずに、相も変らず「日本はすつかり変りました」などと手放しでいうのは、やはり戦後は戦後で時代の風潮に乗っていたからこそ抜け抜けといえた台詞なのではないだろうか。光太郎には戦時中に「協力詩」があったとするなら、戦後にもやはり「協力詩」はあったのではあるまいか。だとすると光太郎について戦中責任だけが問題にされて戦後責任が不問にされていることは、五十年百年という長い歴史の尺度で測る日が来るならば、必ずや片手落ちとして映じることだろう。光太郎は不思議な人で、戦時中の日本のジャーナリストを「記者殿」とその「叡智」を褒めあげ（「報道の戦士をたたふ」は昭和十八年六月作）、同じように戦後も、

「記者殿」は今でも「記者殿」。

とやはり褒めあげている（「記者図」は昭和二十九年一月作）。この「『記者殿』は今でも『記者殿』という一行が皮肉なら『新聞協会報』にこの種の詩を掲載するのもまことに結構だが、光太郎においてはそうではない。戦後は戦後で、

「記者殿」は超積極の世界に生きて
時代をつくり、時代をこえ、
刻々無限未来の暗黒を破る。

と絶讃されているのである。光太郎は時代の大勢に、その時々の主流の価値観に、本能的に発言をあわせているのだ。この調子ならば、日本のジャーナリズムで昇れるだけ昇りつづけて、拍手喝采の間に天上にまで到達するはずである。私が納得しかねる事例の一つはたとえば光太郎が右の『暗愚小伝』の「報告（智恵子に）」の中で、

あなたこそまことの自由を求めました。
求められない鉄の囲の中にゐて
あなたがあんなに求めたものは、
結局あなたを此世の意識の外に逐ひ、
あなたの頭をこはしました。

と述べて智恵子の発狂をいとも簡単に「鉄の囲」にたとえられた戦前の日本の窮屈な社会のせいにしてし

まっていることである。敗戦後、いかに多くの日本人が似たことを口走ったからとはいえ、あまりにも安直な責任転嫁ではないだろうか。

吉本隆明氏は智恵子の発狂の真の責任はむしろ自己神秘化と自己暗示性に富んでいる光太郎の側にあったと見ているようである。いままで私も具体例をいくつかあげたが、光太郎は必死に仮構（フィクション）を願望せざるを得なかった、そしてそのために「もっとも手ひどい復讐を実生活からうけとったのであった。……昭和七年、智恵子夫人のアダリン自殺未遂、その後の精神分裂症の悪化、死、という連続的な出来事のひとつひとつは、高村と夫人との生活が、意識上の環境社会の脱落のため、外からは庶民社会の通念にやぶられ、内からは物質的不如意と夫婦間の精神的なテンションに耐えきれずに敗北していった陰惨な事実にほかならなかった」。

高村智恵子は長く精神病院に収容されていた人であるから、そのカルテなどもし残っていれば、吉本隆明氏が『高村光太郎』（春秋社、増補決定版、昭和四十五年、七五―七六頁）で断定的に述べた右の推理の当否もわかるのではないかと思う。智恵子にとって重荷となったのが戦前の日本社会という「鉄の囲」であるよりは光太郎によって『智恵子抄』にあまりにも美化されてうたわれてしまったこと――それもまた智恵子を「此世の意識の外に逐ひ」、智恵子の「頭をこはし」たことに寄与したであろうことは多分に想像し得るところではあるまいか。

戦後の光太郎は、当時流行の口吻を借りたかのように、智恵子の狂気も戦前の日本社会が悪かったからだと言い出した。だがその光太郎も昭和十年、智恵子をゼームス坂病院に入院させた直後には自分にも責任があるのだという痛切な自覚があった。そのころに書かれた「ばけもの屋敷」にはこう出ている。

主人の好きな蜘蛛の巣で荘厳《しやうごん》された四角の家には、

伝統と叛逆と知識の慾と鉄火の情とに荘厳された主人が住む。

智恵子が主婦でなくなった駒込林町のアトリエには蜘蛛が巣を張っている。それを「荘厳された」という修辞で天蓋・瓔珞その他の仏具・法具で飾られた仏堂や仏像に比して美化してしまったのである。そこにはナルシシズムもなくはないのだが、五十歳の光太郎は自分自身を次のように描いた。「主人は……」に始まる一連の句の中で五行目以下を引くと、

主人は権威と俗情とを無視した。
主人は執拗な生活の復讐に抗した。
主人は黙つてやる事に慣れた。
主人はただ触目の美に生きた。
主人は何でも来いの図太い放下《はうげ》遊神の一手で通した。
主人は正直で可憐な妻を気違にした。

この最後の句にこめられた自責と悔恨の情が次の結びの四行をまことに印象深いものにしている。

夏草しげる垣根の下を掃いてゐる主人を見ると、
近所の子供が寄つてくる。
「小父さんとこはばけもの屋敷だね。」
「ほんとにさうだよ。」

このような詩にはまだほんとに自己客観視の眼があった。だが光太郎の「妻を気違にした」というこの詩に示された自責の念が結局、自責の方へ働かなかったことが戦後の「報告（智恵子に）」からは察せられる。光太郎は「正直で可憐な」と彼が呼ぶところの智恵子の特性をむしろ童話化した。自責の念があったとしても、それは光太郎がその頭をこわしたにちがいない智恵子をひたすら美化する方向へ作用した。智恵子を美化することで光太郎は罪滅しをしたからである。それだから狂気の妻を「風にのる智恵子」とうたい「千鳥と遊ぶ智恵子」と美化した。「値《あ》ひがたき智恵子」では、

智恵子は現身《うつしみ》のわたしを見ず、

とうたったが、実は光太郎の方こそ現身《うつしみ》の智恵子を見ずに童話を書くことによって智恵子を美化し、美化することによって救いを求めていたのであろう。高村光太郎という詩人はなんという美の魔術師であろうか。光太郎のような美による救済に成功した詩人の例を私は外国の文学史上に知らない。平塚らいてうは日本女子大時代から智恵子と親交のあった人で、光太郎と智恵子の生活を見ていてすでに予覚するところがあったのだろうか、智恵子の狂気のことを伝え聞いたときも「わたくしはさほど驚きませんでした」と回想している（『元始、女性は太陽であった』完結編）。驚かなかったばかりか悲しみもしなかった。「それには、このひとはたとえどんなに苦しんでも、狂っても、幸福を内にじっともっているという気持が、一方にあったからです」

比較的近くにいた平塚らいてうもこのように言って、智恵子が死んだ時も「祝福したい心が先立って、月並みなお悔みなどはわたくしの口から出てこないのでした」と言っている。このように生前から半ば神話中

の人物と化していた以上、智恵子の死後、世間は光太郎と智恵子の愛の神話を信ぜずにはいられなかった。とくに狂気の智恵子が作った数々の、あのマチスを思わせる美しい紙絵を見ると、狂気をも美化し聖化せずにはいられなかったのである。

聖女智恵子の伝説はこうして生れた。戦後の読者は光太郎の詩を読んで愛の神話の不滅を信じたかった。ちょうど戦中の読者が光太郎の詩を読んで聖戦神話を信じ、神州不滅を信じたかったのと同じように。

戦時中の光太郎についてはこんな話がある。

昭和十八年、学徒出陣をひかえて慶應大学では学生たちの希望により入営前に特別講演をしていただく講師として和辻哲郎博士と高村光太郎の名があがった。学生を代表して伊藤淳二が二人の家に講演をお願いに参上した。和辻はふかい沈黙の後、

「この戦争の将来は暗い。そこにおもむく君たち若い人を想うと、私は話せない」

と悲しげにつぶやいた由である。

伊藤は同じころ高村光太郎をたずねた。『道程』『智恵子抄』などの詩集はもとより、『紀元二千六百年』『護国神社』『必死の時』『全学徒起つ』などの熱烈な愛国詩を伊藤も読んでいた。瀟洒な洋風のアトリエの玄関に、

「御用の方はこの紐をお引きください」

と書いてある。

伊藤がその紐を引くと、奥で鈴の鳴る音がした。しばらく待っていると、戸口の上にある覗き窓が開かれた。写真で見なれた高村光太郎の顔が見える。

「応召前に是非とも先生のお話をおうかがいしたいのです」

用件を説明しようとし始めた途端、覗き窓の扉はパタンと音を立てて閉じられた。待てどくらせど、その

扉はついに開かれなかった。伊藤淳二は敗戦後復員して慶應大学経済学部を卒業後、鐘紡の社長、会長をつとめ、日航機墜落後の困難な時期に乞われて日本航空の会長をつとめた人である。その人の『天命』（経済往来社）という随筆集にこの話は出ているが、先の室生犀星の高村家訪問の思い出といかにも符節を合わせるような情景ではあるまいか。私は昭和十八年十月、駒込林町のアトリエの前でいま扉が開くかと待っていた伊藤氏の心中をしのぶと、伊藤氏が戦死せずに無事に復員できてよかった、とつくづく思わずにはいられない。伊藤氏自身その時の気持をこんな風に書いている。

あの時の砂をかんだような、口にいいあらわせない程のにがい思い、冷い風が胸の中をふきぬけて行った時のことを、時々想い出す。

だがそれでも伊藤氏の机上には、いまもなお『高村光太郎全詩集』が置かれているのだそうである。私たちが光太郎に対して感じるアンビヴァレンスをこれはまたいかにも象徴的に示している風景ではあるまいか。

自己同化性の人

一体、高村光太郎の詩人としての特性は、その心情が豊かな反響装置であって時代の風潮を自分自身の声として同化して発声したところにあった。光太郎は自己同化性の人としてロダンと一体化し、ヴェルハーレンと一体化し、戦中の日本の心を心とし、戦後の日本の心を心とした。それが一連の仮構を可能ならしめたのである。またそれだからこそ詩壇で意図せずして「昇れるだけ昇りつづけた男」となり得たのである。

しかしこの理想主義者にあっては理想への向上とその自己同一化の努力はなみなみならぬものがあった。目標を高く掲げて、それに向けて精進する姿勢が終生変らなかったからこそ、人々は高村光太郎という巨人に敬意を表したのではないだろうか。そしてそのような理想と自分との緊張関係から創作詩が生れ出た経緯についてはすでに再三ふれた。ヴェルハーレンの詩集があり自分と智恵子との生活があり、その緊張関係の中から『智恵子抄』の詩のいくつかは生れたのである。そしてそのような夫の期待や緊張に智恵子夫人は耐えられなかったのかもしれなかった。だがそんな無理までして芸術的に精進することはないではないか、と思い、そうして作られた詩的な言葉の中にふと空疎ななにかを感じる時、読者は『智恵子抄』の詩人から離れはじめるのであろう。しかし光太郎その人の持ち味は、凡俗の徒のなし得ぬようなその種の不断の緊張努力からにじみ出ていたのである。それだけに光太郎が昭和二十四年になって、

二重底の内生活はなくなつた。

と「鈍牛の言葉」で本音を洩らし、

日本産のおれは日本産の声を出す。

と居直って当り前のことを言い出してしまうと、告白は誠実であっても、詩はにわかにつまらなくなってしまった。いまそのフィクションの自壊を認めた晩年の光太郎の正直な声を聞こう。いまさらなにが「新」だと訝る人もいるかもしれないが、「東洋的新次元」で光太郎はこう言っている。

おれの皮膚は黍のやうに黄いろい。
たとひ巴里に生れて巴里に死んでも

おれは断じてパリジャンではない。
君がいくら外交のエチケットを身につけても、
君の赤さんには鬼斑がある。
この天然は人力以上だ。

これがかつてパリに憧れ、ロダンに憧れた人の六十五歳になった時の声だった。そしてヴェルハーレンを訳し、『智恵子抄』を書いた光太郎は、「おれの詩」では次のように率直に認めた。

おれの詩は西欧ポエジイに属さない。
二つの円周は互に切線を描くが、
つひに完くは重らない。
おれは西欧ポエジイの世界を熱愛するが、
自分の詩が別の根拠に立つ事を否めない。

このような『典型』に収められた詩は散文的で正直だが、しかし詩としては別に取り立ててどうということもない。それに実はこの告白とても本音かどうかはわからない。いままた逃避を始めた光太郎は、西洋と東洋と二つに分けて自己逃避の問題を二つの文化の相剋という普遍的問題にすりかえてしまった気もするからである。しかしそれでもこのような告白は、かつての日の光太郎の詩が、対西欧とのどのような心理的緊張関係の中で生れ出たものであるか、なにを「典型」に仰いで作られたものであるか、それを示唆する傍証にはなっている。かつての日の光太郎は自分の詩の円周を西欧の詩の円周に重ねようとした。「私の傍に生きる者」智恵子をA CELLE QUI VIT A MES COTESに重ねようとしたのだろう……

人生を刻んだ人

高村光太郎はさまざまな意味で刻むという仕事に精進した人であった。まず自分で自分自身の人生を刻もうとした。光太郎の生涯には無理にも努力したところに意味があった。自分で己れ自身の人生の道を進もうと決意したからこそ第一詩集も『道程』と名づけたのである。

僕の前に道はない
僕の後ろに道は出来る
ああ、自然よ
父よ
僕を一人立ちにさせた広大な父よ
僕から目を離さないで守る事をせよ
常に父の気魄を僕に充たせよ
この遠い道程のため
この遠い道程のため

「自然」がここでは「父」となり実際の父光雲にとって代った。この序詩「道程」は光太郎の人生へのマニフェストでもあった。

光太郎は自分自身を造型しようとした。西洋に典型を求め、それを目標に自己向上につとめた。そのためにかえって自分自身を縛ることにもなったのだろう、彫刻の仕事はいたって数が少ない。だが詩の仕事での言葉の刻み方は丹念で巧みだった。光太郎の詩は時に立体感があり、時にシンフォニックで、時にラプソディックだった。自分で自分の人生を築こうとした人にふさわしくその詩は自伝的でもあった。「僕の後ろに道は出来る」と光太郎は大正三年に言ったが、その道程を彼は生涯詩に歌いあげたのである。

その中には昭和十五年の「蟬を彫る」のように彫刻の仕事を詩に捉えたものもあった。これは戦時下だというのに光太郎の永日小品とでもいえる、ほんのりした雰囲気が漂う佳品である。

蟬を彫る

冬日さす南の窓に坐して蟬を彫る。
乾いて枯れて手に軽いみんみん蟬は
およそ生きの身のいやしさを絶ち、
物をくふ口すらその所在を知らない。
蟬は天平机《てんぴやうづくゑ》の一角に這ふ。
わたくしは羽を見る。
もろく薄く透明な天のかけら、
この虫類の持つ霊気の翼は
ゆるやかになだれて迫らず、
黒と緑に装ふ甲冑をほのかに包む。
わたくしの刻む檜の肌から

木の香たかく立つて部屋に満ちる。
時処をわすれ時代をわすれ
人をわすれ呼吸をわすれる。
この四畳半と呼びなす仕事場が
天の何処かに浮いてるやうだ。

高村光太郎の彫刻作品で間違いなく優れているのは蟬である。大正十三年作の「蟬1」は高さ二・六センチ、長さ六・二センチ、幅三・一センチの着彩丸彫で、ほかの蟬もほぼ似た大きさだが、わざとらしさがないので、見ていて気持がいい。

だがこの一連の蟬こそ、父親ゆずりの根付の手法をそのまま生かした作品なのではなかったろうか。光太郎が洋行していたころの西洋では日本の近代彫刻はもちろんまだ認められていなかった——いやいまでも認められているかどうかあやしいものだが——。その時海外ですでに評判となっていた根付を、光太郎はそんな職人風情の工芸作品は精神性に欠けると思って心中憤ったのである。そして明治四十四年、帰国第一声として詩「根付の国」を『スバル』誌上に発表して父光雲に体現される伝統に宣戦を布告した。それなのに光太郎はいつか自分自身も蟬を彫っていたのだ……父親に楯突いたかつての覇気はどこへ行ったのか。光太郎にはアンビヴァレントな感情があった。

光太郎は明治四十四年、父光雲の還暦記念像を造った。光太郎自身は洋行して帰って来た自分が父と父の多数の弟子たちの前で「試験をされたようなものだ」と感じたようだが、弟の豊周や、周囲の人は、「これは光太郎さんより他にやる人はいないし、また当然光太郎さんがやるべきものだ」と考え、光太郎に頼んだ仕事であるという。「兄も喜んで引受けた」と豊周は書いているが、はたの者にお手並み拝見という気持があったのは当然だろう。その胸像が鶯谷の伊香保という料理屋で催された高村光雲の還暦祝いの席上で披露された折の写真が伝わっているが、光雲自身は彫像の顔とちがって当日にこにこと笑っている。母とよが一向に浮き立った表情をしていないので、光雲の笑顔がそれだけ印象的だが、父光雲は長男光太郎の腕前のほどもこれで人様にわかっていただけたし、自分が隠居しても、家も弟子や職人たちの面倒も見てくれるだろう、と期待したこともあったに相違ない。

それでは髯もじゃの父親の像を造っていた時の光太郎の気持はどうであったかというと、それはその直後、明治四十四年七月十二日に書かれた次の詩に記されている。

父の顔

父の顔を粘土《どろ》にてつくれば
かはたれ時の窓の下に
父の顔の悲しくさびしや

どこか似てゐるわが顔のおもかげは
うす気味わろきまでに理法のおそろしく
わが魂の老いさき、まざまざと
姿に出でし思ひもかけぬおどろき

わがこころは怖《こは》いもの見たさに

その眼を見、その額の皺を見る
つくられし父の顔は
魚類のごとくふかく黙すれど
あはれ痛ましき過ぎし日を語る

そは鋼鉄の暗き叫びにして
又西の国にて見たる「ハムレット」の亡霊の声か
怨嗟《ゑんさ》なけれど身をきるひびきは
爪にしみ入りて瘭疽《へうそう》の如くうづく

父の顔を粘土《どろ》にて作れば
かはたれ時の窓の下に
あやしき血すぢのささやく声……

光太郎は父光雲から遠ざかろうとした。だが光太郎は自分自身もその遺伝法則に捉われていることを知る。この詩では表立って言わなかったが「怖《こは》いもの見たさに」見た面影の中には父の実父で、浅草の香具師花又組の一方の頭分であった中島兼松の面立もまじっていたに相違ない。それも「あやしき血すぢのささやく声……」であったのだろう。

エディプス・コンプレクスの名を世界にひろめた精神分析学者はフロイドだが、光太郎は父との関係で早くからフロイドに関心を寄せていた。『出さずにしまつた手紙の一束』で「親と子は実際講和の出来ない戦闘を続けなければならない。親が強ければ子を堕落させて所謂孝子に為てしまふ。子が強ければ鈴虫の様に親を喰ひ殺してしまふのだ」とはその間の心理を巧みに表現したものである。ちなみに光太郎は後年依嘱されて石膏浮彫の「フロイド賞牌」を造っている。そのフロイドは父子対立の深層心理を示すものとしてハムレットを例にあげたが、光太郎もそれと同じような興味で亡霊の声を聞く思いをしたらしい。だがそれにしてもその痛みを「爪にしみ入りて瘭疽《へうそう》の如くうづく」とは指を使う彫刻家らしく、なんと身にしみて感覚的に表現したことだろう。もっともこの痛覚の詩には父子和解の萌芽もひそんでいるかに感ぜられる。父は圧迫する存在であるよりは悲しく淋しい存在として把えられているからである。

光太郎が父を見直して父と和解するようになったのは、大正末年から昭和にかけて、父が自伝『光雲懐古談』を世に出したころからではあるまいか。毎週日曜日の晩、林町の自宅で光雲は田村松魚と光太郎の二人を前にして思い出話をし、松魚がそれを書き留めた。そして光雲が手を入れて昭和四年一月に本となった。敗戦後の光太郎の『暗愚小伝』の中で印象深い詩に「御前彫刻」と「楠公銅像」とがあるが、その両詩は父が語った思い出と密接に結ばれている。光雲がその昔を懐古して語るのを聞いた時、この息子はいつのまにか父を尊敬している自分自身を見出していた。父がかつて明治天皇の御前で彫刻した日の緊張の思い出は、それだから昭和二十二年という時点でもなお深い親愛の情をこめて肯定的に回想されている。

御前彫刻

父はいつになく緊張して
仕事場をきれいにして印材を彫つた。
またたくまに彫り上げてみんなに見せ、

子供の私にも見せてくれた。
本桜《ほんざくら》の見ごとな印材のつまみに
一刀彫の鹿が彫つてあつた。
あした協会にお成りがあるので
御前彫刻を仰せつかつたと父はいふ。
その下稽古に彫つたのだ。
父は風呂にはいつてからだを浄め、
そのあした切火をきつて家を出た。
天子さまに直々《ぢきぢき》ごらんに入れるのだよ。
もつたいないね。
――どうか粗相のございませんやうに。――
母はさういつて仏壇を拝んだ。
子供のわたしは日がくれても
まだ父が帰らないのでやきもきした。
おかへりといふ車夫の声に
私は玄関に飛んで出た。

職人気質が出ている。父の声も母の声もじかに聞える。親も彫刻師なら伜も彫刻師になる息子、その血のつながりが「一刀彫の鹿」を「子供の私にも見せてくれた」仕種に生き生きと伝わる。神を敬い、仏を拝む清らかな宗教的雰囲気。そして子供の光太郎が「日がくれても　まだ父が帰らないのでやきもきした。おかへりといふ車夫の声に　私は玄関に飛んで出た」という「た」で終る繰り返しも、子供心を切ないまでに伝えている。そしてその親子関係をうべなう老年の光太郎の感情をも伝えている。『暗愚小伝』の中に「楠公銅像」や「御前彫刻」が含まれていることは、晩年の光太郎の親との和解のこよなき証しであり、過去とのつながりを一見否定するような自伝的詩集でありながら、その実、過去から伝わるある種の徳目を心底ではすなおに肯定していたことを示している。「楠公銅像」では明治天皇の御前で粗相があったら切腹と父が決心していたと聞いて、「人知れず私はあとで涙を流した」という行で結ばれている。まだ高村幸吉といっていた光雲が「楠公銅像」の木型主任を命ぜられたのは明治二十四年、満三十九歳の時のことで、原型が完成し、天覧の栄に浴したのは明治二十六年、光太郎が十歳の時のことだった。光太郎が当時の父の決意のほどを聞いて「人知れず」涙を流したのは、後年、光雲の懐古談を聞いた「あとで」あった。その涙はやはり和解の涙だったのである。

上野の西郷さんと十和田湖畔の裸女

ここで彫刻家としての高村光雲と光太郎について、父子のうちいずれが実のある仕事を遺したかを率直に問うてみたい。

日本の近代美術史は微に入り細を穿って研究されているようでいて、ところどころにぽっかりと盲点がある。たとえば高村光雲の代表作である「西郷隆盛像」や「楠公銅像」について論及する人はきわめて少ない。若年の日の光太郎が評したように高村光雲は「職人にしか」過ぎなかったから、その作品も論ずるに足りないのだろうか。なるほど日本近代彫刻史研究は、ほとんどすべてが明治以来日本人がいかに孜々《しし》として西洋彫刻を学んだかを記述している。というか日本近代彫刻史そのものを「西欧的な彫刻の見方、考え方が定着する」歴史として把握し、主眼をいわゆる「洋風彫刻の導入」においている。そのような観点に立てば、西洋彫刻に関心を示さなかった（とされる）高村光雲が論者の視野の外に置かれてしまうのは無理からぬことである。

それではひるがえって江戸彫刻史の延長線上に高村光雲を位置づけることは出来るのだろうか。なるほどある種の作品はその見地から評価し得るし、現に評価されてもいる。たとえば東京国立博物館蔵の「老猿」を見た人は、日光の東照宮にも左甚五郎作といわれる猿などもあり、その種の動物彫刻の伝統が日本に昔から存したことに思いをいたしもするだろう（もっとも光雲の「老猿」が日本で話題になったについては一八九三年シカゴの万国博覧会で優賞を得たという西洋でのお墨付きもあってのことということも忘れてはならない）。

それでは光雲の代表作である「西郷隆盛像」や「楠公銅像」もひとしく旧派の見地から論評できるかといえばそれは不可能に近い。というのも明治維新以前の日本には偉人の銅像などは公共の広場になかったし、騎馬像も――上代の埴輪を除けば――もちろん存在しなかったからである。この事実でわかるように、上野の西郷さんの銅像は、日本の男の中の男、西郷隆盛の立像ではあるが、同時にそれは明治という文明開化期が西洋から採入れたなにかだったのであり、馬場先門の楠木正成の騎馬像は、日本の七生報国という国家主義的道徳の体現ではあるが、同時にそれは十九世紀西洋から舶来されたナショナリズム芸術の日本版でもあったのである。

とすると第二次世界大戦後半世紀になんなんとする今日、日本における美術史の未曾有の隆盛にもかかわらず、「西郷隆盛像」や「楠公銅像」が正面切って論評されることがかくも少ないことには美術史外の別様の理由もあったのではないかと想像される。まず第一に日本には英雄崇拝の造型的表現の伝統はいたって稀薄であった。日本は鉄道の駅名や町名に、また大学やインスティテューションに、個人の名を冠することのほとんどない珍しい国である。そのように個人崇拝の風潮の少ない国で明治大正期に銅像が建ったのは、西洋列強に遅れを取らじと極東の小帝国もまた肩肘を張った時なればこそだろう。こうして一時期盛りあがったかに見える英雄崇拝はしかし敗戦によって雲散霧消してしまった。そうなれば論評する向きがいなくなったのも当然である。ましてや「楠公銅像」に体現される忠君愛国の精神については、正面切って論ずることが、なんとなく憚られるようになってしまった。

アメリカ占領軍は一九四五年九月日本各地に進駐するや、全国から旧軍人政治家の銅像や騎馬像を撤去するよう命じた。それは超国家思想を払拭するという占領政策の一環としてなされたもので、そのために東京須田町の交差点にあった広瀬中佐と杉野兵曹長の像（渡辺長男作）などは永久に姿を消した。戦時中のお寺の鐘の供出が愚挙だというなら、戦後の銅像の供出も実はそれに劣らぬ愚挙であった。それでもそれとなく注意してくれた良識の人がいたお蔭で、高村光雲作の銅像はその芸術的価値が考慮され、追放処分の憂目を見ずにすんだのである。米軍当局としてもシカゴの万国博で賞を獲た人の作品を取壊すことはさすがにできかねたのであろう。しかし戦時中の官製葉書の光雲作「楠公銅像」の図案は戦後いちはやく「国会議事堂」のデザインに取って代えられた。忠君愛国の象徴はこうしてデモクラシーのシンボルによって置き換えられたのである。その種の占領軍によるパージやそれに対する同調は、銅像彫刻については口にすべきでないという一種の自己規制に似た禁忌を占領後にも遺したのである。管見では「日本人と銅像」についてまともに論じたものは田中日佐夫氏が『日本美術工藝』（昭和五十九年一月号）に寄せた六頁ほどの論文だけではないかと思う。これはやはり日本近代美術史上の一盲点なのではあるまいか。

だが高村光雲がないがしろにされてきたとしたら、その責の他の一半は「父の作品には大したものはなかつた。すべて職人的、仏師屋的で、又江戸的であつた」、父は「職人にしか」過ぎなかった、と繰り返し主張した高村光太郎もやはり負うべきであろう。日本近代彫刻史の上で誰の発言が重きをなしているかといって、光太郎のそれに及ぶものはない。私は「近代日本の美術」とか「日本の近代美術」とか題された概説書類に広く目を通したが、その内容が、その標題の僅かな差異と同じく、いかにも大同小異であることに憮然たらざるを得なかった。それほどまでに近代彫刻についての光太郎の発言は権威と化しているのである。

それならここで、西洋の流儀にふれた第二世代が自負する彼等の優位なるものについて、その正体なるものをも検討してみたい。西洋の流儀にふれたことのない旧世代に比べて洋行世代が西洋から多くを学んだことは疑いない事実である。だが子ははたしてただそれだけでもって父の流儀を凌駕し得たのか。洋風彫刻の導入を後楯とするその種の世代間闘争の心理ははたして健全なものであったのか。高村光太郎のようにロダンを讃仰することは——ロダンが父光雲に取って代るべき存在として出現した経緯についてはすでにふれた——一見進歩のようには見える。だがその実、日本の彫刻家のロダン崇拝はロダンの権威に慴伏《しょうふく》したことを意味したのではなかったか。いまその間の心理の機微を探ってみよう。

ロダンに傾倒した日本人は高村光太郎から高田博厚にいたる彫刻界の人たちだけではない。白樺派に始まる文学界の人々にもまことに多い。ところがこの西洋の新しい権威の名を口にする美術青年、文学青年の心理について、夏目漱石はすでに明治四十三年、次のような辛辣な観察を下していた。それは漱石の創作ノート『断片』に記され、本来は公表を意図されていなかったものである。またそれだけに漱石の剔抉はおよそ遠慮会釈がない。いま抄してそれを引くと、

……昔ハ古人トカ古代トカヲ尊敬シタモノデアル。

徳川時代の日本人は中国の聖賢を尊敬し、理想郷を古代に求めた。

……然ルニ今ハ（コトニ日本）ハ Rodin トカ……何トカ新シイ人ノ名前ヲ口ニスル事ガ権威ニナツテゐ

ル。……今ノ日本人ガ西洋人ノ名前ノ新ラシイノヲ引張ツテ来ルノハ此等ヲ崇拝スルヨリモ此等ヲ口ニスル pride ヲ得意トスルノダカラツマリハ他ヲ admire スルノ声デナクツテ自己ヲ admire スルノ方便デアル。

恰モ薄軽児ガ富貴権威ノアル人ノ名前ヲ絶えズ口ニシテ夫《それ》ト親交アルガ如クニシテ自己ノ虚栄ヲ充スガ如シ。其人一旦富ヲ失ヒ権ヲ失スレバケロリトシテ昨日ノ事ヲ忘ルル如クス。

近代日本のインテリや芸術志望の若者が西洋人の名前の新しいのを引張って来るのは、結局は自分自身を礼讃するための方便なのだ、という漱石の指摘は鋭い。その際の「自分」は西洋の権威の日本代理店になっているからそれでもって箔がつくのである。

『白樺』の同人は日本におけるロダンの讃仰者であった。明治四十三年十一月『白樺』ロダン号にロダンから直接手紙をもらった時はお墨付を戴いたようなものであった。忠実なる使徒光太郎は『ロダンの言葉』を恭しく日本語に訳した。それは、弟豊周も得意になって回想しているように、美術学校の生徒たちの間で一種のバイブルにさえなった……

ところがその人たちにとってひどく気恥しい事件が持ちあがった。花子という、日本では名前も聞いたことのない女優が、欧米で有名になり、ロダンが彼女を大事にしてモデルにまでしているという報せがひろがったからである。こともあろうに「セイの低い容貌の悪い日本の女」（志賀直哉）が偉大なる師のもとに現われたということは、同国人としてたまらなく気恥しいことに感ぜられた。それは自分自身のプライドが傷つけられたからでもあった。例えばスタニスラフスキーから「女優」花子について訊かれた時、小山内薫は、「私はもうゐても立つてもゐられません。私は日本中の恥を一人で背負つて立つたやうな気がしました。私は真赤になりました」（モスクワ通信）。

小山内が西洋の「新劇」に憧れたのは――これもまさに反動形成の一例だが――旧日本へのこのような気

恥しさゆえでもあった。高村光太郎は後年にこそ岐阜の花街で晩年の花子に会ってロダンの思い出を聞き、その人柄に魅了されるが、当初はそんな芸者上りの女が、自分は遠慮して近づきもしなかったロダンの邸に住みこんでしまったのかと思うと、神聖冒瀆のように感じた一人だったのではあるまいか。森鷗外のようにロダンが花子へ寄せた関心の意味を過不足なく捉えることの出来た人は、拙著『和魂洋才の系譜』（河出書房新社）でもすでに説明したように、明治末年の日本にあってはまったくの例外者だったのであり、それは鷗外が日本人であることに自信を持っていたからこそ可能だったことである。

小山内の言葉に示されるような、母国への劣等感に発した西欧思慕は、文学界や新劇界のみならず彫刻界にもひときわ強かった。日本近代彫刻の主流は長い間、ロダンの感化を浴びた人々によって占められたが、しかし亜流というのはどこか窮屈でどこか大仰なものである。文学性の過剰は本来の彫刻精神に背くものでもあるだろう。彫刻に文学を持込んだロダンの饒舌が嫌われて、彫刻を彫刻として語らせるマイヨールの寡黙がフランスで評価されはじめたのはすでに第一次世界大戦前のことだが、日本ではロダンの威信は今日にいたるまで圧倒的に高い。そして美術史家は、ロダンから荻原守衛や高村光太郎を経て大正期のロマン主義的な作品との結合の中に日本の近代彫刻の「近代」の意味を見出しているようである。だがそんな見方だけではたしていいのだろうか。

その種の彫刻界における西洋文明東漸史観とでもいうべき定説に対する私の疑念は次のような類推に発する。というのはかつて日本の近代文学史は「西欧的な文学の見方、考え方が定着する」歴史として把握され、主眼をいわゆる「西洋風本格小説の導入」においた。そして西洋レアリスム文学なるものを規範に掲げてそれで日本の小説を裁断するのが一部有力評論家の常套手段ですらあった。しかし近年はさすがにその種の図式的な文学史観は斥けられ、日本の近代作家の中に潜む伝統の意味にも着目されるようになった。とすると日本の近代彫刻についても、ロダンなど西洋の一部の大家の言葉のみを金科玉条とすることはそろそろよしにして――そもそもロダンはフランスにおいては日本における聖人視されたことはかつてなかった――明治以後の彫刻家の中に潜在する伝統の意味もぬかりなく拾いあげ、いますこし虚心坦懐に光雲と光太郎の仕事を見くらべてもよいのではあるまいか。

考えてもみよう。高村光雲は本当に西洋彫刻に無関心の人だったろうか。光太郎の目に父が「職人にしか見えなかつた」のは事実だろう。光太郎がロダンの話をしても父は聞く耳を持たなかったのも事実に違いない。というか、光雲はロダンの彫刻を平然とけなした人である。だが明治二十四年、住友家の依頼で楠公銅像の製作にとりかかった時も、明治二十六年、西郷隆盛の銅像にとりかかった時も、依頼した側もされた側も、西洋の広場に建つ騎馬像や銅像が念頭にあったことは間違いないのである。明治四年、岩倉具視以下の米欧回覧使節がワシントンやロンドンやパリやベルリンを廻った時、使節たちは各国の首都を飾る銅像の意味に気がついた。その像の写真のいくつかは「聖彼得堡府《セントピートルボルク》」の「彼得帝《ピートル》ノ銅像」をはじめ久米邦武の『米欧回覧実記』にも複刻されている。日本でもローマで記念碑彫刻を学んだ大熊氏広が明治二十六年、靖国神社の境内に大村益次郎像を建てた。日本最初の銅像彫刻であった。

光雲は外国に行ったこともなく、外人教師についたこともない人であっただけに、人一倍自分の頭で考えた人であったろう。そのように師を持たなかったことが銅像製作に際してかえって幸いした。上野公園の西郷隆盛像についていうなら、パリやローマへ留学した人なら、きっと西洋の流儀で、官学風の主人持ちの作風となったろう。そうした人の手になる作品なら、その後日本各地に簇生した銅像と同様、必ずやアカデミックな型通りの亜流作品となったであろう。そうではなくて留学しなかった、洋風彫刻を専門に学ばなかった光雲であったからこそ、陸軍大将の盛装でなく、筒っぽの着物に兵児帯、そして足もとに桜島産の犬をつれているというあの銅像を構想し得たのではあるまいか。三男の高村豊周が父の懐古談の新版に寄せた「あとがき」によれば、光雲もはじめは陸軍大将の正装の雛型を作った由だが、錦の御旗に手むかった西郷が陸軍大将の正装をしているのはおだやかでないということで、あの無官の人の姿になったのだともいわれる。しかし光太郎はすでに『回想録』の中で、樺山資紀が「鹿児島に帰つて狩をしてゐるところがいい、南洲の真骨頂はさういふ所にある」と強く言うので「結局そこに落ちついた」と書いている。この長男の聞き書きの方が具体性もあり正確と見るべきであろう。

だがいずれにせよ、いま上野の山に立つあの庶民的な姿こそ、勝海舟の願いを容れて江戸を戦火から救った西郷さんの姿なのである。そして一方にそうした東京市民の謝恩の念があり、他方に政府に国民和合を願う気持があったからこそ、薩摩の乱の首領の像がこともあろうに日本の首府の一角に建てられたのだ。お雇い外国人グリフィスはこの諸外国に例を見ない寛大な措置に驚嘆しているが――たとえば共産党支配下の中国で首都北京の見晴らしのよい一角に蔣介石の像が建つことがはたしていつかあるだろうか――西郷さんの像はまたそれにふさわしく穏やかな人間性を湛えていると私は思う。やはり仏師であった光雲が刻んだ像ならではの趣きではあるまいか。光太郎が光雲についてネガティヴに使う「仏師《ぶしや》屋的」という形容を、私はここでは逆にポジティヴな評価として用いたいのである。

明治三十一年に完成して以来、「西郷さん」は「上野の山で立たされ坊主」と子供たちに揶揄されながらも、なんと親しみをもたれて今日に至ったことだろう。実際、庶民性にかけては、パリのラスパーユ通りにあるロダン作るところの浴衣姿のバルザック像もあの「西郷さん」には遠く及ばない。とくに東北から上京して来る人々には親愛の情がひとしお深い。東京で迷子になったら「西郷さん」の下で待っていろ、親が迎えに行くから、という注意にもそんな気持はにじみ出ているような気がする。これほど人々に親しまれた銅像は少ないが、さらに驚くべきことは日本で「西郷さん」といえばそのイメージそのものが――おそらくキヨソーネ筆の肖像を踏まえていたに相違ない――あの銅像によって決定されているという事実である。維新の元勲にまつわるさまざまな伝説も、『大西郷全集』も、数々の歴史小説もテレビ・ドラマも西郷のイメージを後世に伝えてくれはするが、あの上野の山の西郷さんがひろめてくれたイメージには到底及ばない。もちろん広い世界にはそのイメージに腹を立てる人もいる。カナダの宣教師の子供として日本で育ったE・H・ノーマンは大学時代に左傾して、そのマルクシズムの色眼鏡で近代日本の成立を観察したが、太平洋戦争の最中の一九四三年十二月には『パシフィック・アフェアズ』十六巻四号にこんな風に書いている。

あの平静で、肉のついた表情と蛙の眼玉のような突き出た両眼の裏に、冷徹で狡猾な陰謀家の頭脳がひそんでいた。

明治四十二年、三年余の西洋留学から帰って来た光太郎が父光雲から銅像製造会社の話を持ちかけられ、いやな気がして家を飛び出した話は前に述べた。光太郎は世間的な栄誉と関係する銅像建立などに手を貸したくはなかったのである。しかしその光太郎自身も昭和二十年代の日本ではいつしか非常な名士となっていた。長い間彫刻を手掛けていなかったが昭和二十七年、十和田湖畔に女の裸像を建てるという提案がなされた時、進んで引受けた。西洋には土地を女性で擬人化する長い伝統がある。たとえばオルセー美術館の入口には世界の六大洲が六人の彫刻家によって女性像に刻まれている。光太郎は「みちのく」という陸奥を象徴する女性の裸像を二つ、苦心の末に完成した。そしてそれは十和田湖畔に据えられた。

だが一般論として、十和田の自然に、あのような人工的なもの、人間くさいものが加わることははたしていいことなのだろうか。実は「みちのく」が建って以来、東北の湖畔には田沢湖にもどこにも女人の像が建つようになってしまった。それから、これこそが肝腎な点だが、そもそも芸術作品としてあの裸体像は本当に秀れているのだろうか。世間はヒューマニスト高村光太郎の名前に敬意を表して、あの女人像に違和感を覚えながらも、表立っては苦情はいわないでいる。それは美術に対する好き嫌いとはやや次元を異にする遠慮というか集団的自己規制なのである。例えがやや唐突かもしれないが、ちょうど長崎で平和祈念像とかいわれる、グロテスクなでっかい図体の像が出来上ってしまっても、もはや誰にも取壊しの出来ないようなものである。だが彫刻家の間で光太郎の「みちのく」は決して評価は高くない。本郷新の『高村光太郎の彫刻』（『文藝』「高村光太郎読本」）などにもその種の失望感はありありと記されている。二十数年にわたり彫刻的空白――それはただの空白ではないにしても――のあった光太郎が以前の高さを保ち得るような仕事をしたら「僕は彫刻というものについてもう一度考えなおすよ」と本郷は言った。そして出来上った大作裸婦を見て、彫刻というもののこわさをあらためて知った。そして光太郎のこの裸婦についてはそれ以上語るにしのびない、と言ってその一文の筆を擱いた。これが生前高村光太郎を自分の唯一人の先生と尊敬した本郷新の評である。

しかしそれよりももっと大切なのは東北の人々の声だろう。ほとんどの人は「西郷隆盛像」には好感を寄せている。だがたいていの人は上野の「西郷さん」は知っていてもその像を作った人の名前は知らない。それに反してたいていの人は十和田湖畔にヌードの女人像を建てた人が高村光太郎だという名前は知っている。だがあの「みちのく」像に好感を抱いているか否かは言えない。あるいは否とも言えず当惑しているのだろう。人々はその違和感をバス・ガイドの次のような説明に託して笑いにまぎらしているのである。「湖畔に立っておりますのが高村光太郎先生作の乙女の像でございます。土地ではふとめの像と申しております」

そのように見てくると、高村光雲と光太郎と、父子のうち彫刻家としていずれが実のある仕事をしたのか答えはおのずから明らかであろう。この東北の「民の声」は今後も永く変らないのではあるまいか。

父としての役割

高村光太郎は彫刻の世界では father figure とはならなかった。父親に反撥して総領でありながら彫刻師の家を継がなかった。光雲は光太郎が跡目を継いで家を維持することを望んだに相違ない。家人も、職人たちも、出入りの商人も、そのことを望んだろう。だが光太郎は肯《がえ》んぜず、高村家を離れてしまった。そして父親をあまりに意識したためか、彫刻の方では終生いたって寡作に終った。

しかし詩の世界ではそうではなかった。詩は余技という思いがあったから気が楽だったのである。それだから言葉を丹念に彫琢する仕事ぶりはあくまで職人のそれだったが、彫刻におけるように自分で自分を金縛りにすることはなかった。詩は自分の安全弁だと思っていた。しかしそうこうするうちに昭和期の光太郎は詩壇の第一人者の地位を萩原朔太郎と競い合うほどになっていたのである。そして朔太郎が永遠に父にはなれない人であったのに反して、光太郎はいつしか詩壇の圧しも圧されもせぬ家父長的存在となった。それだから戦時中に文学報国会詩部会会長に選ばれたのもきわめて自然な成行きだった。彼は自分で所望してその職にありついたわけではない。

詩の世界では光太郎は父としての役割を自覚した。そして次々と愛国の詩を発表した。それは昭和十年代の日本で父たる者の役柄を引受けた人間が、実直であるかぎり、当然果たすべき任務のように思われたからでもあろう。光太郎は別にその筋に気に入られようとか、軍部に迎合しようとか、人気を獲ようとか、そんな下心があって愛国の詩を書いたわけではない。主観的には赤心の誠を披瀝したのであり、それだけにいわゆる御用詩人とちがって、光太郎の責任を問うことは難しいのである。

第二次世界大戦中の光太郎について問題となる点は、彼のかつての日の西洋への愛と戦時下の日本への愛との関係であろう。前者が消えて後者のみが激しい祖国愛として残ったのだとしたら、その理由は一体なになのか。

昭和にはいってからの光太郎が父光雲と次第に和解していったことはすでに述べた。その父との和解は旧日本との和解をも意味した。丸山真男氏は光太郎における「祖国への回帰」が昭和十六年十二月八日に突発したかのように説いているが――そして光太郎自身『暗愚小伝』中の「真珠湾の日」にそのように書いているが、だがそれは詩人光太郎のドラマタイゼーションであるといってもいい。実は光太郎は宣戦布告に先立つ十二月四日、『読売新聞』記者に詩「危急の日に」をその日の来ることを予感して手渡している。その詩ははたせるかな、日米開戦の日の夕刊紙上に大きく掲げられた。

「本日天気晴朗なれども波高し」と
あの小さな三笠艦がかつて報じた。
波大いに高からんとするはいづくぞ。
いま神明の気はわれらの天と海とに満ちる。

この詩は「来るものがついに来た」という感情を呼びおこした。しかしそれとともに光太郎が十二月八日、宣戦の大詔を拝して、

昨日は遠い昔となり、
遠い昔が今となつた。
天皇あやふし。
ただこの一語が
私の一切を決定した。
子供の時のおぢいさんが、
父が母がそこに居た。

という感情に捉われたのもまた真実だったろう。丸山真男氏は光太郎が後年に書いたこの「真珠湾の日」の詩を引いて、日本における思想の無構造の「伝統」の一例とし、国家的危機に際して舶来の西欧的教養がさっと消え「遠い昔が今となつた」と指摘しているが、しかし光太郎におけるこの種の思い出の噴出は、志賀直哉や武者小路実篤などの開戦直後の興奮した発言と同様、きわめてすなおな心理の動きであったように思える。

光太郎に限らず白樺派の人々には、第二世代の特徴として、日本人であることに劣等感を感じた人が多かった。その二世は父母を恥しいものに思い――もちろん花子などという日本では聞いたことのない背の低い「女優」はひどく恥しかった――その反動として西洋に憧れた人々である。だがその西洋は実は父なる日本の旧世代を否定するための理想郷、漱石にいわせれば方便、であった。その憧憬は劣等感に由来していた。それだけにその劣っていたはずの日本が、「夜を寝ねざりし暁に書く」に記されたように、

ハワイに大艦隊を即刻滅ぼし
マライ沖に沈まざる巨艦を沈め、
岩とベトンと遠謀深慮の香港を降《くだ》し、
マニラを截《たひら》げて呂宋の昔にかへし、……
鉄で固めたシンガポールをみりみり潰した

時には光太郎も直哉も実篤も手放しで興奮したのである。それはその戦争が実は互いにテリトリーを奪おうとする野獣と野獣の衝突であったと同時に、光太郎世代の問題の根源に潜んでいたインフェリオリティー・

コンプレクスから彼等を解放してくれる勝利の快報でもあったからだ。そうした人たちが捷報に接して雀躍りしたのは無理もない。おそらく合衆国や英国の詩人は、日本が一九四五年八月十四日に降伏した時は、本来負けるべき小国がついに負けたとしか思わなかったに相違ないから、光太郎のように熱狂した勝利の詩は誰一人書かなかったのではあるまいか。それに、原子爆弾を落して獲た勝利を祝うことはおよそ恥を知る人には出来がたいことでもあったのである。

ところで父に楯突いた第二世代は、世代間闘争においてこそ父なる日本を否定してみせたものの、外なる敵との闘いにおいてまでも祖国を否定しようとしなかったことは明らかである。そんな自己否定はてんから考えてもいなかった。現実に我と我が身が生きる日本が国難にさらされた時、肉親の国は——それが「根付の国」であろうがなかろうが——かけがえのない大切なものである。日本は光太郎にとっては父の国であると同時に母の国であり、前者に対しては楯突くことはあり得ても後者に対してはあり得なかったのである。日本はその意味では文字通り母国だったのであり、その母国に対しては光太郎はすねることはあったが、それはあくまで母なる国は自分を許してくれると思っていたからであった。

光太郎は高村家の長男として責任というか家の重圧を感じて育った。しかし「光《みつ》」は母親の鍾愛の子として育った男の子である。彼は母に仕え母を喜ばすことを好んだ。光太郎が当時の日本の男性としてはまことに珍しく妻の智恵子に奉仕し、奉仕することに喜びを見出していたのも、その母に対する性癖の延長線上の行為であった。佐藤春夫はそのように観察し、その傾向にマゾヒスティックななにかさえ感じた、と述べている（『小説智恵子抄』）。事実、光太郎は父光雲に対する時と違って母とよに対する時は批判めいたことをほとんど述べていない。それは母が存命していた間だけではない、母の死後においてもそうである。昭和二年に四十四歳の光太郎はこう書いている。

母をおもふ

母を思ひ出すとおれは愚にかへり、
人生の底がぬけて
怖いものがなくなる。
どんな事があらうともみんな
死んだ母が知つてるやうな気がする。

無限抱擁の境地であり、母はいつも許してくれる。戦時中の光太郎にとって日本はこのような母の国でもあった。戦後『暗愚小伝』を公刊した時もこのような母なる国は自分を許してくれるとどこかで信じていたに相違ない。光太郎も甘えの母性原理へと回帰していったのである。

『高村光太郎全集』第十一巻に収められている『鷗外先生の思出』という光太郎と川路柳虹との対談は森鷗外が明治末年の光太郎をどのように見ていたかを伝えていて興味ふかいが、柳虹によれば鷗外はこう言ったそうである。

高村君は芸術は自我の表現であるとか個性であるとか頻りにいふが、一体自我といふものは他我を予想して言ひ得ることで、絶対の自我といふものはあり得ない。

この「絶対の自我」というものの正体は要するに母親に甘やかされて育った子供の個我の主張だったのではあるまいか。鷗外は光太郎を好いていたが、光太郎の個性強調が社会性を欠いた反抗であることにいちはやく気がついていたのであろう。
芸術は自我の表現であると光太郎もまた彼と同世代の白樺派の面々も主張した。だがその自我崇拝の裏に見え隠れする甘えっ子の我儘といおうかお坊っちゃん性といった印象は消しがたい。世界の中における日本を相対的に位置づけることの出来ぬままに、あるいは西洋に跪拝し、あるいは「天皇あやふし」の雄叫びを発する。そのような人の発言ほど手前勝手なものはない。

戦後かれ（光太郎）はふたたびロダンの「思い出」にかえった。

と丸山真男氏は皮肉な批評を呈したが（『日本の思想』）、敗戦後の光太郎にはパリと東京との間に「比べやうもない落差を感じた」時の思い出の方が自然ですなおだったのであろう。無理もない。敗戦後とはA級戦争犯罪人についてすらもドイツの戦犯は堂々としており日本の戦犯は矮小であるかのように言い立てられた時期でもあったからである。志賀直哉はそのような時代の風潮の中で日本語を廃してフランス語を国語に採用するよう提案したが、さすがに人々の受付けるところとはならなかった。志賀自身が当時のベトナム人ほどにもフランス語の出来る人ではなかったからである。その種の軽薄な発言はいずれも知識人としての責任を取らず、父としての役割を放棄した人の気軽さから飛び出したものであった。

楠公銅像

国家というものは父性原理の体現者である。戦時においてはとくにそうである。国家は命令する。国家は義務を課する。国家は犠牲を要求する。その軍事国家の重荷から敗戦によって解き放たれた時、人々はほっと安堵の息をついた。高村光太郎も父としての役割を放擲して岩手県の田舎の小家へ引籠った。

高村光太郎と西洋との関係も、さまざまの屈曲を経た後また旧に復したかに見えた。彼はふたたびロダンを語り、人類《ユマニテ》を口にするようになった。光太郎は岩手の山間の村でキュリー夫人を語った。過去は一切清算されたかに見えた。幸いにも日本丸という船は敗戦にもかかわらず沈まなかった。そしてそこにはなお——従来論じた人はいなかったが——過去から未来へと伝えるべき課題が実は残されていた。光太郎の脳裏に残された課題、それは父光雲が馬場先門に遺した「楠公銅像」についてである。最後にその点にふれて本稿をしめくくらせていただく。

この日本で最初に造られた騎馬彫刻の製作の経緯については高村光雲が懐古談で事細かく語っているので、とりたててここでは再説しない。ここで問題としたいのは「楠公銅像」が体現する「忠君愛国」の思想と光太郎との関係についてである。いま説明の都合上、昭和二十年三月、栗林忠道中将（死後大将）麾下《きか》の硫黄島守備隊が玉砕した時、その報に接して光太郎が『朝日新聞』に掲げた「栗林大将に献ず」を読もう。

本土最後の防塁硫黄島の陣中より
栗林大将最後の無電を寄す、
その辞痛烈卒読に堪へず。
食《くら》ふが如くこれを読みて
最後の国風三首にいたる。
その三十一音の列わが耳を劈《つんざ》く。
皇国骨髄の武将戦ひ極まり、
弾丸尽き水涸れ、
残れるを率ゐて最後の総攻撃に入る。

入るに先だつて所懐を述ぶるや、
言おのづから血を吐く。
しかも従容としてその音正しく、
粛然としてその思ひ古今を貫く。
皇国の行手を一途に思ひて、
七たび生れて矛をとらむぞと、
ただ大君の人垣たらんことを期す。
栗林大将今もなほかしこにあり。
われら亦万死の中に生きて、
ただただ彼等を撃破し尽さんぞ。

昭和二十年三月二十二日付の新聞には、

（硫黄島の）戦局遂に最後の関頭に直面し「十七日夜半を期し最高指揮官を陣頭に皇国の必勝と安泰とを祈念しつゝ全員壮烈なる総攻撃を敢行す」との打電あり、爾後通信絶ゆ。

という大本営発表とともに栗林最高指揮官の最後の無電文が掲げられている。光太郎の詩は直接その文をふまえているが、無電文には最後に栗林中将の次の和歌三首が添えられていた。

国の為重きつとめを果し得で矢弾尽き果て散るぞ口惜し

仇《あだ》討たで野辺には朽ちじわれは又七度生れて矛を執《と》らむぞ
醜草の島に蔓るその時の皇国の行手一途に思ふ

硫黄島が米軍の手に渡るならば、日本本土はＰ51戦闘機を含む敵空軍の包囲圏に陥ちてしまう。第三首はその皇国の行手を憂えたものである。光太郎の詩には中将の辞世第二首の下二句の言葉がそのまま第十五行に繰りこまれているだけではない。中将の「矛を執《と》らむぞ」の語勢はそのまま光太郎の詩の結びの句「撃破し尽さんぞ」に乗り移っている。光太郎は玉砕前夜の栗林忠道に自己を同化してこの詩を書いたのだ。

栗林中将は昭和十九年六月、五十三歳の時に硫黄島に着任した。そして言った、

「ここは皇土防衛の第一線である。ここでおれは死ぬ」

太平洋戦争中、最大の激戦地の一つは硫黄島である。米国人にとって星条旗といえばその島の摺鉢山の頂きにひるがえった国旗と思うほど、この島の争奪は深く記憶されており、ワシントン郊外のアーリントン墓地にはそのスターズ・アンド・ストライプスの旗を突き立てようとする海兵隊兵士らの彫像も立っている。硫黄島《いおうとう》といわず Iwo Jima と訳された英訳の詩も、勇戦奮闘した相手方に対する畏敬の念とともにアメリカでも読まれているのではあるまいか。ちなみにこれは先の H. Sato 氏が英訳した戦時中の光太郎のただ一つの詩である。

ところで中将の辞世にあり、光太郎の詩にもとられている「七たび生れて矛をとらむぞ」は楠木正成・正季の兄弟が湊川で刺し違えて死ぬ前に交わした言葉を踏まえている。

七生マデ只同ジ人間ニ生レテ、朝敵ヲ滅サバヤトコソ存ジ候へ。

中将の無電を「食《くら》ふが如く」読み、その辞世の歌が「わが耳を劈《つんざ》」いた時、光太郎が想起したのは楠木正成の故事だけでなく、父光雲が宮城前に建てた「楠公銅像」の姿でもあったろう。光太郎は昭和十九年二月、「臣ら一億楠氏とならん」の一詩を書いたが、その中でもすでに、

「正成ありとだにきこしめさば」と
そのむかし聞え上げけん楠氏のすがた
いまも外苑に宮居をまもる。

とその「楠公銅像」にふれていた。ここでは父への愛と祖国への愛が二重写しになっていた。もっともその際は彫刻の巧拙の問題を離れて、理念としての楠木正成に愛国詩人高村光太郎は傾倒していたのかもしれないが。

戦後の光太郎はロマン・ロランなどの国際平和主義にまた戻っていったように見える。だがそれだからといって「楠公銅像」も、またそれによって体現されているなにものかをも、否認したわけではなかった。戦後の光太郎には忠君愛国をどのように位置づければよいのか見当がつかなかっただろう。しかしそれでも昭和二十二年の『暗愚小伝』の中で「楠公銅像」の思い出は、傷つけられることなく、大事にされている。その詩の語調は父光雲を尊敬している人の声であり、その声音は温かい。

楠公銅像

――まづ無事にすんだ。――

父はさういつたきりだつた。
楠公銅像の木型《きがた》を見せよといふ
陛下の御言葉が伝へられて、
美術学校は大騒ぎした。
万端の支度をととのへて
木型はほぐされ運搬され、
二重橋内に組み立てられた。
父はその主任である。
陛下はつかつかと庭に出られ、
木型のまはりをまはられた。
かぶとの鍬形の劍の楔が一本、
打ち忘れられてゐた為に、
風のふくたび劍がゆれる。
もしそれが落ちたら切腹と
父は決心してゐたとあとできいた。
茶の間の火鉢の前でなんとなく
多きを語らなかつた父の顔に、
安心の喜びばかりでない
浮かないもののあつたのは、
その九死一生の思が残つてゐたのだ。

父は命をささげてゐるのだ。
人知れず私はあとで涙を流した。

この詩には、最後の行の「人知れず……あとで涙を流した」の意味について先に説明したように、父の生き方に対する同情ある肯定が見られる。昨今の読者の中には「切腹と……決心してゐた」などの句を嗤う人もいるかもしれない。しかしそのような読者には幸田露伴の『五重塔』に描かれた、暴風雨《あらし》の日、「彼塔《あの》倒れたら生きては居ぬ」と鑿銜《のみふく》んで塔の頂上に登って突っ立ったのっそり十兵衛の職人気質もまたわからないのではあるまいか。高村光雲の生きざまをその江戸っ子の気性とともに説明してくれるのは露伴の小説であり、『五重塔』の職人の世界をその細部まで説き明してくれるのが『光雲懐古談』なのだ。その話を聴いて、光太郎は命を賭ける父光雲の職人気質に心打たれたのである。その感慨が年経て結晶したのが詩「楠公銅像」なのである。私は右の詩を「光太郎の見たと記憶しているデスポチスムへの陰惨な恐怖の念」（寺田透「藝術家と藝人」『文学　その内面と外界』所収、弘文堂、昭和三十四年）とは解釈しない。寺田透氏の論は光雲と光太郎の関係にふれたもっとも秀れた論の一つであるが、詩「楠公銅像」の解釈については同意しかねるのである。

平成元年の二月、私は思いたって早朝、馬場先門に「楠公銅像」を見に行った。朝日の中にこの騎馬像は建っていた。その勢いの良さがいかにも颯爽としていて、これが馬は後藤貞行、楠公の胴は山田鬼斎、顔は光雲と分業して造ったものとは到底思われない、人馬一如の英姿である。主任の高村光雲がその人柄でいかに全体を巧みに調和させ一体化させたかが偲ばれるような作である。

この銅像が岡崎雪聲の手で鋳造され、現在の場所に建てられたのは明治三十三年だが、木型そのものは明治二十六年にはすでに完成していた。同年三月二十一日「木彫の楠公を天覧に供えた話」が『光雲懐古談』

には詳しく出ている。

陛下には、いろいろこの彫刻の急所々々を御下問になる……　私達も馬のすぐ近くに整列いたしておりますので、お尋ねの御言葉はよく聞き取れました。この楠公馬上の像は楠公がどうしているところの図かとのお尋ねがあった時、岡倉校長は、これは楠公の生涯において最も時を得ました折のことにて、金剛山の重囲を破って兵庫に出て、隠岐より還御あらせられたる天皇を御道筋にて御迎え申し上げているところで御座いますと奉答をされたよう承りました。……

聖上御覧の間は、私は責任が重いものでありますから非常に心配をしました。御覧済みとなって御入御になった時はほっとしました。今日でも骨身に滲みるようにその時心配をした事を記憶しておりますが、実は、聖上御覧の間に、楠公の兜の鍬形と鍬形との間にある前立ての剣が、風のために揺れて、ゆらゆらと動いているのには実に胸がどきどきいたしました。これは（当日午前）組立ての時に、どうしたことか、楔《くさび》をはめることを忘れたので、根が締《し》まっていないので風で動いたので、楔一本のため、どれ位心配をしたことか。もし剣が風のために飛んだりなどしては大変な不調法となることであったが、落度もなくて胸を撫でおろした次第でありました。……元通り取り崩して、ちょうど午後二時半頃一同は引退《さが》りました。宮中にて一同午餐を頂戴しまして、目出度く（上野の）学校へ帰ったのが午後四時頃でありました。

これが高村光雲が「生命を縮めるような心配」をした明治二十六年三月二十一日の模様であった。

私は前にヴァザーリの『画家彫刻家建築家列伝』を訳したことがあるせいか、『光雲懐古談』を読むとなにかとヴァザーリに比べずにいられない。そしてその滋味溢れる光雲の語りはヴァザーリに遜色ないと思うと同時に、日本の職人気質とルネサンスの芸術家のテンペラメントとの違いも考えずにはいられない。光雲は弟子たちの分業を上手にとりまとめたが、ヴェルロッキオなどは馬と人と別人に製作を割当てられた時、怒って自分が作りかけた馬の脚と首を叩き壊してヴェネチアからさっさと故郷のフィレンツェへ帰ってしまったほどだからである。その時の言分《いいぶん》など光雲の口からは金輪際出て来ない台詞でもあったろう。そんなこともあって、「楠公銅像」はその製作建立にいたる刺戟伝播の経路からいえば、本来は十九世紀欧米の騎馬像と比較すべきナショナリズムの彫像ではあろうが、私は「楠公銅像」をつくづくと眺めてこんなことを思った。

周知のように、パードヴァの聖人広場《ピアッツァ・デル・サント》にはドナテルロが一四五三年に建てた傭兵隊長ガッタメラータの騎馬像がある。またヴェネチアのジョヴァンニ・エ・パーオロ広場には今度は倍額の謝礼で呼び戻されたヴェルロッキオが一四八八年に製作した傭兵隊長コルレオーニの騎馬像がある。いずれもいかにも個性溢れるルネサンス人という面構えである。強烈な権力意志がにじみ出ている。権謀術数の化身といったものさえ感じられる。傭兵隊長は大広場の中央に突っ立って周囲を睥睨《へいげい》している。——それに比べると楠木正成は、表情が兜の奥に隠れてよく見えないこともあってだが、個性主張型の人ではない。この像がそうであるだけではない、歴史的にも「丸顔か、また肥えていたか、痩せていたか、そういうことが一切分らんのでした」と光雲は言っている。そこで光雲は、「智謀勝れたる軍略家は神経の働きの強く鋭い人でなくてはできないことで」それにふさわしく楠公は瘠せ型の顔、中肉中背、身体全体よく緊張した体格にして「智者の心持を現わすよう心掛けた」という。

ガッタメラータやコルレオーニは広場の中央に支配者として、強権の体現者として、君臨している。が正成は脇にはいったところにややひっそりと立っている。それももちろん支配者としてではなく、後醍醐天皇をお迎え申しあげ、鳳輦《ほうれん》の方に向き、右手の手綱を引いて、勢い切った駒の足掻きを留めつつ、やや頭を下げて拝せんとしている。この広場の中央でなく、脇にはいったところに銅像が位置していることに私は道祖神やお地蔵様が置かれている位置を連想した。日本の伝統はそんなたたずまいにも生きている。そして正成像を繰り返し眺めるうちに、正成はあくまで臣下であり、臣下として天皇をお護り申しあげているのだ、この場の真の主人公は造型されてはいないが存在する天皇なのだ、という感慨に襲われた。高村光雲は伝統に生きる職人として本能的に日本における彫刻の位置――日本の権力の中枢は実は空《くう》であり、またその故に君主そのものは銅像にもコインにも切手にも具象化することはしない。宮城前には後醍醐天皇の騎馬像も明治天皇の騎馬像も建てることはしない――をよく心得ていたからこそ、ルネサンスの自己中心的かつ自己完結的な騎馬像とは本質的に異なる「楠公銅像」を作り得たのだ、と合点した。そのような「臣正成」はもちろんエゴを剝き出しにした人であってはならないのである。その像は一歩も二歩も後に退った一隅から皇室といおうか、それに象徴される日本の安泰を緑の樹蔭からじっと見護っている。楠木正成を理想と仰いで死んでいった人々の霊とともに見護っている。そしてその騎馬像を見つめるうちに、光太郎が昭和十九年二月に書いた「いまも外苑に宮居《みやゐ》をまもる」、そんな古風な言いまわしが口をついた。

考えてみると、昭和の初年の日本であれほど称揚されながら、昭和の末年には忘れさられたもの――それは楠木正成と正成が象徴していた徳目だろう。光太郎は戦後はそうした考えは古いのだ、悔い改めよ、と人にも言われ、自分でもあれこれ思いわずらったに相違ない。それが光太郎の戦後の自己処罰にも似た太田村での流謫の生活での思想上の中心課題でもあったろう。しかしそれでも光太郎は記録者として自分に忠実に「御前彫刻」の詩を書き、「楠公銅像」の詩を書いた。あの二詩があのまま『暗愚小伝』の中に収められたことを私はすなおに良かったことに感じている。忠義といい献身といい、かつて太平洋で死闘を繰り返した相手側もまた認めるにやぶさかでないなにかなのではあるまいか。loyalty といい devotion といい、なるほど英語の国でも古びたかもしれないが、しかしけっして廃れた言葉ではない。もちろんその忠義とても外から強制されれば醜いものと化することは私もその危険をよく承知しているが。そして私はその「忠誠」をけっして嗤うのでなく、次のように地球時代にふさわしく読みかえることで納得しようと思っている。その「忠誠」の意味をむしろ後世に伝えたく思っている。考え方を異にする読者も多いかと思うが、最後に私見を添えさせていただく。――

徳川時代、忠君愛国の君は封建領主であり国は狭く藩を意味した。明治時代、君は天皇をさし国は日本全体を意味するようになった。それと同じく平成の時代、日本人の気持はさらにおおらかにひろがって忠誠の対象は広く人類社会をさすようになるであろうか。その際、献身の美徳を封建的なるものとしてむげに斥けるべきではないだろう。狭く一民族のためだけでなく広く人類全体のために自己犠牲を惜しまぬ日本人が出て来てこそ、またそうした人々をきちんと評価する世論が確立してこそ、日本も国際社会の一員として風格ある国民となり得るのではあるまいか。またそうなってこそかつて忠義の徳に殉じた人の霊も地下ではじめて莞爾とするのではあるまいか。そして理想主義者高村光太郎を生涯にわたって悩まし続けた外国世界と日本にまつわるあのさまざまの矛盾の幾つかも解けるのではあるまいか。私自身も西洋への憧憬を抱いて生きてきた者だ。去り行く昭和の歴史を大観し、高村光太郎と西洋についてそうした矛盾相剋の止揚を思いつつ、私は馬場先門を立去った。

楠公銅像　高村光雲

西郷隆盛像　高村光雲

（P. 322 〜 P.324 の写真撮影　高村規）

自画像　高村光太郎

光雲の首　高村光太郎

蝉　高村光太郎

鯰　高村光太郎

新潮社版へのあとがき（一九九六年二月十二日）

本書（新潮社版）に収めた三篇は、言語や文化を異にする国家と国家の間の軋轢《あつれき》の中で生き、反応し、歌い、そしてその志を文字で述べた人間を扱った。書物の総題ともした第一部『米国大統領への手紙』は、日米戦争の最大の激戦地である硫黄島で、ルーズベルト大統領への一書をしたためて戦死した市丸利之助中将の伝である。敗戦後五十年の一九九五年九月号の『新潮』に発表した。

第二部『「大和魂」という言葉』は日中間の激しい摩擦とあやうい理解とにふれた短文である。一九九三年六月号の『新潮』に発表した。

第三部の『高村光太郎と西洋』は大正・昭和を通じて最大の詩人と目された一日本人のアングロ・サクソンやフランスとのかかわりを詳細に吟味した。一九八九年十二月号の『新潮』に発表した。私はこうして東京大学大学院の演習で取りあげたほとんどすべてを、一旦文章化した上、さらに書物とすることを得た。長年にわたり『新潮』の編集長であった坂本忠雄氏以下関係各位に厚く御礼申しあげる。

ところで今回の書物について読者はあるいは怪訝《けげん》に思われるかもしれない。「予科練の育ての親」と呼ばれた日本海軍軍人の市丸利之助と、日本の代表的詩人であり彫刻家である高村光太郎とが、一体なぜこの一冊の書物の中で同居し得るのか、と。しかし職業こそ異なれ、この二人は同じ二十世紀の前半に生き、不幸にもアメリカと戦う運命に際会した日本人である。本書を通読された読者は、なぜ私が高村光太郎を論じたのみか、市丸利之助の生涯をもたどるにいたったか、その推移の過程の必然を外面的にも内面的にも理解していただけるものと信じている。

それからなお一つ述べておきたいことがある。本書に収めた三篇は、いずれも旧敵国の人々の前でも話した内容だ、ということである。私は外国の権威を後楯にして一面的に日本を批判する知識人やマス・メディアの人に好意を寄せない者だが、その反動として生じた、日本にまつわることは何事でも良しとする、同じく一面的な日本主義者はさらに好まない。私は人生の五分の一にあたる十三年を国外で過したが、その比較研究者《コンパラティスト》としての利点を生かして、自分の意見も機会をとらえては外国にさらして、できるだけ相手の反応を確かめてきた。井の中の蛙やお山の大将は私のとる態度ではない。発表順に従うと、『高村光太郎と西洋』は北アメリカでも講演し、英文 Takamura Kōtarō's Love-Hate Relationship with the West は *Comparative Literature Studies* VOL.26 NO.3, Penn State Press に一九八九年に発表した（これは後に Sukehiro Hirakawa: *Japan's Love-Hate Relationship with the West*, Folkestone, Kent: Global Oriental, 2005 に収めた）。

一九九一年は私の東京大学教授としての最後の年であった。停年を前にして思うところがあり、「文学に現れた大東亜戦争と太平洋戦争」という題で比較文化演習を行なった。コンパラティズムとは影響・被影響の関係の発見・指摘に終始する学問ではない。過去を複眼で見なおす作業である。半世紀前の大戦については呼び名からして日本側とアメリカ側で異なるが、その戦争を敵対する両陣営の文章がどのように描いたか、彼を知り己《おのれ》を知ろうと願った。大学院には近年留学生が多い。私のクラスには中韓米英などの留学生も出席するのが常であった。そのようなクラスでこの種の問題をとりあげるのは心労《しんど》いことではあった。だが悪名高いタイ・ビルマ国境付近の敵対関係についても、『クワイ川の橋』の原作を読み、映画『戦場にかける橋』を見るとともに、会田雄次『アーロン収容所』もあわせて読むと、いずれの国の人にもある種のソフィスティケーションは生じるものである。その上で竹山道雄の『ビルマの竪琴』を読み、さらにビルマ留学生の意見を聞く、などという多角的なアプローチを重ねると、歴史は別様に見えてくる。市丸利之助の和歌や遺書を取りあげたのもその演習においてであった。

その下調べをしていた頃、市丸と同じ佐賀県出身の東大教養学科の学生の諸永京子さん（現国際交流基金勤務）が調査を助けてくれた。二人で一緒に硫黄島の生残りの松本巌上等兵曹を大津にお訪ねしたこともある。その時にうかがったお話もさることながら、松本さんが同郷人の誼みで諸永さんに書き送った手紙から、ハワイ出身の二世、三上弘文兵曹についての機微をより正確にとらえることが出来た。松本氏は餘生を硫黄島の戦いの語部《かたりべ》として控え目に過された方だが、私の文章が『新潮』に載る前に亡くなられた。御冥福を祈る次第である。

『「大和魂」という言葉』は一九九二年の北京での講演に基づいている。『新潮』に発表の翌年、この文章がさる国立大学の入学試験に出題されたが、私と同じように過去の歴史に複眼で接することを良しとする人もおられるのだな、と思い微笑した。日本という言論自由の国に半生を生きて私は幸福と誇りを感じる。その自由を守るにふさわしい、責任ある文章を末永く綴りたい——たとい世間がタブーとするものに触れようとも——と心ひそかに願っている。

筆をおくに際して、謹しんで未見の市丸中将の三令嬢の御健勝をお祈り申しあげる。過ぎた年の元旦、私は横浜磯子の日枝神社に詣でた。その神社は戦場から生還するたびに市丸が参拝した神社だからである。本年こそ市丸伝を書きあげようと自分に言い聞かせて石段を昇ったのだが、石段を踏みつつ思わずにいられなかったことは、市丸司令官はその時、まだあどけない令嬢たちの手を引いていただろうな、ということであった。市丸家に限らず全国の、いや世界いたるところの遺族の気持を不当に傷つけるような文章は書くまい、しかしだからといって戦前・戦中の日本の国家としての行動がことごとく正しかったとするようなナルシシズムはゆめ許すまい、というのが私が誓ったおのずからなる執筆姿勢であった。本書を書きあげて、私は自分の人生における任務の一つを果たしたことのように感じている。

平川祐弘

『米国大統領への手紙──市丸利之助伝』出門堂版へのあとがき

（二〇〇六年三月二十七日）

第二次世界大戦後六十一年、このたび『市丸利之助歌集』が市丸中将の故郷、佐賀の出門堂から世に出る機会に、編集部の古川英文氏の尽力で久しく絶版のままとなっていた拙著『米国大統領への手紙──市丸利之助伝』の増補改訂版もあわせて出ることとなった。有難いことであるが、あくまで大切なのは市丸利之助その人であり、その歌集である。そのことをこのたび『市丸利之助歌集』を読み直し深く感じた。

ここでこんなことを思い出す。

私は昭和十九年四月、中学に進んだ。戦争中だが東京で桜を見るゆとりは空襲以前のその年まではまだあった。教科書では、『平家物語』の話が印象に残った。

都落ちを餘儀なくされた平家一門の薩摩守忠度《ただのり》は、取って返して五条の藤原俊成の門を叩く。敗残兵の乱暴狼籍《ろうぜき》を家人はおそれるが、忠度と聞いて俊成は門をあけさせ対面する。「一門の運命はやつき候《さうら》ひぬ」と覚悟を定めた武将は歌人の師に向い簡潔に願いを述べる。世の中が静まって勅撰和歌集がまた編まれる御沙汰がもしあるなら、その時は自分の歌でふさわしいものを「一首なりとも御恩を蒙ツて、草の陰にてもうれしと存じ候はば、遠き御まもりでこそ候はんずれ」。俊成は「かかる忘れがたみをゆめ疎略を存ずまじう候」と誓う。薩摩守は悦んで「今は西海の波の底に沈まば沈め、山野にかばねをさらさばさらせ、浮世に思ひおく事候はず。さらば暇《いとま》申して」と馬にうち乗って去る。見送る俊成卿の耳に「前途程遠シ、思ヲ雁山《がんざん》ノ夕《ゆふべ》ノ雲ニ馳《は》ス」と詠ずる声が聞こえた。

世が静まって『千載集』が編まれることとなった。しかし戦後は、一谷の合戦で討死して果てた平清盛の弟は「勅勘の人」、今様にいえば死んでも旧軍閥の悪人扱いである。撰者の俊成は名前を表に出さずに忠度の歌をそっと歌集に入れた。

名字をばあらはされず、故郷の花といふ題にて、よまれたりける歌一首ぞ、「読人しらず」と入れられける。

　さざなみや志賀の都はあれにしをむかしながらの山ざくらかな

天智天皇がかつて住まわれた志賀の都は荒れ果ててしまったが、それでも山桜は昔のままに美しく咲いている。

この歌は戦いに敗れて死んだ平家の武将の作であるだけに昔と今と感慨が重なる。よく知られた話だから、あらためて引くまでもないかもしれない。しかし今の日本人は、忠度の気持や俊成の思いやりを必ずしもわがものとしていない。それというのも、過ぎた第二次大戦で歌を残して死んでいった軍人歌人については、およそ知られていないし、また語ろうともしないからである。

市丸利之助は第二次世界大戦を戦った日本海軍軍人の中で出色の人であった。「予科練の育ての親」であり、軍人歌人であり、硫黄島で海軍航空戦隊司令官として飛行機がなくとも地下壕で戦い、日英両文の手紙をルーズベルト大統領宛に遺し、玉砕した。志ある市丸利之助の生き方と死に方に私は深い敬意を表する。

この市丸利之助を扱った旧著『米国大統領への手紙』（新潮社、一九九六年）は「新潮社版へのあとがき」にも記したように三作から成っていた。その中から表題作である市丸利之助の伝のみを独立して、増補改訂版として再び世に出すことができ、嬉しく思っている。旧著にあわせて収めた他の二作『高村光太郎と西洋』ならびに『「大和魂」という言葉』については、またいずれ世に出ることもあるだろう。

旧著の中で私は、不幸にも敵対した国家と国家の間の軋轢の中で生き、歌い、志を述べ、そして死んだ市丸利之助（一八九一―一九四五）と高村光太郎（一八八三―一九五六）という二人を意図的に並置した。一見いかにも異質な二人であるから、肩書きやレッテルで人を決めてしまいがちな読者は、両者の何が共通性で何が異質性であるか、把握しかねたことであったろう。戸惑った人もいたかもしれない。しかしその両者に対する判定もいずれ世間が下すこととなるであろう。私自身にとっては内からある感動と判断が湧きあがることを禁じえなかった。同じく二十世紀前半に生きた市丸と高村の二人の日本人のいずれが好ましいかといえば、餘人は知らず、私にとっては世に知られぬ軍人歌人市丸であって、詩人彫刻家高村ではなかった。論壇や文壇は「大正デモクラシーの詩人」「智恵子抄の愛の詩人」「大東亜戦争の詩人」「暗愚小伝の詩人」高村光太郎にそれぞれの時代にそれぞれ最大の敬意を表してきたように見えるが、それは戦前も戦中も戦後も、時流に知らず識らずの間に乗った日本人が多かったからであろう。

しかし敗戦後五十年に新潮社版『米国大統領への手紙』を公刊した後も、私の同情はますます市丸に傾いて今日に及んでいる。日本の「予科練の父」をそのように評価することに違和感を覚える人は内外に多いであろう。しかし英国人がバトル・オブ・ブリテンを戦った英国の空の戦士を誇りをこめて眺めるのと同様、私は日本の空の戦士に対してひそかな敬意を抱いているのである。しかも市丸は軍人であるばかりでない、歌人であり、教育者であり、情理を尽くして日本の立場を説こうとした人間でもあった。市丸の遺書を英文で読んだ時、私は自分も自己の価値観に立脚した一連の学問的成果を日本語だけでなく英語でも世界に向けて述べようとひそかに心に決めたのであった。それが二本足の学者としての自分に課せられた任務であると感じたからである。Militia est vita hominis super terram.「地上における人間の生は戦いである」とは『聖書』にある言葉で学生時代カンドウ神父からお習いしたが、私が外国人に向けても語ろうとするのは、なにか私の文筆による戦いの継続のようにすら感じることがある。日本人の学者も、知識人も、政治家も、新聞人も、外交官も、なぜ日本人の志の存するところを堂々と外国に向けて外国語で語ろうとしないのだろうか。なぜ文章にして述べるだけの訓練をきちんと積もうとしないのであろうか。

ただし注意しておきたいことがある。私は単純なナショナリストではない。一方的に一方の国のみを良しとする態度はとらない。善玉悪玉の二分法の歴史観は真実を歪めるものだ。一九九一年、東大勤務の最後の年、私は先の大戦を日本側と連合国側の双方から眺める大学院演習を行なった。「文学に現れた大東亜戦争と太平洋戦争」という演習の題は同一の戦争を日本側の視点と連合国側の視点の双方から眺めようとした試みである。歴史を複眼で眺める訓練は比較研究に欠かすことはできない。本書にもすでに二通の米国大統領への手紙を収めておいたのはそのような配慮からでもあった。そうしたことも念頭にあって、新潮社版の刊行後も重慶や成都を爆撃した日本側の市丸の歌だけでなく、爆撃された中国市民の側の文章もないものか、と気にかけていた。そんな私が中国語の手習いにと買い求めた一冊『豊子愷童話集』（台北、洪範書店、一九九五）に文人画家豊子愷《ほうしがい》（一八九八―一九七五）の『毛厠救命《もうしきゅうめい》』という一文を見つけたのである。日本機に爆撃されて辛うじて生き残ったという設定の文章だが、笑いがある。その語り口には豊子愷の挿絵同様、おかしみや軽みがあり、雰囲気にはユーモアが漂っている。そこにはしたたかな生き方とともに仏教的な運命観に近い考えも結びに語られている。共産党中央はそんな豊子愷の考え方をあるいは肯定しないかもしれない。しかし豊子愷のその文章に笑いがあればこそ、党御用の人が書く誇大なプロパガンダ風の中国語文章と違って、日本の読者にも訴えるなにかを蔵しているのである。二〇〇六年、増補改訂版『米国大統領への手紙――市丸利之助伝』を出すにあたり、付録一として『毛厠救命』の拙訳を掲げる次第である。

豊子愷の作品は、絵やスケッチも随筆などの文章も、惜しいことに日本に知られることがはなはだ少ない。豊子愷は大正十年日本に十ヵ月「留学というには短すぎるし、旅行というには長い」滞在をした。しかしいかにも実り多い体験であった。竹久夢二の影響感化は豊子愷の風俗画に一目瞭然である。美術も音楽も文章も良くした。日華事変の最中は石門の自宅縁縁堂を日本軍の戦火に焼かれ、奥地を転々とした。重慶で爆弾が炸裂し家は壊れ便所だけが残った人の話には「漫画」も添えて描いている。戦時中の昭和十五年、吉川幸次郎が『縁縁堂随筆』を訳した。豊子愷が描く日本人の林先生という音楽教師の東洋奇人としての風貌に谷崎潤一郎はいたく感心して「此の随筆はたしかに芸術家の書いたものだ」と讃辞を呈している。しかし豊子愷は晩年、文化大革命の際は上海市十大批判の対象とされ、紅衛兵に痛めつけられた。『源氏物語』の訳稿は地下に隠しておいたので幸運にも紅衛兵どもの手で焼却される憂き目にあわず、豊子愷の死後日の目を見た。名訳の誉れが高いが、問題も生じた。なにしろかの国は党指導者が率先して数字を三十万とか三百万とか三千万とか誇大化する国柄である。日中間の真の友好を損なう昔からの悪い癖である。そうした白髪三千丈式の数字の恣意的な操作が許されるような雰囲気が続く限り、中国には知的誠実と表裏をなす知的所有権を尊重する伝統が根づくはずはない。はたして豊子愷訳を基にしたらしい「新訳」『源氏物語』も大陸ではすでに出まわっている始末である。なおこの文人について、日本語で書かれた研究書としては、総合的な楊暁文『豊子愷研究』(東方書店)と豊子愷の西洋美術受容と日本の関係を精密にたどった西槙偉『中国文人画家の近代』(思文閣出版)がある。拙訳の訂正と日本語訳の出版の許可を豊子愷の御遺族から頂くについては、西槙偉熊本大学助教授を煩わした。

『短歌研究』の編集長押田晶子さんは私が東大でお教えした旧知である。『市丸利之助歌集』を世に出したいと願っていた私のために二〇〇五年六・七・八月号に『軍人歌人市丸利之助』という拙稿を掲載する機会を与えてくれたのみか、閨秀歌人佐伯裕子さんに声をかけて『硫黄島から　市丸利之助の歌、折口春洋の歌』という比較論をあわせて掲載するという見事な編集をしてくださった。硫黄島という、極限の戦闘地から出詠された市丸の歌についての佐伯さんの鋭い論を、お願いして本書に付録二として収め、読者諸賢の御参考に供させていただく次第である。

私は戦時下の日本でも発行され続けた『冬柏』を通読して、数ある歌人の中で市丸利之助の歌がいつも光り輝いているという印象を受けた。『市丸利之助歌集』は後世に末長く読み継がれると信じている。

平成六年二月天皇皇后両陛下は硫黄島へ慰霊のために渡られたことは本文でもふれたが、次の歌をそれぞれ詠まれたと承った。

精魂を込め戦ひし人未だ地下に眠りて島は悲しき

慰霊地は今安らかに水たたふ如何ばかり君ら水を欲りけむ

両陛下は護国の英霊のために祈られたのである。

本書を新潮社から刊行した後、一九九六年六月二十二日、横尾文子氏司会で佐賀女子短大で、同二十三日、大河内はるみ氏の御尽力と大嶋仁氏の司会で唐津市で講演し、その前後市丸家の方と親しくお話することを得た。それがきっかけでさらに細かい事を知ることを得、この改訂増補版に種々書き加えさせていただいた。荒谷次郎氏は八十四歳の高齢をおして講演会に市丸司令の色紙のコピーを届けに見えた。本文中に利用させていただいた倉町秋次『豫科練外史』（教育図書研究会）が一番貴重な書物であったが、その後参照した文献は次の通りである。松永次郎『次席将校』（光文社）、『歴史と人物』（中央公論社、昭和五十八年一月二十日増刊）中の特空会有志の座談会、岡谷公二『南に行った男土方久功』、加藤暁夢（肥後日日新聞社長）『老のたわごと』38、阿部興資『追想市丸海軍少将』、岩野喜久代編『事変詩歌集　空中艦隊』（昭和十五年。関根實の手になる複製本、昭和五十六年）、岩野喜久代『大正・三輪浄閑寺』（青蛙書房）。なお『米国大統領への手紙』に対する紹介や批評に、土居健郎氏の『鎮魂の紙碑に寄せて』（『新潮』一九九六年四月号）、飯尾憲士氏（『図書新聞』、一九九六年四月二十日号）などがある。吉田直哉氏は『諸君！』（文藝春秋社、二〇〇四年九月号）で拙著を山本七平氏の『日本はなぜ敗れるのか』（角川書店）などとともに日本人の必読書にあげたのみか、本書を基に『眠れ、サルフィンクス』という戯曲（吉田『ぶ仕合せな目にあった話』、筑摩書房、二〇〇四年、所収）を執筆された。そのことも有難いことに思い申し添える。

結びに一文を加えさせていただく。二〇〇六年三月十九日、日本の防衛大学校卒業式にあたり小泉純一郎首相、防衛庁長官に続いて私は来賓代表として祝辞を述べる名誉を与えられた。国防の決意の意味と、市丸利之助にふれたのでここに全文を引かせていただく。私自身の手で英訳を添えたのは、式典に各国の武官が臨席するので、平川の考えが外国関係者により正確に伝わるようにと慮ってのことである。

防衛大学校第五十回卒業式来賓代表祝辞

この良き卒業式にあたり古歌を引いて御挨拶といたします。

とれば憂し
とらねば物の数ならず
捨つべきものは弓矢なりけり

本学出身の皆さまは武力と関係する。「弓矢」を実際に使えば、人を殺し「とれば憂し」の立場に立たされる。しかしもし武器をとらねば「物の数ならず」。国防の決意なき国は、他国と通じる内外の勢力により心理的に支配され、人の数にならない。その矛盾の悩みが「捨つべきものは弓矢なりけり」武器は捨てたいものだ、という呻きとなりました。

しかし武器は捨ててすむのか。戦後六十年我が国は、自衛力と同盟国の武力によって護られてきました。二十一世紀世界では一国平和は不可能です。ではなぜ一九四六年憲法を改正し軍隊をきちんと認知しないできたのか。それは「とれば憂し」という懸念が常に言われたからです。だが備えがなければ相手の思うままにされる。それで万一に備え、自衛隊があり防衛大学校があり、国民も皆さまに期待しています。ただし戦前は軍の学校を出る者に対し、赫々たる武勲を立てることが期待されました。今日皆さまに期待するのは地球社会の平和維持力としての自衛隊であり、その任務が重く尊いことは、日本の首相が卒業式に必ず参列するのは本学だけであることからもわかります。

「戦ひ好まば国亡び戦ひ忘れなば国危ふし」と申します。昭和初年、軍部は独走し、軍国主義日本は「戦ひ好まば国亡ぶ」惨状を呈しました。戦いを好んではならない、しかしかといって戦いを忘れてはならない。釣合いが大切です。ではそのバランス感覚を皆さま個人はいかに磨くか。積極的・能動的な本学卒業生は、敵を知り己を知る知的訓練を生涯積まれることを切望いたします。

昭和の軍人で範とするに足る人は誰か。自己研鑽を生涯怠らぬ立派な人はおりました。今村均大将の自伝は読まれた方もありましょう。私は昭和二十年、硫黄島で米国大統領へ宛て立派な遺言を日英両文でしたため戦死した海軍草分けのパイロット市丸利之助少将についてお話したい。市丸少佐は大正末年、練習飛行中墜落、三年病臥し、同輩に遅れ、悩みました。しかし和歌を学ぶなど修養につとめました。人生誰しも蹉跌《さてつ》はあるが、強制された休暇を善用したからこそ、市丸は軍に復帰するや予科練の初代部長として深い感化を与えました。市丸の歌、

紺青の駿河の海に聳えたる紫匂ふ冬晴れの富士

市丸は富士に日本の永遠を祈りました。皆さまも小原台から眺めた富士山を末永く心にとめ、裾野の広い、大らかな人格を築いてください。島国日本は古来外敵に蹂躙されることが稀でした。専制主義国の圧迫を蒙ることなく、私どもは精神の自由を失わず生きている。経済発展も嬉しいが、日本が東アジアで例外的に言論の自由を享受できたことを私はさらに誇りに感じます。この地球社会の自由を皆さまとともに護ることを誓い、祝辞といたします。本日はお目出とうございます。

平川祐弘

Sukehiro Hirakawa, Professor Emeritus, Tokyo University; author *Japan's Love-Hate Relationship with the West*（Global Oriental, UK, 2005)

On this happy occasion I would like to give you a parting address, by quoting an old poem by a samurai.

Toreba ushi
Toraneba mono no kazu narazu
Sutsubeki mono-wa yumiya narikeri

You graduates of the Defense Academy, are by your career closely related with the way of *yumiya* “bow and arrow”. If you use them, you are obliged to kill, this is a sad thing（*Toreba ushi*). However if you do not take them up, you'll not be counted as a man（*Toraneba mono no kazu narazu*). That means a country without a will of self-defense will be psychologically dominated by a foreign country or its proxy forces. The samurai expresses his contradictory state of mind, saying: “how I wish I could throw away bow and arrow” (*Sutsubeki mono-wa yumiya narikeri*).

However is it possible for Japanese to abandon “bow and arrow”? The fact is since the end of WWII Japan has been protected by the self-defense force and by the military force of its ally. In the twenty-first century a country cannot keep peace with its own force alone. Japan has been reluctant in modifying its imposed Constitution and in legitimizing openly its military force. It is because of the latent fear of taking up arms, the feeling of “toreba ushi” was strong. Yet, the Japanese nation at large recognizes the Self Defense Force and count on you, graduates of the Defense Academy. However, there is a difference: in pre-WWII years the Japanese expected graduates to accomplish brilliant feats of arms. Nowadays we count on you as peace-keeping force of the global society. How important your duty for Japan is clear from the fact that it is only at the graduation ceremony of this academy Prime Minister of Japan regularly attends.

The proverb says: “A country that likes war will perish, but a country that forgets war will also perish.” The militarist Japan of the 1930s miserably perished because of its war-like military. Japan should not, however, forget war. What is expected is a sense of balance. You graduates of the Defense Academy have an open spirit. Cross-cultural understanding of the other as well as yours should be cultivated.

Finally let me ask you a question. Among the Japanese warriors of WWII who do you respect for their human qualities? Many of you, I hope, have read General Imamura Hitoshi’s *Autobiography*. I would like to refer today to Rear Admiral Ichimaru, who had written *Notes to Roosevelt* both in Japanese and in English before he was killed at Iwo Jima. Ichimaru was the father of the *yokaren*, Japanese Naval Air Force. His career was not an easy one. When his training plane crashed in 1926, the young officer was obliged to stay in bed nearly for three years. He lagged behind. He, however, cultivated himself using the forced vacation. He thus became a remarkable *uta*-poet. It was thanks to that self-culture that Ichimaru became such a good educator of young pilots. Here is one of his Fuji poems:

Konjō-no Suruga-no umi-ni sobietaru
Murasaki niou
Fuyubare-no Fuji

Over the deep blue water of the Suruga bay Fuji is shining violet through the transparent air of a cloudless winter morning. Ichimaru saw in it eternity of the Japanese nation. Keeping the image of Fuji which you have seen from Obaradai you too, I hope, will build a well-balanced personality comparable to that mountain.

It is a happy thing that today's Japan enjoys an economic prosperity, but it is a happier thing that the Japanese enjoy an exceptional freedom of speech in this East Asian region where dictatorial regimes still remain. Let us defend together this precious freedom in this global society. I wish you all a good luck.

鎮魂の紙碑に寄せて

土居健郎

『米国大統領への手紙——市丸利之助中将の生涯』の著者平川祐弘氏は私の友人である。知己であり畏友であると言えばもっと正確かもしれない。私は日頃氏の書いた物を読んで啓発される。そんなわけでこの表題の文章が『新潮』（一九九五年九月号）に載ったのを見かけた時、早速それを読んだ。この表題自体から、何も連想を呼び起こされなかったので、一体どんなことが書いてあるのか、好奇心にも駆られたのだろう。しかし私は読み出したら、もはや止まることはできなかった。それほどに私は平川氏の文章に魅せられた。その文章の描き出す市丸利之助という人物に感動した。また彼が戦死した硫黄島の激戦のこと、更に私自身も参加した太平洋戦争のことをあらためて考えさせられた。それ以来私は周囲の者に是非これを読むよう奨めている。であるからここに草する一文も、書評のつもりではなく、本書の読者が少しでも多かれと願ってのことである。

表題作品は五章に分かれている。第一章は「米国大統領への二つの手紙」と題されていて、まず平川氏がどのようにして硫黄島海軍司令官市丸利之助少将がルーズベルト大統領に宛てた手紙を書き残して戦死した事実を知るに至ったかという経緯が記されている。しかし平川氏をして実際にこの文章を書かしめた事情は次のごときものであった。一九八五年二月十九日、硫黄島で戦死者遺族たちによる日米合同慰霊祭が催された。そしてそこに参加したマイケル・ジャコビー少年がその時受けた深い感動についてレーガン大統領宛ての作文を書き、それが国際ロータリークラブのコンテストに入選し、追って日本の高校生向けの英語教科書に採用された。平川氏は、一アメリカ少年の硫黄島の激戦に言及する作文が広く読まれるならば、市丸少将の手紙もまた読まれなければならないと考えたというわけである。合同慰霊祭についてのことは当時新聞で読んだ記憶がぼんやり私にもある。そこにはジャコビー少年の作文に出て来るようなことも報道されていたかもしれない。しかし慰霊祭の特別の意義や、市丸少将や陸軍司令官栗林忠道中将の功績に言及する記事が、当時新聞雑誌に載ったとは思われない。これらについては平川氏の今回の文章によらなければ、私はもちろん世人の多くも、全く知ることを得なかったのではあるまいか。

第二章第三章は、それぞれ「予科練の父」「軍人歌人」と題されていて、市丸利之助の生い立ち、また兵学校卒業後、飛行将校の道に進み、遂に硫黄島航空司令官として着任するまでの軌跡を辿っている。ここで特記すべきは、彼が三十四歳時、飛行事故により全身の骨折を伴う瀕死の重傷を負った事実である。彼はそのため数年の療養を余儀なくされるが、その間彼は心のより所を求めて広く読書し、師と仰ぐべき人の門を叩き、精神修養のため種々の芸事にも励んだ。このことが彼の人格に独特の深みと幅を与えたことは疑いを容れぬが、そのような彼の資質を生かすため恰好のポストを海軍は用意した。それは予科練の設立に参画し、引き続き初代部長として実際に少年航空兵の教育に携わることであった。平川氏は多くの事実を挙げて、市丸がいかにすぐれた教育者であったかを立証する。殊に彼が人間教育を軍人教育に優先させたことは特筆大書すべき点だ。また彼が柏邨《はくそん》の号で「冬柏」に折々寄せた和歌を数多く引き、戦場にあっても詩情を失わなかった彼の人間性に深い敬意を表している。

第四章は「硫黄島」と題されていて、けだし本書中最も感動的な部分である。来たるべきアメリカ軍の進攻に備え、地熱を冒して地下に陣地を構築する硫黄島での生活を「この世ながら地獄」と妻への手紙に書いた栗林中将の人となり、またアメリカ軍に多大の犠牲を強いることになったその智将振りに心を打たれるが、市丸少将に関しては死後に日本の立場を訴える手紙がルーズベルト大統領に必ず届くよう万全の策を講じた彼の心意気に驚嘆する。刀折れ矢尽きても、戦いはなお続くと市丸は洞察したのだ。これは彼の非凡な知性を示すものであるが、しかしこれももし彼の部下に日系二世で日本語よりも英語をよくする三上弘文兵曹がいなかったら、思いつかなかったことなのかもしれない。市丸は三上に大統領宛ての手紙を英訳させるが、これはともすれば孤立し勝ちであった三上に、彼にしか出来ない任務を与えたいという配慮が働いてのことであったと考えられる節が存するのである。

第五章は「名誉の再会」であるが、これは先に記した一九八五年の日米合同慰霊祭のことをさしている。しかしそれについての私の記憶が貧弱であると先にのべたことからも察せられるように、アメリカではこれが大大的に報道されたのに比し、日本の各新聞ともその取扱いが冷淡であったという事実に平川氏は注意を促す。そのことは敗戦国日本が戦後も「東京裁判史観」の下にイメージの上で負け戦を続けていることを暗示する。もちろんだからといって平川氏は戦前戦中の日本が正しかったと言いたいのではない。この点平川氏が「歴史の正義不正義を測る上でのタイム・スパンの問題」に言及しているのは甚だ示唆的だ。すなわち日の単位で測ればハワイに奇襲攻撃をかけた日本に非があり、月の単位で測ればハル・ノートは不当な挑発であり、年の単位で測れば軍国日本の行動を正当化できないが、しかし世紀の単位で測れば白人優位の世界秩序に抗した日本を一方的に断罪できるだろうか、と言うのである。また平川氏は、「名誉といい道義というものは、一方の立場に立って過去を裁断することではない。双方の立場に立って相手をそのありしがままの姿で眺め直す思いやりこそが昨日の敵を今日の友とする」とものべている。

冒頭に記したように、私は平川氏の文章のお蔭で今回初めて市丸利之助中将のことや硫黄島玉砕の本当の意義を知ることができた。平川氏は、我々日本人が戦後、「戦争そのものについて見聞きしたくないという集団的思考回避に」陥っていると指摘しているが、私もまさにその一人であったと思う。私は戦後長らく、『きけわだつみの声』や吉田満の『戦艦大和の最期』を読むことが出来なかった。私は軍医だったし、第一線に出なかったので、比較的楽な軍隊生活を送ったが、しかし一度南方に旅して潜水艦に襲われたので、生命の危険を感じたことが全くないわけではない。私は完成したばかりの泰緬連接鉄道に乗ってビルマ国境近くまで行き、たまたまクリスマスの日に、沿線で作業する多くの連合軍捕虜に車窓から「メリークリスマス」と挨拶したこともある。実は私の年代は最も多くの犠牲者を出した。しかし軍隊にいて、戦争の行方やまして戦後を案じたことは私には全くなかった。本はかなり読んだが、すべて成り行き任せの毎日であった。私が本当に将来を心配し始めたのは復員してからである。そしてそれとともに軍隊のこと戦争のことはすべて背後に押しやったのである。

しかしこの度平川氏の文章によって昔を思い出し、わが国に実に立派な軍人がいたことが今更のように実感として甦り、非常に嬉しい。実は私が昭和十七年末新潟県高田の部隊に応召した折、その部隊が所属する特別旅団長である少将の特別講演を聞いてひどく感銘したことがある。それは年明けて昭和十八年の陸軍記念日、たしか小学校の講堂で一般市民もまじえた公開講演であった。その頃は新聞に、アメリカは天文学的数字をひけらかして戦争準備に狂奔しているという嘲笑的記事がよく載ったが、この旅団長はアメリカは決して侮ることができないと言明した。そしてカントの「永久平和論」を引いて人類の最終目的は平和であると論じたので、私は肝を冷やす思いがした。その揚で旅団長が憲兵隊に引っ張られるのではないかと心配した程である。残念ながらこの少将の名前は忘れてしまった。とにかく陸軍にも海軍にも戦時中を通じ自分の考えを曲げない人はいたのである。

平川氏のこの鎮魂の「紙碑」は、アーリントン墓地の「硫黄島記念碑」にまさるとも劣らず、今後末永く多くの人々に語り継がれるだろう。私はこの情理を尽くした大文章がすべての日本国民に、殊に政治家や世の指導者たちによって読まれることを願ってやまないものである。

（精神科医・精神分析家・東京大学名誉教授、『新潮』一九九六年四月号）

「昭和」を大観した評論
——二転三転の精神史　高村光太郎の実像をあぶり出す——

中田浩二

昭和の多様な文学観

小学館刊行の「昭和文学全集」（全三十五巻、別巻一）でこのほど「評論随想」（Ⅰ、Ⅱ）を出した。Ⅰでは昭和の前半期を中心に六十六人、百七十作品、Ⅱでは、終戦直後から現在に至る昭和の後半期を中心に七十三人、百二十七作品が収録されている。包括さにやや欠けるが「昭和」に発表された評論、随想の名著エッセンスを見る思いがする。

小林秀雄、河上徹太郎、亀井勝一郎、中村光夫氏らは別の巻に収録されて刊行済みであるが、現在活躍中の評論家も多数含んだ今回は年齢的には昭和二十一年生まれの三浦雅士氏を〝線切り〟にして、それ以前の昭和生まれの作品を対象としている。この昭和文学全集では他の巻でも文学を支える大きな柱として評論やエッセーを重視して収録してきているが、今回はその特徴を集大成しようとした編集意図が読みとれる。

「文学」というと、とかく小説中心の文学観が強かったが、「昭和」はそれ以前の時代にくらべ文学論争も多く、多様な文学観が模索された時代だった。それは収録された著者と作品を見渡せばわかるように、文壇的な批評作品だけではなく、文学の隣接領域である美術、音楽や歴史、宗教、科学及び文化人類といったジャンルの著作も収録し、「昭和文学」を多角的に照射しようとの試みがみられる。

通読すると、戦前・戦中・戦後と区分けされる昭和の暗い時代に、それぞれの人々が生きる苦悩をかかえながらしかし真摯《しんし》に己が生を刻み込もうとした跡が読み取れる。激しく揺れ動いた時代の波に対して、各人がなにを生の砦《とりで》として求めたのかを見いだすとき、これらの作品が、いまも同時代に生きていることを知ることができる。

裏返しになる評価

十二月号の文芸誌にも「昭和の評論」がある平川祐弘「高村光太郎と西洋」（新潮）で戦前・戦中・戦後を通して、彫刻家・詩人の高村光太郎が己が生を刻み込むために残した変転たる軌跡を、対西洋との関係において論じた評論だ。

光太郎は戦前にすでに名の知られた芸術家であり、常に日の当たる場所にいた詩人である。「智恵子抄」は多くの人に愛読されている愛の詩でもある。その光太郎は戦中、真心をこめて「愛国の詩」を百数十点も書いた「協力詩人」だった。そして戦後には自己否定を行い、懺悔《ざんげ》の詩を書いて、平和を愛するヒューマニズム詩人として再びもてはやされた。

この略歴は、日本人にとっては格別驚くに当たらないかもしれない。同様の軌跡をたどった知識人もいるからだ。しかし、アメリカ側の評価はちがう。平川氏はそこをまず指摘する。光太郎は、東洋人としては珍しく自分と自分の妻の夫婦愛を詩作品にうたいあげることをあえて行った「反封建の自由の人」であり、それほどまでに西洋の理想に傾倒した芸術家である。

ところがその同じ人間が、昭和十年代になると一転して「反西洋の愛国詩人」となり、さらには戦後になって、日本国を卑下し自己を「愚劣の典型」と呼ぶことによって多くの読者を集めるようになった。アメリカ人からみると、この二転三転した高村光太郎なる芸術家はいかにも信用できない人物に映り、日本側の光太郎への評価「誠実」「高潔」なる人格は、裏返しとなるのである。平川氏はこの同一人物についての太平洋の両岸での判定の違いについて、「興味深い文化上のギャップ」を感じ、高村光太郎という一日本人を通して西洋との愛憎関係を総体的に考察しようとした。

光太郎が留学したアメリカ、またロダンにあこがれて渡ったパリでの生活に視点の中心を移して考えると、この愛憎関係ははっきりする。この愛憎関係は、日本人各人の中にも、「自己の内なる高村光太郎」が存在するから共感を覚える個所も多い。

光太郎は明治三十九年に二十三歳で渡米し、初めての西洋、ニューヨークで週給七ドルで彫刻家ボーグラムの「助手」となった。しかし実態は日本風の弟子ではなく、「雑役夫」としてこき使われ「ジャップ」とののしられた。そのショックは精神的外傷として彼の内に残った。

光太郎は彫刻家高村光雲の長男として大事に育てられ東京下町の人情厚い「伝統社会」に育った坊っちゃんだった。それがどういう経過で、「競争社会」の西洋で生存競争と人種偏見に傷つき、米英敵視の考えに至ったかを追う。「ロダンの国」であったにフランス・パリの生活も、ロダンとは口をきけない片思いに終わった。

時代への「自己同化」

しかし光太郎は西洋体験を通して「自己の内なる日本人性」を脱却したいとの強い自己変革の願望があった。平川氏はそれを、父・光雲（西郷隆盛や楠公銅像の制作者）との父子の愛憎関係や、智恵子との夫婦愛に重ねて分析、時代の大勢にその時々の主流の価値観に本能的にあわせていく「自己同化性」の生き方や、パリもロダンも自己の中で美化し、智恵子という女性を画布にして自己表現をあえて行った詩人像、さらには戦争という国難の緊張感を詩作のインスピレーションに利用、敗戦の国民の慟哭《どうこく》も詩的告白の材とした芸術家の生の軌跡を明らかにする。戦後の自己処罰の生活や父・光雲との和解、さらには楠公銅像から人類社会への「献身の美徳」こそ光太郎が悩んだ矛盾を解くカギと発展する論旨はやや性急な感じがするが、「時代と共に生きた」国民的詩人、高村光太郎の実像が昭和を大観することによってあぶり出された評論である。

（『読売新聞』一九八九年十一月二十八日夕刊）

平川祐弘『米国大統領への手紙』解説

牧野陽子

一

二十数年前に初めて平川祐弘氏の『米国大統領への手紙』を読み終えたときの、心にしみいるような深い感動は、今でもよく覚えている。美しく尊い作品だと思ったのである。

平川氏の研究は、時代も地域も分野も横断する膨大かつ多岐にわたるものだが、一貫して世界の中の日本を見すえ追求されてきたテーマが異文化との、特に西洋との文化衝突であることは、いうまでもない。市丸利之助は、異文化衝突の最たる戦争という形において、白人優越の世界秩序に抗し、硫黄島での玉砕を目前にして、最後に敵国大統領ルーズベルト宛の手紙を書き遺した。この驚くべき、だが、それまで全く知られていなかった人の生涯を、まさに歴史の中から発掘して、命を吹き込んで蘇らせたのが本書である。平川氏はワシントンでアメリカ兵の勇気をたたえた「硫黄島記念碑」をみながら、敗者の側の市丸のためにも「ささやかながら紙碑のごときものを記そうと思った」のだという（一四頁）。このような著者の鎮魂の心が、歴史に埋もれた人物の真価を世に示す学術研究を貫いている。

年をへて再読してみると、市丸利之助の人物像とその遺書たる手紙の意味を浮彫にする著者の手腕には、改めて感嘆する。歴史的奥行きの持たせ方、構成、挿入されるエピソードの巧みさなどである。だが改めて深く胸に響いたのは、本書が「歌物語」の形をとっていること、さらには本書執筆における著者の一貫した使命感の強さだった。

二

戦場で死を前に、家族にあてて言葉を残したものは多い。しかし市丸が手紙に記した主張は、日本がなぜ、何のために戦うのかを冷静かつ知的に直接相手に訴える、迫力のあるものだった。英米の覇権主義と白人による有色人支配の非を説き、その支配からの解放戦争としての「大東亜戦争」の意義を強調した（一三八頁）のである。他に類を見ないこのような大胆な行動をとりえた市丸利之助とはどのような人なのか。平川氏がまず明らかにするのは、戦後の教育とメディアのなかで繰り返されてきた、〝冷酷かつ横暴な日本帝国軍人〟像のイメージとはおよそ異なる、温かで人間味あふれる姿である。家族を愛し、情に厚く、良き教官であり、そして何より、和歌をたしなむ人だった。市丸が軍人歌人であることに感銘を受けたという平川氏は、市丸の残した折々の和歌を織り込みながら、市丸を肉付けし、その生涯をたどっていく。

「第二章　予科練の父」の章では市丸利之助の人生の土台をなす価値観が示される。航空機事故で重傷を負った後も、市丸は療養中に詩歌や書、絵、謡を学び「自らを棄てず、この種の修養に励んだ」（三四頁）。少年航空兵の養成にあたっては、生徒一人一人を大事にし、両親にも懇切な手紙を送った。少年たちには和歌を詠むことも教え、生徒への訓示で「第一に人間たるの資格を、第二に帝国軍人たるの資格、第三に各自の実力を養うこと」の必要を説いた。「人間たることが軍人たることより先に示されていることに市丸利之助の面目がある」と平川氏はいい（四四頁）、「日本海軍が志願兵の家庭に向けてこのような意を尽くした広報活動をしていたのかと思うと、その開けた姿勢」（三八頁）に感心する。そして歌をたしなむ航空兵など他の国にないのではないか、と市丸利之助が「文武両道の教育」を施したことを評価する（四八頁）。生徒の作文や和歌も引用しながら、少年兵の緊張感や父母を思う気持ち、教練の様子や遠足などの行事を描きつつ、市丸を中心とした学校の面影を浮かび上がらせる部分はどこか懐かしさにあふれ、ハーンが学生の作文を織り込んで松江や熊本での教師生活を描いた作品を彷彿とさせる。

そして読者は、非人間的で強圧的な戦前の軍隊教育のイメージを覆されるわけだが、ここにはまた、著者平川祐弘の価値観、つまり教養主義、そして教育者としての信条と経験から来る共感も見てとれるだろう。

第三章「軍人歌人」でも、クライマックスの第四章「硫黄島」でも、和歌が市丸利之助の日々の叙述のかなめとなっている。「すなおな詠草は、昭和の一軍人の字義通りの歌日記として、記録性以上の何かを有している。」(五六頁)というのである。

日本には古来、理想的な武人のありかたとして、歌心があることを良しとしてきた風がある。たとえばハーンの再話作品「青柳物語」の原話では主人公の若侍は「文章に名を得和漢の才に富たり」とされ、浅井了意の『伽婢子』などにも、戦乱の最中にも「敷島の道を忘れぬ」という武士の「早梅花妖精」という話がある。これらの武士は、戦いのなかでも花を愛でる風流を心の裡に残しており、それゆえに、それぞれ花の精と結ばれる。平家物語でも、文武両道に秀でた貴公子の武人が幾人も登場する。

市丸利之助もそのような、日本人が古来理想としてきた武人の系譜に連なるといえるのかもしれない。だが市丸が異なるのは、その〝和歌〟で花を歌うのではなく、戦争を、しかも近代の戦争を戦場から同時進行で描き、歌った点だろう。およそ似つかわしくない対象を、およそそぐわない文学表現で残したのである。市丸にも、富士の美しさをたたえる歌もあれば、望郷の歌や妻を恋うる歌もある。だが印象深いのは、もちろん戦闘の現場で吐露された歌の数々である。

著者は、そういう歌を並べて、実に淡々と武漢の爆撃や硫黄島での戦況の変化から玉砕への事実をたどっていく。歌と散文を交互に並べて叙述するわけで、本書は、いわば一種の「歌物語」だと言っていい。そして読者は実に不思議な感覚にとらわれる。歌とともに戦闘の日々を追体験するような感覚なのだが、そもそも戦争の事実を歌物語で語るとは、どういうことなのか。

市丸利之助は、ときに攻撃機の窓から眼下に見下ろす景色を詠んだ。爆弾も火花もパノラマのなかに消え入る。パイロットであった市丸の歌には「広角レンズのように面を広くとらえる習性」(五七頁)があり、「武人の緊張した、それでいて落着いた精神状態」(五七頁)が表れていると著者はいう。読者は、その一見静かな水面の下の恐るべき深淵と、迫りくる嵐の不穏を感じるわけで、はたして、あいついで戦死する部下をその都度悼む歌が増えていく。

一方、戦いの合間には色彩豊かな島の風物を、空襲のない静かな朝の雨風や、椰子に降るスコールの涼しさを歌った。爆撃の跡で草の穂をついばむ小鳥の姿をみつめ、祖国からの連絡便に感謝し、妻と囲んだ食卓の夢も、殉職した部下の夢をも見た。

このような歌の数々を戦局悪化の事実とともに交互に読み進んでいくと、あたかもドキュメンタリー映画の無声のスロー画像の再生を見ているような、浮遊感にとらわれる。激しい爆撃、被弾、死。だが不思議に、背景に広がる自然の情景や風物がその映像に重ねられていく。既に第二章での市丸利之助の人間性を知ったあとなので一層、非情な戦いの現実が、人間的な感情や温かな日常、風土自然との二重かさねとなって、読者の脳裏に刻みこまれる。

市丸の歌に俯瞰する視点の高さと空間の広さがあるのは著者の指摘の通りなのだが、そういう歌を連ねる歌物語という記述の形において、歌に込められた心情に寄り添いつつ、逆にカメラが空の方へと引いていくような、視座が高く持ち上げられるような余韻が生じる。ふっと救いあげられるような感覚とでもいおうか。あるいは、はるか遠く宇宙から、〝神の眼〟で地球上の戦いをみつめたら、このようにみえるのだろうか。

市丸利之助の歌は、日常の喜怒哀楽や四季の風景をとりあげたものではない。伝統の雅の世界とはおよそ異なる。だが、そもそも戦争の悲惨と理不尽、肉体の痛みと心の叫びはどれほど言葉をリアリスティックに重ねつらねても、再現不能だろう。むしろ過剰な言葉と感情の洪水とは全く逆の、絞り切った〝歌〟の形でこそ、本質は伝わりうるのかもしれない。

とすれば、戦争という非日常の理不尽な世界を和歌で記すことの意味はここにあるのではないか。古来、歌は人間に向かってではなく、『古今集』の仮名序にいう〝鬼神〟、人間を超越した存在に向けて歌われた。和歌は抑えがたい激情をも伝えうる形にする。そして昇華させるのである。このようにしてみると、和歌という三十一文字に制限された表現は、ある意味でカタルシスを内包した文学表現なのだと思う。そしてそのことを本書はわからせてくれる。

硫黄島の玉砕にいたるまでの叙述を読み終えると、あたかも満天の星を仰ぐような感慨を抱く。市丸利之助という星の周りにも、幾多の小さな星が輝きを放っているのである。著者は、市丸の同僚や部下、南洋の前線基地での様々な出会いと別れ（八〇頁）にも光をあてて、映画のワンシーンのような、時にユーモアもあるひとこまを描き（一一一頁）、一人一人のその後の戦死の事実を短く追記する。市丸は、部下に対する一種の挨拶句のような歌を多く残しているのだが、やがて命を散らすだろう者たちへの鎮魂の詩碑となることの自覚はあっただろう。著者は市丸のその意をも汲んで、慰霊の群像劇を遠く静かな夜空に描きだすのである。

つまり著者は、地上の出来事を天空の視座のなかに俯瞰的にとらえつつ、一人一人のいのちを夜空の高みに見出して、地上から仰ぎ見るのである。いわば天の眼差しと、天を仰ぐ心がここに交錯し、照応する。そして鎮魂とは、まさにこのように天と地の間、二つの光が響きあう空間に魂を浮上させることなのだと、本書を読んで私は思った。

三

平川氏は本書の冒頭で、市丸利之助の手紙の〝発見〟にいたった経緯を、アーリントン墓地の硫黄島記念碑とアナポリス海軍資料館の訪問記とともに記している。そして市丸利之助の物語を述べた後、最後に再び現代に戻って、戦後四十年の年に硫黄島で催された日米合同慰霊際にまつわるエピソードをおき、さらには平川氏が防衛大学校の卒業式で来賓総代として市丸利之助に触れたことを記して、その挨拶の全文を英文訳とともに引いている。現代日本の視点のなかに、硫黄島の戦闘を照らしだしているわけで、著者の意図が現代の日本人への問いかけにあるということがわかる。本書は、単なる評伝でも過去の歴史の叙述でもない。この書で問われるのは、現代に生きる日本人の意識と気概なのである。

硫黄島で市丸とともに戦った陸軍の栗林忠道中将は、最後に妻にあてた手紙のなかで「一刻も長くここを守り、東京が少しでも長く空襲を受けないやうに」と祈る気持ち（一〇七頁）を記した。その言葉を引いて平川氏は言う。「硫黄島の日本軍がなぜあのように勇戦奮闘したかについて半世紀後の日本人の間に理解に苦しむ者がいたとしたら、それは恩知らずというべきではないか。」「護国の気持をわかちもっていたからこそ、硫黄島で戦い、そしてそこで死ぬことに意義を見出していたのである。」（一〇八頁）と。そして、日本軍敗勢のなか、「追い詰められた状況下で、武器すらもなくなった時、筆でもってなお自己の立場を主張した市丸利之助に私は類稀ななにものかを感じる」（三三一頁）という。

前述したように、平川氏の〝鎮魂の紙碑〟においては、市丸利之助の和歌が戦争の理不尽の内なる昇華とカタルシスをもたらすものとして重要な役を果たしている。だが市丸本人が最後に選んだ言語表現は、歌ではなく、手紙だった。辞世の句を残して逝ったわけではないのである。〝和歌〟が本書全編を貫く経糸だとすれば、横糸のように主題の絵柄をおりなすのが、〝手紙〟である。

著者は本書の中でいくつもの〝手紙〟を登場させる。市丸利之助が次女俊子にあてた手紙、三女美恵子がラジオ放送を通じて前線あてに読み上げた手紙。栗林忠道中将が子供にあてた絵入りの手紙。栗林が最後にしたためた、妻よしゐへのいたわりと人間的な感情があふれる手紙。そして、半世紀ののち、かつての海兵隊員の孫マイケル・ジャコビーが硫黄島での「名誉の再会」の式典に参加したことの感動を述べた、アメリカ大統領への〝平和の手紙〟。いずれも親しき相手が読むことを当然のこととして、思いをこめた文面である。市丸利之助の手紙が特異なのは、完敗を喫した敵の総大将が相手だということで、そもそも相手に届くか、相手が読むかどうかも分からない。しかも内容は手紙というより、自らの存念を公的に述べた論文に近い。日本人が戦った先の大戦の理不尽たるゆえんを、理を尽くして直接反論したのである。市丸は、ルーズベルト大統領をピンポイントで名指しして主張を開陳し、それを司令部付通信下士官だったハワイ生まれの日系二世、三上弘文兵曹に英訳させた。

本書の中で、もっともスリリングなのは、敵の攻撃にじっと耐えながら、地下の壕のなかで市丸と三上との間で手紙の文章が練られていく場面（第四章）だろう。平川氏は二人の心理をそれぞれ推し量る。市丸は最後の死闘を前にした、静かで不穏な空気のなかで、「いかにして将兵の融和を保ち、いかにして将兵をして生死の関頭を越えさせるか」、つまり「この戦闘で死ぬことの意味を自他ともに納得させる」（一二六頁）ことに心を砕いた。そして、「日本が大東亜戦争を戦うことの意味」を、「日本の正義とは何か」を、あらためて自問自答した。

一方、ハワイ移民の子として生まれた三上は一身に日米二つの国と文化を生き、教育のために日本に戻ったところを徴兵された。この三上の存在が胸を打つ。市丸は、三上のアイデンティティの悩みを、通信下士官としての複雑な心境も、また日本軍内での微妙な位置も理解した上で、英訳の仕事を（三上に〝場所〟をもいうべき手紙を見事な英文に訳した。

平川氏は、市丸が日本の正義を三上に向かって理路整然と説き、対して三上が市丸に、米軍放送に流れる米国の「正義」の主張を解説したのだろう、両者の信頼と思考がぶつかり合って、手紙の迫力が生まれたと考える。

ただし、この部分の読みどころは、三上の訳文が必ずしも市丸の日本語原文と一致していないと平川氏が指摘するところにある。市丸の文章の中の修辞的で激しい言葉や、誤解されて無意味な反感を買うだけの「神意」といった言葉は略されているのである。白人の偏見や差別を知っている三上には白人支配の世界への強い反発があったが、日本側に「軍閥ノ専断」がなかったとも思わなかったからこそ（一三四頁）、三上は市丸の言語表現をさらに注意深く練り上げたのだろうと平川氏は推察する。そして、読者は、日本と近代西欧、市丸と三上、そして三上の内なるアイデンティティ、という三重に重なった異文化衝突のなかで、市丸利之助の「米国大統領への手紙」が書かれたのだということを理解し、深い感慨を覚える。

市丸利之助の手紙は、ルーズベルト大統領宛てではあるが、米国大統領に代表される西洋近代の思考、日本が戦ってきた近代西欧の論理そのものに向けて放った主張である。その文面は冷静で、感情的にアメリカを罵倒するような真似はしない。あくまでも敵の理性に訴え、良心に向けて放たれた矢なのである。日米関係を歴史的に展望して、国際間のあらまほしき状態すなわち平和をよしとする基本的態度の表明もしている（一三三頁）。だが、さらに著者が感心するのは、市丸のヒットラー観とスターリン観の正確さであり、日本を開戦へと追い込んだルーズベルトの徹底した計略を指摘する条である。そして実に興味深いことにフーバー前大統領も日米戦争の責任はルーズベルトにこそあると批判していたことが近年刊行された回想録（Freedom Betrayed, 2011）によって明らかになった（そのことも平川は「封印を解かれた『フーヴァー大統領回顧録』――日米開戦と原爆投下」(『歴史通』二〇一六年九月号・十一月号)で論じている)。

平川氏のこの著書は、硫黄島の玉砕という場における一人の人間の内省と主張を通して、情と理という両極から先の大戦を照射するものだといえるが、平川祐弘が様々な場で繰り返し述べるのは、「外国の権威を後楯にして一面的に日本を批判する知識人やマス・メディアの人に好意を寄せない」「その反動として生じた、日本にまつわることは何事でも良しとする、同じく一面的な日本主義者はさらに好まない」(三二六頁)ということである。世の大勢を占める意見に流されないのであって、それは長年の比較文学比較文化研究のなかで得た、著者の基本的なスタンスにほかならない。歴史の正義不正義を図る上でのタイム・スパンの問題(一三五頁)にもしばしば触れている。つまり、ものごとを捉える際に必要なのは、複眼の視点であり、時間空間を俯瞰する視野の広さであり、情理を兼ね備えた両刀使いとなることだというのが、平川氏の信条であり、そしてその研究のなかで実践してきたことだといえる。

だから、そのような平川氏が市丸利之助に共感するのはよくわかる。市丸もまた、情理備えた知性であった。やわらかな歌詠みの部分をもちながら、最後は自己を内省して終わるのではなく、世界大の視野のなかで、見出した真実を相手に突きつけ、論理的に主張すべきことを主張した。当時のメディアの盲目的な激情的言辞にも同調しなかった。そういう最後に、平川氏は、尊い志を見出すのだろう。つまり、市丸利之助の気概は、著者平川祐弘の気概でもあるのだ。

著者は、第五章で最後に執筆の動機を、そして戦後日本の思想状況に対する疑問を繰り返し述べる。(著者の使命感の強さがわかるくだりである。)日本ではいまなお、メディアも、いわゆる知識人や文化人の類が、かつての「米国大統領」の立場にたって、一方的に日本を断罪しつづけている。「戦時中に流布された反日プロパガンダのプリズムを通してしか日本を理解できない」者たちがあまりに多く、「強烈な刷り込みは、今も再生産され続けている。」(一三六頁)そして、「その種の歴史観は過去の日本帝国を断罪するが故に、日本に対して怨念や嫉妬の情を抱く国々では受け入れられやすい」（一四四頁）。だから外国に行って、日本を非難して喝采をあびて喜ぶ自称〝国際人〟がいかに多いことか。平川氏は、「日本人の学者も、知識人も、政治家も、新聞人も、外交官も、なぜ日本人の志の存するところを堂々と外国に向けて外国語で語ろうとしないのだろうか。」（三三一頁）と問うのである。玉砕した市丸利之助の「米国大統領への手紙」を平成の世に蘇らせた本書は、第二次世界大戦時の〝米国大統領〟の対日戦略の呪縛を今なお解けずにいるかのような現代の日本人にむけての手紙でもあるのかもしれない。

（成城大学教授）

著作集第七巻に寄せて
――市丸家のご遺族――

市丸利之助は知られることの少ない人である。安倍首相が二〇一五年四月三十日、ワシントンで見事な英語講演をして硫黄島の戦闘にふれたとき、日米の多くの人々は陸軍の栗林将軍のことを思い出したが、海軍航空隊の市丸司令官のことを口にした人はいなかつた。私がその名前を知ったのは戦後四十年も過ぎたころで、次のような次第だ。その説明は本巻になぜ一見相反するかに見える詩人彫刻家高村光太郎と軍人市丸利之助の伝が並んではいるかの説明にもなるだろう。

詩人高村光太郎について私は何度か書いたが、決定版は一九八九年発表の文で著作集にはそれを入れてある。光太郎については創作詩以上にヴェルハーレンの訳詩を好んで大学生のころの私は声をあげて朗誦した。光太郎の訳詩と智恵子抄との同質性を無意識裡に感得していたからであろう。また息子光太郎の父光雲に対する反抗、芸術家の職人への嫌悪、日本人性の否定、そうした光太郎も私の問題関心を惹き、森有正と同じ騒ぎようだと内心で批判もしていたからである。ただ父親殺しは英国に楯突いて独立した米国文化の特色でもあるから、アメリカでは話題にしやすい。そんな父子の愛憎関係と重なる西洋と日本の愛憎関係について英語で論文も書いてカリフォルニアの海辺の小さなホテルで開かれたシンポジウムの席で発表した。地名は忘れたがヒッチコックの『鳥』の舞台となった村である。それは Sukehiro Hirakawa, *Japan's Love-Hate Relationship with the West* (Brill) に収めてある。

高村光太郎は戦前は『智恵子抄』の愛の詩人として有名だが、戦中は反西洋の大東亜戦争の詩人として知られ、戦後は『暗愚小伝』で日本を特殊国と卑下することによってさらに多くの読者を集めた。戦後平和主義を代表するヒューマニズムの詩人とみなされ尊敬されてきたようである。しかしアメリカの聴衆から見れば、時勢と共に振る旗の色を次々と変えた高村ははなはだ芳しからぬ男にしか見えない。そして事実そうなのであろう。そんな高村を非難するのは容易である。

しかし戦時中の高村は本心から日本の聖戦を支持したのであって、御用詩人になったわけではなかった。日本の大新聞の論調に煽られて、それと一緒に一生懸命生涯旗振りをしたまでである。それだからこそ日米開戦の日の夕刊紙上に大きく掲げられた詩は日本国民に広く訴えたのだ。そして戦局が非となった昭和二十年三月、硫黄島守備隊が玉砕した時、高村は「栗林大将に献ず」の一詩を『朝日新聞』に掲げたのだ。その悲痛な詩はハワイ大学出版局から出た Hiroaki Satō tr. *Chieko and Other Poems of Takamura Kōtarō* に英訳が収められている。硫黄島の日本守備隊の奮闘に対してはアメリカ側も敬意を払わずにはいられなかったから、高村光太郎について英語で語るとき、一連の詩の中で To General Kuribayashi はアメリカ人聴衆に向けて語りやすい。

その発表の際、硫黄島がいかなる戦闘であったか、それを間違いなく説明するためにジョン・トーランド『昇る太陽——日本帝国滅亡史』を私は英文で読んだ。そこで私は米国経由で市丸利之助に出会ったのである。トーランドは T. Ichimaru 海軍少将が玉砕に先立ちルーズベルト大統領あてに遺書を英文でしたためていたことにふれ、その英語全文を付録に載せていた。それが私が市丸少将（死後中将）に注目した最初である。

第一に私自身が英文で自己の立場を主張せねばならぬ場面にしばしば立たされたからに相違ないが、極限状況で書かれた市丸の立派な英語文章に心打たれた。日本人がなぜ大東亜戦争を戦ったか、死を前にしてそれを相手に説得しようとした人がいたことは驚きであった。（当初はハワイ出身の三上兵曹が部下にいて三上に英訳を命じたことは知らなかった）。

第二に、海軍の閲歴を調べるうちに、市丸少将の生き方に感ずるところがあった。飛行将校として大正末年、墜落事故で重傷を負い三年に及ぶ療養を余儀なくされ離現役を覚悟した。だが強制された長期休暇の中で市丸は自らを棄てず、修養を積む。歌をよみ、書を読み思索した。そんな市丸は人間に深い理解をもつ教育者としてよみがえる。海軍は市丸を予科練の初代部長に任命したのである。大東亜戦争の緒戦の赫々たる戦果をあげた海の荒鷲は市丸が育てたといっても過言ではない。その市丸は実技を教えるに先立ち一般教養を授けた。そんな予科練兵の歌の数々を読むとき、過ぐる大戦を戦った各国の航空兵の中でこれだけの詩心をそなえた若者がほかのどこの国にいただろうか、という感慨を禁じ得なかった。この種の文武両道の教育を施したこと自体に心打たれた。

第三に雑誌『冬柏』を調べるうちに次第に浮かび上がったことは、市丸自身が立派な軍人歌人だったことである。それは本書に拾った歌の数々からも察しがつくだろう。読者がなにとぞ『市丸利之助歌集』(佐賀、出門堂、二〇〇六年)に直接当たられることを切望する。

ここまでが新潮社版(一九九六年)の成立過程だが、第四に著作集に収めた決定版である『米国大統領への手紙　市丸利之助伝』(佐賀、出門堂、二〇〇六年)の補筆過程にふれたい。新潮社版『米国大統領への手紙』を書きあげるまで私はご遺族にお会いしなかった。敗戦後の日本で軍人の遺族はなにかと辛い目に遭った。三人の令嬢の末の方が、生活が苦しいのに母は自分を上の学校へ行かせてくれたと感謝しているが、それが高校のことと知って胸をつかれた。経済的にも精神的にも苦しい立場であったろう。戦後のイデオロギーに染まったりしていはしないか、などの危惧もあった。

初めて次女の志村俊子さまと三女の市丸美恵子さまにお目にかかったのは出版の世話になった方々と一緒に一九九六年四月五日一夕食事にお招きしたからである。俊子さんは一九八五年の硫黄島での日米の和解の模様を話して「構えていたのがあんなに自然に打ちとけることとなるとは思わなかった」。また父が南太平洋の前線基地で母のことをうたった歌は私の書物で初めて知った、と嬉しそうにいわれた。私は一九三八年小学校に上がって「サイタ、サイタ、サクラガサイタ」と習ったが、当時市丸家では私より一つ上の長女の晴子さんが父市丸大佐のことを「タイサ、タイサ、ガラクタ　タイサ」といってはしゃいでいたそうで、父はにこにこして聞いていた由である。いい会であつた。皆さんの話をうかがっていて時に涙のにじむ瞬間もあった。

続いて四月二十七日、唐津で晴子さまにおめにかかり、四時間話はつきなかった。六月二十二日、佐賀女子短大で、翌二十三日、唐津近代図書館で市丸利之助について講演した。晴子さま、俊子さまも聴きに見えた。薩摩守忠度の都落ちの話からはじめて歴史の中に人間を位置づけ、ついでマイケル・ジャコビーの手紙を読み、市丸のルーズベルト宛の手紙に入り、それからあとは和歌で市丸の生涯をたどる。予科練生徒の歌も読んだ、「人は皆日課のことなど尋ぬるに母のみは問ふ寒くはなきかと」。満場からの感動がこちらにも伝わる。

会を組織した大嶋仁福岡大学教授の夫人マリア・デ・プラダ・ヴィセンテが『西日本新聞』八月一〇日号にそのときの模様を書いている。「近代図書館に集まった三百五十三人が席についた。先生が言葉の力によって、戦争で死んだ市丸氏の最後の魂の戦闘、最後のため息、最後の男の声を復活させて、聞かせてくれる。重々しい調子でただの中将としてしか知られていない戦士の心が皆の忘却を柔らかい玉のように貫通した。詩そのものが会場を洪水にしたのです」

世間の多くは高村光太郎（一八八三―一九五六）を偉大とするであろうが、私はひそかに市丸利之助（一八九一―一九四五）に深い敬意を表している。自分の通夜の席には唐津講演のビデオを映してもらうが、長過ぎぬようになどと思っている。以前、芳賀徹が「平川のヒーローは市丸だな」と言ったとき「我を知る者」と思った。牧野陽子は「先生の著作集の解説を書くなら『米国大統領への手紙』にしたい」と言った。ここにお礼申し上げる。

公益財団法人東洋文庫 監修

東洋文庫善本叢書［第二期］欧文貴重書◉全三巻

［第一巻］ラフカディオ ハーン、B.H.チェンバレン往復書簡

Letters addressed to and from Lafcadio Hearn and B.H. Chamberlain. Vol.1

世界史を描き出す白眉の書物を原寸原色で初公開

日本研究家で作家の小泉八雲（Lafcadio Hearn, l850-1904）は、
帝国大学文科大学の教授で日本語学者B.H.チェンバレン（B. H. Chamberlain 1850-1935）の斡旋で
松江中学（1890）に勤め、第五高等学校（1891）の英語教師となり、
のち帝国大学文科大学の英文学講師（1896 ～ 1903）に任じた。
本書には1890 ～ 1896年にわたって八雲がチェンバレン
（ほか西田千太郎、メーソン W. S. Masonとの交信数通）と交わした自筆の手紙128通を収録。
往復書簡の肉筆は2人の交際をなまなましく再現しており、
西洋の日本理解の出発点の現場そのものといっても過言ではない。

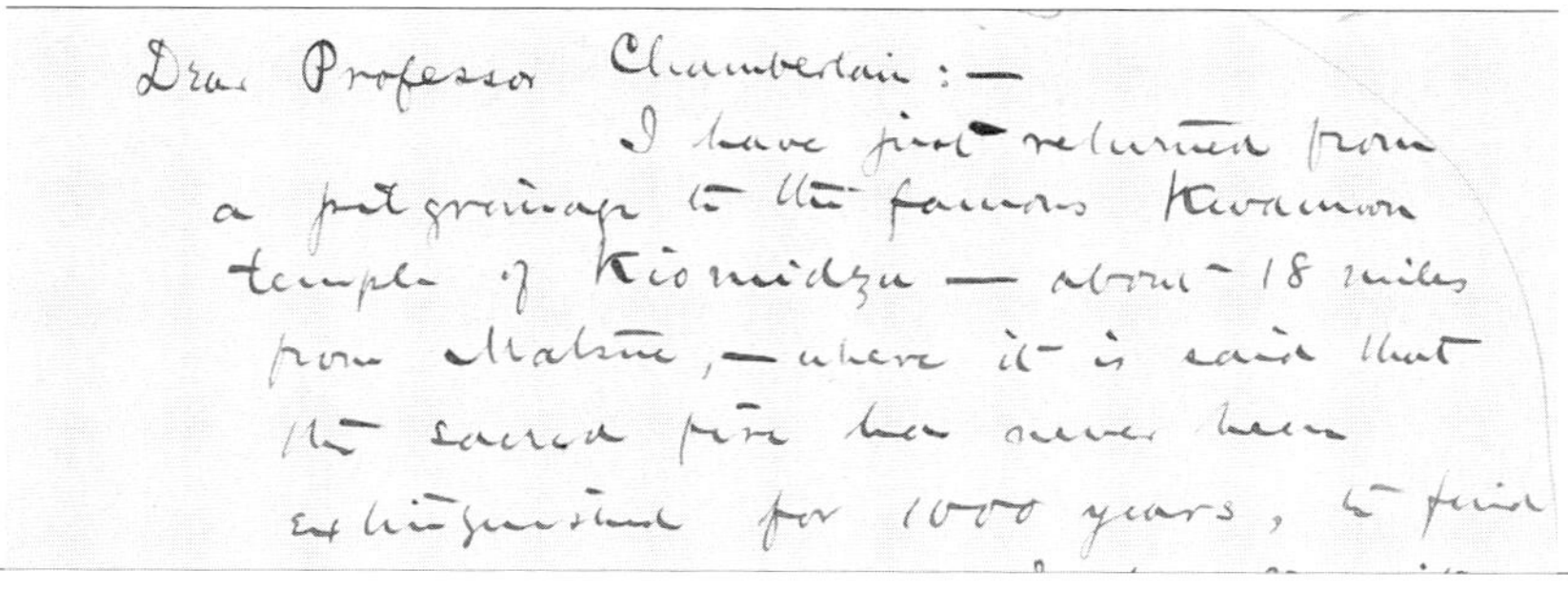
Dear Professor Chamberlain:—
I have just returned from
a pilgrimage to the famous Kwannon
temple of Kiomidzu — about 18 miles
from Matsue, — where it is said that
the sacred fire has never been
extinguished for 1000 years, to find

ハーンから
チェンバレン
に宛てた書簡

平川祐弘
東京大学名誉教授
［解題］

本体140,000円（＋税）・菊倍判上製（二分冊）・函入・884頁

ISBN978-4-585-28221-1 C3080

第10巻　小泉八雲――西洋脱出の夢

第11巻　破られた友情――ハーンとチェンバレンの日本理解

第12巻　小泉八雲と神々の世界

第13巻　オリエンタルな夢――小泉八雲と霊の世界

第14巻　ラフカディオ・ハーン――植民地化・キリスト教化・文明開化【ハーン関係索引】

第15巻　ハーンは何に救われたか

第16巻　西洋人の神道観

第17巻　竹山道雄と昭和の時代【竹山道雄関係索引】

第18巻　昭和の戦後精神史――渡辺一夫、竹山道雄、E・H・ノーマン

第19巻　ルネサンスの詩――城と泉と旅人と

第20巻　中世の四季――ダンテとその周辺

第21巻　ダンテの地獄を読む

第22巻　ダンテ『神曲』講義【ダンテ関係索引】

第23巻　謡曲の詩 西洋の詩

第24巻　アーサー・ウェイリー――『源氏物語』の翻訳者【ウェイリー関係索引】

第25巻　東西の詩と物語◎世界の中の紫式部◎袁枚の詩◎西洋の詩 東洋の詩◎留学時代の詩◎平川祐弘の詩◎夏石番矢讃◎母国語で詩を書くことの意味

第26巻　マッテオ・リッチ伝（上）

第27巻　マッテオ・リッチ伝（下）【リッチ関係索引】

第28巻　東の橘 西のオレンジ

第29巻　開国の作法

第30巻　中国エリート学生の日本観◎日本をいかに説明するか

第31巻　日本の生きる道◎日本の「正論」

第32巻　日本人に生まれて、まあよかった◎日本語は生きのびるか――米中日の文化史的三角関係【時論関係索引】

第33巻　書物の声 歴史の声

第34巻　自伝的随筆◎金沢に於ける日記

西洋列強の衝撃と格闘した近代日本人の姿を、学問的かつ芸術的に描いた不朽の金字塔。

平川祐弘 決定版 著作集

全34巻

A5判上製・各巻約三〇〇〜八〇〇頁
月一冊配本予定

古今東西の知を捉える

日本は外来文明の強烈な影響下に発展した。「西欧の衝撃と日本」という文化と文化の出会いの問題を西からも東からも複眼で眺め、鷗外・漱石・諭吉・八雲などについて驚嘆すべき成果を上げたのは、著者がルネサンス人にも比すべき多力者であったからである。複数の言語をマスターし世界の諸文化を学んだ比較研究者平川教授はその学術成果を芸術作品として世に示した。

この見事な日本語作品はわが国における比較文化史研究の最高の軌跡である。奇蹟といってもよい。

各巻収録作品　＊は既刊

第1巻　和魂洋才の系譜（上）
第2巻　和魂洋才の系譜（下）◎二本足の人森鷗外◎鷗外の母と鷗外の文學◎詩人鷗外◎ゲーテのイタリアと鷗外とイタリア【森鷗外関係索引】
第3巻　夏目漱石——非西洋の苦闘
第4巻　内と外からの夏目漱石【夏目漱石関係索引】
＊第5巻　西欧の衝撃と日本
＊第6巻　平和の海と戦いの海——二・二六事件から「人間宣言」まで
＊第7巻　米国大統領への手紙——市丸利之助中将の生涯◎高村光太郎と西洋
第8巻　進歩がまだ希望であった頃——フランクリンと福沢諭吉
第9巻　天ハ自ラ助クルモノヲ助ク——中村正直と『西国立志編』

決定版　東京空襲写真集

アメリカ軍の無差別爆撃による被害記録

東京空襲の全貌を明らかにする決定版写真集。一四〇〇枚を超える写真を集成。戦争の惨禍を知り、平和への願いを新たにする。詳細な解説と豊富な関連資料を付す。

早乙女勝元 監修／東京大空襲・戦災資料センター 編・本体一二〇〇〇円（＋税）

東京復興写真集 1945～46

文化社がみた焼跡からの再起

敗戦直後から活動を開始した幻の出版社「文化社」。撮影された大量の写真から復興する東京を活写し八〇〇枚超を集成。未公開写真、充実の解説・地図を収録する。

東京大空襲・戦災資料センター 監修／山辺昌彦・井上祐子 編・本体一〇〇〇〇円（＋税）

決定版　広島原爆写真集

The Collection of Hiroshima Atomic bomb Photographs

七〇年前、八月六日八時一五分、広島——未公開写真も含めた三九八点が、人類史上かつてない惨劇を克明に語り伝える。決して忘れてはならない恐怖と悲しみの記憶。

「反核・写真運動」監修／小松健一・新藤健一 編・本体二五〇〇円（＋税）

決定版　長崎原爆写真集

Collection of Nagasaki Atomic bomb Photographs

七〇年前、八月九日一一時二分、長崎——初公開となる写真をはじめ三四三点が蘇らせる、当時の衝撃と阿鼻叫喚の惨状。永遠に伝えていかなければならない惨禍の記録。

「反核・写真運動」監修／小松健一・新藤健一 編・本体二五〇〇円（＋税）

二・二六
弱者救済という「叛乱」

平成五年に公開された裁判記録を丹念に読み取くことで、処刑された青年たちの行動と思いを、事件前から裁判・処刑まで丹念に追う。

小林亮 著・本体二八〇〇円（＋税）

日米戦争を起こしたのは誰か
ルーズベルトの罪状・フーバー大統領回顧録を論ず

フーバー自身が蒐集した資料に基づき、つぶさに検証した大著＝第二次世界大戦史の内容を紹介、討論する。東京裁判の無効を明らかにし、自虐史観を完全に払拭する。

藤井厳喜・稲村公望・茂木弘道 著・本体一五〇〇円（＋税）

昭和天皇の戦い
昭和二十年一月〜昭和二十六年四月

戦後、昭和天皇をはじめ、宮中、政府、軍中枢はどのように動き、未曽有の事態に対応したのか。綿密な取材によって、日本最大の危機に立ち向かった人々の姿を克明に描きだす。

加瀬英明 著・本体二八〇〇円（＋税）

昭和天皇の教科書　国史
原本五巻縮写合冊

少年皇太子に不可欠な帝王学の特製教科書。博識の碩学が執筆・進講した貴重本を完全公開！　この一冊で、歴代天皇・日本歴史の急所がわかる。

白鳥庫吉 著／所功 解説・本体二四〇〇円（＋税）

【著者略歴】

平川祐弘（ひらかわ・すけひろ）

1931（昭和6）年生まれ。東京大学名誉教授。比較文化史家。第一高等学校一年を経て東京大学教養学部教養学科卒業。仏、独、英、伊に留学し、東京大学教養学部に勤務。1992年定年退官。その前後、北米、フランス、中国、台湾などでも教壇に立つ。

ダンテ『神曲』の翻訳で河出文化賞（1967年）、『小泉八雲――西洋脱出の夢』『東の橘　西のオレンジ』でサントリー学芸賞（1981年）、マンゾーニ『いいなづけ』の翻訳で読売文学賞（1991年）、鷗外・漱石・諭吉などの明治日本の研究で明治村賞（1998年）、『ラフカディオ・ハーン――植民地化・キリスト教化・文明開化』で和辻哲郎文化賞（2005年）、『アーサー・ウェイリー――『源氏物語』の翻訳者』で日本エッセイスト・クラブ賞（2009年）、『西洋人の神道観――日本人のアイデンティティーを求めて』で蓮如賞（2015年）を受賞。

『ルネサンスの詩』『和魂洋才の系譜』以下の著書は本著作集に収録。他に翻訳として小泉八雲『心』『骨董・怪談』、ボッカッチョ『デカメロン』、マンゾーニ『いいなづけ』、英語で書かれた主著に *Japan's Love-hate Relationship With The West* (Global Oriental, 後にBrill)、またフランス語で書かれた著書に *A la recherche de l'identité japonaise－le shintō interprété par les écrivains européens* (L'Harmattan) などがある。

【平川祐弘決定版著作集 第7巻】

米国大統領《べいこくだいとうりょう》への手紙《てがみ》――市丸利之助中将の生涯

高村光太郎《たかむらこうたろう》と西洋《せいよう》

2017（平成29）年1月25日　初版発行

著　者　平川祐弘

発行者　池嶋洋次

発行所　勉誠出版 株式会社

〒101-0051　東京都千代田区神田神保町3-10-2

TEL：(03)5215-9021(代)　FAX：(03)5215-9025

〈出版詳細情報〉http://bensei.jp

印刷・製本　太平印刷社

ISBN 978-4-585-29407-8　C0095

索　引

―ア行―

— カ 行 —

― サ 行 ―

―タ行―

―ナ行―

―ハ行―

— マ 行 —

― ヤ 行 ―

― ラ 行 ―

― ワ 行 ―

― C ―

― F ―

― I ―

― N ―

― R ―

― S ―